T0179011

INVOLUCIÓN

MAX BROOKS

INVOLUCIÓN

UN TESTIMONIO DE PRIMERA MANO

DE LA

MASACRE SASQUATCH DEL RAINIER

Traducción de Raúl Sastre

RESERVOIR BOOKS

Papel certificado por el Forest Stewardship Council®

Título original: *Devolution*

Primera edición: julio de 2020

© 2020, Max Brooks
© 2020, Penguin Random House Grupo Editorial, S. A. U.
Travessera de Gràcia, 47-49. 08021 Barcelona
© 2020, Raúl Sastre Letona, por la traducción

Printed in Spain – Impreso en España

ISBN: 978-84-17910-86-0
Depósito legal: B-7861-2020

Compuesto en La Nueva Edimac, S. L.

Impreso en Egedsa
Sabadell (Barcelona)

R K 1 0 8 6 0

Penguin
Random House
Grupo Editorial

A Henry Michael Brooks. Que conquistes todos tus miedos

Qué fea bestia es el simio y cuánto se parece a nosotros.

MARCO TULIO CICERÓN

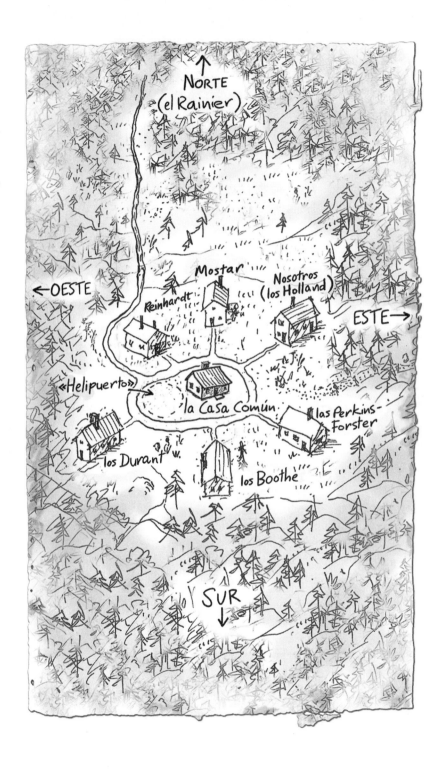

Introducción

BIGFOOT DESTRUYE PUEBLO. Ese era el título de un artículo que recibí poco después de la erupción del monte Rainier. Creía que era *spam*, el inevitable resultado de buscar tanto por internet. En aquel momento estaba acabando de redactar lo que parecía mi artículo de opinión número cien sobre el Rainier, en el que analizaba todos los aspectos de lo que debería haber sido una calamidad predecible y evitable. Como el resto del país, necesitaba datos, no sensacionalismo. Gran parte de los artículos de opinión sobre el Rainier habían procurado ceñirse a los hechos, porque de todos los fallos humanos (políticos, económicos, logísticos) que se habían producido ahí, era el aspecto psicológico, la histeria exagerada, lo que había acabado matando a la mayoría de la gente. Y ahí estaba de nuevo ese titular, justo en la pantalla de mi ordenador portátil: BIGFOOT DESTRUYE PUEBLO.

«Olvídalo», me dije, «el mundo no va a cambiar de la noche a la mañana. Toma aire, bórralo y sigue adelante».

Y eso estuve a punto de hacer. Pero esa palabra…

«Bigfoot.»

El artículo, publicado en un sitio web muy poco conocido de criptozoología, afirmaba que mientras el resto del país se había centrado en la furia volcánica del Rainier, un desastre más pequeño pero no menos sangriento había tenido lugar a unos pocos kilómetros de distancia, en la aislada y lujosa comunidad ecológica de Greenloop, que contaba con tecnología punta. El autor del artículo, Frank Mc-Cray, describía cómo la erupción no solo había impedido que se pudiese rescatar a Greenloop, sino que la había dejado indefensa ante una tropa de criaturas hambrientas similares a los simios que huían de esa misma catástrofe.

Los detalles del asedio habían quedado registrados en el diario de una residente de Greenloop, Kate Holland, que era hermana de Frank McCray.

«Nunca encontraron su cuerpo», me escribió McCray en un correo electrónico que me envió a continuación, «pero si puede conseguir que publiquen su diario, quizás alguien que pudiera haberla visto lo lea».

Cuando le pregunté por qué me había elegido, me respondió: «Porque he seguido sus artículos de opinión sobre el Rainier. Nunca escribe sobre algo que no haya investigado a fondo primero». Cuando le pregunté por qué pensaba que yo podía estar interesado en el Bigfoot, contestó: «Leí su artículo en *Fangoria*».

No cabía duda de que yo no era el único que sabía cómo investigar sobre un tema. McCray había localizado de alguna manera mi lista de «Las cinco mejores películas clásicas sobre el Bigfoot», que había confeccionado hacía décadas para esa icónica revista de terror. En el artículo, hablaba sobre cómo de crío había vivido «el momento álgido del furor sobre el Bigfoot» y había retado a los lectores a ver estas películas antiguas «con los ojos de un niño de seis años que constantemente aparta la mirada de eso tan horrible que está viendo en pantalla para escrutar los árboles oscuros que susurran al otro lado de la ventana».

El artículo debió de convencer a McCray de que una parte de mí aún no estaba dispuesta a despedirse de esa obsesión infantil. Debió de saber también que mi escepticismo de adulto me obligaría a investigar a fondo su historia. Cosa que hice. Antes de volver a contactar con McCray descubrí que sí había existido una comunidad llamada Greenloop, y que había tenido una gran repercusión mediática.

Había mucha información en los medios sobre su fundación, y sobre su fundador, Tony Durant. La esposa de Tony, Yvette, también había dado varias clases online de yoga y meditación desde la Casa Común del pueblo hasta el mismo día de la erupción. Pero ese día todo se detuvo.

Eso solía suceder en los pueblos que se hallaban en el camino de los hirvientes aludes de barro del Rainier, pero tras echar un vistazo rápido al mapa oficial de la Agencia Federal para el Manejo de Emergencias, pude comprobar que ninguno había alcanzado jamás Greenloop. Si bien algunas zonas devastadas como Orting y Puyallup habían vuelto a recuperar su espacio en el mundo digital, Greenloop seguía siendo un agujero negro. No había ningún reportaje en la prensa ni ninguna grabación amateur. Nada. Incluso Google Earth, que había sido muy diligente a la hora de actualizar las imágenes por satélite de la zona, todavía muestra la misma foto de Greenloop y la zona circundante antes de la erupción. Por muy peculiares que fuesen estas señales de alerta, lo que finalmente que me llevó a contactar de nuevo con McCray fue el hecho de que la única mención a Greenloop *posterior* al desastre que pude hallar se encontraba en un informe de la policía local que señalaba que la investigación oficial seguía «en marcha».

«¿Qué sabes al respecto?» le pregunté tras varios días de silencio administrativo. Fue entonces cuando me envió un enlace de Air-Drop de un álbum de fotos que había sacado la guarda forestal jefe Josephine Schell. Schell, a quien entrevistaría más adelante para este proyecto, había liderado el primer equipo de búsqueda y rescate que entró en las ruinas calcinadas de lo que anteriormente había sido Greenloop. Entre los cadáveres y los escombros había encontrado el diario de Kate Holland (cuyo apellido de soltera había sido McCray) y había fotografiado todas las páginas antes de que se llevaran el original.

En un primer momento, sospeché que era un engaño. Soy lo bastante mayor para recordar los tristemente célebres «Diarios de Hitler». Sin embargo, cuando acabé de leer la última página, no me quedó más remedio que creerme su historia. Aún creo que es cierta.

Tal vez sea por la sencillez con que está escrita, porque exhibe una ignorancia frustrante y a la vez creíble sobre todo lo relacionado con los sasquatches. O tal vez se deba a que albergo el deseo irracional de exonerar al niño asustado que fui antaño. Por eso he publicado el diario de Kate, acompañado de varios extractos de noticias y entrevistas, con la esperanza de poner en contexto a aquellos lectores que no estén familiarizados con la sabiduría popular acerca de los sasquatches. Al recabar toda esta información, me ha costado mucho decidir qué iba a incluir y qué no. Hay literalmente decenas de expertos en la materia, cientos de cazadores que lo han visto y miles de encuentros registrados. Revisar todos estos datos me podría haber llevado años, si no décadas, y simplemente no puedo dedicarle tanto tiempo a esta historia. Por eso he optado por limitar las entrevistas a las dos personas que estuvieron involucradas directa y personalmente en el caso, y las referencias literarias, a *La guía del sasquatch* de Steve Morgan. Como reconocerán otros entusiastas del Bigfoot, la guía de Morgan es sin lugar a dudas el manual más completo y actualizado que hay sobre la materia, ya que combina relatos históricos, avistamientos recientes y análisis científicos de expertos como el doctor Jeff Meldrum, Ian Redmond, Robert Morgan (sin relación de parentesco con el autor) y el difunto doctor Grover Krantz.

Algunos lectores quizá también cuestionen mi decisión de omitir ciertos detalles geográficos sobre la localización exacta de Greenloop. El motivo fue evitar que turistas y saqueadores contaminen lo que todavía es el escenario del crimen de una investigación en curso. Salvo por esos detalles y las necesarias correcciones ortográficas y gramaticales, el diario de Kate Holland se ha conservado intacto. Lo único de lo que me arrepiento es de no haber sido capaz de entrevistar a la psicoterapeuta de Kate (quien la animó a escribir este diario), puesto que se ha escudado en la confidencialidad entre médico y paciente. Aun así, que esta psicoterapeuta guarde silencio parece dar, al menos desde mi punto de vista, algo de esperanza. Al fin y al cabo, ¿por qué una doctora se iba a tomar la molestia de proteger la confidencialidad de una paciente si no creyera que sigue viva?

En el momento de escribir estas líneas, Kate lleva trece meses desaparecida. Si nada cambia, para cuando se publique este libro, se habrán cumplido varios años de su desaparición.

Hoy en día no tengo ninguna prueba física que corrobore la historia que estás a punto de leer. Quizá Frank McCray me haya engañado, o quizá Josephine Schell nos haya engañado a los dos. Dejaré que juzgues por ti mismo, lector, si las páginas siguientes te parecen razonablemente plausibles y si, al igual que a mí, vuelven a despertar un terror enterrado hace mucho bajo la cama de la juventud.

Capítulo 1

Adéntrate en el bosque para perder de vista a tus contemporáneos y olvidar sus crímenes.

JEAN-JACQUES ROUSSEAU

ENTRADA N.º 1 DEL DIARIO
22 DE SEPTIEMBRE

¡Hemos llegado! Tras dos días conduciendo y haciendo noche en Medford, hemos llegado al fin. Y es perfecto. Es cierto que las casas forman un círculo. Vale, es algo muy obvio, pero me dijiste que no parase, que no corrigiera, que no borrase y volviera atrás. Por eso me animaste a usar papel y boli. Para que no pudiera utilizar la tecla de retroceso. «Simplemente, sigue escribiendo.» Vale. Como quieras. Hemos llegado.

Ojalá Frank pudiese haber estado aquí. Me muero de ganas de llamarle esta noche. Seguro que se volverá a disculpar por haber tenido que quedarse en Guangzhou para esa conferencia, y yo le diré, otra vez, que no importa. ¡Ya ha hecho tanto por nosotros! Nos ha preparado la casa y nos ha enseñado todo a través de vídeos de FaceTime. Tiene razón en que no le hacen justicia. Sobre todo, a la ruta de senderismo. Ojalá hubiera podido estar aquí para acompañarme en el primer paseo que he dado hoy. Ha sido algo mágico.

Dan no ha venido conmigo. Pero no me sorprende. Ha dicho que se quedaba para ir deshaciendo las maletas y abriendo las cajas, y así me echaba una mano. Siempre dice que va a ayudar. Le he comentado que quería, necesitaba, estirar las piernas. ¡Dos días encerrados en el coche! ¡Y el peor viaje de mi vida! No debería haber escuchado las noticias todo el rato. Sí, lo sé, «dosifica las noticias, entérate de los hechos pero no te obsesiones con ellos». Tienes razón. No debería haberlo hecho. Otra vez lo de Venezuela, lo del aumento de tropas. Lo de los refugiados. Otro barco que vuelca en el Caribe. Hay tantos barcos. Y es temporada de huracanes. Al menos, eso dice la radio. Si no hubiera estado conduciendo, seguramente habría intentado ver esas noticias en el móvil.

Lo sé. Lo sé.

Al menos tendríamos que haber ido por la carretera de la costa, como cuando Dan y yo nos casamos. Debería haber insistido. Pero Dan pensó que la 5 sería más rápida.

Uf.

Todas esas granjas industriales tan horribles. Todas esas pobres vacas apretujadas unas contra otras bajo un sol de justicia. Y el olor. Ya sabes que soy muy sensible a los olores. Cuando llegamos aquí, tuve la sensación de que seguía impregnado en mi ropa, mi pelo, mis fosas nasales. Así que tenía que pasear, tomar el aire fresco, desentumecer los músculos del cuello.

Dejé a Dan haciendo lo que tuviera que hacer y me dirigí a la ruta de senderismo marcada que hay detrás de nuestra casa. Es una pendiente gradual y realmente fácil, con unas escaleras de madera en los bancales que hay cada cien metros o así. Pasa junto a la casa de nuestra vecina, a la que he visto. Es una señora mayor. Bueno, bastante anciana. Tenía el pelo gris, sin duda. Corto, creo. La he visto por la ventana de la cocina, así que no lo sé seguro. Estaba haciendo algo delante del fregadero. Ha levantado la mirada y me ha visto. Me ha sonreído y saludado con la mano. Le he sonreído y devuelto el saludo, pero no me he parado. ¿He sido maleducada? Pensé, al igual que con lo de deshacer las maletas, que ya habría tiempo para conocer a la gente. Vale, a lo mejor no pensé realmente eso. La verdad es que no pensé. Solo quería seguir caminando. Me sentí un poco culpable, pero no por mucho tiempo.

Lo que vi…

Vale, ¿recuerdas que creíste que dibujar un boceto de cómo era este lugar podría ayudarme a canalizar esa necesidad de organizar mi entorno que siento? Creo que es una buena idea y, si me queda medio decente, igual te envío el dibujo escaneado. Pero es imposible que ningún dibujo, o siquiera una fotografía, pueda capturar lo que he visto en ese primer paseo.

Los colores. En Los Ángeles todo es gris y marrón. Ese cielo gris, brillante y brumoso siempre me hace daño a la vista. Allí las colinas marrones de hierba muerta me hacían estornudar y me provocaban dolor de cabeza. Aquí todo es muy verde, como en el este. No. Mejor. Hay tantos colores... Frank me contó que hubo sequía por la zona y me pareció ver un poco de hierba amarilla a lo largo de la autopista, pero aquí esto es como un arcoíris verde, que va de un dorado brillante a un azul oscuro. Los arbustos, los árboles.

Los árboles.

Recuerdo la primera vez que fui de excursión por el cañón Temescal en Los Ángeles. Esos robles bajos, grises y retorcidos, con sus hojitas puntiagudas y sus bellotas con forma de bala. Tenían un aspecto tan hostil. Sé que suena supermelodramático, pero así me sentía. Era como si estuvieran cabreados por tener que vivir en ese barro muerto y polvoriento, duro y caliente.

Estos árboles son felices. Sí, eso he dicho. ¿Por qué no iban a serlo, en este suelo rico, blando y bañado por la lluvia? Unos cuantos tienen la corteza moteada de color claro y hojas doradas, que se les están cayendo. Se entremezclan con los altos y robustos pinos. Algunos tienen esas agujas de color plata o esas otras más planas y suaves, que me han rozado suavemente al pasar cerca. Son unas columnas reconfortantes que sostienen el cielo, más altas que cualquier cosa que haya en Los Ángeles, incluidas esas delgaduchas palmeras ondulantes que hacen que me duela el cuello cuando las miro.

¿Cuántas veces hemos hablado de ese nudo que noto bajo la oreja derecha y que se extiende hasta la zona de debajo del brazo? Pues ha desaparecido. Daba igual cómo estirara el cuello. No me dolía. Y no he tomado nada. Tenía previsto hacerlo. Hasta dejé dos pastillas de Naproxeno en la encimera de la cocina para cuando volviera. No me ha hecho falta. Ni rastro de dolor. Ni el cuello, ni el brazo. Relax total.

Me quedé ahí quieta durante unos diez minutos tal vez, contemplando el brillo del sol a través de las hojas, fijándome en sus rayos relucientes y difusos. Centelleantes. Estiré la mano para alcanzar uno de ellos, un pequeño disco de calor, pequeño como una moneda, que ha conseguido calmarme. Ponerme los pies en la tierra.

¿Qué dijiste sobre la gente que tiene TOC? ¿Que nos cuesta muchísimo vivir el momento presente? Aquí y ahora esto no me ha pasado. He podido sentir cada segundo. Con los ojos cerrados. Respirando hondo ese aire purificador. Ese aire fresco, húmedo, fragante. Intenso. Natural.

Es tan distinto a esa ciudad trasplantada que es Los Ángeles, con sus céspedes y palmeras y personas que viven del agua robada a otro. Se supone que es un desierto, no un extenso jardín de las vanidades. Quizá por eso todo el mundo está tan deprimido allí. Porque saben que todos están viviendo una farsa.

Pero yo no. Ya no.

Recuerdo haber pensado: «Esto no podría ser mejor». Pero sí podía. He abierto los ojos y he visto un enorme arbusto esmeralda a unos pocos pasos de distancia. Lo había pasado por alto antes. ¡Una zarza! Y parecía tener moras, pero he mirado en internet para asegurarme. (Por cierto, aquí hay una buena wifi, ¡incluso tan lejos de casa!) ¡Sí, eran moras, qué suerte he tenido al encontrarlas! Frank había comentado algo sobre que la sequía del verano había arruinado la cosecha de bayas silvestres. Y ahí estaba esa zarza, justo delante de mí. Esperándome. ¿Te acuerdas de que me dijiste que estuviera más abierta a las oportunidades, que buscara señales?

No me importó que estuvieran un pelín agrias. De hecho, estaban incluso mejor. El sabor me ha hecho recordar los arándanos que había detrás de nuestra casa en Columbia.* Nunca podía esperar a que llegara agosto, cuando maduraban, e iba a hurtadillas a por esos frutos medio morados en julio. Todos esos recuerdos me han asaltado de repente, todos esos veranos, papá leyendo *Arándanos para Sal* y yo

* Kate McCray creció en Columbia, Maryland.

riéndome cuando ella se topa con el oso. Ahí ha sido cuando me ha empezado a picar la nariz y se me han humedecido los ojos. Seguramente me habría venido abajo ahí mismo si no me hubiera salvado un pajarito, y no es una forma de hablar.

En realidad, han sido dos. Me di cuenta de que había un par de colibríes revoloteando alrededor de unas flores silvestres púrpuras, muy altas, que brotaban en una zona iluminada por el sol, muy a lo peli de Disney. He visto cómo uno se detenía en una flor y luego el otro pasaba zumbando junto a él, y entonces ha ocurrido algo muy adorable. El segundo se ha puesto a darle besitos al primero, moviéndose adelante y atrás con esas plumas naranjas como el cobre y ese cuello rojo rosáceo.

Vale, sé que a estas alturas seguramente estarás harta de tantas comparaciones. Lo siento. Pero no puedo evitar pensar en esos loros. ¿Lo recuerdas? ¿Aquellos de los que hablamos? ¿Esa bandada salvaje? ¿Te acuerdas de que nos pasamos una sesión entera hablando de que sus graznidos me volvían loca? Perdóname si no vi la relación que intentabas establecer.

Pobres criaturas. Parecían tan asustadas y enfadadas. ¿Por qué no iban a estarlo? ¿Cómo iban a sentirse, si una persona horrible los había liberado en un entorno que no era el suyo? ¿Y sus crías? Habían nacido con ese malestar en sus genes y cada una de sus células ansiaba estar en un entorno que no podían hallar. ¡No encajaban en ese lugar! ¡Nada encajaba! Cuesta ver lo que va mal hasta que lo comparas con lo que está bien. En este sitio, con sus árboles altos y sanos y sus pajaritos felices que se dan besos llenos de amor, todo encaja a la perfección.

Yo también.

Extracto del programa radiofónico *Marketplace* de American Public Media. Transcripción de la entrevista realizada por el presentador Kai Ryssdal al fundador de Greenloop, Tony Durant.

RYSSDAL: Pero ¿por qué iba alguien, sobre todo alguien acostumbrado a una vida urbana o incluso suburbana, a aislarse en plena naturaleza, alejado de todo?

TONY: No estamos aislados en absoluto. Durante la semana hablo con gente de todo el mundo, y los fines de semana mi esposa y yo solemos estar en Seattle.

RYSSDAL: Pero el tiempo que invertís en ir en coche hasta Seattle...

TONY: No es nada comparado con la cantidad de horas que pasa la gente conduciendo todos los días. Piensa en todo el tiempo que inviertes en ir y volver del trabajo en coche, mientras ignoras u odias la ciudad que te rodea. Como vivimos en la naturaleza, apreciamos más el tiempo que pasamos en la ciudad porque es algo voluntario en vez de obligatorio, un regalo en vez de una tarea rutinaria. El estilo de vida revolucionario de Greenloop nos permite disfrutar de lo mejor del estilo de vida tanto urbano como rural.

RYSSDAL: Hablemos un minuto sobre este «estilo de vida revolucionario». En el pasado, has descrito Greenloop como la próxima Levittown.

TONY: Así es. Levittown fue un ejemplo de prosperidad. Tras la Segunda Guerra Mundial, tenías a todos estos jóvenes soldados que volvían a casa, recién casados, deseosos de formar una familia, con ganas de tener una casa propia, pero sin los medios para poder permitírsela. Al mismo tiempo, se produjo esta revolución en la industria; se optimizó la producción, se mejoró la logística, se inició la manufactura de piezas prefabricadas..., y todo debido a la guerra, pero con el tremendo potencial que ofrecía una época de paz. Los Levitt fueron los primeros en darse cuenta de que existía ese potencial y lo desarrollaron en la primera «comunidad planificada» de Estados Unidos. Y la construyeron de un modo tan rápido y barato que se convirtió en el modelo de referencia para los suburbios modernos.

RYSSDAL: Y tú dices que ese modelo está agotado.

TONY: No soy yo quien lo dice, todo el país lo sabe desde los años sesenta, cuando nos dimos cuenta de que nuestra forma de vida nos estaba matando. ¿De qué sirve todo este progreso si no vas a poder comer los alimentos o respirar el aire o incluso vivir en la tierra cuando el océano la cubra? Desde hace medio siglo se sabe que necesitamos una solución sostenible. Pero ¿cuál? ¿Vamos a volver al pasado? ¿A vivir en cuevas? Eso era lo que querían los primeros ecologistas o, al menos, esa era la imagen que proyectaban. ¿Recuerdas esa escena tan icónica de *Una verdad incómoda*, donde Al Gore nos mostraba una balanza con unos lingotes de oro a un lado y la Madre Tierra al otro? ¿Qué clase de elección es esa?

No puedes pedirle a la gente que renuncie a comodidades personales y tangibles a cambio de una idea etérea. Por eso fracasó el comunismo. Por eso fracasaron todas esas comunas hippies primitivas que pregonaban «la vuelta a la tierra». El sufrimiento altruista está bien en las cruzadas breves, pero como modo de vida es insostenible.

RYSSDAL: Hasta que creaste Greenloop.

TONY: De nuevo, yo no creé nada. Lo único que hice fue contemplar el problema desde la perspectiva de los fracasos del pasado.

RYSSDAL: Has sido muy crítico con los intentos previos…

TONY: Yo no diría crítico. No estaría aquí si no fuera por los que me precedieron. Pero cuando miras esas colosales ciudades ecológicas financiadas por gobiernos, como Masdar* o Dongtan,† son demasiado grandes. Demasiado caras. Y, sin lugar a dudas, demasiado ambiciosas para Estados Unidos tras los recortes.‡ Del mismo modo, los modelos europeos, como BedZED§ o Sieben Linden,¶ que son más pequeños, no tienen ninguna posibilidad de éxito porque se basan en políticas austericidas. Me gustaba el proyecto Dunedin,** en Florida. Es acogedor y factible, pero no impresiona, y esto…

RYSSDAL: Deberíamos explicar que Tony está señalando a las casas y al terreno que nos rodea.

TONY: No me digas que esto no te impresiona, ¿eh?

RYSSDAL: ¿Es cierta esa historia de que te colaste en un retiro de los ejecutivos de la corporación Cygnus, a los que presentaste el proyecto solo después de traerlos hasta aquí arriba?

TONY: *[Risas.]* Ojalá. Sabían que les iba a hacer una presentación y que tenía algo que ver con un terreno que

---

* Ciudad de Masdar: un proyecto de ciudad sostenible construido en Abu Dabi, EAU.

† Dongtan: una ciudad ecológica planificada que se ubica en la isla de Chongming, en Shanghái, China.

‡ Los recortes: en 2013, el Congreso de Estados Unidos aprobó una ley para controlar la austeridad del presupuesto.

§ BedZED: una comunidad sostenible, compuesta por un centenar de hogares, completada en 2002 en Hackbridge, Londres, RU.

¶ Sieben Linden: un asentamiento que no está conectado a la red eléctrica general en Alemania.

** Dunedin: una aldea ecológica en Dunedin, Florida, EE.UU.

el gobierno federal tenía previsto vender en subasta al sector privado, pero no escucharon mi propuesta hasta que se hallaron… realmente… en el mismo punto donde estamos ahora.

RYSSDAL: Y la naturaleza habló.

TONY: Bueno, yo también. *[Ambos se ríen.]* En serio, soy como Steve Jobs, yo dirijo la orquesta,* y mi orquesta es esta tierra. Cuando estás aquí, rodeado por ella, conectando con ella a un nivel visceral, te das cuenta de que ese vínculo es la única forma de salvar nuestro planeta. Ese ha sido el problema desde siempre; hemos destruido la naturaleza porque nos hemos distanciado mucho de ella.

Les pedí a mis amigos de Cygnus que se imaginaran los dos posibles escenarios de este terreno que pronto se iba a privatizar. Lo acabaría talando indiscriminadamente una empresa maderera china o… o… podría ser el lugar donde se asentase una pequeña comunidad ecológica que dejaría una huella mínima en el entorno y que sería la encarnación de la nueva Revolución Verde. Seis viviendas, no más, alrededor de una casa común. Vistas desde arriba tendrían la forma de una tortuga, y según las creencias de algunos nativos americanos, el mundo reposa sobre su concha.

Les expliqué cómo parecería que las casas, construidas al estilo Tlingit, brotasen del mismo bosque.

RYSSDAL: Como se puede ver ahora.

---

* La frase «yo dirijo la orquesta» la decía Michael Fassbender en la película *Steve Jobs* de 2015, guionizada por Aaron Sorkin. No se ha podido confirmar que el verdadero Jobs la pronunciara alguna vez.

TONY: Exactamente, pero lo que no puedes ver es que todas estas casas se construyeron con materiales cien por cien reciclados. La madera, metal y el aislante son vaqueros reciclados. El único material nuevo es el bambú de los suelos. El bambú es muy importante para el planeta. Por eso puedes verlo crecer por todo el vecindario. No solamente es el material de construcción más versátil y renovable que haya existido nunca, sino que ayuda a retener y almacenar el carbono. También hay lo que podríamos llamar «elementos pasivos», como las gigantescas ventanas que van del suelo al techo en las salas de estar y que permiten calentar o refrescar toda la casa con solo levantar o bajar las cortinas.

Pero los elementos pasivos llegan hasta donde llegan. Cuando se trata de tecnología verde activa, tenemos de todo. ¿Ves que los tejados tienen un tono púrpura azulado? Eso son paneles solares. Son autoadhesivos, como el papel pintado de antaño, y cuentan con «células fotovoltaicas de triple unión», para que puedan captar todos los fotones en un día nublado. Y esos amperios convertidos se almacenan en una batería patentada por Cygnus que no solo encaja a la perfección en una pared sin que se vea, sino que es un 13,5 por ciento más eficiente que la de la competencia.

RYSSDAL: Chúpate esa, Elon Musk.

TONY: No, no, me encanta Elon, es un buen tío, pero se ha quedado un poco atrás.

RYSSDAL: ¿Como el programa de compensación solar?

TONY: Exacto. Si obtienes más energía de la que necesitas, ¿por qué no se puede vender a la red eléctrica? Y no me refiero a que te hagan un descuento, como en algunos estados, sino a vender ese exceso a cambio de dinero, como llevan haciendo los alemanes desde hace casi dos décadas. No es una cuestión tecnológica sino un buen negocio, ganar dinero sin mover el culo.

RYSSDAL: Ya que mencionas esa parte del cuerpo…

TONY: A eso iba. Las casas no solo captan energía solar, sino también gas metano procedente de, no te lo vas a creer, tu propia caca. Una vez más, no es nada nuevo. Los países en desarrollo han utilizado biogases durante años. Incluso algunas ciudades estadounidenses están aprovechando los depósitos de biogás que tienen en sus propios vertederos. Greenloop ha cogido todos esos avances en los que tanto esfuerzo se ha invertido y los ha mejorado hasta alcanzar los estándares de un suburbio estadounidense. Cada casa está construida sobre un generador de biogás que descompone lo que baja por el retrete. Pero ni lo ves, ni lo hueles, ni tienes que pensar en ello. Todo está regulado por el sistema de «casa inteligente» de Cygnus.

RYSSDAL: ¿Puedes hablar un poco sobre ese sistema?

TONY: Una vez más, no es nada nuevo. Muchas viviendas se están volviendo inteligentes. Simplemente, Greenloop va por delante. El programa central de la casa se activa con la voz o por control remoto y siempre busca la eficiencia energética. Está continuamente pensando, calculando, cerciorándose de que no desperdicies un solo amperio o Btu. Cada habitación está llena de sensores tanto térmicos como de movimiento. En el ajuste de máxima eficiencia, apaga automáticamente todas las luces y la calefacción de cada espacio que no esté ocupado. Y lo único que tienes que

hacer es vivir como siempre has vivido. No tienes que
sacrificar ni una pizca de comodidad o tiempo.

RYSSDAL: Y eso se ha conseguido gracias a la misma
voluntad política que permitió que el estado de
Washington cambiara su política de energía solar.

TONY: Y que pusiera la mitad del dinero para su
construcción, así como para construir la carretera
privada que la une a la autopista principal, y para tirar
todos esos kilómetros de cable de fibra óptica.

RYSSDAL: Trabajos verdes.

TONY: Sí, trabajos verdes. ¿Quién mantiene en
funcionamiento todos esos elementos electrónicos tan
sofisticados? ¿Quién limpia los paneles solares? ¿Quién
depura los residuos ya utilizados en esos generadores de
biogás y se los lleva junto a la basura, más lo que hay que
reciclar y las sobras de comida, para luego utilizar todos
esos residuos orgánicos como abono que se esparcirá
alrededor de los árboles frutales?

¿Sabías que cada ciudadano de Greenloop genera de
dos a cuatro puestos de trabajo en el sector servicios para
sus compatriotas estadounidenses? Todos esos
trabajadores vienen en furgonetas eléctricas que se
recargan en la Casa Común. Y eso solo en el sector
servicios. Porque alguien tiene que fabricar esos paneles
solares y esos generadores de biogás y esas baterías de
pared, ¿verdad? Hablamos de fábricas. Del «Made in
America». Esta es la Revolución Verde, el «New Deal»
Verde, y lo que ahora llaman la Sociedad Verde y
Sostenible. Greenloop demuestra lo que es posible,
como hizo anteriormente Levittown.

RYSSDAL: Aunque no podemos ignorar que en Levittown imperaba una política de segregación racial.

TONY: No, no deberíamos ignorar eso. De hecho, a eso voy precisamente. Levittown era exclusivo; Greenloop es inclusivo. Levittown quería dividir a las personas. Greenloop quiere unirlas. Levittown quería separar a los humanos de la naturaleza. Greenloop quiere que vuelvan a ella.

RYSSDAL: Pero la mayoría de la gente no se puede permitir vivir en este tipo de comunidad.

TONY: No, pero sí se pueden permitir una parte. Eso era lo que pretendía Levittown; no solo exhibir las casas, sino también todas las nuevas comodidades que había en ellas: lavaplatos automáticos, lavadoras, televisores. Toda una nueva forma de vida. Eso es lo que estamos intentando conseguir con la tecnología verde y, en lo que respecta a la energía solar y las casas inteligentes, ya lo estamos logrando. Pero si podemos conseguir que todas estas ideas para salvar el planeta se hallen bajo un mismo techo, literalmente, y levantamos los suficientes Greenloops por todo el país para que estas ideas vayan calando poco a poco en el ciudadano medio, entonces al fin podremos tener una Revolución Verde. No habrá más sacrificios ni más sentimientos de culpa. Los beneficios que obtengamos y el cuidado del planeta ya no entrarán en conflicto. Los estadounidenses podrán tenerlo todo, ¿y qué hay más americano que tenerlo todo?

Capítulo 2

La felicidad: una buena cuenta en el banco, un buen cocinero y una buena digestión.

JEAN-JAQUES ROUSSEAU

Anoche nos invitaron a una «cena de bienvenida» en la Casa Común.

Me acabo de dar cuenta de que aún no he explicado nada sobre ese edificio. Lo siento. Es un espacio compartido como el que tiene la asociación de propietarios de cualquier comunidad planificada y está diseñado como un hogar comunal tradicional del noroeste del Pacífico. Anoche busqué en Google «hogar comunal». Las imágenes encajaban casi a la perfección con esta estructura. Cuenta con un gran espacio multiusos con un baño y una cocina pequeña a un lado y una acogedora zona con chimenea adoquinada en el otro. Ese fuego emitía un fulgor muy hermoso que se mezclaba con el brillo de las velas con aroma a pino y la luz natural del atardecer. Como la Casa Común tiene una orientación este oeste, lo único que tuvimos que hacer fue dejar abierta la enorme puerta doble de la entrada para tener una vista espectacular de la puesta de sol. Me sorprendió el calor que hacía; seguro que no hacía más frío que en Los Ángeles de noche.

Era un marco tan idílico, ¡y la *comida*! ¡Ensalada de edamame con mantequilla negra, quinoa con verduras asadas y salmón pescado en algún río cercano! Empezamos con este increíble primer plato: una sopa de soba de verdura que habían hecho los Boothe. Viven dos casas a la izquierda de nosotros. Son veganos. Habían *hecho* la sopa de verdad, no se habían limitado a mezclarlo todo y calentarlo. Los fideos de soba los habían hecho ellos mismos. Con ingredientes frescos distribuidos ese mismo día. He comido mucho soba desde que me mudé a Los Ángeles. Incluso lo comí en Nobu, donde Dan y sus socios de aquella época querían celebrar el lanzamiento de su empresa, y estoy bastante segura de que no se podía comparar con este.

«Lo hemos hecho con nuestras propias manos.» Eso comentó Vincent. Me cae bien, y su mujer Bobbi también. Tendrán sesenta y algo años, y los dos son bajitos y felices. Parecen los típicos tíos mayores.

Además, no criticaron a los que no somos veganos. ¿Estoy siendo criticona? Ya sabes a quién me refiero: a todos los veganos de Venice, sobre todo, los nuevos. Recuerdo cómo miraban los zapatos de cuero de Dan o mi blusa de seda o cuando uno de ellos afirmó que una pecera era una prisión. En serio, estábamos de fiesta en casa de alguien y un tío se puso a desbarrar sobre el estanque koi que tenían ahí. « ¡¿A vosotros os gustaría que os encerraran en una burbuja de aire diminuta en el fondo del océano?!» Los Boothe no son así. Son tan majos… Y a Dan le *encantó* su regalo de bienvenida.

Imagínate una *T* boca abajo hecha de acero que te cabe en la palma de la mano, cuyo cuello te llega hasta los dedos, como una cuchara larga, estrecha y afilada, que acaba en punta. Bobbi nos explicó que era un abridor de cocos; en concreto, para clavarlo en los «poros». Así se llaman esos agujeritos negros tapados. No lo sabía. Tampoco sabía que el agua de coco es el mejor hidratante natural del mundo. Vincent nos contó que es lo más parecido al líquido que tenemos dentro de las células sanguíneas. Bobbi comentó a modo de broma que «no necesitamos transfusiones caseras», pero se puso seria cuando nos explicó lo bueno que era beber agua de coco en una caminata. Se van de excursión todas las mañanas y comen montones de cocos en verano.

—Supongo que con eso también le puedes sacar un ojo a alguien —añadió Bobbi mientras observaba a Dan, que tenía el abridor en la mano y apuñalaba al aire con él. Daba la impresión de que tenía doce años y hablaba como un chaval de esa edad:

–¡Tío, cómo mola! ¡Gracias!

Supongo que en ese momento tendría que haber sentido vergüenza, pero los Boothe se limitaron a sonreírle como unos padres orgullosos.

Ahí también había algunos padres de verdad, aunque en este caso eran dos madres. La familia Perkins-Forster. Solo llevan unos meses aquí y han sido las penúltimas en instalarse.

Carmen Perkins es… No estoy segura de si tiene fobia a los gérmenes, acabo de conocerla. Pero después de estrecharnos las manos se las limpió con un gel antiséptico. Se aseguró de que su hija también se las limpiara y se lo ofreció a todo el mundo. Aunque es muy maja. No paraba de decir que era maravilloso que nosotros (o sea, Dan y yo), hubiéramos «completado el círculo». Es psicóloga infantil. Escribió un libro junto con su esposa Effie sobre cómo educar en casa en la era digital. Carmen la llamaba todo el rato «Euphemia».

Effie también es psicóloga infantil, o eso creo. Al menos así nos la presentó Carmen.

–Bueno, técnicamente aún no puedo ejercer… –comenzó a decir Effie, pero Carmen la interrumpió al agarrarla del brazo.

–Está estudiando para sacarse la licenciatura, y ya es mucho más lista que yo –afirmó, lo que provocó que Effie se sonrojara un poco.

No sé si Effie es físicamente más pequeña que Carmen, pero con su actitud da esa impresión. Va con los hombros encogidos. Habla bajito. No te mira mucho a los ojos. Un par de veces, antes de responder a una de nuestras preguntas, miró brevemente a Carmen. ¿Para pedirle permiso? Y un par de veces también después. ¿Para pedirle su aprobación?

Effie también pasó mucho tiempo con Appaloosa, su hija, y le prestó mucha atención. El nombre, según Carmen, es «algo provisional», y se lo dieron durante la adopción. Me pareció que se pusieron un poco a la defensiva, sobre todo cuando Effie nos aclaró que Appaloosa podría cambiarse de nombre si encontraba otro que le gustase más. Carmen nos explicó que cuando la vieron por primera vez en el orfanato de Bangladesh, la niña agarraba con fuerza un libro ilustrado sobre caballos desgastado y hecho trizas. Intenté preguntarle sobre caballos, y Dan sobre si le gustaba vivir aquí. No nos contestó a ninguno de los dos.

¿Conoces esa fotografía famosa del *National Geographic* de la chica afgana de los ojos verdes? Aunque los ojos de Appaloosa son marrones, tiene la misma expresión de angustia. Se limitó a mirarnos fijamente con esos ojos, sin decir nada, y luego volvió a centrarse en el «objeto de su obsesión», una pelota antiestrés casera rellena de alubias. Effie le dio un abrazo y se disculpó:

—Es un poco tímida.

Y Carmen la cortó:

—Y no tiene por qué darnos conversación.

Luego siguió contando que aquel libro era la única posesión de la niña, eso y una barra de pan en una bolsa de plástico. Cuando la conocieron, no sabía cuándo iba a volver a comer. Effie negó con la cabeza, abrazando a la niña otra vez, y comentó que había estado desnutrida, que había tenido carencia de vitaminas, llagas en la boca y también raquitismo. Se puso a hablar del calvario que había vivido el pueblo de la cría, la minoría *rohinyá* (eso tendré que buscarlo luego en Google), a manos del gobierno de Birmania. Entonces, Carmen la miró en silencio, y dijo:

—No hace falta recordarle esas cosas. Ahora lo importante es que está sana y salva, y que la queremos.

Eso dio a pie a que Alex Reinhardt comentara el trato deplorable que reciben muchas minorías étnicas en el sur de Asia. ¿Alguna vez has oído hablar del doctor Reinhardt? Se parece al escritor de *Juego de tronos*, pero sin la gorra de pescador griego. Aunque sí lleva una boina, supongo que tiene derecho. Había oído su nombre un par de veces en el instituto, y había visto sus libros anunciados en Amazon. Creo que una vez en un avión vi el final de su charla TED, porque alguien sentado junto a mí la estaba viendo.

Supongo que es un tío importante. Según parece, su libro *Los hijos de Rousseau* fue «rompedor». Esa fue la palabra que empleó Tony Durant. Reinhardt, un tanto avergonzado, se encogió levemente de hombros al oírlo, pero explicó a continuación por qué esa obra le convirtió, básicamente, en el foco de atención del mundo académico.

Espero haberlo entendido bien. Intentaré contarte lo que me explicó. Jean-Jacques Rousseau (no confundir con Henry David Thoreau, como hizo Dan anoche) fue un filósofo francés del siglo XVIII. Creía que los primeros humanos en esencia eran buenos, pero cuando la humanidad comenzó a vivir en ciudades y se separó del mundo natural, se separó asimismo de su propia naturaleza. En palabras del propio Reinhardt: «Todos los males de hoy en día tienen su origen en la corrupción de la civilización».

En *Los hijos de Rousseau*, Reinhardt demostró que tenía razón cuando estudió a los cazadores recolectores Kung San del desierto del Kalahari en África.

—No tienen ninguno de los problemas que asolan nuestras sociedades supuestamente avanzadas —aseveró—. Ni crímenes, ni adicciones, ni guerras. Son la encarnación de la tesis de Rousseau.

—Y al contrario que en la visión idílica de Rousseau, las mujeres no son unas meras esclavas sexuales virtuosas en una sociedad dominada por los hombres. —Eso lo añadió Carmen. Lo dijo de forma educada, pero sonriendo sarcásticamente. Effie soltó una risita nerviosa y Reinhardt, que estaba sirviéndose otra ración de quinoa, parecía estar preparando un contraataque nada amigable.

—Rousseau era humano —señaló Tony—, pero sí que influyó a infinidad de generaciones en infinidad de campos, incluso a María Montessori.

Eso rebajó la tensión, eso y su increíble sonrisa. Sus ojos. Cuando me miró, noté un cosquilleo en los antebrazos, la verdad.

—Alex, aquí presente —dijo Tony, y entrechocó su copa con la de Reinhardt—, fue la inspiración espiritual para Greenloop. Cuando leí *Los hijos de Rousseau*, me quedó muy claro cómo tenía que ser una casa sostenible. La Madre Naturaleza nos señala el camino correcto, nos recuerda quiénes se supone que debemos ser.

Al oír eso, Yvette, su esposa, le agarró del brazo y suspiró suavemente con orgullo.

Los Durant.

Oh, por Dios… ¡vaya par de dioses!

Da asco lo guapos que son. ¡Tanto, que intimidan! Yvette (con esa belleza solo podría llamarse Yvette) parece un ángel. Eternamente joven. ¿Qué puede tener? ¿Treinta años? ¿Cincuenta? Es alta y delgada, y parece salida directamente de *Harper's Bazaar*. Ese pelo rubio miel, esa piel perfecta, esos ojos brillantes y centelleantes de color avellana. No debería haberla buscado antes en Google, fue peor. Resulta que sí que trabajó como modelo durante un tiempo. Había aparecido en un par de revistas antiguas llamadas *Cargo* y *Lucky*, lo cual no era de extrañar. Salía en unas fotos increíbles, de cuento de hadas, sacadas en Aruba y la costa Amalfitana. Nadie se merece lucir tan bien en bikini. Y nadie que tuviera, tenga, tan buen aspecto debería ser tan simpática.

Para empezar, ella fue quien nos invitó a cenar. Justo después de que yo volviera de la excursión, bañada en sudor, mientras Dan dormía en el sofá y seguía habiendo cajas llenas de porquería por todas partes, sonó el timbre y ahí estaba esta ninfa deslumbrante y glamurosa. Creo que solo alcancé a decir algo tan elocuente como un «ajá», y ella ya me dio un gran abrazo de bienvenida (para lo cual se tuvo que agachar) y nos comentó lo mucho que se alegraba de que hubiéramos optado por vivir en Greenloop.

Y por si su leve acento inglés de clase alta no bastara para convertirla automáticamente en una genia, también está haciendo un doctorado en terapias para enfermedades psicosomáticas. Aunque no sé quién es el doctor Andrew Weil (otra cosa más que tendré que buscar), sé que ella fue su protegida en su día; además, me ha invitado a seguir sus clases diarias de «yoga saludable e integrador», que, por supuesto, tienen hordas de seguidores en internet.

Es guapísima, brillante y generosa. Nos dio un regalo de bienvenida que se llama «luz feliz», y que se usa para simular el espectro exacto del sol y así evitar la depresión estacional. Seguro que ella no lo necesita, ni para la depresión ni para mantener bronceada esa piel perfecta.

Tony bromeó al señalar que él no necesitaba una luz feliz porque Yvette era la suya.

Tony.

Vale, se supone que debo ser sincera. ¿No? Eso es lo que me dijiste. Nadie, aparte de nosotras dos, va a leer esto. Sin barreras. Sin mentiras. Nada, solo lo que pienso y siento en el momento.

Tony.

Es mayor, de eso no hay duda. Quizá tenga unos cincuenta años, pero en plan como esas estrellas de cine mayores y de rasgos duros. Dan me habló una vez de un cómic antiguo (¿*G.I. Joe*?), donde los malos cogían ADN de todos los dictadores de la historia para crear a un supervillano perfecto. Justo lo contrario a lo que creo que han hecho con Tony: la piel de Clooney, los labios de Pitt. Vale, también tiene las entradas a lo Sean Connery, pero eso nunca me ha importado; he llegado a tolerar que Dan lleve moño. Y esos brazos, que me recuerdan a ese tipo del póster de la habitación de Frank. ¿Henry Rollins? No tan corpulento ni atlético, pero sí está cachas y tatuado. Cuando le tendió la mano a Dan, pude ver cómo los músculos se movían bajo sus tatuajes. Era como si las líneas tribales y los personajes asiáticos estuvieran vivos. Todo en Tony está vivo.

Vale. Sinceramente. Me recuerda a Dan. A como solía ser. Entusiasta, comprometido. A como, sin hacer ningún esfuerzo, se convertía en el centro de atención en cualquier sitio. Ese discurso que hizo ante la clase cuando nos graduamos: «¡No tenemos que estar preparados para el mundo, es el mundo quien tiene que estar preparado para nosotros!» ¿Han pasado ocho años? ¿Tanto?

Intenté no compararlos, ya que tenía a mi lado a la persona en la que se había convertido y, enfrente, a la persona en la que él creía que se convertiría.

Dan.

Al escribir esto ahora, me siento culpable por la poca atención que le presté en la cena, y porque ni siquiera intenté agarrarme a él, como acto reflejo, cuando la tierra empezó a temblar.

Fue una sacudida muy leve. Los vasos tintinearon y mi silla se tambaleó.

Al parecer, esto vino sucediendo intermitentemente a lo largo del último año. Solo fue un pequeño temblor que, según decían, procedía del monte Rainier. Nada de lo que preocuparse. Los volcanes son así. Eso me recordó al primer mes que pasamos en Venice Beach, cuando la cama se puso a bambolearse, no a temblar, sino a bambolearse como un barco en un mar embravecido. Había oído hablar de la falla de San Andrés, pero no sabía nada sobre los montones de fallas geológicas pequeñas que se entrecruzan bajo Los Ángeles. Entiendo por qué mucha gente de la Costa Este se larga de ahí tras vivir su primer terremoto. Si Dan no hubiera estado tan obsesionado con «Silicon Beach» me habría largado, eso seguro. Me alegro de haberme quedado, y de haberme dado cuenta de la enorme diferencia que hay entre unos pocos temblores y el Grande que algún día llegará. Aquel pequeño temblor de Greenloop, menor que el estruendo que provoca un camión al pasar, me recordó a lo que me explicaste sobre en qué se diferencian la negación y la fobia.

La negación es un rechazo irracional del peligro.

La fobia es un temor irracional a este.

Me alegro de haber actuado de forma racional en ese momento, sobre todo cuando todos los demás no parecieron darle importancia. Yvette hasta dijo bromeando: «Qué injusto es dejar atrás los terremotos de California por esto».

Todos nos reímos, hasta que se produjo el siguiente temblor… ¡uno de origen humano!

Fue entonces cuando Mostar apareció.

Era la anciana que había visto antes en la ventana. No era la señorita, o la señora Mostar, ni Mostar no sé cuánto. Solo « Mos-tar». Llegaba tarde y se disculpó, alegando que se había distraído en «el taller» y que había necesitado más tiempo para que el tulumba se enfriara. Así se llamaba su postre. Tulumba. Un gran plato de algo que parecían ser unos churros cortados con un glaseado de sirope. Ya habíamos tomado el postre. Los Durant lo habían traído con el salmón: rodajas de manzanas arrancadas de propio árbol, con un chorrito de miel, y un helado artesanal sin gluten con bayas locales. Me moría de ganas de compararlo con mis dosis de todas las noches de helado Halo, sobre todo porque todo el mundo me había advertido de que estaba buenísimo. Mostar no debía haber captado el mensaje. O igual no le importaba. A Dan sí que no le importó que hubiera más postre. Se abalanzó sobre los tulumbas. Se debió de comer... ¿cinco? ¿Seis? Masticando y rumiando cada trozo. Qué asco.

Cogí uno por educación. Ya podía oler el aroma a masa frita. No quiero ni pensar en cuántas calorías tenía. Quizá por eso prácticamente nadie cogió ninguno más. Los Boothe dijeron algo acerca de que tenía mantequilla animal. Las Perkins-Forster mencionaron que Appaloosa era alérgica al gluten. Ahí Mostar fue un poco desconsiderada. Debería saber que había ciertas cosas que algunos no podían comer. Quizá por eso Reinhardt también comió solo uno. Por su aspecto, eso sí que no me lo esperaba. Perdón. No hay que criticar a la gente por su físico. Pero, en serio, viendo cómo había engullido todo lo demás, supuse que seguiría el ejemplo de Dan y se pondría morado. En vez de eso, solo le dio un mordisquito a la punta a uno. Lo hizo con educación y frialdad. Se notaba cómo la temperatura ambiente de la sala había bajado.

–Comed. –Mostar se dejó caer al otro extremo de la mesa–. Adelante, que estáis en los huesos.

Es como una de esas típicas abuelas de antaño, incluso por su acento extranjero. ¿De dónde era? ¿De Rusia? ¿Israel? Marcaba mucho las erres.

Es muy bajita, más que la señora Boothe, que creo que solo me llega a la frente. A lo mejor mide metro y medio, o menos. Y su aspecto recuerda a un barril, como si alguien hubiera cogido uno y le hubiera puesto un vestido. Su piel aceitunada está llena de arrugas, sobre todo alrededor de los ojos. Ahí no solo tiene arrugas, sino también ojeras. Parece un mapache, como si no hubiera dormido en un año. ¿Estoy siendo cruel? No quiero serlo. Solo era un comentario. Aunque tiene unos ojos bonitos. De un azul claro acentuado por los círculos oscuros. Tiene el pelo plateado, no gris ni blanco, y lo llevaba recogido en un moño.

Desprendía una energía totalmente distinta a la de todos los demás. Era como si la mayoría de la gente de la sala irradiara unas líneas onduladas y lentas, y las suyas se balanceasen de forma abrupta. Dios, llevo demasiado tiempo viviendo en el sur de California.

Pero, en realidad, todo en ella transmitía dureza: la forma en que se movía, la forma en que hablaba. Me miraba fijamente, todo el rato, observando cómo picoteaba con desgana su postre. Todos los demás me estaban mirando. Era raro, como si mi reacción ante su tulumba fuera a tener un significado más profundo. Sé que estoy exagerando y dándole demasiadas vueltas. Me dijiste que confiara en mi instinto, pero la verdad es que me acabé sintiendo tan incómoda que perdí el apetito.

Tony también debió de intuirlo, gracias a Dios, porque vino a mi rescate y nos presentó a Mostar:

—Tenemos la gran suerte —dijo— de que una artista mundialmente famosa resida aquí.

Hace años que se dedica a hacer esculturas de vidrio. Él la había conocido en una exposición en el Chihuly Garden and Glass de Seattle. Yvette añadió que ella estaba a punto de dar una sesión de «yoga cristal» cuando vieron por casualidad su exposición. Acto seguido, Tony remató la historia al explicarnos que le había propuesto realizar una «colaboración épica»: una maqueta a escala completa del pueblo natal de Mostar, que a saber dónde está, y que se imprimiría totalmente en 3D.

Perfeccionar una tecnología de impresión en vidrio que «vaya varios pasos por delante del Karlsruhe»* es algo muy importante para Cygnus. Pensaba que esa conversación me aburriría. Cuando Dan iba a la universidad aprendí más que suficiente sobre impresión en 3D. Pero el entusiasmo de Tony era contagioso; según él, el proyecto de Mostar «lo cambiará todo en beneficio de todo el mundo». De este modo, Cygnus podría mostrar su nuevo logro revolucionario, Mostar viviría gratis en el paraíso y el mundo vería cómo resucita una parte de la historia.

—Lo cual es el tema de mi nuevo libro —interrumpió Reinhardt—, los conflictos por los recursos de los años noventa.

---

* El instituto de Tecnología de Karlsruhe ha sido pionero en el proceso de impresión de vidrio en tres dimensiones al integrar nanopartículas de polímero en una base de silicio.

¿Los conflictos por los recursos?

No estaba segura de qué tenía que ver ese tema con lo que estábamos hablando, ni por qué el pueblo natal de Mostar tenía que ser «resucitado». Tampoco tenía nada claro si profundizar más era lo apropiado para una cena. No quería que Appaloosa se sintiera incómoda. Mientras me debatía sobre qué hacer, Mostar cortó por lo sano y le hizo a Reinhardt un gesto con la mano para que parase.

—Oh, estos jóvenes tan simpáticos no quieren oír hablar de todo eso.

Entonces, se giró hacia mí y me preguntó:

—Bueno, ¿cómo habéis llegado hasta aquí?

Me puse un poco nerviosa, y los músculos de la mandíbula se me tensaron ligeramente. Pensé que quizá la distraería si le contaba solo mi historia, y así no preguntaría nada sobre Dan. Intenté hablar sobre mi trabajo, pero era muy aburrido. No, ya me estoy menospreciando otra vez. Me gusta lo que hago y sé que se me da bien, pero ¿quién quiere oír hablar del trabajo que realiza una contable en una empresa de gestión patrimonial de Century City? Traté de centrarme en lo que me unía a este lugar. Todo el mundo conocía y adoraba a Frank, y el señor Boothe (que había trabajado con él en su día) me contó que había sido él quien había animado a Frank y Gary a mudarse aquí cuando se estaba construyendo este sitio. Bobbi negó tristemente con la cabeza, y dijo:

—Lamento que lo suyo no funcionara.

A lo que Yvette añadió alegremente:

—Pero, gracias a su separación, ahora os tenemos a vosotros.

El comentario volvió a relajar el ambiente, hasta que Mostar lo estropeó. Supongo que no se lo puedo echar en cara. O sea, ¿por qué no iba a preguntarlo? No lo sabía. Nadie lo sabía. Solo estábamos de cháchara, conociéndonos. Es una pregunta típica.

¿Y tú a qué te dedicas?

Se me revolvió el estómago cuando se giró hacia Dan. Parecía que pronunciaba las palabras a cámara lenta.

¿Y-*tú*-a-qué-te-dedicas?

Dan levantó la vista del plato y entrecerró los ojos como si estuviera chupando un limón. Respondió que es un «empresario del mundo digital». Eso normalmente nos valía para salir del paso en Los Ángeles, seguramente porque ahí todo el mundo va a lo suyo y, en realidad, no les importan los demás. Incluso aquí, todos se limitaron a asentir y parecían dispuestos a cambiar de tema. Pero Mostar…

—Así que no tienes trabajo, ¿eh?

Todo el mundo se calló. No sabía dónde meterme. ¿Qué dices en una situación así? ¿Cómo respondes?

Bendito seas, Tony Durant.

—Dan es un artista, Mosty, como tú y yo. —Sonrió, y se dio unos golpecitos en la sien—. ¡Gran parte de nuestra labor se desarrolla aquí arriba, sin ser vista, sin que se compute el tiempo que invertimos y sin que se nos pague por ello, eso seguro!

Carmen aprovechó para intervenir en la conversación:

—¿A ti te pagaban por tus esculturas antes de acabarlas?

A lo que su esposa asintió, y musitó un tímido «sí, bien dicho».

—Hay trabajos en los que se paga un salario y otros en los que se cobra cuando se termina el proyecto.

Vincent se encogió de hombros, y esto animó a Reinhardt a hablar de que los europeos tienen un concepto de la identidad más equilibrado que los estadounidenses:

—Al otro lado del charco, a lo que te dedicas no define del todo quién eres.

Teniendo en cuenta que se lo estaba diciendo a una europea (o eso creo), todo era un poco confuso, pero la verdad es que me daba igual. Agradecía mucho que la gente hubiese intervenido para salvar la situación. Aunque poco me duró la alegría, ya que Tony volvió a adoptar una actitud más neutral.

—Mosty solo intenta entender a Dan, aunque a su peculiar manera.

Y entonces añadió:

—Y ella es bastante peculiar.

Las risitas se convirtieron en carcajadas en la sala. Hasta Mostar parecía sumarse al jolgorio, ya que sonreía y levantaba las manos como diciendo «qué bien me conoces». No parecía importarle lo más mínimo. No tenía ni un aliado en la sala y daba la impresión de que le daba totalmente igual. Yo habría muerto ahí mismo.

Aunque tampoco es que me sintiera mal por ella, sobre todo cuando al despedirnos miró de reojo a Dan. Más que una sonrisita fue un «te tengo calado». Seguro que fue la razón por la que no pude dormir anoche. Intenté obligarme a leer en vez de volver a ver *La princesa prometida.* Esa peli siempre me ha encantado. Merece la pena exponerse a la luz de la pantalla, que reduce la melatonina. Necesitaba algo familiar, que me reconfortara.

Me siento…

Ojalá…

Me muero de ganas de que llegue la próxima semana y tengamos nuestra sesión por Skype. A lo mejor te llamo para ver si podemos adelantarla. La necesito de veras. Sobre todo, después de lo de hoy.

Dan y yo no hemos hablado de lo que pasó en la cena. ¿Por qué íbamos a hacerlo? ¿Cuándo fue la última vez que hablamos de algo en serio? Pero notaba que estaba enfadado. Siempre se puede saber por el tiempo que pasa en el sofá. Si se va a la cama una hora o así después que yo, está mosqueado. Si lo hace a medianoche, está cabreado. Si me lo encuentro dormido por la mañana, con el iPad sobre la barriga…

Así está ahora. Despierto, pero sin ayudarme en nada. Creo que puede oír cómo deshago las maletas y las cajas en la planta de arriba. He estado montando de nuevo las estanterías. Tres en total, dos grandes y una que me llega a la cintura, con unos largos soportes de acero. Son pesadas y ruidosas. Ha tenido que oír cómo las aporreaba. Aunque quizá no, porque estaba escuchando música. ¿Te he comentado que puedes sincronizar ciertos aparatos electrónicos en cada habitación? Supongo que es para que cada uno tenga su propio espacio personal, pero como Dan se ha adjudicado la sala de estar y ahí están los altavoces más grandes…

Puedo oír su música a través de la puerta. Es su lista de canciones de principios de los noventa en bucle.

El puñetero «Black Hole Sun».

Vaya, estoy muy enfadada. No estoy acostumbrada a sentirme así. No me gusta. A lo mejor salgo a dar un paseo luego, a recorrer el sendero, para despejarme.

Lo necesito. Vuelvo a sentir ese nudo.

Extracto de mi entrevista a Frank McCray, Jr.

El hermano de Kate Holland ha envejecido considerablemente, si nos fijamos en las fotos de las redes sociales sacadas apenas un año antes. Se le han afilado los rasgos angelicales y el pelo se le ha vuelto ralo y gris. El exabogado de Cygnus es serio, impaciente y cada palabra que pronuncia transmite una ira contenida. Cuando me tiende la mano derecha para saludarnos, reparo en que tiene la otra posada sobre un revólver Smith & Wesson 500.

Nos reunimos en su «campamento base temporal», una caravana aparcada al final de un camino asfaltado a los pies de la cordillera de las Cascadas. Antes de vernos en persona, me advirtió de que no tendríamos mucho tiempo para hablar. Me lo recuerda de nuevo al invitarme a entrar en el vehículo. Aunque está pulcra, limpia y meticulosamente ordenada, la cabina está llena de equipamiento hasta el techo. Veo un equipo de acampada, comida liofilizada, el estuche duro de plástico negro de la mira de un arma muy cara y varias cajas de munición de diversas armas de fuego.

McCray me conduce hasta un banco estrecho en el pequeño comedor y luego se sienta frente a mí, junto a una mochila abultada y un rifle de caza metido en su funda. Entre nosotros se encuentra un hornillo de camping de Bio Lite muy usado, de esos que usan la termodinámica para cargar artilugios personales. McCray saca un pañuelo manchado del bolsillo de su camisa de franela de cuadros y se pone a limpiar el hornillo. Un viento frío del norte mece la caravana; una advertencia de la llegada del invierno con meses de antelación.

Antes de tener la oportunidad de hacerle mi primera pregunta, me suelta:

Lo que les pasó fue culpa mía. Lo del volcán no, obviamente, ni tampoco que empujara a esas criaturas justo hacia ellos. Yo no provoqué esa situación. Simplemente los puse justo en el medio. «Oh, no, por favor, pero si me estáis haciendo un favor. No podré vender la casa hasta que el mercado se recupere. Por favor, venid a cuidar de ella una temporada. No puedo vivir ahí porque me trae demasiados recuerdos. Os prometo que os encantará.»

Así era yo, siempre presionando, siempre pensando que sabía lo que era mejor. Estaba tan jodidamente orgulloso de haber logrado que ella fuera a terapia, y de los progresos que estaba haciendo. Su necesidad de cariño, su miedo al abandono. Creo que, con un poco más de tiempo, tal vez estuviese preparada para admitir que culpaba a mamá de que papá nos hubiera abandonado y que, por esa razón, dejaba que Dan la tratara así. Sí, con solo un poco más de tiempo. Pero entonces Gary y yo rompimos, y alguien debía cuidar de la casa, y pensé... *pensé...* si pudiera darle un empujoncito para que descubra la verdad, si pudiera presionarla un poquito más...

Lanza un escupitajo al pañuelo, y frota una mancha especialmente testaruda.

Quiero decir... aunque me lo hubiera echado en cara entonces, luego me lo habría agradecido mucho, cuando todo se hubiera solucionado de una manera u otra...

El viento mece la caravana.

Pensaba que tenía todas las respuestas.

Capítulo 3

¡Mono, quieres reinar sobre todos los animales, pero mira qué necio eres!

ESOPO

Texto del Instituto Americano de Geociencias (publicado en internet un año antes de la erupción del Rainier).
Tras alegar que hay que «revisar las prioridades», el presidente ha solicitado un recorte del 15 por ciento en el presupuesto del Servicio Geológico de Estados Unidos para el próximo año fiscal. Esta propuesta presupuestaria implicaría la anulación de la implantación de un sistema de advertencia temprana de terremotos en la Costa Oeste, la eliminación del Programa de Geomagnetismo que ayudaría a prever las tormentas geomagnéticas y una suspensión inmediata del Sistema Nacional de Advertencia Temprana de Erupciones Volcánicas. Esto último es especialmente preocupante, ya que el monte Rainier de Washington ha mostrado recientemente señales de haber recuperado su actividad volcánica.

ENTRADA N.º 3 DEL DIARIO
1 DE OCTUBRE

Siento no haberme abierto más durante la sesión. No debería haber estado todo el tiempo hablando sobre lo bonito que es todo aquí arriba. ¿Era una táctica de evasión? Sí, seguramente tienes razón.

Y lamento no haber escrito más en toda esta semana. He estado muy liada instalándome. No, eso no es todo. Todavía me estoy haciendo a la idea de que tengo que escribir. Aunque sea en este formato carta que me recomendaste. Sí, en cuanto me pongo me resulta fácil escribir, pero la idea de sentarme todos los días, escribir sobre lo que he hecho…, aunque sea en papel, aunque solo sea para mí misma. Cuesta; es como mirarse en un espejo.

Y, si soy sincera, tengo que acostumbrarme a muchas cosas.

Ya sé que el teletrabajo no es nada nuevo. Pero sí lo es para mí. No era consciente de lo mucho que necesitaba la rutina de ir a la oficina, de tener un lugar de trabajo, de estar con los compañeros, de tener un horario…

Al menos la casa es cómoda. Es mucho más agradable que la de Venice, donde vivíamos de alquiler. Es limpia, cuenta con tecnología punta y todo es muy fácil. Frank comentó que nos había dejado un «regalito de bienvenida, para que no paséis frío». Y era literal: se refería a todo ese metano en el biodigestor. Cada vez que pienso que duermo, como y vivo sobre un tanque gigantesco de caca de mi hermano, intento recordar que esto supone pagar una factura menos.

He tardado una eternidad en deshacer las maletas, abrir las cajas y organizar todas nuestras cosas. Todo va a quedar perfecto, ya me conoces. Un lugar para cada cosa, y cada cosa en su lugar.

Aunque ya he adoptado una buena rutina. Sí, necesito una rutina estructurada. Todas las mañanas al despertarme contemplo una vista majestuosa por la ventana; los altos árboles verdes que se alzan en la cima que hay detrás de la casa, el brillo de las hojas bajo el sol. Los cantos de los pájaros son mi despertador. Aunque nunca me ha hecho falta. Siempre levantada, siempre preparada. Pero es tan agradable, para variar, levantarme animada vez de nerviosa. No recuerdo la última vez que me sentí así. ¿Cuando iba al instituto? ¿Cuándo fue la última vez que no abrí los ojos con una lista mental taladrándome el cerebro? De cosas por hacer. De problemas que resolver.

Sigo teniéndolos, por supuesto, pero saber que mi día comenzará con una caminata por el bosque ayuda. Lo he estado haciendo todas las mañanas. Me levanto y me visto, sin hacer ruido para no despertar a Dan, y salgo por la puerta. Es más fácil ser silenciosa cuando no tienes que preocuparte de desconectar la alarma antirrobos. ¡Aquí nadie activa la suya porque no hace falta! Después, salgo de casa y subo por el sendero que hay detrás.

El amanecer aquí es tan sereno… Solo estamos el sol y yo. ¡E Ivette! Se levanta mucho antes que los demás y da clases online en la Casa Común a personas de todas partes del globo. Aún no me he animado a ir a una. Aunque sé que no me la va a cobrar. «Colócate detrás de la webcam y así tendrás la sensación de que estás recibiendo una clase privada.» Tengo intención de ir. Pero me intimida mucho y, seamos sinceros, ¡prefiero salir a dar un paseo!

¡No me puedo creer que pueda hacer esto cuando me dé la gana! ¿Me acabaré hartando? ¿Es posible? Me encanta sentir el aire frío y vigorizante en los pulmones, en las mejillas y en la espalda cuando ya he entrado bastante en calor para quitarme el forro polar. Frank me advirtió de que en un mes o así el tiempo cambiará, supuestamente la temperatura caerá en picado hasta hacer frío de verdad. Pero no me importará. Será estupendo tener inviernos reales, como en el este.

Por ahora, he hecho la misma caminata todos los días, por el sendero que da la vuelta alrededor del vecindario hasta llegar a la cima desde la que se puede ver todo. ¡Y cuando digo todo es *todo*!

El monte Rainier parece sacado de un cuento de hadas. Su pico blanco se alza en la distancia. Y bajo la luz de la mañana, su nieve adquiere un color naranja rosáceo. Sería fácil imaginarse que una princesa vive en un castillo en la cumbre, o que un dragón furioso duerme bajo su base. Aunque suena disparatado, todas las mañanas siento una extraña seguridad cuando veo el Rainier, como si velara por nosotros. Sé que los temblores que hemos sentido (hemos tenido uno o dos más desde el primero que notamos en la cena) proceden de ese monte, pero me resulta imposible relacionarlos con este gigante protector que domina todo cuanto contempla.

Los Boothe no creen que esté loca. Se lo comenté ayer por la mañana. Ellos también salen a caminar al amanecer, antes de desayunar. Son tan majos, tan abiertos… Me topé con ellos ayer por la mañana de camino a la cima. Al principio me sentí realmente incómoda, como si los estuviera molestando. Sí, seguramente deberíamos hablar de esto, de por qué, a pesar de estar en un sendero público, tuve la sensación de que tenían más derecho a estar ahí que yo. No obstante, me indicaron con una seña que me acercara.

Charlamos durante todo el ascenso. Bobbi me preguntó si conocía bien Seattle, y tuve que confesar que, en realidad, nunca había estado. Vincent no paraba de hablar de lo maravillosa que era; «sofisticada» fue la palabra que usó. El mercado de pescado, la escena teatral, el MoPOP.* Bobbi me invitó a pasar unos días en su segunda vivienda, un apartamento que tenían en Madison Park y al que iban un par de veces al mes.

—Si no, nos volveríamos locos —comentó Vincent.

—El mero hecho de saber que Seattle está a solo noventa minutos o así lo cambia todo —añadió Bobbi—. Aunque depende del tráfico.

Y se echaron a reír.

Son tan monos, los dos, con sus forros polares a juego y esos dos bastones de montaña que llevan cada uno. Cuando alcanzamos la cima y contemplábamos cómo la luz de la mañana coloreaba el Rainier, fue bonito (y sí, también triste) verlos agarrados de la mano. Cuando me habían hablado de lo fácil que era llegar a Seattle «si escoges bien la hora para ir», Vincent se había puesto a divagar sobre el sistema nacional de autopistas.

—Prácticamente ha eliminado las distancias —comentó—. ¡Y pensar que antes se tardaba meses, incluso años, en cruzar este continente! ¿Sabías que la administración de Eisenhower logró que el proyecto se llevase a cabo porque aseguró que se utilizarían como pistas de aterrizaje de emergencia en caso de guerra nuclear?

Bobbi sonrió de oreja a oreja y negó con la cabeza.

—Sí, cariño, y estoy segura de que a ella le encanta escuchar sobre las infraestructuras de la seguridad nacional.

* MoPOP: El Museo de Cultura Popular.

De repente me puse tensa, porque pensé que Vincent podía sentirse ofendido por ese comentario, ponerse a la defensiva o enfadarse. Como hacía Dan. Sin embargo, no lo hizo, sino que exclamó exageradamente, dirigiéndose a mí:

—¡¿Ah, no?!

Se abrazaron entre risas. Qué a gusto estaban, qué relajados.

He intentado convencer a Dan de que me acompañe en estas caminatas. No cuando voy a salir, claro. Nunca se me ocurriría zarandearlo para despertarlo. Hace unos días, cuando volví de la excursión, me preguntó: «¿Qué tal el paseo?». En vez de responderle «genial» y subir a la planta de arriba para ducharme, me senté junto a él en el sofá para hablar sobre ello. Le hablé del olor de los árboles, de los cantos de los pájaros. Incluso le describí el pico tan inspirador que tiene el Rainier.

Y fingió que me escuchaba. Con los labios apretados, asintiendo exageradamente, desviando sin querer la mirada hacia su iPad cada dos segundos. *Vale, acaba ya. En realidad, me da igual, solo estaba siendo educado.* Sabía qué quería él, pero me armé de valor y le dije:

—Podrías venir conmigo mañana por la mañana.

¿Lo ves? Algo he aprendido de nuestra última sesión. Hice el esfuerzo de intentar darle una oportunidad. Cumplí mi parte. Pero se limitó a asentir de nuevo, incluso alzó las cejas para demostrar que había escuchado lo que le había dicho.

—Sí, claro, puede ser. —Y volvió a centrarse en la pantalla.

Mensaje recibido. No discutimos, pero tampoco se comprometió a nada.

Así es Dan.

Esa es otra cosa más a la que tengo que acostumbrarme, a estar juntos las veinticuatro horas del día. Con esto no quiero decir que las cosas fueran *bien* antes, pero al menos nuestra antigua rutina nos permitía a cada uno tener su propio espacio. Cuando yo iba a trabajar él dormía, y seguía despierto cuando me iba a la cama. Pasábamos juntos, no sé, un par de horas, si no estaba liada con trabajo extra o con alguna llamada de teléfono. Sí, los fines de semana eran más duros, porque no quería salir con mis amigos o desaparecía para irse a la Intelligentsia* y tomarse el café del mediodía. Nunca me di cuenta de lo mucho que me molestaba, o igual sí, pero la tensión y el resentimiento siempre se desvanecían a primera hora del lunes.

Pero ya no. Estamos juntos todo el rato, atrapados.

¿Acabo de decir «atrapados»? Sí, empiezo a sentirme así. ¿Por eso Frank quería que nos mudáramos aquí arriba, para encerrarme aquí con Dan todo el rato y obligarme a verlo sentado en el sofá con su tablet mientras yo deshago las maletas, abro las cajas, lo organizo todo, lo hago todo?

Y ahora que lo pienso, lo que más me mosquea en realidad no es que se pase el día haciendo el vago, sino que lo haga con las cortinas abiertas para que lo vea todo el mundo. Y yo que pensaba que tenerlas abiertas me haría sentir expuesta. Pero ahora me siento…

Avergonzada. Sí. Así es. Me da vergüenza ajena que se exhiba así. ¿Es que no le importa?

¡Pero bien que le importó que Mostar le demostrara que lo tenía calado! Y a mí también. Fue como echar gasolina al fuego. Es la única forma de describir lo que pasó.

Era día de reparto, el único día de la semana que llegaban nuestros pedidos por internet. La Comunidad de Propietarios ha organizado este sistema de distribución especial para minimizar el «impacto medioambiental». En palabras del propio Tony: «¿Qué sentido tiene el aire limpio si lo vamos a contaminar con drones?».

Lo de los drones fue una locura. Estaba sentada en el despacho que tengo en casa, terminando una teleconferencia, cuando oí un zumbido demencial. Como un enjambre furioso de abejas gigantes. No era la primera vez que oía el zumbido de drones, pero estaba acostumbrada a algo más normal, al chirrido agudo de esas pequeñas e irritantes máquinas que vuelan alrededor de los canales de Venice. Pero estos emitían un ruido más grave y potente, y eran mucho más numerosos.

Salí de casa y vi a Tony quieto, en el césped que había detrás de la Casa Común. Se protegía los ojos con un brazo bronceado y muscu-

---

* Intelligentsia: una cafetería popular en Abbot Kinney Blvd.

loso mientras que con el otro le indicaba que bajara al primer ordenador portátil; eso es lo que parecían, porque eran grandes, planos y negros. Un insecto robótico. No, un arácnido, por las ocho patas. Cada pata recta terminaba en un rotor que giraba con tanta rapidez que me resultaba imposible verlo. Todavía me asombra que esos rotores pudieran elevar la cesta de la compra bajo el vientre.

–Es un nuevo modelo de Cygnus –gritó Tony, mirando hacia atrás, mientras me aproximaba–. El Y-Q* Mark I. Pueden llevar el doble carga y tienen tres veces más alcance que los modelos HorseFly que utilizan UPS y Amazon.

El dron flotó en el aire un segundo, descendió lentamente y, acto seguido, se posó sobre una zona de hierba lo bastante grande para que aterrizara un helicóptero de verdad. ¿He mencionado en algún momento lo del helipuerto?

No, acabo revisar la primera descripción que hice de este lugar. Discúlpame. Tenemos uno. La Comunidad de Propietarios nos obliga a tener un seguro médico que cubra una evacuación médica urgente. De ese modo, según Tony, si alguien se pone enfermo o resulta herido por cualquier causa, pueden enviarnos pitando a un hospital del centro de Seattle. «Se llega más rápido que si estuvieras en la ciudad y tuvieras que ir en coche.»

La verdad es que ha pensado en todo.

Bueno, mientras los rotores del dron se detenían, Tony abrió la cesta, revisó lo que había en las bolsas, las sacó de ahí y tecleó en una aplicación de su móvil. Las alas volvieron a *zzzzzzzzzumbar* y se alejó.

–Seguro que el tuyo ya viene de camino –dijo, volviéndose hacia mí con esos ojos de color zafiro que hicieron que me hormiguease la punta de los dedos.

Me limité a asentir y a hacer como que miraba algo detrás de él, lo que debería haber sido mi dron. No había pedido que me trajeran la comida por el aire. Aún no estoy preparada. Pero Tony no lo sabía,

---

* «Y-Q» son las iniciales de Yi qi, un dinosaurio con alas de murciélago de finales del Jurásico hallado en China.

y a mí me valía cualquier excusa con tal de pasar unos cuantos segundos más con él.

—Es increíble —comentó, y giró la cabeza hacia el siguiente autómata que se aproximaba— que la civilización venga a nosotros.

Y, guiñando un ojo, lo que provocó que un cosquilleo me recorriera las vértebras, añadió:

—Ahora bien, si legalizaran «ciertos productos» a nivel nacional para que pudiéramos encargarlos también por internet...

Incluso mientras se alejaba, esa forma de caminar con tanta confianza, esos músculos de la espalda que tanto se le marcaban bajo esa camiseta fina, me estaban poniendo... Y ahí estaba Yvette, saludándome con la mano, abriéndole la puerta a su marido como si fueran la versión del siglo XXI de... ¿cómo se llamaba esa serie de los cincuenta que todos mis profesores criticaban? *¿Ozzy and the Beaver?* Da igual. A mí me daba la impresión de que tenían una vida cojonuda.

Mientras observaba cómo desaparecían ahí dentro, el segundo Y-Q aterrizó a unos escasos metros.

—¡Ya ha llegado!

Eso lo dijo Carmen, que gritaba en dirección a su casa, mientras Effie, en la entrada, intentaba torpemente ponerse los Crocs. No habíamos hablado mucho desde que nos habíamos instalado. Carmen había estado fuera unos cuantos días, en una conferencia en Portland, y Effie siempre parecía estar muy ocupada educando en casa a Appaloosa. La cría también estaba ahí; siguió a Effie hasta que las tres se colocaron alrededor del dron, que había parado de hacer ruido. La niña no solía decirme nada, a pesar de que trataba de incluirla en mi saludo matutino. «Hola, chicas. Hola, Appaloosa.» Pero nada, solo me miraba de forma inexpresiva y silenciosa. Daba escalofríos.

El momento incómodo fue a peor cuando Carmen echó un vistazo a las dos bolsas antes de enviar al dron de vuelta.

¿No hay broccolini?

Miró con mala cara a Effie, quien intentó inventarse algo, pero acabó lanzando un suspiro, abochornada. Carmen debió de recordar de repente que yo estaba ahí, porque añadió:

—Bueno, ¡supongo que sobreviviremos!

Ambas se rieron entre dientes. Aunque la risa de Effie pareció un poco forzada.

Casi me alegré de que apareciera Mostar. Casi.

—¿Qué, aún no ha llegado la furgoneta? —preguntó a voz en grito mientras irrumpía bruscamente por detrás.

Carmen y Effie se miraron de un modo casi imperceptible, fue un visto y no visto; acto seguido, me sonrieron y volvieron a su casa.

—Tenemos que quedar para cenar un día de estos —dijo Carmen.

Y Effie, que parecía avergonzada de que no se le hubiera ocurrido invitarme, dijo:

—Sí, sí, sí, lo antes posible, la semana que viene.

Fue entonces cuando apareció la furgoneta. Casi ni la oí. ¡Era tan silenciosa! Totalmente eléctrica. Y eso no era lo más alucinante. ¡Sin conductor! Aunque tenía una cabina para él, no había nadie al volante. A ver, no es que nunca haya visto un coche autónomo. Los he visto a patadas en vídeos en el iPad de Dan y unos pocos, creo, en Los Ángeles, pero en esos siempre había alguien al volante. Se debía a una ordenanza municipal que imponía que solo se pudieran usar en modo «ayuda», como el piloto automático de un avión. Aunque no era el caso de esta furgoneta. Solo era un dron de tierra gigante y vacío.

—¡Por fin!

Mostar se acercó pesadamente hasta la estación de carga del edificio, conectó el cable a la furgoneta y, entonces, tecleó su contraseña en panel de acceso que había en un lateral. Con un chirrido y una luz verde parpadeante, las puertas traseras se abrieron. Y ahí estaba la comida: la de Mostar, la de Reinhardt, la de los Boothe y la mía. A mí no me va mucho eso de pedir la comida por internet. Lo he hecho algunas veces, en Postmates, FreshDirect. Me gusta ir a la tienda en persona, oler el producto, escoger la lubina idónea. Solía pasar horas deambulando por los pasillos, lo cual, ahora que lo pienso, también podría haber sido una excusa para alejarme de Dan. Como quizá me quedé pensativa demasiado rato, tal vez Mostar creyó que yo estaba alucinando con eso de que un coche no tuviera conductor.

—Lo único que echo de menos es que un repartidor me ayude.

Me di cuenta de que le costaba un poco cargar con las bolsas de la comida.

—¿Necesitas ayuda?

Me sonrió y contestó:

—Oh, sería estupendo, gracias.

Señaló tres bolsas de papel grandes. Dejé mis bolsas de la compra en el suelo y cogí una de las bolsas de papel. En la etiqueta ponía algo así como «mezcla de silicio y polímero».

—Ten cuidado, que pesa. Son materiales para mi trabajo.

Debí de tambalearme, porque Mostar me preguntó:

—¿Estás bien?

Y cuando le contesté que sí, miró con preocupación hacia nuestra casa.

—¿Por qué no te ayuda tu hombre?

Mi hombre. Pero ¿quién usa esa clase de lenguaje? Es tan posesivo…

Pero ahí estaba, en el sofá, a la vista de todo el mundo. Al verlo, puso mala cara y luego me miró.

—Venga, vamos a buscarlo.

Me sentía como un personaje de una peli de acción, o de unos dibujos animados que parodiaran ese film, en la típica escena donde alguien grita «Noooooo» a cámara lenta. No lo hice, pero me sentía exactamente así mientras ella avanzaba con dificultad hasta la ventana de nuestra sala de estar, para golpear con fuerza el cristal y gritar:

—¡Eh, Danny! ¡Vamos, levanta!

Aturdido y aterrado, Dan se cayó del sofá, y eso sí que pareció una escena de dibujos animados.

—¡Danny! ¡Échanos una mano!

Alcancé a Mostar justo cuando Dan salía dando tumbos por la puerta principal. Si él era el ciervo que se queda paralizado al ver los focos de un coche, yo estaba sentada en el vehículo, en el asiento del copiloto.

Mostar no se dio cuenta de que él y yo nos miramos en silencio, o le dio igual.

–Danny, tengo otras dos bolsas grandes en la furgoneta. Como la que trae tu mujer.

Mi marido dudó, boquiabierto:

–Eh…

–¡Muévase, alteza!

¡Y entonces le atizó! No muy fuerte, solo fue una palmadita en el brazo.

–¡Muévase!

Contuve la respiración, y Danny también, pero finalmente salió disparado hacia la furgoneta justo cuando Mostar volvía a su casa.

Era la primera vez que estaba en su casa. Y no estoy segura de qué esperaba encontrar ahí.

¡Esas esculturas!

Se apilaban en las paredes. ¡Todas hechas de cristal! Eran tan hermosas, tan delicadas. Muchas se inspiraban en la naturaleza; había pájaros y flores. ¡Y llamas! Muchas llamas. Algunas eran azules y sencillas, como las de la luz de gas de un fogón. Otras eran rojas y salvajes, como las de la madera al arder. Una pieza en particular parecía ser… ¿una explosión? Era de un amarillo brillante que se expandía hasta convertirse en naranja y rojo, bordeado por un marrón turbio.

Mi favorita era la de las azucenas doradas. Eran unas florecillas exquisitas de unos treinta centímetros de altura; tres finos tallos verdes en cuya parte superior un naranja eléctrico daba paso al amarillo de unos pétalos. Y todo brotaba de lo que parecía ser una vorágine de explosiones ardientes. No me puedo ni imaginar qué clase de habilidad, paciencia y talento se requiere para hacer eso.

Estaba en trance, perdida entre todos esos colores y formas. En la manera en que la luz las atravesaba a todas al pasar a su lado.

–¿Te gustan?

Señaló las flores y añadió:

–Son mis primeras obras. Hechas con pinzas y paletas, antes de que me metiera en todo este lío de la impresión en 3D.

Estábamos en el recibidor, no muy lejos de la puerta abierta que daba a su taller. Podía oír cómo zumbaba la impresora, junto a lo que ella describió como un «horno de la era espacial».

—En realidad, es bastante sencillo —dijo, mientras señalaba la maquinaria.

Aunque no le había pedido que me diera una lección sobre el tema, la recibí de todos modos. Parloteó sobre que había que diseñar un archivo CAD en 3D, que después había que convertirlo e importarlo a la impresora, en la que se introducía la mezcla de silicio y polímero, luego se esperaba a que diera forma a una pieza casi terminada y, por último, se metía en el horno, donde se derrite el polímero. Tengo que admitir que este proceso tan innovador parecía interesante y que los objetos, una vez acabados, eran innegablemente geniales.

Había al menos una veintena, todos alineados en estanterías encima de la mesa de trabajo. Hileras de casitas, de no más de unos centímetros de altura. Y una estructura grande con forma de arco. Un puente, tal vez. Todas eran unas figuras muy monas, y supongo que eran increíbles si se tiene en cuenta cómo se hicieron, pero no tenían nada que ver con las obras de vidrio soplado que tenía justo delante.

Ojalá hubiera dicho algo profundo, inteligente; cualquier cosa menos lo que dije, que fue:

—Son maravillosas.

Mostar sonrió cariñosamente y me puso una mano en el brazo.

—Gracias. —Dirigió la mirada hacia las flores que brotaban de las llamas—. Me gusta pensar que la belleza puede surgir del fuego.

Vale, esto va a sonar raro, lo sé, pero cuando lo dijo, solo por una fracción de segundo, fue otra persona. No por nada en particular, sino por algo en su voz, en su cara, en los músculos alrededor de sus ojos. Duró solo un segundo, entonces se produjo uno de esos leves temblores y el corazón casi se me salió por la boca. Debí de hacer algún movimiento hacia sus esculturas, porque me puso una mano delante de la cara.

—No pasa nada, no te preocupes. Les he puesto… ¿cómo se llama? Ese material pastoso, como el que usáis para los terremotos en California. Se lo he pegado a todas en la parte inferior. —Echó un vistazo a las estanterías—. Más vale prevenir, ¿eh?

—¡Ya está!

Dan entró atropelladamente con las otras dos bolsas, una bajo cada brazo. Titubeó en la puerta, esperando, supongo, a que le diéramos las gracias efusivamente.

–¿Qué? ¿Quieres una medalla? –Con un gesto, Mostar le indicó que fuera al taller–. Deja eso allí, junto a la impresora.

Dan fue dando saltitos hasta allí, colocó las bolsas donde le había dicho y, cuando salió del taller, recibió otra vez una palmadita en el brazo.

–Mira qué servicial puede ser tu hombre.

Pensé: «Tierra, trágame».

Pero miré a Dan a la cara y vi que no estaba enfadado. Ya no tenía esa cara de «oh, Dios, ¿qué está pasando?». No reconocí esa expresión.

–Ahora vete a ayudar a tu esposa y coge vuestra comida. –Mostar señaló la furgoneta–. Vete ya. En un minuto irá a ayudarte a guardarla en su sitio.

No dijo nada y salió pitando por la puerta principal. Yo tampoco dije «esta boca es mía» y, al entrar en su taller, dejé en el suelo lo que llevaba. Creía que ya había acabado y que solo faltaban unos segundos para escapar de ahí. Pero me estaba esperando en la entrada. Con la misma mirada de complicidad que la noche que nos conocimos.

–¿Qué pasó? –preguntó, mientras observaba cómo Dan llevaba nuestra comida a casa–. ¿No pudo conseguir el trabajo que quería? ¿Fracasó con su primer negocio? ¿No pudo recuperarse porque sus padres nunca dejaron que fracasara?

¡¿Cómo podía saberlo?!

–Créeme, Katie, los príncipes frágiles no son nada nuevo.

No sé cómo pude salir de ahí. Asentí y le di las gracias, todo a la vez, y me escurrí como una anguila. No sé si me vio marchar. Me da igual. No le voy a volver a hablar. Zorra tarada.

Pero lo que dijo…

No estaba cabreada. No en ese momento. Impactada, supongo. Incluso ahora. Nos tenía calados. Me sentía violada. ¿Me lo estoy tomando muy a pecho? Me da igual. Así es como me siento. Lo único que quería hacer era largarme, olvidarme de ello, encontrar la manera de sentirme mejor.

No podía ir a casa porque Dan estaba allí. Si estaba enfadado, o se había sentido ofendido…, no podía enfrentarme a él en esos momentos. No podía volver. La verdad es que no te he hablado de lo que pasó en aquella época. Cuando las cosas no iban bien, esos días, esas semanas silenciosas y deprimentes, esperando a que el teléfono sonara. Esperando a que el universo reconociera su genialidad. Yo tenía que reconocérsela. Tenía que halagarlo, consolarlo, reconfortarlo sin parar. Tenía que estar ahí siempre que me necesitara. Pero ¿qué pasaba cuando yo lo necesitaba a él?

Pensé en llamarte ahí mismo, en concertar una sesión de urgencia. No estoy segura de por qué no lo hice, o por qué decidí dar la vuelta y dirigirme a la casa de los Durant.

Llamé al timbre sin pensar.

—Kate, ¿qué pasa? —respondió Yvette, visiblemente afectada al ver que algo iba mal.

Balbuceé algo sobre que estaba teniendo «uno de esos días», y que si no era molestia, si no la pillaba en mal momento, pero como me había propuesto si me gustaría…

No soy de lágrima fácil. Ya lo sabes a estas alturas. Me controlo. Guardo la compostura. Pero cuando se acercó a abrazarme, estuve a punto de venirme abajo.

—No importa —me dijo al oído, mientras me acariciaba la espalda—. Sea lo que sea, sé cómo arreglarlo. —Me soltó y cogió un par de esterillas de yoga y otro par de almohadones hinchables que había junto a la puerta—. Estaba esperando a que al fin aceptaras mi oferta.

La seguí hasta la Casa Común.

—Sé cuál es la sesión de meditación perfecta para esto.

Cuando Yvette me indicó que me tumbara, bajó las persianas, encendió la chimenea y activó la aplicación del móvil de música suave y relajante, supe que la decisión que había tomado inconscientemente había sido acertada.

Con sus palabras y sus imágenes como guía, me llevó por este bosque, que yo ya había recorrido físicamente durante mis caminatas.

—Deja que el bosque te sane —dijo—. Libera tu dolor. Esta tierra te da permiso para quitarte el peso que llevas encima con cada paso.

Me guio por esa ruta de senderismo tan familiar, «donde me deshago de mi angustia como si me quitara una pesada losa de encima».

Se me relajó la espalda, la mandíbula. Pude notar cómo se me
ralentizaba la respiración mientras ascendía mentalmente por el sendero.

–Y ahí está ella –dijo Yvette–, esperándote con los brazos abiertos.

Y entonces dijo una palabra que nunca antes había oído. El nombre de quien, o de lo que, me estaba esperando.

Oma.

La guardiana de la naturaleza.

Yvette me explicó que Oma era un espíritu de los pueblos origi-
narios, un gigante bondadoso que los arrogantes hombres blancos
eurocéntricos habían corrompido dándole el nombre de «Bigfoot».

Obviamente ya había oído esa palabra, y otras como «ovni» o «el
monstruo del lago Ness». Aunque no sé mucho de ello, solo lo que
he visto en esos anuncios estúpidos de cecina. ¿Engañando al sasquatch? ¿Era esa la frase? ¿Un sasquatch es lo mismo que un Bigfoot?
La criatura de los anuncios era una bestia idiota. Un vecino gruñón
que pedía a gritos que lo engañaran. Intenté olvidarme de esas imágenes ridículas. Esas «mutilaciones de la verdad», como las llamaba
Yvette, «como lo que ha hecho nuestra sociedad con todo lo que le
precedió».

Oma no era así para nada. Era ternura, fuerza.

–Siente su energía, su protección. Siente cómo te rodea con esos
brazos suaves y cálidos. Cómo su dulce aliento purificado te envuelve.

Y fui capaz de imaginarme cómo me envolvía, cómo me abrazaba
con esos brazos gigantescos.

–Siéntete segura. Serena. En casa.

Casi me echo a llorar otra vez. Noté cómo un sollozo lograba
trepar hasta medio camino de mi garganta. Quizá en la próxima sesión guiada de paseo imaginario, la próxima vez que Yvette me lleve
a conocer a Oma. Y habrá una próxima vez.

La verdad es que nunca he hecho meditación. Creo que ya hablar-
mos de esto. No puedo dejarme llevar. En la única clase que fui, me
pasé todo el rato intentando no reírme. Y todas las veces que lo he

intentado en casa, igual. Cuando Dan no estaba en casa y yo estaba sola en el suelo con los auriculares y las velas aromáticas, mi mente no podía parar de repasar listas. La colada, los recados, las llamadas de trabajo. Era incapaz de concentrarme.

Pero en aquella época no contaba con la ayuda de Yvette. O de Oma. Sí, mi lado pragmático me dice que es una estupidez. Como cuando pensé que el monte Rainier velaba por nosotros. Pero ¿tan malo es desear que alguien vele por ti? Cuando te sientes insignificante y asustada (como me siento casi todo el tiempo, seamos sinceros), ¿no es lógico que, solo por un momento, quieras que alguien, algo más grande que tú, tenga todas las respuestas, lo tenga todo bajo control?

Capítulo 4

¡Vancouver! ¡Vancouver! ¡Ahora sí que sí!

Último informe por radio del volcanólogo del USGS David Alexander Johnston antes de que lo matara la erupción del monte Santa Helena el 18 de mayo de 1980

ENTRADA N.º 4 DEL DIARIO
2 DE OCTUBRE

Pensé que era un terremoto. Me desperté por culpa de un fuerte *bum*. Parecía como si un pie gigantesco le hubiera dado una patada a la casa. Creí que era uno de esos terremotos rápidos, tipo bomba, como los que teníamos en Venice, que acaban antes de que te hayas despertado del todo. Encendí la luz y vi que las ventanas frontales del dormitorio estaban resquebrajadas. Pude ver cómo se encendían las luces en las demás casas.

–¡Mira esto! –exclamó Dan, de pie detrás de mí, frente a la ventana de atrás–. ¡Mira! –repitió, indicándome insistentemente que me acercara.

Pude vislumbrar un resplandor rojo en el horizonte. Supongo que aún estaba adormilada, que todavía me estaba despertando. Me pregunté por qué le habían puesto tan nervioso unas luces urbanas distantes. Pero entonces me di cuenta de que no era una ciudad, sino el Rainier.

Con los ojos entornados, miré por las rendijas de la persiana, pero lo cierto es que no me podía creer lo que estaba viendo. Dan tampoco debió de fiarse de sus propios ojos, ya que echó a correr hacia el balcón de la parte de atrás. Ese amanecer artificial no daba lugar a error.

Se produjo otro temblor y, esa vez, nos agarramos el uno al otro. Este no fue tan malo. Oí cómo algunas cosas hacían ruido en la planta de abajo y las ventanas repiqueteaban ligeramente. Al mismo tiempo, el resplandor que había detrás del Rainier aumentaba.

−¿Es una erupción?

Aunque sé que Dan no me lo preguntaba a mí en concreto, entré y encendí el televisor. Como la televisión por cable no iba, cogí el teléfono móvil y comprobé que la wifi todavía funcionaba. Pero cuando intenté conectarme a internet, fue imposible.

Traté de llamar al 112, pero no hubo manera. Intenté llamar a Dan al móvil. Lo mismo. Apagué y encendí el móvil, y lo intenté de nuevo. Dan hizo lo mismo con sus aparatos electrónicos: iPads, televisores, ordenadores portátiles. Todos indicaban que la cobertura era buena, pero no funcionaban.

Fue entonces cuando Dan se fijó en que la aplicación que controla todas las funciones de la casa parpadeaba. Significaba que estábamos usando la batería de emergencia. Ya no estábamos conectados a la red eléctrica general.

Extracto de mi entrevista a Frank McCray, Jr.

¿Para qué iban a tener un teléfono por satélite o una radio de dos vías? Esas tecnologías se emplean cuando estás aislado de la civilización, lo que no era su caso, desde luego. El objetivo principal de Greenloop era asegurarse de que sus residentes estaban tan conectados como cualquiera en el Upper West Side de Manhattan. Mejor incluso. Como eran una comunidad de teletrabajadores, debían tener la conexión más rápida y fiable posible. Eso significaba que tenía que ser por cable y no aérea. Las antenas parabólicas no son fiables, sobre todo con la clase de tiempo que tenemos en el noroeste del Pacífico. Los datos de todo el mundo fluían a través de un sólido cable de fibra óptica. Además ¿por qué iba a (o cómo podía) fallar ese cable?

ENTRADA N.º 4 DEL DIARIO [CONTINUACIÓN]

Sonó el timbre de la puerta y ambos nos sobresaltamos. Era Carmen. Nos preguntó si nuestros móviles tenían cobertura. Le explicamos cuál era nuestra situación, incluido el problema con la electricidad. Era evidente que no se le había ocurrido comprobarlo. Miró hacia su casa, donde Effie se encontraba en la puerta con Appaloosa, envuelta en una manta.

El doctor Reinhardt se acercó, caminando torpemente y vestido con un kimono, lo que me hizo reprimir una risita nerviosa. Preguntó qué estaba pasando, qué había sido ese fuerte estruendo. A pesar de que estaba a casi dos metros distancia, le olía fatal el aliento. Simplemente señalé hacia la cima situada detrás de nuestras casas. Aún se podía ver un leve destello carmesí. Lo miró, se detuvo y, entonces, se dio la vuelta, soltando un dubitativo a la vez que arrogante:

—Oh, sí, claro, eso ya lo he visto, me refería...

Mientras intentaba dar con las palabras adecuadas (las que le permitieran guardar las apariencias, supongo), Carmen le preguntó por su conexión wifi. Y él respondió, con cierta prepotencia, que no tenía un «teléfono de bolsillo». Dan le iba a preguntar si tenía electricidad en su casa, pero alguien le interrumpió al gritar:

—¡Reunión!

Todos miramos hacia Bobbi Boothe, que agitaba su móvil en el aire, con la linterna encendida, en dirección hacia nosotros, mientras Vincent apuntaba con la suya al suelo. Estaban a medio camino de la Casa Común, donde pude ver que esperaban Tony e Yvette. Ella ya estaba en la pequeña cocina llenando la tetera, mientras que Tony cogía unas tazas de la alacena.

Tony indicó a todo el mundo que se sentara y preguntó si alguien tenía hambre, si queríamos que volviera corriendo a su casa para buscar algún tentempié. En cuanto negamos con la cabeza, bromeó con que aquí solo había hambre de información. Me fijé en que tanto él como Yvette seguían sonriendo con calma y de un modo tranquilizador. ¿A lo mejor sus sonrisas eran algo más rígidas? ¿Más forzadas? Pero pudo ser cosa mía, que proyectaba en ellas mi propia ansiedad.

Tony comentó que, obviamente, algo ocurría en el Rainier. Estaba «activo», de algún modo. Y a pesar de que todavía no podíamos estar seguros de nada, lo que sí teníamos claro todos era que «la conexión por cable está fuera de combate».

Qué forma de pronunciar eso de que «la conexión por cable está fuera de combate», con qué confianza, con qué temple.

Nos aseguró que probablemente volvería a funcionar pronto, quizá en unos minutos, o en una hora, y que entonces todos podríamos ver lo que estaba pasando realmente en el Rainier.

–¿Y qué pasa con la radio del coche? –preguntó Vincent Boothe–. Todos tenemos la Sirius Satellite,* ¿no? –De repente, se levantó–: ¡Voy a escuchar las noticias!

Mientras salía corriendo hacia el pequeño BMW i3, aparcado en la entrada de su casa, Tony alzó una mano para hacer un saludo militar exagerado.

–Eh… vale, Vincent… ¿por qué no vas a escuchar las noticias?

Me reí con todos los demás.

–Si se trata de una erupción –dijo Reinhardt–, seguro que hay al menos unos cuantos fallecidos, puesto que hay centros de población muy próximos.

Luego comentó que, durante la erupción del monte Santa Helena, hubo científicos, como uno llamado David Johnston, y otras personas que se negaron a largarse de ahí, un tal Harry Truman. (¿Harry Truman? ¿En serio? ¿Como el presidente?).† Después, señalando hacia la ventana, añadió:

---

* La Sirius Satellite Radio es un servicio de radio por satélite que se emite en Estados Unidos y Canadá, especializado en noticias, música, deporte y entretenimiento. *(N. del T.)*

† No hay que confundir a Harry R. (Randall) Truman, fallecido en la erupción del monte Santa Helena, con Harry S. Truman, el trigésimo tercer presidente de Estados Unidos.

–Y el Santa Helena estaba en el medio de la nada. Pero el Rainier…

Yvette lo interrumpió, regañándole a modo de broma con un «Alex», mientras señalaba con la cabeza exageradamente a Appaloosa, a quien Effie abrazaba con fuerza. Reinhardt miró por encima de su hombro, hacia la niña, levantó los pulgares (¿en serio? ¿Los pulgares?), y luego se derrumbó en la silla.

Tony recuperó la atención de la sala, y dijo:

–Hasta que no sepamos qué está pasando, lo peor que podemos hacer ahora mismo es volvernos locos con especulaciones. El estrés, la ansiedad… –Entonces, le lanzó una mirada afectuosa y tierna a Appaloosa– ¿Cuándo han servido para algo?

–¿Deberíamos marcharnos? –preguntó Bobbi–. O sea, ¿no podemos montarnos en el coche y conducir en dirección contraria?

–Sí, podríamos –asintió Tony, alzando las cejas–, y entiendo perfectamente que os planteéis esa posibilidad, pero hasta que no sepamos más, solo empeoraría nuestra situación. –Debió de imaginarse que le miraríamos intrigados–. Aquí arriba estamos a salvo. El Rainier está demasiado lejos para poder hacernos daño, ¿no?

¿Era cierto? Tony parecía pensar que sí.

–Pero si nos dejamos llevar por el pánico y bajamos al valle… solo hay una carretera de salida, y seguro que ahora mismo está colapsada por un montón de gente aterrada. ¿Os acordáis de los incendios descontrolados de Malibú? ¿De todos esos coches retenidos en la autopista de la costa del Pacífico? Sin poder avanzar. Sin lavabos cerca. ¿Os acordáis?

Yo sí. Los medios no hablaban de otra cosa. De esa fina hilera serpenteante de coches atrapada entre las colinas y el océano. Recuerdo oír constantemente que apenas pudieron moverse unos centímetros durante horas. Recuerdo sentirme culpable por estar sana y salva en casa, mientras veía cómo esa línea naranja parpadeante se arrastraba por las colinas lejanas.

Entonces Tony preguntó:

–¿De verdad queremos hacernos esto? ¿Vamos a meternos en ese caos, cuando a lo mejor hasta impedimos el paso a vehículos de emergencia que intentan llegar hasta la gente que realmente necesita ayuda? ¿Y si no llegan? ¿Y si todo resulta ser una falsa alarma?

Luego señaló a la pared, en dirección al coche del señor Boothe:

—Insisto, ahora mismo no sabemos nada. Y si Vincent entra y nos dice que ha oído que han dado la orden de evacuar, tened por seguro que seré el primero… no… el último en marchar, cuando me haya asegurado de que todos salís de aquí sanos y salvos. Pero hasta que llegue esa orden, hasta que sepamos más, lo peor que podemos hacer ahora mismo es entrar en pánico.

—Entonces ¿qué hacemos? —preguntó Carmen.

Tony pareció animarse. Yvette hasta le lanzó una mirada de complicidad, como si le estuviera dando pie a decir algo que se habían estado guardando.

—Es una pregunta excelente —respondió, y extendió vigorosamente las manos, como diciendo «mirad a vuestro alrededor»—. ¡Greenloop se diseñó *precisamente* para esta situación en que nos encontramos ahora! —se calló un instante, esperando contagiarnos su entusiasmo—. Pensadlo. No corremos ningún peligro físico, solo estamos desconectados temporalmente. Tenemos la electricidad de los paneles solares, el agua de los pozos y la calefacción del biogás. ¿Acaso alguien se va morir de hambre si no nos llega la compra de FreshDirect en los próximos días? Lo siento, Alex.

Reinhardt se rio a carcajadas, y su enorme tripa temblaba como la de Papá Noel. Los demás también se rieron entre dientes. Ya no había tanta tensión en el ambiente.

Yo también noté que la espalda y la mandíbula se me relajaban. ¿Es así como lo consigue? ¿Calmar el miedo con su entusiasmo? ¿El secreto de su éxito? ¿Lograr que quieras creerle? Yo sí le creí. Qué energía, qué pasión. Es contagiosa. Ya me tenía totalmente ganada cuando dijo:

—Tendremos que desconectarnos un rato. De todas formas, ¿no es eso lo que todos deberíamos estar haciendo? ¿No deberíamos limitar el tiempo que estamos delante de una pantalla para disfrutar del mundo? —Señaló la puerta que teníamos detrás—. ¿No nos mudamos aquí por eso? —Hubo asentimientos y unos *mmms* afirmativos—. Y sí

—elevó las manos mientras sonreía maliciosamente—, sé que algunos de vosotros tendréis que esperar un poco más para ver la secuela de *Downton Abbey.*

Me miró un instante y me ruboricé: ¿lo había adivinado o se lo había comentado en la cena? Tony añadió:

—Entiendo tu dolor.

Todos nos reímos, con una excepción.

—¿Y qué pasa si no es «un rato»? —Cuando Mostar alzó la voz, sentí de nuevo la tensión en la mandíbula—. ¿Y si son semanas? ¿Meses? —Noté cómo Dan, que estaba a mi lado, se ponía tenso—. Estoy de acuerdo contigo, Tony, en que no debemos movernos de aquí, pero no porque sea una falsa alarma. ¿Y si las carreteras no están solo atascadas? ¿Y si ya ni siquiera hay carreteras? No solo podríamos quedarnos atrapados en el atasco, podríamos morir ahí.

Por un momento Tony pensó que por fin estaban de acuerdo en algo, y abrió la boca para hablar.

—Pero —continuó Mostar— no basta con quedarnos quietos y a salvo. Podríamos quedarnos aislados, sin la posibilidad de salir de aquí físicamente y, si Alex tiene razón en que la erupción está afectando a los otros pueblos, también podrían olvidarse de nosotros.

De repente, sentí un mareo.

¿Olvidarse de nosotros?

—¿Y sabéis que el invierno está al caer, ¿verdad? Cuando cambie el tiempo, cuando se vaya acumulando la nieve… —Mostar señaló a Tony—. Tal vez tengamos electricidad, agua y calefacción, pero ¿y comida?

Aunque Carmen parecía dispuesta a decir algo, Mostar, que adivinó sus intenciones, continuó:

—¡La compra de esta semana no durará hasta primavera!

Por el rabillo del ojo, vi cómo Bobbi miraba algo en su teléfono móvil. ¿Estaría probando si funcionaba la aplicación de FreshDirect?

—¿Qué más necesitamos? —preguntó Mostar—. ¿Unos cuantos árboles frutales? ¿Tu jardín de hierbas?

Eso se lo dijo a Bobbi, que escondió el móvil como una adolescente a la que han pillado haciendo algo malo.

—Tenemos que aunar esfuerzos. —Mostar volvió a recorrer con la mirada la sala—. Hacer una lista común con los suministros que tenemos todos y buscar la manera de que las provisiones duren lo máximo posible.

Reinhardt resopló.

—Bueno, eso es un poco de invasión de la intimidad.

Mostar se volvió hacia él.

—¿Quieres ir a buscar ayuda, Alex? —Señaló al volcán—. Solo hay una carretera. Eso es todo. Y si alguien está pensando en ir andando… —Se puso a hacer aspavientos de forma teatral—. A un lado, un volcán, al otro, las montañas—. Se giró hacia las Cascadas— ¿Alguien sabe lo lejos que está el siguiente pueblo, o la siguiente cabaña? No conocemos a nuestros vecinos, ni siquiera sabemos si tenemos. No sabemos nada de este terreno más allá del final de la ruta de senderismo. ¿Queréis ir dando tumbos por ahí sin un GPS que funcione?

—Pero con nuestros móviles, ¿no se puede…? —dijo Carmen, y su mirada alternaba entre Mostar y el aparato—. Tengo unos amigos que hicieron senderismo por el Sendero de la Cresta del Pacífico y se descargaron un mapa o una aplicación…

—¿Ya te la has descargado? —Mostar recorrió la sala con la mirada—. ¿Alguien la tiene? Porque ahora ya no podemos bajárnoslas.

Me di cuenta de que nadie miraba el móvil.

—¿Alguien tiene un mapa de papel, o una brújula, o provisiones de emergencia? —Nadie respondió—. Si no os gusta mi idea, plantead otra mejor.

Tony intentó contestar:

—Mira, Mostar…

Pero ella lo interrumpió:

—Tú tienes que tener alguna, Tony. ¿No tienes provisiones? ¿O un plan? Tú construiste este lugar. Tú nos convenciste para venir aquí.

—La estás asustando —dijo Effie, con un tono tan suave que me costó percibirlo.

Pude ver cómo abrazaba a Appaloosa, que sinceramente no parecía tan asustada. Yo sí lo estaba. Fue el momento que más aterrorizada me sentí en toda la noche, y no solo por lo que había dicho Mostar.

Su tono era más suave con Tony que con Reinhardt. Menos desafiante. Le planteaba preguntas.

–Al menos, tuviste que haber previsto qué podía ir mal.

Vi cómo le cambiaba la cara al ver que él no respondía, cómo abría los párpados caídos, cómo arrugaba los labios carnosos.

–¿O no? Ahora mismo, lo único que oigo es «no os preocupéis, no es tan malo como creéis». Pero ¿y si lo es? ¿Y si es aún peor?

–¡La estás asustando! –exclamó Carmen con una voz clara y autoritaria, a la vez que se enderezaba.

Mostar se detuvo, lo que dio la oportunidad a Tony de intervenir:

–Mosty, todos… todos hemos oído lo que dices, y respetamos que estés preocupada, estás en tu derecho a estarlo.

Mostar abrió la boca para decir algo, pero Tony levantó una mano para indicarle que no lo hiciera.

–Y sí, lo tenía previsto, pero lo más importante –señaló con la cabeza a la ventana– es que ellos lo tenían previsto.

–¿Ellos? –lo interrumpió Mostar–. ¿Quiénes son ellos?

–Ellos –repitió Tony, con un leve titubeo–, los expertos, los… servicios de emergencia. Los que están al mando. Ellos han pensado en el Rainier, han hecho planes y se han preparado para este preciso momento.

–Más les vale, con la de impuestos que pagamos –comentó Reinhardt, provocando una carcajada general.

Entonces, Tony continuó:

–Exacto, se les paga para que piensen en estas situaciones y que nosotros no tengamos que hacerlo.

Se estaba empezando a relajar, como todos, pero maldita sea, esa mujer no se callaba.

–Pero ¿y si «ellos» no pueden manejarlo? ¿Y si les sobrepasa y no nos encuentran antes de…?

–¡Mostar, ya basta! –exclamó Carmen de nuevo, seguido de un «¡sí, por favor!» de Bobbi, y un «Mosty…» mascullado por Reinhardt.

–No, calma. –Tony alzó los brazos suavemente–. Mosty tiene derecho a sentirse como se siente y tiene razón en que tenemos que cuidar unos de otros. En eso consiste… –Hizo una pausa, y se relamió los labios–. En eso consiste el contrato social tácito – enfatizó las últimas tres palabras– que asume toda comunidad. La gente se ayuda mutuamente en momentos duros porque es lo que hay que hacer. ¿No?

Si esperaba apoyo o tal vez gratitud por parte de Mostar, no lo había conseguido. Se limitó a fulminarlo con la mirada y luego nos escrutó al resto. Su rostro parecía tranquilo, y asentía con la cabeza casi imperceptible. No te lo tomes a mal, pero me recordó a nuestra primera sesión, cuando te limitabas a escuchar con cara de tantear el terreno. Me sentí igual con Mostar, como si estuviera pensando: «Bueno, esto es lo que hay, es con lo que me toca lidiar».

Nos seguía examinando en silencio cuando Yvette habló. Estaba de pie junto a su marido, le cogió de la mano y dijo:

–Tony ha comentado algo muy importante: que tenemos que aceptar como nos sentimos. –Le sonrió cariñosamente–. No quiero hablar por el resto, pero ahora mismo noto cómo las hormonas del estrés inundan mi cuerpo, porque me preocupa mucho toda la gente que sé que se va a preocupar por mí.

Bobbi, Effie y Carmen asintieron. Reinhardt lanzó un largo y pensativo «mmmm…».

–Familia, amigos, gente de fuera del estado e incluso de otros países se van a despertar mañana con esta terrible noticia. Tal vez algunos ya estén despiertos e intenten contactar con nosotros.

Qué voz, qué preocupación, qué empatía…

– Y probablemente algunos estarán contactando con las autoridades ahora mismo, para asegurarse de que no se olvidan de nosotros.

Extracto de mi entrevista a Frank McCray, Jr.

«Por favor, no cuelgue, su llamada será atendida en breves momentos.» Y eso hice. Con FEMA, el USGS, los servicios de parques federales y estatales, la oficina del gobernador, la policía estatal y del condado. No quiero ni pensar en cuántas horas pasé en esa puñetera habitación de un hotel chino, donde me olvidé de ducharme, o comer, o dormir mientras acribillaba a mensajes de texto, llamadas de Skype y correos electrónicos a cualquiera que se me pasara por la cabeza que pudiera saber algo de lo que podría estar pasando en Greenloop, todo esto con la CNN de fondo, las noticias actualizándose constantemente en mi portátil, y el móvil a la espera de que mi llamada fuera «atendida» por una voz humana que nunca llegué a escuchar.

ENTRADA N.º 4 DEL DIARIO [CONTINUACIÓN]

Yvette se aseguró de que se dirigía a toda la sala, pero pude ver que su mirada se detenía en Mostar unos instantes más.

—Sé que es difícil esperar, sentirse indefenso, pensar en nuestros seres queridos y… —Se volvió hacia la ventana—. En esa pobre gente de ahí fuera que realmente podría necesitar ayuda.

Respiró hondo y ladeó la cabeza ligeramente, mientras Tony le pasaba uno de sus musculosos brazos sobre los hombros.

—Como no podemos estar ahí, tenemos que cuidarnos aquí unos a otros —Yvette apoyó la cabeza en el hombro de Tony—. No podemos permitir que la culpa por haber sobrevivido nos destroce, o lo que oímos en las noticias, o lo que creemos que nuestros seres queridos podían estar pensando sobre nosotros. —Lanzó otra mirada a Mostar—. Tenemos mucho que asimilar y necesitamos compartir los recursos emocionales. —Los dos le sonrieron e Yvette añadió—: Como debemos tener la mente ocupada, mañana por la mañana daré una clase de meditación aquí para los que la necesitéis.

Tony la abrazó de nuevo y dijo:

—Y mi puerta siempre estará abierta si alguien necesita desahogarse, o contar alguna noticia, o compartir un whisky escocés del bueno, de ese que se reserva para casos de emergencia. —Entre las risitas, terminó diciendo—: Vamos a tranquilizarnos y entregarnos a cuidar los unos de los otros en cuerpo y alma. *Ese* —Miró a Mostar con una gran seguridad en sí mismo— es nuestro contrato social.

Aplausos generales, de los Boothe, los Reinhardt, la familia Perkins-Forster… y una servidora.

No podía creer lo afortunados que éramos por tenerlos como líderes. Es una palabra estúpida, simplista, pero ¿cómo puedo llamarlos si no? Me sentí muy aliviada, muy segura, mientras todos salíamos en fila y yo caminaba a pocos pasos de ellos. Aunque sí que vi algo raro, o tal vez me lo imaginé. Cuando salían por la puerta, Yvette miró a Tony con una expresión que nunca había visto en ella. Tenía los ojos muy abiertos y los labios ligeramente apretados. No comentaron nada, solo pasearon tranquilamente hacia su casa agarrados del brazo. Justo antes de que llegaran a la puerta, vi cómo Yvette miraba bruscamente hacia atrás. ¿Qué buscaba? ¿Quería comprobar si los estábamos observando? ¿Por qué?

No tuve tiempo de reflexionar. En cuanto cerramos la puerta, Dan se giró y me preguntó:

—¿Qué opinas?

Había pasado mucho tiempo desde la última vez que había pedido mi opinión sobre algo. Al principio pensé en contestarle con sinceridad, decirle que me alegraba mucho de que Tony hubiera visto las cosas en perspectiva. Pero al verle la cara, no pude. Parecía tan perdido... Era como un libro abierto. Era la misma expresión que tenía en la reunión, cuando Mostar había hablado. ¿No estaba de acuerdo con Tony? ¿Realmente pensaba que (o al menos se preguntaba si) ella podía tener razón?

—Quizá... —titubeó Dan—. Quizá deberíamos cruzar el puente en coche... o quizá avanzar por la carretera principal, solo, ya sabes... solo para ver qué pasa.

Antes de que pudiera contestar, alguien golpeó con fuerza en la puerta trasera. Nos dirigíamos a la cocina cuando Mostar entró, caminando con dificultad. No se disculpó, ni siquiera esperó a que reaccionáramos. ¿He mencionado ya que aquí nadie cierra con llave las puertas por la noche?

Entonces se dirigió a Dan.

—¿Sabes arreglar algo? ¿Sabes cómo funciona esta casa?

Dan, pálido, negó con la cabeza.

—Pues aprende.

La frase le sentó como una bofetada.

–Seguramente tiene que haber un manual –continuó Mostar con su habitual tono monótono y borde–, pero seguramente –Señaló al cielo–, está en las «nubes». Así que vais a tener que usar la cabeza para ocuparos de la fontanería, la electricidad y todas esas cosas de ordenadores disparatadas que probablemente ya sabéis, chavales.

Dan estaba a punto de decir algo, pero Mostar añadió, sin cortarse un pelo:

–Y si no lo sabéis, lo aprendéis.

Dan movió los labios. Ella levantó bruscamente un dedo para ordenarle callar.

–¡Pero no ahora! Lo primero es lo primero. –Entonces, bajó el dedo y apuntó hacia el garaje–. No podemos usar mi taller. Ahí habría que mover demasiadas cosas. Supongo que el vuestro está prácticamente vacío, así que será fácil montar un huerto ahí.

¿Un huerto? Espera… ¡¿Qué?!

–Venga, vete allí. –Y le dio un empujoncito para que fuera al garaje–. Saca lo que haya y limpia el suelo. Y ve a por una pala, si tienes alguna.

Antes de que yo pudiera decir nada, incluso de que pudiera pensar, me agarró de la muñeca con la mano con la que señalaba y atizaba.

–Vámonos, Katie.

Y nos fuimos a su casa.

–Mantén las cortinas cerradas –me dijo en cuanto se cerró la puerta de su cocina–. No dejes que nadie te vea. Nadie puede enterarse de que estamos en esto juntas.

Por fin logré decir algo, tan contundente y brillante como:

–Eh…

–No podemos permitir que se vuelvan en tu contra, aún no –continuó, como un pequeño tanque tarado que me atropellaba–. Tienes un carácter conciliador y, mañana mismo, a primera hora, vas a tener que ser muy diplomática. –Me soltó la muñeca y me dio un boli y un bloc de notas amarillo–. Pero lo primero es lo primero. –Y mientras señalaba con un amplio gesto la despensa, los armarios y la nevera, me dijo–: Revísalo todo. Haz una lista con todo lo comestible, anota hasta la última caloría. Seguro que sabes cómo se hace, eres americana. Apuesto a que has estado haciendo dieta toda la vida. —Me dio un empujoncito hacia la nevera y se dirigió a la puerta trasera—. ¡Vete a casa en cuanto termines y haz lo mismo con tu comida!

Cuando se iba a marchar, dije sin pensar algo así como:

—Pero… ¿qué…?

Y se detuvo, me miró a la cara, y pudo ver cómo me invadía la confusión y la ansiedad. Suspiró profundamente, me puso una mano en el hombro y dijo:

—Tienes razón. Lo siento.

Aunque claro, yo esperaba que siguiera algo como: «Perdóname por comportarme como una tarada. Tienes razón. Voy a dejar de actuar así. Vuelve a casa. Y olvídate de este ataque de locura que me ha dado. Lamento haberte asustado».

Ay, ojalá.

—Siento no estar más preparada. —Frunció el ceño, claramente estaba enfadada consigo misma—. Yo confiaba en Tony y Tony confía en «ellos». —Se encogió de hombros—. Y a lo mejor tiene razón. A lo mejor «ellos» están limpiándolo todo ahora mismo. A lo mejor «ellos» llegarán aquí mañana para arreglar internet y disculparse por las molestias. —Sonrió sarcásticamente—. Entonces, podrás darme las gracias por mantener tu mente ocupada con este proyectito tan interesante. E incluso tendrás una anécdota divertida para contar a tus amigos sobre la vieja chalada de la casa de al lado que creía que se acercaba el fin del mundo. —Parecía estar a punto de echarse a reír, pero enseguida recuperó la compostura—. Pero si tengo razón…

Se encogió de hombros de nuevo, me dio una palmadita en la mejilla y luego volvió caminando pesadamente hasta mi casa, mientras yo me quedaba sola y aturdida en la suya.

Eso ha sido hace dos horas. Hice una lista con todo: huevos, quesos, salami, pan. Tiene un montón de pan. Y muchos encurtidos: pepinos, pimientos y algo que parece chucrut. Incluso he revisado sus zumos y refrescos (ahí no había nada *light*) y he anotado en la lista todos los condimentos y especias que he podido encontrar. Desde mermeladas a aceites a algo llamado «Vegeta». No sé cuántas calorías tiene eso, pero he hecho suficientes dietas como para saber, a ojo de buen cubero, las que tienen todo lo demás. Todo tiene tantas calorías… sobre todo comparado con nuestros, mis, alimentos con calorías negativas, como el apio y LaCroix.*

Aunque tampoco tiene demasiadas provisiones, eso debería dejarlo claro ahora. Yo diría que, en condiciones normales, comiendo tres veces al día y picando algo entre horas, tiene suficiente quizá para dos semanas, como mucho. Me sorprende, pero Frank ya me había advertido al respecto. Me comentó que se había decidido que en Greenloop los repartos por dron fueran de ese modo y que las despensas fueran pequeñas para evitar que se desperdiciara comida. ¿Qué cifras me había dado? ¿No me había dicho que en Estados Unidos se desperdicia cada año entre un treinta y un cuarenta por ciento de la comida? ¿Treinta millones de toneladas?† No veo cómo Mostar puede contribuir a ello. Más bien me recuerda al estilo de vida de la Costa Este, donde la gente va a todo correr a la tienda del barrio para comprar un tomate o un puñado de judías.

Aun así, comparadas con nuestras reservas de comida, las suyas eran excesivas. Como habíamos tirado tanto antes de marchar, tantas bolsas y latas de cosas que nunca habíamos comido (más alimentos desperdiciados), ahora lo único que tenemos en casa es el reparto de esta semana y las sobras de la cena de bienvenida. No me va llevar mucho hacer la lista, así que manos a la obra.

Ahora estoy en nuestra cocina, mientras Mostar y Dan trabajan a mi alrededor.

Han limpiado el garaje. Y ahora lo están llenando de tierra.

Sí. Tierra.

Ahora mismo están fuera, recogiendo tierra con unos cuencos grandes de acero inoxidable (nadie tiene una pala) que luego echan

---

* LaCroix es una bebida carbonatada considerada neutra en cuanto a calorías, pero que no contiene calorías negativas; por otro lado, no hay consenso sobre si el apio tiene calorías negativas o no.

† Según un estudio de 2014 de la EPA (la Agencia de Protección Medioambiental de Estados Unidos), los estadounidenses desperdician 38,4 millones de toneladas de comida al año.

en los cubos de plástico que tenemos bajo el fregadero. Están trabajando como locos, yendo adelante y atrás por un puente hecho con toallas de baño que Mostar ha colocado de la puerta de la cocina al garaje.

Aunque le ofrezco mi ayuda, Mostar me indica con un gesto que me aleje.

—No, no, cada uno a lo suyo. Tú haz tu trabajo, que nosotros haremos el nuestro. —Debe de pensar que todavía estoy redactando la lista de la comida. No se molesta en comprobarlo. Es como una máquina. Igual que Dan. Aunque él va un poco más lento, está un poco más aturdido. Un par de veces, nos miramos con los ojos como platos. Nos pilla en una y seguramente piensa que seguimos cuestionando su decisión de que no debo ayudarlos—. ¡Hay que repartirse el trabajo! —exclama, mirando hacia atrás—. Así funciona esto.

¿Qué funciona así?

Ahora estoy escondiendo mi diario bajo el bloc de notas amarillo.

¿En serio esta loca piensa que nos vamos a quedar atrapados aquí todo el invierno? ¿Y por qué le dejamos que haga esto? ¿Por qué Dan no le planta cara y le dice: «¡Basta!»?

¿Por qué no lo hago yo?

Vale, sí, ya sé lo que dirías. Somos dos betas muy pasivos, y esa es la razón por la que nuestro matrimonio ha llegado a la situación en la que está. Ninguno de los dos quiere llevar la voz cantante y, como tú dices, asumir la «responsabilidad» del liderazgo. Todo eso lo entiendo, pero…

Pero…

¿Y si tiene razón?

Ahora no debería pensar en eso. Ya no sé qué pensar. Tony tiene que estar en lo cierto. Sé que lo está. Esto es de locos. Así que ¿por qué no digo nada? Estoy tan cansada. Ya casi está amaneciendo.

Tengo que volver al trabajo. Necesito tiempo para ducharme, vestirme e ir a la clase de meditación de Yvette, como si todo fuera bien. Mostar me obliga a ir.

Silver Skis Chalet, centro vacacional de Crystal Mountain, estado de Washington.

El centro vacacional bulle de actividad, los empleados van corriendo de aquí para allá para preparar la reapertura. Su energía y vitalidad no podían contrastar más con el agotamiento del personal gubernamental, que se marcha ojeroso y arrastrando los pies. Desplegaron a casi todos estos hombres y mujeres durante los primeros días de la erupción. A nadie parece extrañarle mi presencia. Nadie me pide la identificación. Del mismo modo, procuro no molestar, mientras busco entre el mar de uniformes del ejército, la Guardia Nacional, la policía estatal y la FEMA, los colores gris y oliva del Servicio de Parques Nacionales de Estados Unidos. Afortunadamente, la primera persona que diviso es la guarda forestal jefe Josephine Schell.

Su «oficina de campo», una sala reconvertida de la segunda planta, huele a humo de cigarrillos, café y pies. Josephine se deja caer en la silla, tras un escritorio donde reina el desorden, mientras se frota los ojos y bosteza.

Para mí, Greenloop era el *Titanic*, hasta en los fallos de diseño y en la falta de botes salvavidas. Estaban tremendamente aislados, a kilómetros de una carretera pública, la cual se hallaba a kilómetros del pueblo más cercano. Y, por supuesto, esa era la idea. Gracias a la logística moderna y a las telecomunicaciones, debía de dar la sensación de que el mundo seguía siendo muy pequeño. Pero entonces el Rainier cortó todas esas conexiones, y el mundo de repente se hizo muy grande.

La mayoría de la gente no es consciente de lo realmente vasto que es este país. Si vives en la Costa Este, o en la zona central, o en una gran ciudad del oeste y sus alrededores, cuesta darse cuenta de cuánto terreno deshabitado hay. Y la naturaleza de esas tierras, el tipo de terreno del que estamos hablando…

¿Alguna vez has visto ese mapa por satélite de Estados Unidos de noche? ¿Esas grandes zonas oscuras que hay entre la llanura y la Costa del Pacífico? Gran parte de esa oscuridad es un terreno hostil, implacable. Muy bonito de ver desde la ventanilla de un coche o desde el borde de un sendero marcado, pero a ver cuánto duras si te desvías mucho de ese sendero. Greenloop estaba en una de esas zonas oscuras, en un bosque lluvioso, montañoso y primitivo tan traicionero como cualquier otro lugar de Norteamérica. Pendientes pronunciadas, casi verticales. Peñascos que surgen súbitamente, cubiertos de musgo resbaladizo. Campos enteros llenos de piedras sueltas, afiladas. Añade a eso la hipotermia, la niebla, un follaje tan espeso que es como chocar contra un muro de ladrillos. Eso es lo que habría esperado a cualquiera que intentara ir en busca de ayuda.

Señala al equipo y personal de emergencia que se encuentra detrás de nosotros.

Y respecto a la ayuda que iba en su busca… Sí, claro, la señora Durant tenía razón cuando afirmó que sus seres queridos llamaron. El problema era que todo el mundo estaba haciendo lo mismo. Estamos hablando de que millones de personas de todo el mundo estaban saturando las líneas telefónicas, día y noche, para intentar saber cómo estaba alguien que conocían. Aunque hubieran logrado contactar con alguien al otro lado, sus llamadas habrían quedado registradas sin más junto a todas las demás; cada una de ellas como una gota en el mar.

Aquello era un absoluto desastre y la señora Mostar lo sabía. Me puedo imaginar que, dado su pasado, previera que todo se iría a la mierda. Pero, aunque no hubiera sido así, si la Agencia Geológica hubiera tenido la financiación necesaria y se le hubiera escuchado, si no se hubiese recortado brutalmente en servicios locales por la última recesión, si la Agencia Federal para la Gestión de Emergencias (FEMA) no se hubiera integrado en el Departamento de Seguridad Nacional, si la Agencia de Defensa Logística no hubiera tenido que comprar casi todos sus suministros al sector privado, si las cenizas no hubieran provocado el cierre de los aeropuertos y ese maldito dron no se hubiera estrellado contra el helicóptero de la Guardia, si no hubieran desplegado a casi toda la Guardia y el ejército en Venezuela, si el presidente fuera alguien competente y los medios de comunicación fueran responsables, si el francotirador de la I-90 se hubiera tomado sus medicinas… si los astros no se hubieran alineado para provocar algo donde se mezclaron los mayores disturbios a nivel na-

cional desde Rodney King con la mayor catástrofe natural desde el
Katrina, si todo hubiera ido exactamente según lo previsto, seguiríamos sin haber encontrado a Greenloop por una razón muy sencilla.
Porque no los estábamos buscando.

Josephine señala al mapa que tiene detrás, que ocupa toda la pared; en concreto, a tres líneas dibujadas con ceras que trazan un perímetro alrededor del Rainier.

Fíjate en esta.

Se refiere a una línea amarilla que va del Rainier al estrecho de Puget.

Ese es el límite de los estragos del desastre natural. Y esta grande...

Mueve la mano por encima de la línea roja ondulante que se extiende hasta más allá de Seattle.

Hasta ahí se extendieron los desórdenes públicos. Lo sé, ¿verdad?
Y aquí...

Por último, señala al círculo azul perfecto que rodea al volcán.

Esa es nuestra zona de búsqueda. Buscábamos a excursionistas,
ciclistas de montaña, campistas, a esos colegiales... oh, Dios mío,
esos chavales, los padres le chillaban al gobernador, y luego el gobernador nos chillaba a nosotros. Vaya treinta y seis horas, sobre todo,
después de encontrar el autobús del colegio abandonado. Menos mal
que estaban bien, pero otra gente, la que acabó atrapada en el atasco
y abandonó sus coches... Eso fue lo que nos jodió, tener que peinar
el bosque para intentar dar con todos esos borregos que habían intentado alejarse andando. Por eso la búsqueda tuvo que cubrir tanto
terreno. Pero por mucho que se extendiese...

Golpea con el dedo un punto del mapa muy alejado de los tres perímetros.

Mira dónde está... estaba Greenloop. Oficialmente, estaban sanos y salvos y no estaban solos. No sé decirte cuántas cabañas y comunidades hay ahí perdidas de la mano de Dios; en gran parte, porque no quieren que nadie las encuentre. Y casi todas sobrevivieron a
pesar de estar aisladas todo el invierno, porque sabían perfectamente
dónde se metían. O bien tenían las habilidades y suministros necesarios para refugiarse y aguantar ahí, o bien la capacidad y equipo necesarios para salir de ahí a pie. Y a muchos les encantó la experiencia.

Sí. En serio. Afrontaron el reto. Aceptaron su parte mala. No tenían nada que ver con la gente de Greenloop.

Esos pobres desgraciados no querían llevar una vida rural. Esperaban llevar una vida urbana en un entorno rural. Intentaron que el entorno se adaptara a ellos en vez de adaptarse *ellos* a él. La verdad es que los entiendo. ¿Quién no quiere salirse del rebaño? Entiendo por qué alguien querría disfrutar de las comodidades de la vida urbanita dejando atrás la ciudad. Adiós a la multitudes, al crimen, a la suciedad, al ruido. Uno lo encuentra hasta en los suburbios. Adiós a tantas reglas, a que los vecinos metan las narices donde no les llaman. Es la pescadilla que se muerde la cola, sobre todo en Estados Unidos, una sociedad que aprecia la libertad, cuando la sociedad, por su propia naturaleza, te obliga a renunciar a parte de esa libertad. Entiendo cómo la hiperconectividad de Greenloop los llevó a abrazar el espejismo de que no tenían que renunciar a nada.

Pero eso era todo, un espejismo.

Deambula con la mirada por la vasta extensión de tierra vacía que hay detrás del volcán en el mapa.

Es estupendo vivir al margen de las demás ovejas hasta que oyes aullar a los lobos.

Capítulo 5

Todos los animales son competitivos por naturaleza y cooperan únicamente en circunstancias concretas y por razones específicas, no por un
deseo de ser buenos unos con otros.

FRANS DE WAAL, *Bonobo: el simio olvidado*

Extracto de mi entrevista a Frank McCray, Jr.
En cuanto a los suministros de emergencia, o la falta de ellos... Mira,
no culpo a Tony, ni siquiera entonces, cuando se descubrió lo que
quedaba de Greenloop.

No se puede culpar a Tony como individuo, porque así es como
piensa la industria tecnológica. Nunca prevén qué puede ir mal. Su
máxima es «avanza rápido y da igual lo que te lleves por delante».
A Facebook no se le pasó por la cabeza que los rusos podrían apro-
piarse de su plataforma para manipular nuestras elecciones, a pesar
de que llevaban años haciéndolo con otros países. A Google, que se
está dejando la piel en la carrera para hacerse con el monopolio de los
coches autónomos, aún no se le ha ocurrido que los terroristas podrían hackear esos coches para atentar contra multitudes.

Joder, pero si una vez estuve en una conferencia en Menlo Park
donde un tío nos mostró cómo se había hackeado la mano, y no es
una forma de hablar. Se había colocado unos electrodos en la piel,
sobre los músculos del antebrazo, para poder tocar el piano. No sabía
tocar. Simplemente, tecleó lo comandos, pulsó «ejecutar» y ¡tachán!
Tocó «Mary tenía un corderito». Y eso solo era el principio. ¿Y si
existiera un exotraje capaz de estimular el cuerpo entero?

«Pensad en las posibilidades.» No paraba de decir ese tío. En los minusválidos. En los ancianos. «Pensad en las posibilidades.»

Se me ocurrieron unas cuantas. Así que levanté la mano y pregunté: «¿No sería posible que alguien hackeara ese traje una vez te lo hubieras puesto, te obligara a coger tu rifle de asalto, perfectamente legal, para luego bajar a la calle y llevarte hasta la guardería de esa localidad?». Me miró como si acabara de destrozarle su castillo de arena. No había dedicado ni un segundo a plantearse esa posibilidad, porque para él eso era una pérdida de tiempo. Positividad en todo momento. Aprende a volar, aunque estés en el *Hindenburg*.

Avanza rápido y da igual lo que te lleves por delante.

ENTRADA N.º 5 DEL DIARIO
3 DE OCTUBRE

Por las patatas. Sí, es por lo que Mostar me ha enviado a la clase de meditación de Yvette.

—Las necesitamos —me dijo.

Ya estábamos otra vez, usando la primera persona del plural y recalcando el «necesitamos». Está convencida de que las patatas son la comida «perfecta» para sobrevivir, de que realmente puedes vivir alimentándote solo de eso. Me había encomendado la misión de intentar traer unas cuantas patatas de siembra para el huerto.

Y se supone que no puedo comentar nada al respecto, ni tampoco defender a Mostar ante los demás.

—Si te dicen algo, síqueles la corriente. —En eso ha sido muy clara—. Muéstrate de acuerdo, echa una mano, ríete con ellos, incluso a mi costa. Sé diplomática.

No necesito que nadie me diga cómo se hace. Soy diplomática por naturaleza y sigo sin estar de acuerdo del todo con los planes demenciales de Mostar. Pero desde que me enteré de las noticias, he de decir que cada vez los veo con mejores ojos, aunque solo sea un poquito. Y ha habido *muchas*. Después de la reunión, Vincent estuvo escuchando la radio del coche durante una hora, hasta que Tony se ofreció a relevarlo. Según ambos, las noticias sobre el Rainier eran bastante malas.

Se había producido algo llamado «lahar», un alud de barro hirviente. Según la radio, fue lo que mató a miles de personas en un lugar llamado Armero* en los ochenta y es exactamente lo mismo que está pasando ahora en el Rainier. Las noticias parecen centrarse en el lado más alejado del Rainier, el que da a todos estos pueblos: ¿Orting? ¿Puyallup? (¿Los he escrito bien?) He oído hablar de Tacoma, que se supone que está en peligro ahora mismo. Nosotros parece que estamos a salvo, como Tony predijo, pero da la impresión de que también nos hemos quedado aislados. Vincent cree que oyó algo como que el valle de abajo y la carretera principal estaban cubiertos por un lahar.

—Puede que haya muerto gente —comentó Bobbi—, los que, al intentar huir en coche, han acabado atrapados en su vehículo cuando llegó la avalancha de barro.

Yvette suspiró.

—Podríamos haber sido nosotros. —Y abrió los brazos para que nos diéramos un abrazo en grupo—. Imaginaos lo que podría haber pasado si anoche todos hubiéramos bajado en coche al valle, si Tony no hubiera previsto que la carretera ya ni siquiera estaba ahí…

Espera, ¿eso no lo había dicho Mostar?

¿No había sido ella la que comentó que la carretera ya ni siquiera estaba ahí? ¿Se les había olvidado lo que contó Tony sobre falsas alarmas y atascos de tráfico? Nadie parecía recordarlo. O a lo mejor sí lo recordaban, pero daban por sentado que el resultado habría sido el mismo. Tanto Tony como Mostar habían insistido en que nos quedáramos, pero ahora Yvette decía con ojos llorosos:

—Tony nos ha salvado la vida.

No abrí la boca y asentí con todas las demás. Ni siquiera me inmuté cuando Yvette dijo:

* El 13 de noviembre de 1985, la erupción del Nevado del Ruiz en Colombia provocó la muerte de aproximadamente 23.000 de las 29.000 personas que vivían en el pueblo cercano de Armero.

—Ojalá Mostar estuviera aquí. —Eso fue justo después de que dejásemos de abrazarnos, cuando ya nos colocábamos en nuestro sitio en el suelo—. Ahora más que nunca, nos necesitamos los unos a los otros.

Era una prueba, como las que he estado esquivando desde preescolar. A veces son muy claras. Otras veces tienen más mala leche. En esta, la preocupación era el cebo.

—Espero que esté bien —dijo Carmen, toda compasión—. Después de todo lo que ha sufrido…

¿A qué se refería? Tal vez lo hubiera preguntado, pero Yvette me interrumpió:

—¿Nadie ha hablado con ella?

Ese era el cebo. No debía morder el anzuelo.

Todas negaron con la cabeza, yo incluida. Yvette suspiró con tristeza.

—A lo mejor viene mañana. Creo que ella necesita curarse más que nadie.

La frase hizo que se me revolvieran un poco las tripas. Aunque soy capaz de esquivar estas trampas, siempre tiene un precio. Odio mentir, odio el conflicto, odio tener que elegir bando. En ese momento, odié a Mostar por ponerme en esta situación tanto como a mí misma por permitírselo.

Intenté seguirles la corriente. Intenté concentrarme, relajarme, sentir las «manifestaciones físicas de este acontecimiento traumático» y darme «permiso para liberar mi dolor y culpa, respirando hondo de forma purificadora».

Intenté imaginarme a «Oma», esa guardiana del espíritu del bosque que Yvette había mencionado en nuestra última sesión. El abrazo. Esos brazos acogedores y suaves con los que me había rodeado. Había funcionado la última vez, pero ahora no. No estaba de humor para una sesión imaginaria guiada.

Cuando la sesión terminó, fingí haberme «quitado una pesada losa de encima» y pregunté por las patatas como quien no quiere la cosa:

—Esta mañana he pensado que podía preparar patatas a lo pobre.

Más mentiras. Más dolor de tripa.

Y todo para nada.

Otra vez caras de preocupación, aunque esta vez el sentimiento parecía sincero. Me dio la impresión de que Carmen y Effie sentían de verdad no tener ninguna patata para darme, e Ivette me dijo que me pasara si necesitaba cualquier otra cosa.

Aunque Bobbi… No diré que se comportaba de forma extraña. O sea, ¿cómo voy a saber cuándo actúa raro si no la conozco lo bastante para saber cómo es de normal? Pero sé lo que es sentirse incómoda, lo sé tan bien que me doy cuenta enseguida. Cuando respondió, Bobbi parecía realmente incómoda. Aunque podría equivocarme. Podría estar así por las noticias.

Observé cómo todas se iban a casa. Bobbi se alejaba mirando de vez en cuando hacia atrás de una forma, sí, rara; Yvette contemplaba a Tony, quien, me di cuenta entonces, seguía dentro del Tesla escuchando la radio; Carmen y Effie saludaban con la mano a Appaloosa, que las miraba fijamente desde la ventana de la planta de arriba como en una historia de fantasmas.

Lo siento. No es justo. Pero así es como sentí al ver a esa niña salida de una peli de terror, apretando como una posesa la pelota antiestrés llena de alubias.

Tuve que irme a dar un paseo. Para despejarme. Como Dan estaba dormido cuando llegué a casa, di por supuesto que Mostar también estaría roque.

—Trabajaremos por las noches —me había dicho antes de que me marchase—, así nadie nos verá.

Qué locura. Tenía que salir, calmarme. Como no puedo dormir cuando estoy demasiado agotada, pensé que podría intentar revivir el consuelo de ese primer día tan místico.

Pero fue una mala idea. Debería haberme ido directa a la cama.

¿Te acuerdas de lo que me dijiste sobre la empatía, sobre que es algo bueno, pero que nada es bueno en exceso? Pues soy capaz de imaginarme las vidas de los demás con la misma claridad que la mía.

Eso es lo que acabé haciendo durante mi caminata; aunque intenté dejar de pensar en la gente a la que los lahares se han llevado por delante, fracasé miserablemente. Me imaginé ese tsunami de lodo humeante, repleto de rocas, de árboles hechos trizas, de fragmentos de casas destrozadas. Me imaginé a la gente en los coches, escuchando la radio, mirando distraídamente sus móviles, quejándose del tráfico mientras les gritaban a sus hijos, en el asiento de atrás, que dejasen las tablets y contemplasen el mundo.

Tal vez vieran algo en el retrovisor, o se preguntaran por qué de repente la gente pasaba corriendo por delante de sus coches. Pensé en qué me habría pasado a mí si hubiera estado ahí. Me habrían golpeado por detrás. Me habría girado, furiosa, pero no lo bastante para hacer el corte de manga. Seguramente habría buscado el seguro del coche y, una vez en la mano, antes de abrir la puerta, estaría dispuesta a hablar de los daños como una persona civilizada. Quizá la puerta no se pudiese abrir porque otro coche atascado estaba pegado. Sería entonces cuando lo habría visto, al girarme con dificultad para mirar hacia atrás y escuchar el estruendo de una avalancha (sí, una avalancha y no una ola, como esa que había visto una vez en un vídeo de YouTube del tsunami de Japón) que se acercaba.

Conociéndome, no se me habría ocurrido abrir la ventanilla y deslizarme por ella para huir. Lo más probable es que hubiera cerrado la puerta, hubiera cerrado los ojos, me hubiera convencido de que no estaba pasando, mientras el metal y el cristal presionaban a mi alrededor. Habría muerto aplastada, ahogada, hervida viva.

Pero entonces me di cuenta de que esa pesadilla fantasiosa no podría haber ocurrido porque la erupción tuvo lugar de noche, y la mayoría de la gente no estaba en la carretera. Eso fue lo que nos contaron nuestros vecinos sobre el terremoto de Northridge cuando nos mudamos a Los Ángeles. ¿Quién nos los contó? Creo que fue esa pareja de ancianos al otro lado de calle que tuvieron que vender su casa. ¿Cómo se llamaban? ¿No fue la mujer la que comentó algo sobre que la ciudad tuvo suerte de que el terremoto se produjera de noche, cuando todo el mundo estaba sano y salvo en casa? La idea me reconfortó unos instantes, hasta que me imaginé las casas que los lahares se habían llevado por delante.

¿Estarían dormidos, como nosotros? ¿Soñando? Me imaginaba a mí misma, arrebujada en la cama, incorporando el estruendo a mi subconsciente. ¿Me habría levantado a tiempo para ver cómo se me caía encima el techo? ¿Para ver cómo el borde afilado de una viga rota o la astilla de algún mueble me atravesaba el pecho como una lanza?

Con suerte, no me habría despertado. Con suerte, muchos de ellos tampoco. Pero los que sí se despertaron… ¿Qué pasaba con los que todavía podrían seguir vivos, atrapados bajo los escombros? ¿Cuántos de ellos estaban heridos? ¿Cuántos intentaban pedir ayuda? ¿Cuántos jadeaban con solo un pulmón? ¿Cuántos tosían sangre? ¿Cuántos tenían los huesos rotos, sufrían dolores, tenían miedo?

¿Por qué me dejo llevar tanto por los pensamientos? ¿Dónde está mi (¿cómo lo llamaste?) «mecanismo de defensa del ego»?

Quizá intentaba construir uno en esa caminata, rodearme de un muro de sensaciones placenteras y recuerdos positivos. Debería haberme dado cuenta de que solo empeoraría las cosas. Ahora el Rainier echaba humo, furioso. Cuando llegué a la cima vi unas pequeñas columnas negras a lo lejos, por detrás del monte. ¿Incendios forestales? ¿Casas ardiendo? El humo de la montaña estaba oscureciendo el cielo, como un manto gris que tapaba el sol.

Al alejarme de allí para seguir recorriendo el sendero, intenté encontrar la zarza que había visto días antes. Estaba ahí, pero no le quedaba ninguna mora. Ni siquiera las más pequeñas y duras, las verdes. Cuando traté de apartar una de las ramas, me pinché en el dedo con una espina. Como un acto reflejo, me llevé la mano a la boca. Aunque no era una herida muy profunda, sí era lo bastante para saborear mi propia sangre. Eso provocó que me rugiera el estómago. Me di cuenta de que tenía mucha hambre, y la sensación me hizo pensar en la lista de calorías de la noche anterior.

Después de elaborar una lista con toda nuestra comida, Mostar me dijo que preparara un «plan de racionamiento». Pensé que sería bastante fácil, no muy distinto a las miles de dietas que había hecho toda la vida. Hice cálculos teniendo en cuenta nuestras edades, alturas, niveles de actividad física y reservas de grasa aproximadas, ¡no me puedo creer que realmente anotara todo eso! Hasta usé dos calculadoras de calorías que tenía en mi móvil (sí, tengo dos), que nos asignaron 1.200 a mí, 2.100 a Dan y otras 1.200 a Mostar, aunque no estoy muy segura de cuál es su edad exacta.

Creí que estaba siendo muy dura, pero cuando se lo enseñé a Mostar, se limitó a negar con la cabeza y reírse:

—Muy americano.

Aunque me puse roja como un tomate, me siento orgullosa de haber sido capaz de contestarle. Le expliqué los peligros de las dietas de choque, los riesgos que entrañaban para la salud a largo plazo.

Una vez más se rio, chasqueando la lengua.

—Esto no es una dieta, Katie, se trata de racionar los alimentos. Cuando haces dieta, decides voluntariamente comer menos. Cuando racionas los alimentos, comes menos porque no te queda más remedio. Esa falta de control puede volverte loco. Sobre todo a los americanos. No sabéis lo que es el hambre, al contrario que el resto del mundo. Ni siquiera en los peores momentos de vuestra Guerra de Secesión, cuando todavía cosechabais el trigo suficiente para vender y obtener beneficios.

¿Y eso cómo lo sabe? ¿Por qué lo sabe?

—Mira. —Me quitó el bloc de notas y se puso a garabatear algo—. Te voy a enseñar a qué me refiero.

Ochocientas calorías para Dan.

Quinientas para Mostar.

Y mil para mí.

—Esto no vamos a aplicarlo ya —me explicó—, no mientras estemos adaptándonos a la nueva situación. Pero en una semana o así, no tendremos nada que hacer aparte de quedarnos cruzados de brazos mientras nuestro cuerpo se consume. Por eso te he asignado la cantidad más alta a propósito, porque tienes menos chicha.

Entonces me dio un azote en el culo. Sorprendida, chillé y me volví para decirle que estaba violando mi espacio personal, pero ya había vuelto a salir en busca de otro cuenco lleno de tierra.

Debo reconocer que en ese momento no tenía ninguna intención de seguir su plan de castigo demencial. Era, simplemente, otra dieta que saltarse. Pero ahora, después de oír las noticias y de darme cuenta de que, después de todo, esa vieja chalada quizá no lo esté tanto, me estoy replanteando todo lo que dijo anoche. ¡Si hasta me siento culpable por haber quemado tantas calorías en la caminata!

Mientras buscaba otras zarzas que se me podían haber escapado caí en la cuenta, con un gran cabreo, de que podía estar perfectamente en medio de un bufet natural. Ahí había hojas, cortezas, setas. ¡Había tantas setas! Blancas, negras, marrones, rosas, moradas. ¡Moradas! ¿Algunas eran comestibles? ¿Cómo podía saberlo? En eso no me ha ayudado mi móvil supuestamente inteligente; este pequeño rectángulo inútil que todavía llevo por costumbre.

Vale, no es totalmente inútil. Pero, aunque sigo usando el reloj, calendario, linterna, contador de pasos, dictáfono, bloc de notas, cámara, grabadora de vídeo, editor de vídeo, consola de videojuegos, y quién sabe cuántas otras aplicaciones que hace veinte años nos parecerían imposibles, para lo único que lo necesitaba, para aquello que fue diseñado originalmente, era para comunicarme.

—Siri, ¿qué puedo comer aquí?

No sé qué me hizo sentir peor, que de repente no tuviera todo el conocimiento del mundo en mi bolsillo o que hasta ese momento siempre hubiera dado por sentado que tenía derecho a ello. Me he sentí sumamente agradecida a los colibríes que atravesaban volando mi campo de visión. Revoloteaban, veloces, alrededor de esas mismas flores, dándose besitos cariñosos. Al principio estaba tan feliz que me tapé la boca con ambas manos. ¡Gracias a Dios! Eso es lo que pensaba. Gracias a Dios que aún queda algo hermoso. Pero entonces miré más de cerca y vi que no se estaban besando, sino que uno estaba intentando matar al otro, clavándole rápidamente su pico en forma de aguja. Es lo que habían estado haciendo el primer día, cuando solo vi lo que quise ver.

Y se alejaron volando, asustados por el mismo ruido que me ha sobresaltado a mí. Vi que los helechos que tenía delante, a la derecha, se agitaban violentamente hacia delante y hacia atrás. Avanzaban en línea recta, tan rápido que no pude reaccionar. Algo salió súbitamente de los arbustos que tenía delante. Era pequeño y marrón, y estoy casi segura de que era un conejo, aunque desapareció en un visto y no visto. Con dos veloces saltos, cruzó el sendero y se metió entre la maleza de enfrente. No se detuvo, ni siquiera aflojó el ritmo. Observé cómo se alejaba, por al rastro de movimiento entre los matorrales, y me pregunté si algo podía estar persiguiéndole.

Entonces lo olí. Solo fue un tufillo que trajo la brisa. A podrido, como a huevos y basura de varios días. Y eso me hizo recordar algo que había sucedido la noche anterior al acabar la reunión, cuando ya nos estábamos marchado. Cuando abrieron la ventana, Carmen se quejó de que olía fatal, como a sulfuro. Reinhardt nos había explicado que eran las emisiones de gas del volcán. Seguramente tenía razón. Es lo que pensé mientras el olor se desvanecía.

Luego oí un aullido débil y distante. No era de un lobo, o, al menos, no como los lobos que he oído en las películas. Sé cómo aúllan los coyotes y estoy casi segura de que no lo era. Sigo sin tener claro si era un animal o no. Pudo haber sido el ulular del viento al atravesar estos árboles tan altos, o de algún efecto extraño del eco al rebotar en las montañas. ¿Qué sé yo de los sonidos aquí arriba? El aullido dio paso a tres gruñidos cortos y graves, y el último sonó un poco más más alto, o más cerca, que los otros. No me moví y aguanté la respiración, por si escuchaba algún otro ruido. Cualquiera. Tuve la sensación de que el bosque entero se callaba.

Entonces noté que alguien me miraba.

Sé que tú dirías que eran imaginaciones mías, y no se me ocurre ninguna razón para llevarte la contraria. Ahí estaba yo, quieta, completamente sola, bajo ese espeluznante cielo cubierto de humo, sintiéndome culpable por tener la cabeza llena de pensamientos apocalípticos. Pero ya había tenido esa sensación, en el patio del recreo o cuando mamá criticaba mi forma de vestir desde la otra punta de la habitación. Ese mismo instinto me había llevado a conocer a Dan, en el primer curso, en medio de la multitud y la música. Lo supe. Lo intuí. Levanté la mirada y ahí estaba él.

Esta vez no vi a nadie. Incluso cuando me di la vuelta para volver a casa. No corrí, y estoy orgullosa de ello. Simplemente caminé despacio, a propósito, y la sensación había desaparecido a medio camino de casa. Ahora lo único que siento es vergüenza. No me puedo creer que haya entrado en pánico sin motivo, que haya dejado que unos monstruos imaginarios estropeen mi lugar feliz. Ahora que estoy sentada a la mesa de la cocina me siento ridícula, mientras vigilo la puerta de atrás y oigo roncar a Dan como un bendito en la planta de arriba. El viento sopla con más fuerza y el murmullo de los árboles es muy reconfortante. Tal vez debería volver a salir, para acabar mi paseo con buen sabor de boca.

No. Lo he intentado. Las piernas me tiemblan como un flan. *Mmmm*, flan. Acabo de zamparme un pack de seis. La mitad, en realidad. Lo suficiente para calmar mi estómago.

Noto que me estoy cabreando. Y es por culpa de la dieta. No estoy cien por cien segura de por qué debería torturarme con esa gilipollez de Mostar del «racionamiento». Aunque tenga razón en que nos hemos quedado aislados, ¿cuánto tiempo podría durar esta situación?

La verdad es que necesito dormir. Debería irme a la cama y acurrucarme junto a Dan. Con tapones en los oídos. Y quizá tomarme media pastilla de Orfidal, para una buena noche de descanso que se alargue hasta bien entrada la mañana. Debería darle al mundo la oportunidad de recuperarse. Y si no se recupera, al menos yo sí lo haré con un bonito paseo por el bosque a última hora de la tarde.

Extracto de mi entrevista a la guarda forestal jefe Josephine Schell.
Yo llamo un «Momento Massoud» a atar cabos cuando ya es demasiado tarde. Le puse ese nombre por Ahmad Shah Massoud. Era un líder de la guerrilla afgana que luchó contra los rusos y luego contra los talibanes. No creo que hayas oído hablar de él. Yo no lo conocía hasta el día que murió. Yo acababa de llegar a Nueva York en un vuelo nocturno, a la una o dos de la madrugada. El taxista que me recogió en el aeropuerto JFK estaba escuchando el canal internacional de la BBC. Decían que unos terroristas que se habían hecho pasar por periodistas acababan de asesinar a Massoud. No estaba prestando mucha atención y creo que incluso le pedí al conductor que cambiara de emisora. O sea, venga ya, acababa de empezar mis vacaciones. Nunca había estado en Nueva York y mis amigos me estaban esperando. Teníamos entradas para ver *Los productores*.

Esto pasó el 9 de septiembre de 2001, y más tarde me enteré de que el asesinato de Massoud fue el primer paso del ataque al World Trade Center. Era imposible que lo supiera en ese momento. Nadie esperaba que yo atara todos los cabos. Aun así, pienso mucho en ese instante, en atar cabos. He reflexionado mucho desde…

Levanta la vista hacia el mapa.

Desde que hallamos estos huesos. Bueno, estos trozos, más bien. Estos fragmentos estaban machacados, como si alguien se hubiera vuelto loco con un martillo. Sabíamos que eran de ciervos; ahí había pezuñas, unos pocos dientes, trozos de pelaje. No quedaba mucho. Nada de carne. Los habían dejado limpios. Lo mismo pasaba con las hojas, aunque quedaban restos de salpicaduras de sangre. Recuerdo ver una piedra, así de grande…

Coloca las manos con la forma y tamaño de un balón de fútbol.

… con sangre, tuétano y pedacitos de sesos en un lado. Los restos eran bastante frescos; quizá solo tuvieran unas horas. Pero no me paré a comprobarlo. No teníamos tiempo. Recuerdo que esto ocurrió el Día Tres después de la erupción. Ninguno de nosotros había dormido, y había tanta gente desaparecida… al echar la vista atrás, sé que fue el motivo por el que no pensé mucho en los rastros. Seguramente los descarté porque pensé que eran nuestros, ya que todo el mundo avanzaba de forma pesada y torpe, sin fijarse en nada, pensando únicamente en llegar donde teníamos que llegar.

No fue hasta *después* de descubrir Greenloop…, mierda, no fue hasta después de leer su diario… ¿esa entrada en la que hablaba sobre que había descubierto unos restos? Ahí fue cuando empecé a preguntar. Y algunos de los otros guardas forestales, miembros de la Guardia Nacional y unos cuantos voluntarios civiles tuvieron ese momento de «oh, sí, claro». Y en cuanto me puse a elaborar un mapa y una cronología de lo que recordaba cada persona…

Estira un brazo hacia el mapa para tocar un conjunto de alfileres pequeños y negros, en los que no me había fijado antes.

Este fue el primer descubrimiento, Día Uno.

Toca el siguiente alfiler.

Día Dos.

Otro.

Día Tres. Mi equipo.

Continúa deslizando los dedos entre los alfileres, dibujando así un camino recto hasta Greenloop.

El «Momento Massoud», en el que se atan todos los cabos.

Capítulo 6

Una mentira habrá recorrido al galope la mitad del mundo antes de que a la verdad le dé tiempo a ponerse los pantalones.

CORDEL HULL, secretario de estado del
presidente Franklin Delano Roosevelt

ENTRADA N.º 6 DEL DIARIO
4 DE OCTUBRE

Caen cenizas del cielo. Unos copos grandes, perezosos. Sobre las casas, el camino de la entrada, el parabrisas del coche. Ahí es donde estoy ahora, escribiendo esto, mientras escucho la radio.

Debería estar durmiendo. Es lo que está haciendo Mostar. El huerto ya está terminado. Con tierra y compost del cubo de la basura de Mostar, todo mezclado. Dan hasta ha diseñado un sistema de irrigación. Conectó las dos mangueras de nuestros jardines al lavabo del garaje, las colocó de forma que serpenteasen por todo el huerto, les hizo unos agujeros, con unos cuantos centímetros de separación, y selló el extremo con cinta de embalar. Lo llama la «línea de goteo». Lo ha hecho todo él solito, sin que nadie le dijera nada.

Y ahora está concentrado en una nueva tarea: averiguar cómo funciona la casa. «Las cosas de una en una.» Ahora está durmiendo, creo, pero cuando terminó el huerto se puso a sincronizar su iPad con la unidad de procesamiento central de la casa, a aprender cómo funciona todo, a perderse en kilovatios y unidades termales británicas. No hemos tenido que estar detrás de él, no ha descansado ni un minuto. En unas pocas horas ha trabajado más de lo que le he visto trabajar en años. ¿Quién es este hombre?

Mostar también ha pasado a otra tarea. Tiene previsto recoger, cortar y secar todos los frutos de nuestros árboles. Ciruelas, peras, manzanas. Incluso las agrias manzanitas silvestres de su manzano que yo nunca habría tocado antes de esto. «Cada caloría cuenta», dice. Se habría puesto manos a la obra esta misma mañana, pero tiene que hacerlo, según ella, «cuando anochezca, para que no me vea nadie».

Y yo también tengo una nueva responsabilidad. Soy la hortelana. Se supone que debo cuidar y echar un ojo a las semillas que hemos plantado. Aunque tampoco es que hayamos plantado muchas.

He rebuscado por todas partes en las dos casas y lo único que he encontrado han sido unos guisantes chinos y un par de boniatos. No sé si tienen el mismo aporte nutricional que «las de verdad»; Mostar llama así a las patatas normales. «Pero es mejor que nada.» Claro, pero el problema es que no tiene ni repajolera idea de cómo plantarlas. ¿Hay que cortar los boniatos y plantar solo los ojos, como Dan cree recordar por un libro de ciencia ficción que leyó hace poco, o hay que plantarlos enteros? Hemos hecho esto último. ¿Y los guisantes? ¿Hay que ponerlos primero en remojo? ¿Hay que envolverlos en papel de cocina húmedo, como recuerdo vagamente del jardín de infancia, o solo sembrarlos en un terreno bien regado? Hemos hecho esto último.

Mostar no sabe nada. Hasta lo ha reconocido: «No tengo ni idea». Confesó que es una «eterna chica de ciudad», y que la única planta que había cuidado era un tomate en rama que cultivó en un alféizar, al que logró matar, por cierto. Y no parecía importarle. Mostraba una confianza y claridad de ideas total. «Tenemos que intentarlo», dijo mientras yo introducía el último guisante en el barro. Satisfecha, con las manos regordetas apoyadas en las amplias caderas. «Tenemos que intentarlo.»

Y ahora la apoyo. Vuelvo a ver con buenos ojos sus planes. Porque he estado escuchando la radio. Sí, mucho.

Solo quería saber más sobre lo que estaba pasando, para hacerme una mejor composición de lugar. Sobre todo cuando hoy vi que el coche de Tony no estaba. A lo mejor lo ha aparcado en el garaje, pero estoy casi segura que ahí han montado un gimnasio. No se ha podido ir hace mucho. Esta mañana, cuando salí de nuestro garaje/huerto, su Tesla seguía ahí. Se ha debido de ir cuando estaba duchándome. Tuvo que ir en busca de ayuda. Pero si un lahar ya ha cubierto el valle, ¿hasta dónde podrá llegar?

Pero ¿y si la carretera está despejada? Vincent simplemente *creía* que lo había oído en las noticias. Quizá Tony solo quiere comprobarlo con sus propios ojos. ¡Adelante entonces, Tony!

Y sí, lo admito, me siento un poco perdida y vulnerable ahora que él se ha ido. Esperaba preguntarle sobre las noticias antes de ir a clase de Yvette. Me habría venido realmente bien oír su voz reconfortante. Yvette tiene que estar muy preocupada. Lo he notado hoy en su tono de voz, en lo acelerada que iba. Supongo que también es un acto de valentía quedarse aquí e intentar que seamos felices mientras Tony se juega la vida ahí fuera. Es otra de las razones por las que me he puesto a escuchar la radio, para oír quizá alguna buena noticia que pudiera contarle luego a Yvette y hacer que se sintiese mejor.

Vale, no es verdad. Me he puesto a escucharla solo por mí.

Y, vaya, cómo me arrepiento.

Ha pasado alrededor de una hora y estoy más hecha polvo que nunca.

Aunque nuestro valle no está cubierto, muchos otros sí lo están. Actúan como embudos, que canalizan las avalanchas de barro. Es un escenario de pesadilla para mí, porque me imagino a esas personas atrapadas en los coches. Y es precisamente lo que ha pasado. No saben cuánta gente ha quedado enterrada. Y no solo en los coches. También tenía razón en que la gente moriría en casa, ya fuera en la cama, o levantada y despierta sin que nadie la hubiera alertado. Hoy en día, avisar a alguien a tiempo es muy complicado. Leí un artículo en el que se decía que ahora casi todo el mundo recibe las llamadas que les alertan de emergencias en sus móviles, en vez de en el teléfono fijo como antaño. Mucha gente apaga el móvil cuando se va a la cama, o se olvida de cargarlo, o ignora las llamadas hechas desde números desconocidos porque creen que quieren venderles algo.

¿Y qué es eso de que nos hemos quedado aislados al sur? ¿Que una de las avalanchas ha llegado hasta Tacoma, cortando la 5, la carretera por la que vinimos? También han comentado algo sobre que recomiendan desviarse a la I-90 para intentar organizar la evacuación hacia el norte, hacia Vancouver. ¿Y eso de «invertir el flujo del tráfico»?* Lo mencionan constantemente, y que la gente que intenta escapar en coche cada vez se siente más frustrada y cabreada.

Tacoma debe de ser un puerto importante. Hay tantos barcos en el estrecho de Puget que lo están atascando. Se están produciendo muchos accidentes, sobre todo con las pequeñas embarcaciones privadas. Los ferris no pueden salir. Algo llamado el USNS *Mercy* no puede entrar. He oído algo aquí y allá sobre por qué no vuela ninguna aeronave. Tiene que ver con las cenizas que cubren los aeropuertos y que se cuelan en los motores de los aviones, pero también he oído algo sobre un accidente, un dron que ha chocado con un helicóptero. Todos los que iban a bordo han muerto, incluidos unos excursionistas que habían rescatado. He oído dos versiones distintas sobre el origen del dron: en un sitio han dicho que era del ejército y que estaba buscando a gente desaparecida; en otro, que era privado y que intentaba sacar fotos para publicarlas en las redes sociales. Ambas noticias hablaban de que se habían «suspendido los lanzamientos de provisiones mediante vehículos aéreos no tripulados». ¿Por eso no he visto ni un avión o helicóptero, ni siquiera un dron, desde que empezó todo esto?

No sé si nos hemos quedado aislados de Seattle, ¡pero sí parece que Seattle se ha quedado aislada del resto del mundo!

No entiendo cómo ha podido pasar. Tanta información me agobia. He oído una noticia en la que hablaban sobre presupuestos y política. ¿Recortes presupuestarios? ¿Cierres que afectan a la capacidad para «retener talento a largo plazo»? ¿Qué quiere decir eso de «destruir la administración pública»? ¿Y qué es el USGS? Alguien

---

* Invertir el flujo del tráfico es una medida que se suele emplear en los desastres naturales, por la cual los coches circulan por todos los carriles de una carretera en el mismo sentido.

de esa organización se ha quejado de que los negocios locales han hecho oídos sordos a las advertencias, porque la acusaban de querer provocar «otro Mammoth Lakes».*

El tío del USGS también ha intentado desmentir lo que supongo que son rumores. Sí, corren muchos rumores. Parecía muy frustrado por cómo afirmaba que el Rainier no había explotado de costado en dirección hacia Seattle, ni había generado un tsunami, ni había provocado una reacción en cadena por la cual todos los demás volcanes habrían entrado en erupción. Debía de estar oyendo mucho esos rumores. Y la periodista no ayudaba. No paraba de sacar el tema de las horribles erupciones del pasado, la del Krakatoa, el Fuji, el Vesubio. Le preguntó cuánta gente «podría morir» y «cuál es, hipotéticamente, el peor escenario posible», y cuando le ha pedido que se imaginara cómo sería el estallido del «supervolcán de Yellowstone», él respondió: «¡Por Dios, ¿por qué estamos hablando de esto?!».

Cuánta ira. Cuánta agresividad.

A las 7.10 de la mañana, una emisora local ha informado sobre un tiroteo en un Whole Foods en Denny Way. ¿Dónde está eso? Más noticias sobre largas colas en supermercados, peleas a puñetazos, un atraco en una gasolinera. A un camionero lo han sacado violentamente de su cabina y le han dado tal paliza que casi lo matan. Era un camión de reparto de pan, que han saqueado y quemado.

Ahora estoy escuchando una conferencia de prensa. La señal va y viene. La mujer, creo que es la gobernadora, intenta responder a todas las preguntas que le lanzan. Los periodistas le preguntan tantas cosas… No puede ser cierto que los rescatadores se estén concentrando en salvar «bienes de corporaciones» como Boeing y Microsoft. No pueden estar dando prioridad a vecindarios ricos como Queen Anne por encima de otros de clase media como Enumclaw. Eso es lo que ha preguntado un periodista, y otro ha gritado: «¿No es verdad que el USGS no avisó a estos pueblos intencionadamente para que la erup-

---

* Mammoth Lakes, California: El 27 de mayo de 1982, se avisó de que se iba a producir una erupción que nunca ocurrió, lo cual erosionó la economía del pueblo y minó la confianza en el USGS (el Servicio Geológico de Estados Unidos).

ción los arrasara y se pudieran construir después urbanizaciones lujosas?».

Una pregunta sobre la ley marcial. ¡Oh, Dios mío! ¡Ya he oído esa pregunta! ¡Hoy mismo! Cuando entré en el coche, oí despotricar a alguien de pasada, creo que no en una emisora de noticias, sino quizá en una tertulia radiofónica. Un exaltado, con una voz áspera, criticaba al «gobierno en la sombra» y señalaba que todo era una conspiración en la que no se había advertido a nadie de la inminente catástrofe para utilizarla «como una excusa para que las tropas federales desarmen al pueblo». Son las *mismas* palabras que estoy oyendo ahora. ¿El periodista se está limitando a repetir la misma crítica rabiosa que ya hemos oído?

La gobernadora está hablando. Parece mosqueada. Voy anotando lo que dice:

«¡Cálmense, por favor! Necesitamos que escuchen con atención lo que estamos diciendo ahora. No podemos permitirnos hacer caso a los rumores. No podemos permitir que se especule sobre esto. Muchas personas, cuyas vidas corren un peligro real, necesitan información veraz y precisa. Necesitan datos contrastados. ¡Tienen que ser responsables con la información que dan! ¡¿Acaso quieren que cunda el pánico?! Por favor, piensen antes de hablar, piensen en las consecuencias de sus…».

¡Tony!

¡Veo por el retrovisor los faros de su coche! ¡Vuelve a su casa!

Extracto de mi entrevista a Frank McCray, Jr.
De nuevo, no se puede culpar solo a Tony, ni siquiera a toda la industria tecnológica, por no estar preparados. Sí, todos deberían haber tenido provisiones de emergencia a mano, pero, a la hora de la verdad, ¿quién las tiene? ¿Cuánta gente en Los Ángeles tiene kits para terremotos? ¿Cuántos habitantes del Medio Oeste están preparados para enfrentarse a un tornado, o los del Nordeste a las ventiscas? ¿Cuántos residentes en la costa del Golfo hacen acopio de provisiones para la temporada de huracanes? Recuerdo estar de fiesta en Nue-

va Orleans antes del Katrina y la gente ya hablaba de «cuándo» iban a fallar los diques. ¡De «cuándo», no de «si» fallarían!

Pero no nos centremos únicamente en situaciones extremas. ¿Cuántas personas tienen un extintor en la cocina o unas luces de emergencia en el coche? ¿Cuántos de nosotros hemos abierto el botiquín en plena noche para descubrir que ese bote de pastillas que necesitamos desesperadamente caducó hace mucho?

Y en cuanto a las provisiones suficientes para el día a día, Greenloop no fue la única a la que la situación le pilló desprevenida. Lo mismo le ocurrió al sistema de entrega por internet que funcionaba con un solo clic y del que dependían. Ahora todo el país depende de eso. Nadie se acuerda de aquellas Navidades a finales de los noventa, antes del estallido de la burbuja punto com, cuando todo el mundo pensó que la lista de Papá Noel estaba a un solo clic. No entendían que los regalos que estaban encargando aún tenían que transportarse, en la mayoría de casos, desde el extranjero, en unos barcos muy grandes y muy lentos. El resultado fue que la mañana de Navidad muchos de mis amigos no recibieron sus regalos, que habían sido pedidos por internet, a pesar de que sus padres se habían pasado la noche anterior corriendo de un Toys «R» Us a otro, y donde todo estaba agotado. Y eso fue cuando todavía existía Toys «R» Us.

¿Y qué aprendimos de esa gigantesca metedura de pata? Que había que lograr que la red de distribución fuera más rápida, en vez de prepararnos para lo que podría ocurrir cuando la red fallase. Si vas a un supermercado de cualquier gran cadena, ¿qué tipo de comida ves? ¿Enlatada? ¿Encurtida? ¿Deshidratada? Ya no. Ya no es como antes. Cuando yo era un crío, casi todos los supermercados contaban con una sección muy pequeña donde vendían carne/pescado/productos agrícolas frescos. Ahora eso lo ocupa todo. El modelo de negocio de la industria alimentaria de Estados Unidos consiste en distribuir en el mismo día los productos frescos recién traídos de la granja.

Pero ¿qué pasa cuando no llegan los camiones de reparto? ¿Y si no pueden llegar? Es lo que ocurrió en Seattle durante lo del Rainier, y a eso hay que añadir que hubo cortes de luz. ¿Cuánta comida que había ido directamente de la granja a la mesa se estropeó en las primeras cuarenta y ocho horas?

¿Y qué pasó con las reservas de emergencia? La FEMA no hace acopio de provisiones. Ya no. Es poco eficiente. Lo deja en manos del sector privado, de las grandes superficies, que tampoco hacen acopio de provisiones porque no es eficiente. Todo el stock tiene que entregarse en veinticuatro horas y, si surge una crisis en el momento en que estás esperando la llegada de un envío…

No se le puede echar en cara a la gente de Greenloop que tuvieran sus despensas vacías. El país entero depende de un sistema que sacrifica la capacidad de hacer frente a la adversidad por la comodidad.

ENTRADA N.º 6 DEL DIARIO [CONTINUACIÓN]

Tony estaba muy sucio, cubierto de cintura para abajo de ceniza y algo que parecía barro. Tenía las rodillas y los codos llenos de arañazos y había perdido una de sus botas de montaña. Al salir del coche para dirigirme hacia él, vi que algunos de los demás salían de sus casas. Carmen, Vincent e Yvette (con ropa de hacer ejercicio y una toalla alrededor del cuello, del que parecía salir vapor). Cuando nos vio acercarnos, nos saludó sonriente con la mano. Nos vio medio segundo después de que lo viéramos nosotros a él, lo suficiente para fijarme en su cara. Estaba aturdido, boquiabierto, con la mirada perdida. Incluso cuando nos había visto, su sonrisa parecía forzada, sin duda.

Cuando ya estaba bastante cerca, Yvette le preguntó qué había pasado y entonces, como si recapacitase, se acordó de abrazarlo. Tony asintió, primero hacia ella y luego hacia nosotros, con esa gran seguridad en sí mismo tan propia de él.

—Bueno, ya sé qué pinta tiene un «lahar». —Bebió un sorbo del botellín de agua que llevaba en la cintura y añadió—: Quería verlo… ya sabéis…con mis propios ojos… (¡Yo tenía razón!)… y sí, no pude llegar al valle porque el puente… bueno, ya no está… el río, el barro, un montón de… cosas…todo escombros… si, ya no hay nada…

Sus palabras se fueron apagando, como si fuese a decir algo más. Dio otro trago, mirando a la nada.

En ese momento de silencio, me di cuenta de que Yvette nos estaba observando. No estoy segura de por qué, ¿quería ver qué cara poníamos y, no sé, interpretar nuestro lenguaje corporal? Pero debe de haber visto algo, porque antes de que Tony acabara de beber, le dio un beso en la mejilla, le acarició el pecho y le dijo:

—Pero ya vienen a rescatarnos. Ya vienen.

La primera frase nos la dirigió a nosotros; la segunda, a Tony.

—Oh, sí —admitió Tony, que recobró la compostura—, por supuesto. Ya vienen de camino.

¿En serio? ¿No había oído las mismas noticias que yo? El creciente caos, los aviones que no podían despegar. ¿Por qué seguía creyendo que «venían» de camino? ¿Lo creía de verdad o solo hablaba por hablar? ¿Y por qué iba a hablar por hablar? ¿Para convencernos a nosotros o convencerse a sí mismo? ¿Y por qué nadie le ha llevado la contraria? Obviamente, Vincent también había estado escuchando la radio en su coche, y creo que vi cómo Bobbi y él se miraban disimuladamente.

Entonces, por fin, Carmen dijo algo:

—¿No has visto a nadie al otro lado del puente? ¿A un equipo de rescate o a otros refugiados?

Tony respondió:

—No. No.

El primer «no» ha sido para Carmen; el segundo, para el suelo.

¿Nadie más se ha fijado en que Yvette le apretaba el brazo?

Yo sí. Me he fijado en todo. En sus ojos, en sus palabras, en cómo no paraba de relamerse los labios antes y después de beber agua.

No creo que Yvette se haya dado cuenta, pero sí debía de estar preocupada por la reacción de Tony, porque rápidamente intervino:

—No somos refugiados, Carmen. El término correcto es «evacuado», lo cual tampoco somos, ¿recuerdas? —Ese «recuerdas» debió de sonar muy brusco, porque de repente lanzó un suspiro muy sonoro—. Pero ya que sacas el tema... —Se llevó la mano al pecho y parpadeó repentinamente con los ojos llorosos— deberíamos prepararnos para atender a cualquier evacuado que nos encuentre por casualidad. –Levantó la vista hacia el bosque situado por encima de la casa–. Tal vez alguien haya intentado huir a pie. Ahora mismo, podría haber gente cerca de nosotros, vagando por ahí, perdida y asustada.

Como vi que los demás asentían, hice lo mismo. Les seguí la corriente, como hubiese querido Mostar. Por eso no mencioné el accidente del dron. Por eso me quedé callada mientras Yvette le daba un ligero codazo a Tony para que dijera:

–Sí, sí, tenemos que… eh… tenemos que estar listos…ya sabéis, para atender a esa gente. Hasta que nos rescaten a todos. Tenemos que estar listos. Sí, listos…

Mientras iban andando a casa, él se soltó de su brazo. No pude oír lo que decían, porque ya me había vuelto a meter en el coche. Pero por el espejo del retrovisor vi cómo le indicaba disimuladamente a Yvette, con una seña, que volviera a entrar en la casa. Supongo que intentó negarse, porque él gesticuló aún más, a la vez que asentía. Yvette lo miró por un instante y luego recorrió con la vista el vecindario, después, entró en casa. Observé cómo Tony esperaba a que la puerta de la entrada se cerrara y, entonces, fue al coche y sacó del maletero una mochila enorme, llena a rebosar. Cuando ya parecía que había sacado la mitad, y que se la iba a colocar en la espalda, se quedó parado. Eso me llamó realmente la atención. Yo siempre titubeo cuando voy a hacer algo, siempre dudo sobre si voy a coger esto antes que eso, sobre si debería hacer X antes que Y. Como lo hago más que la mayoría de la gente, lo reconozco al instante. Pero nunca había visto a Tony hacerlo. Se quedó quieto, con la mochila medio puesta, volvió a mirar a la puerta y, entonces, echó un vistazo al vecindario; después, rápidamente, dejó caer la mochila en el maletero.

Puedo estar interpretándolo totalmente al revés. Sí, sé que es así. Hemos hablado mucho sobre que tiendo a proyectar mis sentimientos en los demás y estoy segura de que estaba proyectando en Tony lo culpable que me sentía por espiarlo. Él no tenía nada de lo que sentirse culpable. Había ido en busca de ayuda. ¡Lo había hecho por nosotros! Y la forma en que había actuado ante nosotros… Estaba cansado, eso era todo. El pobre seguramente había estado despierto toda la noche. Estoy segura de que, tras una buena noche de descanso, volverá a ser el Tony de siempre, el verdadero.

¿Acabo de escribir «verdadero»? ¿Y eso qué quiere decir? No debería dudar de él de ese modo. Ahora me siento tan culpable por el mero hecho de escribir esto como cuando lo he visto antes entrar en su casa.

Fue entonces cuando Mostar le dio unos golpecitos al parabrisas de mi coche.

—¡Katie!

Casi salté del asiento.

—¡Katie! —exclamó entre susurros—. ¡Rápido, antes de que se filtre todo!

Sostenía una bolsa de Whole Foods, y en la parte de abajo había algo que abultaba bastante y que había dejado una mancha roja que se iba extendiendo.

Intenté abrir la puerta, me di cuenta de que me había puesto el cinturón de seguridad (¿la costumbre?) y luego la seguí hasta casa.

Tras abrir la puerta, entró corriendo y murmuró:

—¡Rápido, baja las persianas! —Se acercó a toda velocidad a la encimera—. Podría haberlo hecho en casa, pero tienes que verlo.

Metió la mano en la bolsa.

Apreté los dientes de atrás en cuanto pude entrever pelaje ensangrentado, y luego una protuberancia larga y fina. Era una oreja. Me pidió que trajera un cuenco u una cacerola ancha o una bandeja de horno, y el cuchillo más afilado, pequeño y fino que tuviéramos. Al girarme, añadió:

—Ah, sí, y unos guantes de goma. No sabemos si tiene pulgas o garrapatas.

No quería ni mirar, no quería reconocer que sabía lo que iba a pasar a continuación. Y ha pasado. Me giré, le di un par de guantes a Mostar e intenté apartar la vista. Pero no me dejó.

—Tienes que mirar. —Se puso los guantes y echó al conejo muerto en la cacerola—. Tienes que aprender todos los pasos.

No puedo soportar la muerte. Ya lo sabes. Ya te he contado lo de aquella vez en Nueva York, cuando no pude pasear por Chinatown porque tenían todos estos patos colgando en los escaparates. Ya te conté que ni siquiera puedo comer en esos restaurantes que tienen langostas en sus acuarios, porque me recuerda al corredor de la muerte. Ya te conté que cuando Dan y yo fuimos un día por San Valentín a Catalina y me mareé en la parte de abajo porque en nuestro sitio en cubierta había una mosca muerta incrustada en la barandilla y una de sus alas se agitaba bajo el viento.

Sé que es hipócrita. Como pescado y pollo. Visto prendas de cuero y seda. Disfruto de todos los beneficios que tiene matar sin haber tenido nunca que hacerlo. Soy consciente de todo eso, pero simplemente no puedo. Si algo está muerto, no puedo mirarlo.

—¡Mira! —insistió Mostrar sosteniendo en alto al conejo ensangrentado—. No te lo puedes perder.

Estaba tan mareada, tenía el estómago tan revuelto, que ni siquiera se me ocurrió preguntarle por qué. ¿Por qué no eres *tú* la que mata a los animales y yo ya me ocupo del huerto?

Se parecía al conejo que había visto huir ayer. Tenía un pelaje marrón grisáceo, las orejas largas y las patas blancas. Los ojos grandes y marrones. Unos ojos muy abiertos, clavados en mí.

Mientras lo sostenía en alto, vi que tenía marcas de heridas en la tripa y la espalda. Mostrar sonrió, sin mirarme, al mismo tiempo que cogía el cuchillo.

—¡La trampa ha funcionado! Cavé un agujero justo debajo del manzano y coloqué en el fondo unos palitos afilados, unos palillos chinos olvidados en un armario. Luego lo tapé con ramitas y hojas y puse como cebo trocitos de manzana y lo que quedaba de sirope de arce.

Tenía agarrado al conejo por la cabeza, encima del fregadero, y con la otra mano recorrió su cuerpo hacia abajo como si le diera un masaje.

—Tenemos que apretar bien para que le salga todo el pis de la vejiga.

Después, lo metió en la cacerola, boca arriba, con el cuchillo apuntándole en ángulo al pecho.

—Reza para que los palillos no le hayan perforado ningún órgano. Si se filtra el contenido en la carne, sabrá fatal.

Me agarré al extremo de la mesa para no perder el equilibrio, mientras Mostar le cortaba el pellejo.

—Del cuello hasta el ano —dijo.

Luego dejó el cuchillo, metió los dedos justo en la incisión y comenzó a despellejarlo

—Por ahora, todo bien. No huelo nada.

Noté un regusto a bilis en la boca.

—Tuvimos suerte de que lo oyera agitarse ahí dentro. Si no hubiese llegado a tiempo para partirle el cuello, se habría quedado demasiado tieso y ya no podríamos cocinarlo.

Se me escapó un eructo con un regusto metálico.

—Hay que tener especial cuidado con este paso. —Introdujo la hoja del cuchillo en la herida ensangrentada—. No hay que meterlo directamente hacia abajo ni tampoco muy profundo, para no atravesar sin querer un…, oh…, allá vamos. Atravesamos el corazón y… sí, los intestinos. ¿Lo hueles? Al menos hemos llegado antes de que los fluidos echaran a perder la carne. Aún podemos lavarlo, y con unos cuantos condimentos extra, quizá pimentón, comino… o Vegeta. Prácticamente todo se puede salvar con Vegeta.

Algunos órganos eran rosas; otros, grises. Dando un tirón con lentitud y suavidad, los sacó fácilmente.

—Vamos a poner las partes que hemos cortado…

¡HEMOS!

—… vaya, me parece que nos hemos llevado también el estómago.

Llenó dos cuencos con los trocitos escurridizos y fue a lavarse las manos al fregadero.

—No se puede desperdiciar nada. Es un lujo que ahora no nos podemos permitir.

Después, volvió a concentrarse en despellejar al conejo.

—¿Lo ves? Ahora puedes quitarle el pellejo de las patas de un tirón. Es como quitarte los pantalones. Lo agarras del pie… mira… sí, así… con una mano lo agarras de ahí y con la otra tiras despacio de la pata.

Yo ya tenía ambas manos sobre la encimera y la boca se me estaba llenando de saliva caliente.

–Tú respira. –En ningún momento alteró el tono monótono y didáctico–. Hondo. Constante. Tú piensa que soy Yvette.

Soltó una risita nerviosa.

Mi campo de visión se estrechó. Debí de tambalearme, porque Mostar me agarró.

–Perdona, Katie, no debería hacer bromas –dijo, con un arrepentimiento que sonó sincero–. Ve a por un paño, échale agua fría y póntelo en la nuca.

Obedecí. Y ella me esperó. Me sentí algo mejor, pero no mucho. Intenté concentrarme en mi respiración, y en el frescor que notaba en el cuello.

–Allá vamos, las dos patas traseras, ahora las delanteras… por encima de los codos… se coge y se tira del pellejo hasta el cuello, como si le estuvieras quitando un jersey.

El pellejo pasó por encima de la cabeza, a la que aún seguía pegado, dejando así expuesto el cuello.

–No tienes un cuchillo de carnicero, ¿verdad? No, claro que no. Yo tampoco. Tráeme ese cuchillo grande de ahí, ¿quieres?

Colocó el largo cuchillo de cocinero sobre el cuello del animal, sosteniendo el mango con una mano y apoyando la palma de la otra mano sobre él.

–Estas encimeras están hechas para gente más alta, ¿eh?

Crac.

–Hecho, vamos a dejar la cabeza apartada a un lado, luego ya veremos ver cuál es la mejor manera de sacarle los sesos.

Gracias a Dios, los ojos del bicho miraban hacia otro lado.

–Al menos no tendremos que curtir su piel. La necesitamos mucho más para comer que para confeccionar ropa.

Una cabeza, un cadáver despellejado, y dos cuencos con órganos. Tras lavarse las manos rápidamente, Mostar me agarró del brazo con la mano todavía mojada.

–No tienes que quedarte para ver el resto. Lo lavaré y lo prepararé para guisarlo.

Sentí como si me quitaran un gran peso de encima. De repente, se me llenaron los ojos de lágrimas.

—Lo has hecho muy bien, Katie.

Su sonrisa, ¿era de orgullo? ¿O de tristeza?

—Mejor que yo en mi primera vez. —Se puso a limpiar los órganos en el fregadero—. Tú al menos nunca tendrás que hacérselo a un gato.

¿UN GATO?

—Bah, no te preocupes. —Me sonrió maliciosamente—. Nunca lo he hecho. Uno de mis colegas italianos solía contar historias sobre lo que hizo su madre para sobrevivir durante la otra guerra.

¿La otra guerra?

Me di cuenta de que se calló por un momento, para darme la oportunidad de preguntar. Pero no lo hice.

—Eso me hizo apreciar lo que tenía, Katie —dijo, reanudando su monólogo—. Nunca me quejé ni una sola vez de la carne enlatada incomestible o de la «crema de queso», esa leche en polvo fermentada con un poco de sal y levadura. Era incluso peor que la bechamel y esa espantosa pasta de zanahoria con migas de pan. —Orgullosa, contempló de nuevo las partes del animal mutilado que teníamos delante—. Aun así, era comida, mucho más de lo que tuvo mucha gente en circunstancias similares. ¿Has leído algo sobre Leningrado, Katie? Esos pobres desgraciados que raspaban el pegamento de la parte de atrás del papel pintado, que hervían cuero para hacer sopa, que tenían que asegurarse siempre de que sus niños no salieran solos… bueno… nosotros también lo hacíamos, pero no por esa razón.

No pude más. Y no por la sangre, ni los órganos, ni la carne, ni por tener a la muerte delante de las narices.

Sino por esas historias.

Las insinuaciones.

—Mostar, ¿te…? ¿Te parece bien que salga a tomar el…?

—Claro, Katie. —Desde el fregadero, de espaldas a mí, hizo un gesto para que me fuera—. Ve a tomar un poco el aire, vuelve cuando estés lista.

Abrí la puerta trasera y cogí aire con inspiraciones largas y profundas.

No estoy segura de por qué he bajado por el camino de la entrada, volviendo sobre los pasos de Tony hacia el puente. La ruta de senderismo está más cerca. ¿Quizá porque necesitaba escapar? ¿Ha sido un ramalazo de mi subconsciente? Seguro que con esto te lo vas a pasar bomba.

Probablemente también te enorgullecerás de que tuviese la necesidad de psicoanalizar a Yvette. Por alguna razón, no me siento tan culpable cuando dudo de ella como cuando dudo de Tony. ¿Por qué le había instado tan rápido a que hablara de un rescate? ¿Era una cuestión de poder? ¿De no querer admitir que Mostar tenía razón? ¿Era el motivo de que, durante nuestra meditación matutina, dio la vuelta a quién había predicho los lahares? ¿Y por qué nos había tendido esa trampa tan poco sutil para poner a prueba nuestra lealtad? ¿Pensaba que si estaba de acuerdo con Mostar iba a perder en parte el control que ejercía sobre el grupo? ¿Tener el control es tan importante para ella?

Reflexioné sobre esto durante alrededor de media hora. Aunque no estoy segura de cuánto avancé por la carretera, sé que ni me acerqué al puente. Es fácil olvidar la diferencia entre andar e ir en coche. Aunque seguramente podría haber llegado un poco más lejos. Casi lo hago, porque estaba distraída con mis reflexiones psicológicas, pero cuando giré en un pequeño recodo, me fijé en que había un gran pedrusco en medio de la carretera.

Ahora quizá debería comentar que ya tenía los ojos muy secos por falta de sueño y que las pequeñas partículas de ceniza tampoco ayudaron. Por eso no podía estar segura de lo grande que era el pedrusco, o de lo lejos que estaba. Recuerdo haber pensado que tuvo que rodar hasta ahí en las últimas horas. Si no, ¿cómo lo habría sorteado Tony para ver que el puente ya no estaba? Incluso vi las marcas de neumáticos, cuatro en las dos direcciones. Recuerdo tener la sensación de que ya no había nada que hacer, de que daba igual que hubiera puente o no, porque ahora, con esa roca gigante en el camino, no podríamos salir en coche.

Entonces vi que la roca se movía.

Se desplazó, creció y, acto seguido, desapareció detrás de los árboles. También creí ver cómo cambiaba de forma, se alargaba y se estrechaba, e incluso le crecían ramas como a un árbol. ¿O eran brazos? Me froté los ojos y parpadeé con fuerza.

Cuando volví a mirar, la carretera estaba despejada. Sin lugar a dudas, el pedrusco ya no estaba. Entonces, cuando el viento cambió de dirección y sopló hacia mí, me llegó el olor. A huevos y basura.

Ni siquiera consideré qué iba a hacer a continuación. No dudé. Reaccioné de manera instintiva. Me di la vuelta y desanduve el camino. No dejé de mirar adelante y atrás, trazando un arco no muy amplio, como te enseñan a hacer el primer día en la autoescuela. Intenté mantener el paso y respirar de forma constante. Procuré no darle más vueltas a lo que había visto. Podía ser un animal, un ciervo. Quizás ese «pedrusco» solo había sido una mota que se me había metido en el ojo.

Pero como el olor era cada vez más intenso, no pude evitar acelerar el paso. Me pareció ver que algo se movía a mi derecha, que de repente se abría un hueco entre dos árboles.

Volví a apretar el paso.

Qué idiota. Qué irracional he sido. Qué agotada estaba. La sobrecarga de información de las noticias se ha juntado con flashes del conejo ensangrentado y masacrado.

Al principio fui a trote ligero, controlando la respiración con inspiraciones largas. Esa sensación. En la nuca. De estar siendo observada. Del trote ligero he pasado al trote de verdad, y mi propia respiración me atronaba los oídos.

No pude haberme imaginado el aullido. Lo he oído, seguro, como el otro día. Era profundo, con un tono cada vez más agudo, y retumbaba entre los árboles. Ha sido como si un relámpago me atravesara el estómago.

Eché a correr.

Mientras corría como alma que lleva el diablo y jadeaba, el mundo temblaba ante mí.

Y me caí. Como en una de esas pelis de terror estúpidas y cutres, cuando la rubia idiota se la pega justo antes de que el psicópata armado con un cuchillo la pille. Al menos tuve la sangre fría para cerrar los ojos y aguantar la respiración, pero como hundí la cara en la ceniza, no pude evitar inhalarla.

Tosiendo, ahogándome, con picor de ojos y viéndolo todo borroso, avancé.

«¡No des la vuelta!» Lo recuerdo perfectamente. Parecía que se lo gritaba a mi cerebro. «¡No des la vuelta! ¡No pienses! ¡SIGUE-SIGUESIGUE!»

Me ardían los muslos, los pulmones.

Corrí hasta que vi asomar los tejados por encima de la elevación del camino de la entrada. Noté el subidón de endorfinas. Lo había logrado. ¡Estaba sana y salva en casa!

¡Dan!

Vino hacia mí, seguido de Mostar.

Ambos tenían cara de susto, de sorpresa absoluta.

Debía de tener unas pintas ridículas, cubierta de sudor y ceniza, jadeando con dificultad. Todavía me *siento* ridícula. Caí en brazos de Dan y, apoyada sobre su pecho, tuve arcadas.

He tardado unos minutos en recuperar el aliento, para poder explicarles dónde había estado. Incluso he admitido que creía que un animal me podía haber estado persiguiendo. No he dicho qué era. No he dado detalles. Teniendo en cuenta lo grandes que eran los árboles, no podía ser tan enorme. Probablemente ni siquiera existía. Pero el olor, ¿me lo podía haber imaginado?

La expresión de Mostar era una mezcla de desconcierto y... ¿preocupación? Lo siento, estoy tan cansada... Dan insiste en que me vaya a la cama. Pero primero quería dejar constancia de todo esto por escrito. Lo siento si mis palabras son confusas.

La cara que ha puesto Mostar... no sé a qué venía, ni por qué, pero mientras Dan me ayudaba a llegar a casa, la mujer no ha apartado la vista del bosque.

Capítulo 7

Contacto, contacto, contacto. A las diez en punto, en los árboles. ¡Francotirador! ¡Francotirador! ¡Serpiente Seis ha sido alcanzado! ¡Serpiente Seis ha sido alcanzado!

Transcripción de una llamada por radio realizada por la 369.ª Brigada
de Sostenimiento, del Ejército de la Guardia Nacional de Estados
Unidos en la Interestatal 90, al sudeste de Tanner, Washington

ENTRADA N.º 7 DEL DIARIO
6 DE OCTUBRE

¡Hay animales por todas partes! Ardillas grandes, pequeñas, conejos. Me entran pequeños remordimientos de conciencia cuando veo que los conejos me miran como si supieran que ayudé a despedazar a su hermano. También hay ciervos. He visto media docena. Se les ven las costillas. Están delgados, hambrientos. Y nerviosos. Todos los animales parecen inquietos. He visto cómo se quedaban paralizados en tres ocasiones. Todos. Como si alguien le hubiera dado el botón de pausa al ver una película. Y todos miraban fijamente en la misma dirección, hacia el Rainier. Al principio he pensado que podría ser por algo relacionado con el volcán. Los animales son más sensibles a esas cosas, ¿no? ¿No se supone que las mascotas saben cuándo va a haber un terremoto?

Pues no era así. O sea, esa reacción no tenía nada que ver con el Rainier. Cuando se quedaban paralizados, no pasaba nada más.

¿Puede ser que teman a otra cosa aparte del volcán? Todos se desplazan en la misma dirección, parece que emigran para alejarse de la erupción. Pero cuando se quedan paralizados, ¿es porque los están...? Vale, he tenido que parar antes de escribir la palabra. Suena muy melodramática, pero los están...

¿Persiguiendo?

¿Los persiguen como a ese conejo que vi aquella vez? Sigo pensando en lo que me persiguió a mí, en si me lo imaginé o no. ¿Era un oso? No sé muy bien qué pensar. Si de verdad me persiguió un oso significaría que no se me ha ido del todo la cabeza o... que me acojono con que simplemente me entre una mota de polvo en el ojo. Pero la primera opción implicaría que hay un oso ahí fuera. ¿Los osos atacan a la gente? ¿Cómo se llamaba esa peli en la que uno machaca a Leo durante, no sé, unos veinte minutos? ¿Estaba basada en una historia real? Si hay un oso ahí fuera, no culpo a los animales de estar asustados.

Aun así, yo diría que no nos tienen miedo por el modo en que se están zampando todos los árboles frutales. Bueno, todos menos los nuestros. Tomaste una sabia decisión, Mostar. Pero las Perkins-Forster, los Boothe, los Durant... ninguno ha intentado espantarlos. ¡Si hasta Appaloosa estuvo dando de comer a los ciervos! No estoy segura de si le gustó o no realmente. No sonreía. Aunque Effie se lo estaba pasando en grande. Estaba agachada detrás de Appaloosa y levantaba un brazo hacia el hocico del ciervo, mientras le susurraba algo a su hija al oído y Carmen las observaba con aprobación desde la puerta de la cocina.

A Bambi sí que le ha gustado. Se comió las tres rodajas de manzana en el mismo número de segundos; unas rodajas que Pal y sus mamás podrían echar mucho en falta más adelante. Vale, lo entiendo. Yo también adoro a los animales. Y me compadezco de ellos. Primero, la sequía; luego, la escasez de bayas. Y ahora, encima, se ven obligados a abandonar sus hogares. Y sí, claro que están hambrientos. ¡Pero nosotros también! Al darle vueltas a todo esto, me pregunto si estas criaturitas tan monas no son, en realidad, más peligrosas que un oso. Después de todo, si se están comiendo nuestras provisiones, ¿no nos están condenando a morir de hambre, al competir por los mismos recursos? No me puedo creer que lo haya pensado, pero después de enterarme por las noticias de los disturbios en Seattle...

Ahí es donde estoy ahora. No en Seattle, en el coche, escuchando las noticias sobre Seattle. La violencia ha «estallado». Sí, esa es la expresión que usan. «Disturbios por conseguir comida.» Las masas descontroladas están saqueando los supermercados y dando palizas. Incluso han llegado a matar. Hay apuñalamientos y tiroteos. Y no solo en la ciudad. He oído algo acerca de un francotirador en la I-90. Es la autopista principal que atraviesa las montañas de este a oeste, la única de la que dependemos para recibir provisiones.

Este tío, parecía que solo era uno, el «francotirador de la I-90», se había escondido en los árboles y había disparado contra unos camiones del ejército. Por eso la carretera está ahora cerrada. No se sabe si hay más francotiradores ahí fuera.

Por todo lo que estoy escuchando, deduzco que hay unidades tanto del ejército como de la policía que han sido «destinadas» a Seattle para «restaurar el orden». Y están trayendo de vuelta a casa a algunas tropas que enviaron a Venezuela, pero al parecer tardarán bastante. Algunos periodistas están especulando sobre cuánto va a tardar en llegar la ayuda a la zona exacta del desastre y cuántas personas más van a morir mientras esperan a ser rescatadas.

Siento tanta pena por toda esta gente, y culpabilidad por no haber pensado hasta ahora en ella. Nos vamos a quedar aquí todo el invierno, seguro. De eso ya no hay ninguna duda. Vuelvo a ver con buenos ojos, al cien por cien, el plan de Mostar. Estamos atrapados. Es así. Todo lo que hagamos, todo lo que pensemos, debe tener como meta sobrevivir.

Al menos no tenemos que preocuparnos de morir por las heridas sufridas o de frío por estar a la intemperie. Según la radio, van a ser las dos principales causas de muerte ahí fuera, y en ese orden. Pero nuestra principal preocupación es la comida.

La comida.

Anoche, mientras cenábamos guiso de conejo, le enseñé a Mostar mi «calendario de calorías». Tras aplicar su plan de racionamiento a todo lo comestible que teníamos, había llegado a la conclusión de que nos quedaríamos sin provisiones alrededor de Nochebuena.

—Vale. —Mostar se limitó a asentir ante lo que yo consideraba un dato demoledor—. Es bueno saberlo.

–¡¿Bueno?! –No me podía creer lo que estaba oyendo–. ¿Cómo puede ser algo bueno?

Mostar masticó un bocado del guiso, hizo un gesto de dolor y luego escupió un trozo de hueso en su servilleta.

–Es bueno saberlo porque, si llegamos hasta ese punto, podemos reducir a la mitad las raciones, y luego a la mitad otra vez si vemos que seguimos sin recibir ayuda. La gente ha sobrevivido con mucho menos durante mucho más tiempo. Créeme.

Alzó el tazón en el que estaba comiendo el guiso, le dio un último trago y luego lamió los bordes por dentro.

–La próxima vez usaremos cuencos. Son más fáciles de lamer.

–Pero ¿qué haremos cuando se nos termine la comida? –insistí–. Cuando no nos quede nada.

–Entonces no comeremos nada. –Mostar echó el agua que le quedaba en el vaso en el tazón, y lo tapó con la palma de la mano para agitarlo unos segundos–. Podremos vivir así un mes, más o menos.

Bebió el líquido turbio, se lamió la palma de la mano y entonces añadió:

–Pero lo más seguro es que no lleguemos a ese extremo, Katie, porque para entonces ya podremos recoger la cosecha del huerto.

–¿Ah, sí? –Fue lo único que acerté a decir–. ¿Y qué esperamos cosechar de dos boniatos y medio puñado de guisantes?

–Ni idea. –Mostar se encogió de hombros, sin inmutarse lo más mínimo ante la posibilidad de que todo el esfuerzo no fuera más que un gigantesco desperdicio de calorías–. Pero estoy segura de que algunos de nuestros vecinos ya habrán entrado en razón para entonces y, aunque no tengan mucha comida de sobra para compartir, algunos alimentos tienen semillas que se podrían plantar en el huerto. Y –elevó su tazón bien limpio hacia la ventana– siempre hay más oportunidades ahí fuera.

Vi que su brindis se dirigía a una ardilla flacucha que se asomaba por nuestro manzano, ahora vacío.

–Podría construir más trampas –reflexionó–, pero debemos tener cuidado, hay que evitar que las pise algún vecino. No podemos permitir que ni uno solo se enemiste con nosotros. Cooperar es más importante que una comida rápida.

No lo tengo yo tan claro. Hay muchos más guisos de conejo ahí fuera. ¿Y cuánto tiempo podríamos vivir alimentándonos de un solo ciervo? Sé que Mostar al menos se ha planteado la posibilidad, por la forma en que miraba al ciervo que husmeaba alrededor de nuestro jardín.

Exactamente así miraba yo al ciervo al que Appaloosa estaba dando de comer. Mientras observaba cómo la niña le daba más valiosas rodajas de manzana a ese festín con patas, me fijé en que un par de ardillas se estaban zampando el jardín de hierbas de los Boothe. Bobbi estaba junto a la ventana de la cocina, fregando, supongo. Miraba a los roedores con cara de sufrimiento. ¿Temía espantarlos ahora que su vecina estaba siendo tan «amable y generosa» con esas pobres e indefensas criaturas? ¿O realmente dentro de ella se estaba produciendo una batalla entre su forma de pensar y la fría y dura verdad?

No lo sé, y ahora mismo realmente me da igual. Sé lo que pensé y lo que vi, ¡y lo que olí! Pensé que podía acercarme para salvar las hierbas. No iba a ser agresiva, solo iba a caminar y hacer el ruido suficiente para espantar a las ardillas, luego iba a excusarme diciendo que lo había hecho sin querer y quizás aceptase después que me diera las gracias a destiempo. Intentaba hacer una buena acción. Nada más. Pero al acercarme a su casa…

Sé que me ha visto. Aunque no giró la cabeza, vi cómo miraba de reojo hacia donde yo estaba. Sé que esa es la razón por la que ha cerrado la ventana y las cortinas. Mientras lo hacía, una ligera ráfaga de aire cálido ha salido de la cocina, y me ha llegado el aroma. Olía a fritanga. A patatas a lo pobre.

¡Patatas!

¡Qué cabrona! ¡Sí, eso he dicho! ¡Maldita mentirosa! Por eso estaba tan incómoda cuando le pregunté si podía darme alguna. Porque sabía que les quedaban. ¡Lo sabía y me mintió!

Al escribir esto, no sé con quién estoy más cabreada, si con ella o conmigo. Podría habérselo echado en cara. Podría haber golpeado la ventana y montarle un buen pollo. O podría haber usado ese tono frío, criticón y sarcástico que solía emplear mi madre. «Ah, hola, Bobbi, solo quería que supieses que ahora mismo estaba intentando salvar tu jardín de hierbas porque, ya sabes, tenemos que cuidar unos de otros, ¿no? Hay que compartir, debemos tirar todos del carro. Somos una comunidad, ¿no? ¿NO?»

¿Por qué no lo he hecho, por qué no he hecho nada? ¿Por qué nunca...?

¿Qué demonios está haciendo Dan? Ahora acaba de doblar la esquina de la casa y lleva una gigantesca vara de bambú.

¿Qu...?

Aquí la é termina con un garabato largo y muy marcado que se extiende hasta el final de la página.

Extracto de mi entrevista a la guarda forestal jefe Josephine Schell.

Seguramente la señora Holland es demasiado joven para haber visto *Fantasía*, pero eso fue lo que me vino a la cabeza cuando vi a los animales migrar... y quedarse paralizados. ¿Recuerdas la escena en que los herbívoros huelen a los tiranosaurios? Es lo que vi, a todos esos ciervos flacos y muertos de hambre elevando de repente la cabeza para olfatear el aire, como la señora Holland describía en su diario.

De nuevo, como con los fragmentos de hueso, no tuve ni el tiempo ni la claridad mental necesaria para reflexionar sobre ello. Sí recuerdo sentir pena por ellos. Creo que nunca había visto a tantos animales tan hambrientos. Primero, por la escasez de bayas; luego, por haber tenido que huir. Entendías por qué muchos se estaban volviendo agresivos. Fui testigo de un par de peleas entre ardillas, que parecieron eternas. Un compañero mío de otro equipo vio cómo dos osos negros se daban de hostias por el cadáver de un alce. Rezaba para no tener que encontrarme con una situación similar en la que el objeto en disputa fueran los restos mortales de un refugiado humano.

Y casi ocurrió, pero no con una persona, sino con un ciervo. Me topé con una manada de coyotes que roía un esqueleto ya roído por algún otro animal. Los coyotes son bastante acojonados por naturaleza. Casi nunca se enfrentarán a un humano adulto de buen tamaño.

Pero esta manada sí lo hizo. Me plantaron cara, mientras me gruñían y mordían al aire. No creo que pretendieran darme caza, pero no me cabe duda de que habrían peleado por quedarse con las últimas tiras de carne que quedaban en esos huesos. Aunque les chillé, hice todo lo posible para dar la impresión de ser más grande, les tiré un par de piedras y, por último, disparé una vez al aire, hizo falta que apareciera el resto de mi equipo para que esos cabroncetes se fueran por fin a tomar por culo. En toda mi carrera profesional, jamás había visto a unos animales echarle tantos cojones.

Eso demuestra lo que hace el hambre.

ENTRADA N.º 7 DEL DIARIO [CONTINUACIÓN]

No puedo dejar de temblar. Medio día después, todavía tengo el pulso acelerado. Me alegro de haber decidido seguir con este diario. Sé que no vas a leerlo hasta dentro de un tiempo y que probablemente sea una estupidez seguir fingiendo que todavía me dirijo a ti, pero el mero hecho de escribir, de volcar todo en el papel, donde puedo verlo, me ayuda a organizar mis pensamientos.

Y tengo *mucho* que organizar desde hace seis horas, cuando me interrumpió Dan, que estaba intentando limpiar los paneles solares. Todo se remonta a anoche, cuando Mostar y yo discutíamos sobre el plan de racionamiento. Mientras ella comentaba los problemas que conllevaba fabricar más trampas para conejos, Dan dijo:

—Tenemos un problema más gordo.

No nos estaba escuchando realmente, porque estaba muy concentrado en su tablet.

—Nos estamos quedando sin energía. —Dio la vuelta al iPad para que viéramos la pantalla. Me di cuenta de que era una especie de página de control de energía: un icono de nuestra vivienda con la batería de la pared en amarillo y los paneles solares del tejado en naranja—. Creo que están cubiertos de ceniza. —Desplegó los paneles, que indicaban el veinticinco por ciento—. Los tuyos también.

Giró la pantalla hacia Mostar y arrastró el dedo hasta el icono de su casa. Nos explicó que, normalmente, estos paneles inteligentes solían enviar automáticamente una señal al equipo de mantenimiento de Cygnus para una limpieza inmediata. Pero ahora…

–¿Realmente necesitamos electricidad? –Mostar no parecía estar muy preocupada–. Si nos quedamos sin frigorífico, tendremos que dar con otras maneras de preservar lo que tenemos y comer primero lo que no podamos conservar. Pero creedme, cuando nos quedemos sin energía, os daréis cuenta de que las bombillas son un lujo prescindible.

Dan replicó:

–No para el huerto. Cuando germinen los brotes, van a necesitar un montón de luz artificial y calor.

Nos explicó que nuestro sistema de calefacción era eléctrico, no de gas, y que todo el metano casero que teníamos bajo el suelo únicamente se empleaba en la cocina y en las chimeneas. Le pregunté, inocentemente, si la lluvia no se llevaría sin más las cenizas del tejado. Dan asintió, asimilando mi comentario, lo que me hace pensar ahora que hacía muchísimo tiempo que no se paraba a pensar algo que yo hubiese dicho.

Reconoció que yo tenía razón:

–Pero la lluvia acabará dando paso a la nieve. –Tras tomar aire, preguntó a Mostar si tenía una escoba y, cuando esta asintió, se animó–. Genial, mañana subiré al tejado para barrer las cenizas.

–¡No puedes hacerlo! –exclamé, tan rápido que me sorprendí a mí misma–. Porque no… –Intenté dar con una excusa «lógica»–. No tenemos escalera.

–Podemos fabricar una. –Dan seguía mostrándose optimista, incluso entusiasta. De repente, le brillaron los ojos; había tenido una idea–. ¡El bambú! Puedo cortar algunos tallos, atarlos o pegarlos con cinta adhesiva y…

–¡Te vas a meter en un lío! –Vale, tal vez no fuera mentira. Siempre he procurado, y procuro, no meterme en líos, pero seguía siendo una excusa «lógica» y no la verdadera razón por la que, en realidad, no quería que lo hiciera –. El bambú pertenece a toda la comunidad, si lo talamos, ¿eso no…?

Miré a Mostar en busca de apoyo, pero nada. Gracias, Mostar.

Su silencio me dio pie a añadir:

—¡A lo mejor podemos comernos el bambú! —Pensé que era una forma brillante de desviar el tema y, sinceramente, era un plan bastante bueno—. ¡Cuando tomamos ramen siempre hay brotes de bambú! —En realidad, es mentira. Me encanta el ramen, pero siempre lo pido sin los brotes. Lo siento, pero huelen como creo que deben de saber las boñigas de caballo. Aun así, intenté volver a tener a Mostar de mi lado—. ¡A los vecinos no les importará que recolectemos los brotes! Y si reunimos los suficientes, ¡quizá ni necesitemos el huerto!

Aunque no creo que quisiera echar por tierra mi idea, preguntó:

—¿Este tipo de bambú es comestible?

La madre que te parió, Mostar.

—Haré la escalera —dijo Dan. Esa energía en la voz, esa luz en los ojos…—. Podría serrar unos cuantos… ¿tenemos sierra?

—Pero quemarás muchísimas calorías… —contesté, para ver si colaba.

Dan no me escuchó.

—Igual si uso el cuchillo de cortar el pan como sierra…

—¡¿Y si te caes?! —Era eso. Lo que realmente me preocupaba, lo que tanto había querido ocultar—. ¡Aquí no hay ningún médico! ¡Y no podremos llevarte al hospital! Si te golpeas la cabeza, si te partes una pierna…

—¿Qué? ¿Insinúas que no soy capaz de hacerlo?

Dan puso una cara entre sorprendido y ofendido. Dan no es (a ver cómo lo digo) un tipo «atlético». Y nunca nos había importado a ninguno de los dos hasta ahora.

—Tiene razón. —Por fin. Mostar asintió hacia mí con cierta tristeza—. Si te lesionas, dejarás de ser útil. Consumirás nuestros recursos y nuestro tiempo, porque habrá que cuidarte. Por eso casi todas las armas de guerra se diseñan para herir en vez de matar. Los heridos drenan más los recursos que los muertos.

Eh… vale, no hacían falta referencias militares raras que no vienen a cuento, pero su razonamiento provocó exactamente la reacción que yo esperaba y temía. Dan puso cara de pena y se le hundieron los hombros. Tragué saliva mientras él suspiraba y miraba la mesa con la cabeza gacha. Recuerdo pensar que esto lo iba a echar todo a perder, la actitud tan positiva y productiva que había mostrado. Que iba a estallar como una burbuja y volvería a deprimirse. Que volvería al puñetero sofá.

Pero entonces, de repente, se volvió a animar y tecleó furiosamente en la pantalla del iPad.

–A lo mejor puedo hacer algo con los ajustes de eficiencia de las casas. Y a lo mejor… –Se le pusieron los ojos como platos–. No, a lo mejor no… todos vamos a donar un porcentaje de nuestra electricidad a la Casa Común para ayudar a que puedan recargarse ahí los vehículos de reparto. ¿Por qué no compartir nuestra energía? ¿La de tu casa y la nuestra?

Esa última frase iba dirigida a Mostar, que se encogió de hombros. Dan sonrió satisfecho. Podría haberme echado a llorar de alivio.

–Así ganaremos algo de tiempo hasta que se nos ocurra algo. –Continuaba sonriendo a la pantalla y me agarró de la mano–. ¡Ya se nos ocurrirá algo!

Entonces se puso de pie, recogió los platos y los llevó a todo correr al fregadero.

–«Black hole sun… –cantaba por encima del ruido del chorro del agua–, won't you come, and wash away the rain…»

Fregaba y movía la cabeza a su ritmo.

Mostar, que lo miraba sonriendo por detrás, vio la cara de pasmo que yo había puesto sin querer, se inclinó y susurró:

–¿Cómo?

Sabía perfectamente a qué se refería.

–N-no lo sé… –tartamudeé–. O sea… cuando su negocio…

–Esto no es un negocio –susurró Mostar–, es una cuestión de vida o muerte. Aquí es cuando tu verdadero yo sale a la luz. –Me cogió de la mano–. Aquí es cuando, como se suele decir, la adversidad nos enseña quiénes somos.* –Entonces, se recostó y señaló orgullosamen-

---

* «La adversidad nos enseña quiénes somos» es una cita que se atribuyó originalmente a Albert Einstein, pero esta versión en particular fue citada por el presidente George W. Bush en la catedral nacional de Washington el 14 de septiembre de 2001, en el Día Nacional para Rezar por las Víctimas de los Ataques del 11-S y Recordarlas.

te con la cabeza a mi marido–. Encantada de conocerte, Danny Holland.

–¿Qué? –preguntó él, girando la cabeza.

A lo que Mostar respondió:

–Nada.

–Guay. –Dan nos sonrió de oreja a oreja, mientras secaba una copa de forma teatral–. No os preocupéis, ya se me ocurrirá algo.

Y esta mañana, cuando escribía esa última entrada, vi qué era ese «algo».

Usando el cuchillo del pan, Dan cortó el tallo más largo de bambú que encontró, podó las ramas y luego lo pegó con cinta adhesiva a la escoba de Mostar. Y el invento funciona. Por la primera tormenta de ceniza que cayó sobre el coche supe que había llegado a los paneles más altos del tejado. ¡Ojalá se hubiera acordado de taparse la nariz y la boca! Dan bajó tosiendo. Igual que yo, cuando salí del coche para ayudarlo. Tosimos, estornudamos y nos reímos. Ha sido un momento maravilloso. Encantada de conocerte, Dan.

Entonces oímos gritar a alguien.

El chillido venía de detrás de las casas. Dan y yo nos miramos y, acto seguido, entramos corriendo en el callejón que hay entre nuestra casa y la de las Perkins-Forster.

Appaloosa aún estaba en el jardín, sola ante el manzano. Effie y Carmen, agarradas de la mano, la observaban desde la escalera de la puerta de atrás. Nadie se movía, nadie hablaba.

¡Había un puma! Largo, delgado, con las garras embarradas y el pelaje cubierto de ceniza. Estaba justo en un extremo del jardín, con la mirada clavada en Appaloosa.

¡¿Qué se supone que hay que hacer?! ¿Aparentar que eres más grande que él? ¿Gritar? ¿Lanzarle algo? ¿Huir? ¿Qué haces cuando cualquier error puede ser fatal?

Dan susurró «no te muevas» tan cerca que pude notar su aliento cálido en la oreja. Appaloosa debió de oírle, porque se volvió en nuestra dirección. Vi cómo Effie movía los labios para decirle algo, y parecía que se iba a abalanzar hacia su hija. Carmen levantó un brazo para detenerla y alzó el otro hacia Appaloosa, con un gesto desesperado de «quédate quieta». Pero la niña no miraba a sus madres. Tenía los ojos clavados en mí. Esa expresión. De miedo. De súplica. Di un paso hacia ella y, entonces, me quedé paralizada cuando el felino lanzó un gruñido grave.

Appaloosa retrocedió medio paso.

Effie gritó:

—¡Quédate quieta!

El puma se agazapó aún más y mostró amenazadoramente sus largos colmillos amarillos. Su gruñido se transformó en un bufido agudo.

Appaloosa se dio la vuelta y echó a correr.

Carmen chilló:

—¡Quieta!

¡Todo pasó tan rápido! Vi cómo Appaloosa se agachaba y levantaba los brazos, a Effie y Carmen corriendo hacia ella, al puma elevándose y, luego, una vara, un palo largo, delgado y verde, que me rozó la cara y se clavó en las costillas del animal.

El puma cayó de costado y se deslizó torpemente por el suelo. Se revolvía y retorcía, dando rápidos zarpazos al palo. No estoy segura de si al final logró arrancarse el palo o si se desprendió por los movimientos que hizo al correr, pero acabó adentrándose frenéticamente en los árboles, lanzando gruñidos agudos y flemas y dejando un reguero de sangre.

—¿Estás bien?

Me giré y vi a Mostar, que salía de entre las dos casas, y centraba la atención en Appaloosa, a quien prácticamente asfixiaban sus madres.

Contemplé la lanza, o jabalina, o como se llame al arma de Mostar. Porque era lo que había fabricado, un arma. Se trataba de un tallo de bambú de aproximadamente centímetro y medio y casi tan alto como ella. Era más largo si incluías la punta, un cuchillo de pelar ensangrentado y pegado con una cinta adhesiva que también estaba empapada de sangre.

—Gracias, Katie —me dijo Mostar cuando le di la vara. No recuerdo haberla cogido. De hecho, ni siquiera recuerdo cómo llegué ahí.

Solo recuerdo limpiarme las manos manchadas de sangre en los vaqueros, mientras ella se volvía hacia Dan–. Para esto la necesitaba.

Supongo que Dan había cortado esa vara para ella cuando fabricaba ese chisme para limpiar el tejado. Dan logró articular un tembloroso «ajá», y Mostar arrugaba los labios al examinar el filo doblado del cuchillo.

–Con un ciervo no habría servido –añadió, resoplando–. Es muy endeble. Y tengo que buscar la forma de afilar la punta para que se quede clavada. –Blandió el arma goteante ante mí–. ¿Has visto lo rápido que ha caído? Si alguien tuviera una lima, igual podría…

–¡¿Qué estás haciendo?! –exclamó Yvette a nuestras espaldas, escoltada por Tony. Debían de haber visto todo desde alguno de los callejones que había entre las casas, junto a los demás. De repente, todo el vecindario estaba ahí, ocupando los callejones. Con cara de susto. Pálidos.

Aunque Yvette no. Tenía las mejillas encendidas. Parecía enfadada; no, retiro lo dicho. Indignada. Como un padre o un subdirector de colegio cuando un niño ha tomado «malas decisiones».

–¡¿Qué estás haciendo?!

Mostar la ignoró y se arrodilló junto a Appaloosa.

–¿Estás bien? –Con la mano libre, le acarició la mejilla a la niña–. Siento haberte asustado.

Observé a Yvette, que a su vez miraba con cara de pocos amigos a Tony. Este no ha dicho ni mu. Me fijé en que se relamía mucho los labios, que los apretaba para dentro y que respiraba ruidosamente por la nariz con inhalaciones cortas.

Vi cómo Yvette abría los ojos y le lanzaba uno de esos silenciosos «¿y bien?» típicos de las parejas. Sin mirarla a la cara, Tony se mordisqueó de nuevo los labios a modo de respuesta. Yvette echó bruscamente la cabeza hacia atrás y llamó a Mostar, que seguía centrando toda su atención en la familia Perkins-Forster.

–¡Mostar! –exclamó con un tono desafiante y autoritario. Vi que agarraba a Tony del brazo y tiraba de él ligeramente.

–Eh, sí –dijo Tony evitando mirarla–. Ya sabes…creo que… quizá si todos…

Mostar le interrumpió, desviando la mirada de ellos para centrarse de nuevo en Appaloosa.

–No sé tú, muñequita…, pero yo he tenido tanto miedo que a lo mejor me he hecho pis encima.

Fue la primera vez que vi sonreír a Appaloosa, una sonrisa que se convirtió en una risita llorosa que contagió a sus dos madres. Las tres se rieron y lloraron, hasta que a Effie se le escapó un bufido lleno de mocos que hizo sonreír a todo el mundo.

Salvo a Yvette. Pude ver cómo le palpitaban los músculos de la mandíbula. Soltó el brazo a Tony, de mala leche, y se acercó dando zancadas a Mostar.

–¡Lo que acabas de hacer es increíblemente egoísta e irresponsable!

Mostar lanzó un leve suspiro, como diciendo «vaya, ya estamos otra vez», y gruñó, poniéndose en pie para encararse con ella.

–Ah, ¿sí?

Esto pareció sorprender a Yvette, como si esperara que Mostar diese su brazo a torcer sin más.

–¡Pues sí! –exclamó, y noté, mientras hablaba, que le cambiaba el acento. Tenía un fuerte deje… ¿australiano? ¿Neozelandés?– ¡El animal no le iba a hacer daño!

–Ah, ¿no? –respondió Mostar con calma–. ¿No has visto que estaba a punto de abalanzarse sobre ella?

Yvette contestó con incredulidad:

–¡No, no lo he visto! ¡Lo único que he visto es que has hecho daño sin motivo a un animal asustado!

–En realidad –Me dio un vuelco el corazón al oír hablar a Dan–, sí que daba la impresión que iba a saltar. –Le temblaba un poco la voz, pero se volvió más grave al decir–: Creo que… la ha… salvado.

Yvette ladeó la cabeza y miró de nuevo a Tony. Pero él ya no estaba ahí. No me refiero al plano físico, ni tampoco estoy siendo poética (bueno, quizás un poco), sino a que el tipo al que conocí, ese macho alfa enérgico y seguro de sí mismo que parecía llevar un cartel con el mensaje CONFIAD EN MÍ, SÉ LO QUE ESTOY HACIENDO, ya no estaba ahí.

Recuerdo haber leído en algún sitio que nuestra percepción de la altura se distorsiona cuando nos encontramos ante figuras de autoridad. Los médicos, los policías, cualquiera que consideremos poderoso a veces nos parece más alto de lo que realmente es. No tengo claro si lo creo al cien por cien, y a lo mejor Tony simplemente estaba muy encorvado, pero juro que en ese momento parecía mucho más bajito.

Los ojos de Yvette dirigieron este pequeño ataque de ira hacia su marido, de forma tan sutil e intensa que me rugió el estómago. Y cuando se giró para lanzarle esa mirada asesina a Dan, eructé de tal forma que se me subió la bilis a la nariz. Y le soltó:

−¿Y eso cómo lo sabes? ¿Acaso sabes cómo se comportan los pumas? ¿Cómo puedes asegurar que no estaba simplemente asustado por todos nosotros e intentaba huir? Y ahora encima está herido sin motivo, y lo que has hecho podría haber provocado que atacara… ¡matara a Appaloosa!

Debería haber dicho algo. Debería haber defendido a Dan. Tal vez lo habría hecho si Mostar no hubiera intervenido. O eso espero. Pero Mostar se limitó a encogerse de hombros, suspirar y decir:

−Bueno, no la ha matado y ya se ha ido. Se acabó.

Intentaba que la tensión no fuera a más, y parecía que estaba cerca de conseguirlo. Me di cuenta de que la gente a mi alrededor se relajaba. Las Perkins-Forster se pusieron en pie. Reinhardt levantó las manos, como si dijera «bueno, cuestión zanjada». Y los Boothe incluso se dieron la vuelta para ir a casa. Pero Yvette… ¿cómo de hinchadas tendría las venas para que yo pudiese verlas desde la distancia? Tardó medio segundo en pensar, preparar la artillería y dar con la manera de reafirmar su autoridad.

−¡No, no! Esto no se ha acabado. ¡Podrías haberla herido gravemente con eso! −Estiró el brazo bruscamente y apuntó con el dedo a la jabalina−. ¡Has convertido esto en un espacio inseguro! Y… −Abrió la mano−. Voy a tener que confiscarlo.

−No.

Lo dijo con un tono… tajante.

Yvette resoplaba y miraba de un lado a otro. ¿Buscaba apoyo? ¿Ver si aprobábamos o no su actitud?

–Mostar.

–No.

–Dámelo, y ya está.

–No.

–¡Mostar! –Yvette se acercó un paso más e intentó quitarle el objeto de madera verde. ¿Era lo que estaba esperando Mostar, que agarrara con fuerza la vara?

Recuerdo como a cámara lenta el fuerte tirón con el que Mostar empujó hacia delante y abajo a Yvette, hasta tenerla pegada a la cara.

–NO.

Entonces ocurrió algo. Algo que todavía hace que me entren ganas de salir corriendo y enterrarlo en la memoria. Mostar levantó la mandíbula inferior para atizarla. Un par de centímetros escasos y muy rápidamente. Y así le propinó un golpe rápido en toda la cara a Yvette.

Y en esa cara, en esos ojos como platos, que se han ido para atrás de repente…

He visto miedo.

Sigo reviviendo este momento, replanteándome el concepto de fuerza y debilidad.

Entiendo el poder de la belleza o el dinero. Del ingenio, la popularidad, el sexo.

De las influencias.

Pero nunca había visto una pelea de verdad, ni siquiera un amago. Ni entre chicas, ni entre chicos. En mi mundo, no.

Un conflicto primitivo. Primario.

Para establecer quién domina.

Que yo tenga el poder de causarte dolor.

Yvette soltó la lanza, echándose para atrás de cintura para arriba. Mostar arremetió de nuevo, con los hombros para atrás y la cabeza hacia delante.

¡Yvette hizo un gesto de dolor! Giró la cabeza, cerró los ojos y retrocedió un par de pasos, al mismo tiempo que alzaba las manos para protegerse la cara.

–Vete a casa, Yvette.

Y así ha acabado. Mostar se relajó, se le hundieron los hombros y apoyó todo el peso en la pierna de atrás, a la vez que una sonrisilla se asomaba en la comisura de los labios.

—Vete a casa, ¿vale?

Yvette se enderezó, con las mejillas y los labios completamente blancos. Retrocedió otro medio paso, lanzando una mirada asesina a Mostar a medida que el miedo daba paso a la ira. Pero esta vez no dijo nada, ni siquiera nos miró. Se rio por lo bajo, con pocas ganas y de manera forzada, mostrando una amplia sonrisa de payaso. Se dio la vuelta rápidamente para dirigirse a casa y agarró a Tony de la muñeca. Este, con cara de resignación y los ojos clavados en el suelo, intentaba tragarse el labio inferior mientras su esposa se lo llevaba de ahí.

Apenas recuerdo los siguientes segundos. Creo que estuve a punto de desmayarme debido a la tensión. Recuerdo que Dan me rodeó con un brazo, recuerdo los temblores, las náuseas.

Lo primero que vi con claridad fue que cada uno se iba por su camino. A los Boothe de espaldas, a Carmen llevando a Appaloosa al interior de la casa.

Entonces, oí una voz.

—Hum.

Era Reinhardt, precisamente él, el que se dirigía a Dan entre balbuceos:

—No… eh… no he podido evitar preguntarme… hum… bueno, como estás limpiando tus paneles solares, me preguntaba si…

—¿Eh? Ah, sí, claro —masculló Dan, que de repente bajó de su nube y comenzó a hacer gestos nerviosos de afirmación—. Sí, por supuesto, en cuanto termine y…

—¿Y tú qué vas a hacer por él? —preguntó Mostar, interrumpiéndolo, mientras se colocaba a su lado y se encaraba con Reinhardt, sin soltar la lanza que goteaba sangre—. Si necesitas que Dan haga algo por ti, entonces tú tienes que hacer algo por él.

Hablaba alto, más alto de lo que era necesario a esa distancia. Lo bastante alto para que todos se dieran la vuelta y nos prestaran atención.

—Bueno, yo… desde luego, sí, sí. —Reinhardt intentó quitarle importancia, como si lo diera por hecho, entonces, vi que parecía preocupado cuando se dio cuenta de a qué estaba accediendo–. ¿Qué querrías…?

–Comida. –Mostar estiró la cabeza en mi dirección–. Danny necesitará recuperar todas las calorías que va a gastar. Y por eso Katie va a ir con él, para hacer una lista de todo lo que tienes en la cocina. Así, si alguna vez necesitas su ayuda de nuevo, y sabes que será así, él sabrá exactamente qué pedirte a cambio.

Lo arrinconó. No le dejó hacer preguntas. Lo único que podía hacer en ese momento era negarse. Y no lo ha hecho.

–Por supuesto.

Y mientras se alejaba caminando como un pato, Mostar se giró hacia Dan y dijo:

–La necesidad. Es el pilar sobre el que se sostiene una aldea. En esa fase estamos ahora; lo que nos une es la necesidad. No te ayudaré si tú no me ayudas. *Ese* es el contrato social.

La verdad es que no fui capaz de asimilar lo que decía. Seguía temblando, tenía ganas de llorar. Toda la tensión se estaba desinflando como un globo. Debí de agarrarle del brazo a Dan más fuerte de lo que quería. Me fallaban las piernas. Me daba vueltas la cabeza. Lo único que quería era irme a casa y tumbarme.

–Y tú… – Mostar recuperó mi atención y la miré a la cara, en la que se dibujaba una sonrisa totalmente desconcertante–. Sabía que tenías lo que hay que tener.

Como no la entendí, abrí la boca para preguntar.

–Me refiero a cuando has ido corriendo hacia Appaloosa. –Mostar sonrió de oreja a oreja–. Perdóname por haber estado a punto de ensartarte.

¡Hacia!

Sinceramente, no tenía ni idea de qué estaba hablando, así que cuando Dan dijo:

–Sí, te interpusiste entre ella y el felino.

Los miré como si estuvieran locos y luego bajé la vista al suelo. Pues sí, estaba justo en la trayectoria del puma. ¿Cómo había llegado ahí? ¡No puedo recordarlo, y no exagero!

–Ha sido la hostia, ¿sabes? –comentó Dan, sorprendido y algo… ¿cachondo?

–Ni siquiera lo has pensado, ¿verdad? –preguntó Mostar con orgullo–. Fue puramente instintivo, ¿eh?

Pero antes de que pudiese responder, unas pisadas nos hicieron girar la cabeza. Appaloosa se acercó corriendo, con algo en las manos que parecía ser una funda de almohada.

Mostar le dijo:

–Hola, muñequita, ¿qué tienes…?

Pero pasó corriendo y se metió en nuestra casa; luego, unos segundos más tarde, salió y le dio un gran abrazo a Mostar. Esta se lo devolvió, le dio un beso en la cabeza y le dijo con un tono cantarín:

–Gracias, *lutko moja*.*

¡Entonces se dio la vuelta y me abrazó a mí! Me quedé ahí quieta como una idiota, paralizada por un segundo, y le acaricié torpemente la espalda. No pareció importarle. Me miró con una sonrisa enorme, me dio otro achuchón y volvió corriendo a su casa.

Tras unos instantes de perplejidad entramos en casa, siguiendo el recorrido que había hecho la niña, y encontramos la funda de la almohada junto a la puerta del garaje.

Estaba llena de alubias, o más bien, llena de sus pelotas antiestrés, y las alubias se desparramaban a través de los cortes que les había hecho. Hay más de cien en total. No he dejado de contarlas desde entonces. Rojas, negras, blancas, marrones con motas. No conozco todas las clases y me imagino que no todas germinarán. Una vez más, ¿hay que remojarlas? ¿Envolverlas con papel de cocina empapado con agua? Ni idea. Lo más probable es que acabe metiéndolas directamente en el barro. Hay bastantes para llenar todo el huerto. ¿Cuánta comida nos darán? ¿La suficiente para alimentar a todo el vecindario?

Una aldea. Unida por la necesidad.

Gracias, Pal.

---

* *Lutko moja*: Muñequita.

Capítulo 8

Los gritos sobrenaturales rasgaron la oscuridad y se adentraron en nuestra choza de paredes abiertas y nos envolvieron... Era el ruido de Satán.

BIRUTE M. F. GALDIKAS, *Reflexiones sobre el Edén: mis años con los orangutanes de Borneo*

ENTRADA N.º 8 DEL DIARIO
7 DE OCTUBRE

¡Esta noche nos despertaron gritos! Cuando Dan se levantó de un salto hacia la ventana, sentí cómo la cama rebotaba. Me levanté aturdida y lo seguí hasta el balcón de atrás. Lo primero que noté fue el frío nocturno. Luego, más gritos, que procedían claramente del bosque. No eran humanos. Eran los mismos gruñidos sibilantes que oímos del puma esa tarde.

Rrraaauuu. Rrraaauuu.

Pero no estaban solos. Había otro sonido por debajo, como el bajo en una canción. Más grave, más intenso. Al principio no fui capaz de distinguirlo, pero entonces se elevó hasta sonar igual que los aullidos que había oído en otras ocasiones. La primera vez, cuando hacía senderismo; la segunda, cuando me habían perseguido. Pero ahora eran mucho más fuertes, tan potentes como la intensa peste. Una vez más, me resultaba familiar. Pero esto era real. No eran imaginaciones mías, no era una mota de polvo en el ojo. Sin lugar a dudas, había otro animal ahí fuera con el felino.

Los gritos, los bufidos agudos. El puma parecía estar enfadado o asustado. Los aullidos aumentaron de volumen hasta convertirse en un parloteo agudo. Nunca había oído nada igual. No, no es del todo cierto. Nunca había oído nada *exactamente* igual.

Ya había oído el ruido que arman los monos tanto en programas sobre naturaleza como en el zoo. Los monos o los simios. Pero estos eran mucho más ruidosos, había más estruendo. Fue como si pudiera sentir el impacto de las ondas sonoras; si las ventanas hubieran estado más cerca de ellos, quizá habrían vibrado. Los gritos del felino cambiaron de repente y pasaron de gruñidos furiosos a alaridos rápidos y entrecortados.

¡Rauraurau!

Estaba peleando.

Rápido, fuerte. ¿Los resoplidos indicaban que estaba haciendo un gran esfuerzo físico? ¿Los gruñidos ahogados señalaban que intentaba escapar de unas fauces?

Luego, un rugido, un bramido grave, se elevó sobre el resto, al mismo tiempo que la voz del puma se quebraba hasta transformarse en un gemido horrible.

Entonces, todo acabó. Reinó un silencio sepulcral. Me di cuenta de que Dan y yo nos habíamos agarrado de la mano con fuerza, tanta que cuando me soltó noté cómo la sangre me volvía a circular por los dedos. Me dijo: «Espera». Y se fue a la planta de abajo. Yo intenté decir algo. Él se paró en el dormitorio. «Vuelvo ahora mismo.» Todo estaba tan silencioso que pude oír cómo cerraba con llave la puerta delantera y la trasera. No sé muy bien por qué. Que yo sepa, los animales no pueden abrir puertas. ¿Un oso podría? ¿Son capaces de usar sus zarpas, o garras, o lo que sea que tengan, para girar un pomo? Tiene que ser un oso. Al menos sé que no estoy loca. ¿Qué, si no, podría luchar contra un puma?

Pero ¿cómo ha acabado la pelea? ¿Uno ha espantado al otro? ¿O ahora están los dos ahí fuera, dando vueltas alrededor de nuestras casas?

Me he acercado a las ventanas frontales del dormitorio. Las luces están encendidas en toda la aldea. En todas las casas, menos en la de los Durant. Aunque nadie sale de ellas. Dan acaba de entrar y ha cerrado por dentro la puerta del balcón; luego, se ha vuelto a meter en la cama. «No se puede hacer nada más», me ha dicho, supongo que para tranquilizarme. Le he preguntado si deberíamos ir a casa de Mostar y llamar a la puerta, tal vez para preguntarle si ha oído alguna vez ruidos como esos. A Dan no le parece una buena idea. ¿Qué sentido tendría? Mejor esperar a que sea de día. Tal vez esté asustado. No tiene nada malo. Yo también lo estoy. También me he fijado en que ha cerrado por dentro la puerta del dormitorio. Eso no se lo pienso discutir.

Y se ha dado la vuelta como si todo estuviera bien. Qué envidia. Está agotado por haber limpiado nuestro tejado y el de Reinhardt. Yo lo único que he hecho es elaborar una lista de todo lo que tenía en la cocina este tío. Un montón de comida congelada dietética. Igual debería copiar aquí el listado. Si tengo algo que hacer, ¿me ayudará a dormir? Sería bastante aburrido.

No, a la mierda. Es hora de tomar medio Orfidal. No, mejor Stilnox.

ENTRADA N.º 9 DEL DIARIO
8 DE OCTUBRE

Fue una mala idea porque seguía sin poder dormir. Lo intenté. Para Dan fue muy fácil. De cero a cien en nada. Cayó derrotado y se puso a roncar. Estaba tan cabreada... Esta vez, conmigo misma. Había sido idea mía deshacernos de todos nuestros DVD cuando nos mudamos. Como todo está subido a la nube...

La nube.

Qué imagen tan bonita, adorable y esponjosa, allá arriba, en el cielo. El firmamento. Menuda mentira. Recuerdo que una vez uno de los antiguos socios de Dan comentó algo sobre los «centros de procesamientos de datos», la verdadera nube. Recuerdo oírle decir que el Noroeste del Pacífico tenía muchos de estos centros porque allí la electricidad es barata, gracias a las centrales hidroeléctricas. Me pregunto si alguno de esos centros acabaría enterrado bajo el barro hirviente, con los datos personales de la gente: sus proyectos de trabajo, sus datos financieros, sus valiosas fotografías, que escanearon porque alguien les dijo que era más seguro que guardarlas en una casa, que se podía quemar o inundar. Y esa solo fue una de las diez mil reflexiones que me mantuvieron despierta anoche.

Debería haberme sentido mal por toda esa gente, pero en aquel momento lo único que podía hacer era echar en falta la nueva temporada de *Downton Abbey*. ¡Se suponía que estaba ambientada en los años cuarenta! Si hasta habían mostrado imágenes para ponernos los dientes largos en las que se veía a lady Mary vestida de uniforme con un Londres bombardeado de fondo. ¿Seguía viva la Condesa Viuda? ¿Y qué habría sido de Robert y Cora? No habían mostrado a todo el reparto a propósito, porque querían tenernos en ascuas sobre quién seguía vivo y quién no. ¡Cabrones!

Me habría conformado con cualquier clásico. Con *La princesa prometida*. Aunque, claro, nunca se me había ocurrido descargarla. Como perder la nube era algo «inconcebible»...

¡Sin tele *y* sin libros! De nuevo, soy un genio. Ya no tengo novelas en papel porque las tengo todas en el Kindle, que no he cargado para ahorrar energía. Yupi.

Así que me tomé medio Orfidal y volví a meterme en la cama a la espera de que me hiciera efecto. Y lo hizo, pero por entonces aún no lo sabía. Me quedé ahí, en la oscuridad, esperando a hundirme en un sueño placentero y, como no ocurría, me levanté para tomarme la otra mitad. No era consciente de lo colocada que estaba. Por eso encendí la vela.

Todas mis cosas están en el baño de invitados. Es una vieja costumbre que adopté en nuestra última casa, ya que nuestros horarios de sueño no coincidían. No quería molestar a Dan... cuando me levantaba para ir al trabajo que nos mantenía a los dos. Nunca pensé que me mereciera el baño principal. Una vez más, un viejo hábito.

Aunque no necesitaba la vela aromática para alumbrar, ni para quitarme de encima la peste de hace unas horas, llevaba tal colocón que seguramente confundí mis recuerdos con la realidad. Qué pestazo. Me parecía que podía olerlo todavía en el ambiente. Busqué a tientas una caja de cerillas, encendí la vela, la dejé a un lado y abrí el botiquín para coger las pastillas. No me di cuenta de que la llama estaba justo debajo del toallero.

El destello, el humo.

¡Fuego!

Me espabilé de repente y lancé la toalla en llamas a la ducha. Agua, vapor, humo. Un montón de humo. La alarma. Me penetraba en el cerebro. Abrí la ventana, encendí el ventilador, me subí nerviosa al lavabo para arrancar el disco de la pared. Se me había olvidado que era solo un sensor conectado a toda la casa. Tiré y tiré de él y probablemente grité: «¡Vamos! ¡Joder! ¡Vamos!», antes de resbalarme y caer en brazos de Dan.

—Pero ¿qué demonios has…? —No llegó a acabar la frase al ver la toalla quemada en la bañera. Entonces, me rodeó con los brazos y me susurró cerca de cuello «no pasa nada».

Solo hizo falta eso para que me echara a llorar. Lo abracé con fuerza, sollozando, balbuceando sobre todo lo que estaba pasando, sobre todo lo que *podría* pasar.

Dan se limitó a abrazarme y a acariciarme la espalda, me besaba en la cabeza y susurraba «no pasa nada, no pasa nada».

Lo apagó todo y me llevó de vuelta a la cama.

Y…

Lo único que diré es que hacía mucho, pero que mucho tiempo, desde la última vez.

A veces está bien recuperar las viejas costumbres.

Dormimos hasta tarde. Hasta alrededor de las nueve de la mañana. Seguramente habría dormido mucho más si la cama no se hubiese movido tanto cuando se levantó Dan. Abrí un ojo y vi que se estaba poniendo los pantalones. Cuando le pregunté adónde iba, lo hice de forma lenta y perezosa, como si flirteara con él.

Intentó contestar:

—Voy… Voy a…

¡Qué cara puso! Esa es una de las cosas que me encantan de Dan, incluso en los peores momentos. Es incapaz de mentir.

—Estaba pensando en ir a ver qué era lo que oímos anoche.

Se dio cuenta de que vi cómo se metía en el cinturón aquella cosa afilada, el abridor de cocos de los Boothe.

—Te acompaño —contesté, y empecé a coger mi ropa.

—No —respondió, y fue corriendo a calzarse.

—Te acompaño —repetí, y le imité.

Nos enzarzamos en un «que no», «que sí», intentando convencer al otro. Creo que lo repetimos tres o cuatro veces, mientras nos vestíamos a toda prisa.

Gané yo.

—Kate —dijo Dan con una voz grave y la mano levantada—. No.

Me quedé quieta, bastante alucinada. Ahí estaba este hombre, con la espalda derecha y los hombros rectos. Parecía un pelín más alto de lo que recordaba. Es bonito… Sí, bonito, saber que tiene un instinto protector. Quizá siempre lo ha tenido, o quizá lo ha desarrollado debido a todo lo que estamos viviendo. Pero ahí estaba, por primera vez, intentando protegerme. Estoy orgullosa de él por haberlo intentado y más orgullosa aún de que no se viniera abajo del todo cuando le sonreí, le besé en la mejilla y le dije:

—Venga, vamos.

Salimos por la puerta trasera y luego subimos por el sendero. Vi a Appaloosa, que nos observaba desde la ventana de la planta de arriba de la casa. Esta vez no me daba escalofríos, parecía inexpresiva. Tampoco sonreía. Miraba fijamente al bosque que teníamos a nuestras espaldas, como un vigía, creo, e hizo un gesto con la mano para decirnos «todo despejado, buena suerte».

Y Vincent levantó los pulgares arriba cuando pasamos cerca de su casa. Estoy segura de que quería animarnos, pero por la cara de nervios que tenía y la forma en que se alejó de la ventana después, me lo tomé como un «mejor vosotros que yo».

—¡Esperad! —Nos detuvimos al oír a Mostar, que nos gritaba desde el sendero. Se acercó a nosotros jadeando y resoplando, con la jabalina en la mano—. ¡Tomad! —Vi que la había limpiado y había intentado enderezar la hoja de la punta–. Estoy haciendo una mejor –dijo, y me obligó a cogerla. Mirando a Dan, añadió–: No estéis fuera mucho rato.

El hedor nos asaltó en cuanto pasamos de la cima y bajamos la pendiente. Era fuerte, acre. La palma de la mano me olía igual; se me había pegado el olor por un árbol que acababa de tocar. Acerqué la nariz a la corteza. Apestaba a huevos podridos. Había algo más en mi mano. Fibras de plantas, probablemente. Era largo y negro. Grueso como la crin de un caballo. No tengo claro si apestaba, podría ser por la punta de mis dedos. ¿Era pelo de animal?

Entonces vi unas manchas blancas que destacaban en una zona de tierra revuelta y hojas rojizas.

Rojizas por la sangre, que estaba por todas partes. En los arbustos, en las cortezas, empapada en la tierra, donde se mezclaba con la ceniza formando guijarros sólidos y enmohecidos.

Las manchas blancas eran huesos destrozados. Al principio nos costó adivinar de qué se trataba. La mayoría solo eran esquirlas. Daba la sensación de que los habían golpeado con un martillo. Encontré cerca unas cuantas piedras, manchadas de sangre en un lado. No eran salpicaduras, sino unas manchas profundas, espesas, mezcladas con restos de pelaje y trozos de carne. Y lo más raro es que parecía… Vale, como si las hubiesen pintado. Sé que suena extraño, pero la sangre en las piedras, los árboles y las hojas no eran gotitas. Salvo las que había en las cenizas, las otras manchas parecían pintadas con un pincel o con la lengua. Como si quien hubiese matado al felino, fuera lo que fuera, diese vueltas lamiendo cada rincón.

Incluso los huesos, que estaban limpios. Habían arrancado hasta el tuétano. De hecho, no quedaba nada de carne. Ni de los órganos, ni de los músculos, ni de los sesos. Encontré lo que parecían los restos de un cráneo, solo un fragmento curvo y liso junto a varios dientes rotos. Así supe que tenía que ser el felino. Por los colmillos amarillos. Encontré uno, intacto, todavía pegado a un trozo de la mandíbula superior.

¿Qué podía haber hecho eso?

Por si no tenía bastante con lo que vi, la reacción de Mostar lo empeoró todo todavía más.

Se limitó a escuchar, sin criticar, mirando de reojo, asimilando cada detalle sin reaccionar lo más mínimo. Me dio miedo, me da miedo, que no respondiese de inmediato con un «oh, bueno, lo que habéis visto era…» porque siempre tiene una respuesta para todo. Por eso al principio no me cayó bien. Mandona. Sabelotodo. «Venid aquí, haced esto, creedme cuando os digo…» Es la primera vez que la veo perpleja de verdad. No, no es cierto. La primera vez fue cuando me persiguieron, cuando se quedó mirando al bosque.

¿Sospecha lo que yo intento descartar? El olor, los aullidos, el gran «pedrusco» que vi en la carretera. Y ahora esto. Estoy segura de que solo intento encontrar una explicación a algo que no tiene ningún sentido. Yo soy así. Lógica y cuadriculada a más no poder. Intento entender las cosas partiendo de lo que sé. Y sobre esto no sé mucho. No me van esas movidas. Soy una persona pragmática. Nunca me ha interesado lo que no es real. Ni siquiera he visto *Juego de tronos*. ¿Dragones y zombis de hielo? ¿De verdad? Cuando Yvette me habló de Oma, ¡sabía que estaba hablando metafóricamente! No puede ser real porque si no, todo el mundo lo sabría. Es el mundo en el que vivimos, ¿no? Uno donde cualquiera puede saberlo todo. Si existiera, lo sabríamos.

Y sí, sé que vi algo. Ambas lo sabemos. Pero una cosa es saber que viste algo y otra muy distinta es saber qué viste.

Vi la primera… la primera huella clara. Estaba junto a un fragmento de hueso, tan profunda que se marcaba a través de ceniza hasta dejar entrever la tierra blanda. No podía ser de un lobo o de otro puma. No tenía esa forma ni de lejos. ¿Quizá fuera de un oso? No lo sé. Nunca he visto la huella de un oso, así que quizás sea la respuesta más sencilla. Pero la huella era casi tan grande como la de una persona descalza, incluso tenía cinco dedos. Pero no podía ser. Dan se quitó una de sus botas de montaña. Calza un 43. Se quitó también el calcetín y colocó el pie junto a la huella. La forma general de los dedos encajaba. Pero el tamaño… Era imposible. Debía de ser cosa de la ceniza, o de la forma de pisar.

Nada podía tener un pie tan grande.

Capítulo 9

Hay evidencias que indican que tal vez exista en el condado de Skamania un mamífero primate nocturno al que se ha descrito como una criatura similar a un simio... y al que se llama comúnmente «Sasquatch», «Yeti», «Bigfoot»...

Decreto n.º 69-01 del condado de Skamania,
en el estado de Washington

Extracto de mi entrevista a la guarda forestal jefe Josephine Schell.
Sí, he oído hablar de esa leyenda. Y no, no tiene nada que ver con mi ascendencia. Soy del sudoeste, no del noroeste.* Aunque también tenemos nuestros propios mitos. Todo el mundo los tiene. Tienes a los Almas en Rusia, los Yowie en Australia, los Orang Pendek en Indonesia y unas cuantas historias sobre los Sisimite en Latinoamérica. Y eso solo hoy en día. En la biblia judeocristiana sale Esaú, el hermano primitivo de Jacob. Y en el *Poema de Gilgamesh*, la primera historia escrita, aparece «Endiku», el hombre salvaje. Dime una cultura de cualquier lugar del planeta, y tendrán alguna historia.

Incluida esta, y por esta me refiero a la cultura pop de masas. El Bigfoot es tan americano como la tarta de manzana y las armas en las escuelas. Así es como me enteré de su existencia. Como cualquier miembro de la generación X, crecí viendo la tele. Aprendí bastante sobre el Bigfoot gracias a los medios de comunicación modernos.

---

* Josephine Schell (cuyo apellido de soltera es Begay) forma parte de la nación Navajo.

He visto muchas de las pelis recientes grabadas con una cámara temblorosa, a lo *Proyecto de la Bruja de Blair*. Haciendo zapping en la tele por cable, vi un par de documentales falsos. Y tengo intención de ver el del tío ese superviviente, no el fraude británico, sino el de verdad. El canadiense. Sabe bien lo que hace, joder, y quizá va realmente por el camino correcto. Pero el resto de cosas que vi, de ficción y de «realidad manipulada», debo decir que parecen un refrito depurado de la moda de los años setenta y ochenta con la que crecí.

¡Ya sabes a qué me refiero! Leí tu artículo sobre las cinco películas clásicas y, sí, a mí también me acojonaron un huevo. Esa en que un yeti ataca una estación de esquí. Creo que tienes razón en que no se pudieron permitir tener un disfraz completo,* pero el resultado, las escenas donde todo se veía desde el punto de vista del monstruo, como en *Tiburón*, era aterrador. La escena en la que rompe una ventana para entrar… Cuando baja por la montaña y entra en el pueblo… ¡Se suponía que no iba a hacer eso! ¡Rompe la norma más básica de las pelis de terror! ¡Si tú no buscas problemas, los problemas no vendrán a buscarte!

Por eso las pelis de miedo de nuestra generación son, básicamente, cuentos con moraleja. Por eso nunca me he identificado con los adolescentes salidos que iban al campamento de verano; o con el codicioso alcalde de pueblo que mantiene abiertas las playas; o con la tripulación de la nave espacial que, siguiendo la normas, tiene que investigar una señal de socorro alienígena. Porque sabía que nunca sería como ellos. Yo cumpliría con mi parte y me quedaría en casa. Pero después de ver a esa bestia de las nieves atacando Aspen, pensé: «¿Por qué no haría lo mismo un Sasquatch de verdad?».

¡Porque pasó de verdad! Eso se cuenta en la otra película sobre la que escribiste, la del narrador de *Misión Imposible*, en la que se muestran huellas y fotos y hay una entrevista con un «detective psíquico» y, lo más importante, oh, Dios mío, esas «recreaciones extremas».

---

* No fue hasta que terminé de realizar las entrevistas para este libro cuando descubrí que sí se confeccionó un disfraz de cuerpo entero para la criatura del film en cuestión, *Snowbeast*, de 1977.

Como cuando la chica… Rita Graham, sí, me acuerdo del nombre… cuando está en casa esa noche, viendo la tele, pensando en sus cosas… como yo… y aparece una sombra en la cortina detrás de ella, dos segundos antes de que un gigantesco brazo peludo destroce el cristal de la ventana. La verdad es que podría haberme meado de miedo ahí mismo. Me acojonó tanto que años después busqué información al respecto. Resulta que ese incidente sí ocurrió, pero lo exageraron mucho para la peli.

Lo que no exageraron fue otro incidente; bueno, dos en realidad, que se recrearon para otra película, ¡y esa sí que se estrenó en los cines! El primero sucedió en los años veinte del siglo pasado, cuando unos mineros sin escrúpulos estaban excavando cerca del, mira tú por dónde, monte Santa Helena. Una noche, atacaron su cabaña a pedradas y puñetazos, acompañado de los clásicos gritos de animales que ahora relacionamos con la leyenda. Por esa razón, a día de hoy, al cañón donde ocurrieron los hechos se le llama el Cañón del Simio. El segundo incidente está relacionado con Teddy Roosevelt.

Busca algo dentro de su escritorio y, acto seguido, coloca encima de este un ejemplar viejo y muy manoseado de El cazador de las tierras salvajes.

Te advierto de que la primera parte da bastante vergüenza ajena. Empieza con Roosevelt hablando sobre la suerte que ha tenido por poder disparar a toda clase de animales de caza mayor en Norteamérica.

Menudo gilipollas.

Bueno, da igual, luego pasa a «narrar» una historia que no está contada en primera persona, sino que es el relato de un trampero de Idaho llamado Bauman, cuyo compañero fue destrozado por un «duende».

¿Alguna de esas dos historias es cierta? ¡Y yo qué demonios sé! En su día creía que lo eran, y no paraba de pedirles a mis padres que alejaran mi cama de la ventana. Me ponía en plan: «¡Estas historias son reales! ¡Las escribió un presidente!».

Debo reconocer que mis padres no pasaron de mí sin más, sino que me animaron a que lo verificara, a que viera más allá de las palabras y comprobara si había alguna prueba física de todo aquello. Creo que por eso me interesé por la zoología, y por lo que, a día de hoy, me emociono cuando se demuestra científicamente la existencia de alguna especie nueva. ¡Y todos los años se descubren miles! He visto una araña Goliat vivita y coleando y el cadáver de un calamar gigante. He visto todo tipo de especímenes recuperados de conductos hidrotermales que se considerarían ciencia ficción cuando yo nací. Y en cuanto el Congo ya sea lo bastante seguro para hacer ecoturismo, me pondré la primera en la cola para ver a ese simio, Bili, que descubrieron recientemente. Estoy dispuesta a aceptar cualquier descubrimiento, siempre que esté basado en pruebas físicas irrefutables. Se supone que los hechos cierran la puerta a los monstruos…

Suspira.

… en lugar de invitarlos a entrar.

ENTRADA N.º 9 DEL DIARIO [CONTINUACIÓN]

Los animales se han ido. No fui consciente, pero esta mañana, a medida que avanzaba el día, me fui dando cuenta de que no veía ciervos ni ardillas. Nada de nada. Y si queda algún pájaro, no he oído ni un solo pío. ¿Por qué se han marchado? No puede ser por hambre. Todavía quedan unas cuantas manzanas en los árboles de las Perkins-Forster. Seguro que si echo una ojeada a los de los demás, veré que también quedan algunos frutos. ¿Se han ido por la pelea? ¿Tienen miedo al animal que mató al puma?

Escúchame. «Al animal.»

Ni siquiera soy capaz de escribir esa palabra. Tampoco he hablado de ello desde que comenté el tema con Mostar. Tampoco Dan. Aunque si he de ser justa, está muy ocupado.

Dan tiene un nuevo «encargo», como lo llama él. Estábamos desayunando las últimas sobras aguadas del guiso de conejo en casa de Mostar cuando apareció Vincent Boothe y le dijo a Dan:

—Me…eh… me he fijado en que ayer limpiaste los paneles solares de Reinhardt y me preguntaba…

—Claro —respondió Dan, que ya estaba lamiendo el cuenco—. Estaré ahí en unos minutos.

—¡Genial! —Aunque Vincent parecía aliviado, se puso tenso cuando Mostar lo miró—. Y, como ya sabéis, os daremos comida a cambio del tiempo que le dediques, por supuesto.

Entonces me miró a mí.

—Y tú tienes las puertas de nuestra casa abiertas por si quieres pasarte por ahí para, eh, revisar nuestras provisiones.

Sonreí con incomodidad. Mostar asintió.

Dan no podía estar más contento. Cuando Vincent se marchó, esbozó una sonrisita ridícula, casi como un niño.

—Estoy muy solicitado.

Mostar le agarró del brazo en broma y le dijo:

—Mírate, pero si eres el manitas de la aldea.

«¡El manitas!» Si se lo hubieran llamado unos cuantos días antes, ¡lo habría hundido! ¿Cuántas ofertas de empleo había rechazado por eso? ¿Cuántas veces había salido el tema cenando con Frank? «Yo no he nacido para ser un asalariado.» Esa era la excusa a la que Dan recurría por defecto. «Lo mío es la creatividad, no las tareas repetitivas.» Y, oh, cuántos momentos de bajón tuve que aguantar.

Y ahora, gracias a lo bocazas que es Mostar, me agarraba con fuerza al volante para prepararme para el impacto.

Pero, de nuevo, aluciné al ver cómo Dan sonreía de oreja a oreja:

—El manitas de la aldea.

Relamió la cuchara como si fuera una piruleta, se levantó de la mesa de un salto (sí, de un *salto*) y me dijo:

—Hora de ir al tajo.

Luego, dejó los platos en el fregadero mientras canturreaba.

Se pasó todo el día canturreando mientras realizaba las tareas que le han encargado los Boothe. Para tu información, tenían una lista. Antes de que pudiera ponerse con las placas solares, tuvo que ocuparse del conducto de ventilación del dormitorio, que hacía ruido, y del desagüe de la ducha, que se había atascado. Chapucillas aquí y allá. Yo también tenía mi propia lista. Nos van a pagar con copos de avena (porque nos hemos quedado sin cereales). Mientras Dan pasaba felizmente de una tarea a otra, revisé meticulosamente la despensa de los Boothe e hice una lista con todo lo que tenían. Apunté hasta la última gota de aceite de oliva extra de Lucini Italia. El aceite de oliva tiene muchas calorías. Creo que no les estoy cobrando de más.

Bueno, quizá un poco.

Como Bobbi se esforzó tanto por ser simpática, tuve que olvidarme del tema de las patatas. Fue muy sincera y me mostró todo lo que tenía... o lo que aún les quedaba. (Perdón. ¡No le des más vueltas!) Hasta sugirió que podían compartir con nosotros la electricidad de su casa, así como una pequeña tetera azul que «podría usar perfectamente como regadera para el huerto».

¿Cómo sabe lo del huerto? ¿Lo sabe todo el mundo? ¿Qué más están comentando a nuestras espaldas? Según parece, han aceptado la idea de que tal vez debamos pasar aquí el invierno, lo cual, desde mi punto de vista, es un cambio de opinión muy repentino. Aunque supongo que se ha ido fraguando poco a poco, al escuchar las noticias, al observar el cielo vacío y al ver que Tony e Yvette seguían sin dar su brazo a torcer, mientras Mostar, al menos, intentaba adaptarse a la situación.

Fuese cual fuese el motivo, no cabía duda de que los Boothe ahora nos apoyaban. Bobbi incluso nos ofreció el compost de su cubo para que lo usásemos como fertilizante extra, y nos preguntó si quizá se podría plantar una parte de su arroz integral o quinoa inflada. No creo que la quinoa vaya a germinar. Además, ¿«inflada» no quiere decir que ya está «cocinada»? Aunque sí me he llevado un puñado de arroz para probar. Lo justo para unos diez decímetros cuadrados de tierra. No nos queda mucho espacio, ahora que hemos plantado las alubias de Pal. Pero si estas no germinan y el arroz sí, podría ser un buen plan B. Pase lo que pase, siempre nos vendrá bien tener más abono. Y hay que reconocer que fue ella quien sugirió que el relleno de su almohada podría ser comestible.

Vincent se rio de la ocurrencia, pero, al verla dolida, le explicó que el relleno de sus almohadas estaba hecho con cáscaras del trigo, no con granos. Al hablar, arrastraba las palabras. Ambos estaban un poco pedo, porque habían abierto una botella de Chardonnay en cuanto Dan y yo habíamos llegado. Quién sabe cuántos vasos de ciento veinte calorías se habían tomado antes de que apareciéramos por ahí. Seguro que Vincent se había tomado otras doscientas cuarenta calorías antes de armarse de valor para preguntar por el puma.

Cuando describí la sangre y los huesos, Vincent lo relacionó con los carroñeros y descartó cualquier otra posibilidad.

–Habrán sido los pájaros y los animales pequeños. O los insectos. Han tenido que ser los insectos. Hay tantos... Debieron de salir todos cuando murió el pobre felino. Ahí fuera, todos están hambrientos. Murió por la herida. Eran los gritos que oímos anoche. El pobre tuvo que sufrir mucho. Con suerte, murió antes de que los animales más pequeños empezasen a comérselo.

Cuando saqué el tema de las piedras, Vincent se encogió de hombros.

–Con tanto follón, a saber qué pasó.

Tal vez por eso no mencioné las huellas. Temía que lo ignorasen y se sacasen de la manga otra teoría con dos copas de más. O tal vez temía que no lo hicieran, y que abriesen la puerta a preguntas que era incapaz de responder.

Y que continúo sin poder responder. Quizá por eso fui después a casa de los Durant. Sigo convencida de que Yvette creía que Oma solo era una pintoresca fábula indígena. Pero, ¿y si me podía enterar de algo más gracias a esa historia? De algunos detalles. De sus orígenes. De lo que quiere esa criatura. ¿Las leyendas populares no suelen tener una base real? ¿Verdad que hubo un gran diluvio tiempo atrás? ¿No quedó registrado por escrito que se dieron cambios climáticos en el pasado? ¿Y no hay una teoría que señala que las mareas del Mar Rojo eran tan extremas que podría haber dado la sensación de que las aguas se separaban?

No recuerdo dónde lo he oído, o si me lo estoy inventando del todo. Estoy casi segura de que un amigo de la universidad de Dan comentó que los griegos creían que existían los cíclopes por los cráneos de mamut, puesto que el cartílago que tienen entre los ojos recuerda a un gigantesco cuenco ocular. Pensé que Yvette podría tener alguna información útil de ese tipo, por muy insignificante que fuera. Si pudiera tirarle de la lengua…

Y a Tony quería preguntarle sobre aquel día que había intentado escaparse en coche.

¡Ay, no, quería preguntarle sobre el día que había intentado ir en busca de ayuda! ¡Sí, en busca de ayuda! El día que algo me persiguió. ¿Él también vio a ese algo? La cara que tenía… Di por sentado que era por ver el lahar, por haberse dado cuenta de que estábamos aislados. Quizá fuera en parte por eso. Pero de camino a casa, o quizá cuando estaba en el borde del puente destrozado, ¿había visto algo? ¿Lo persiguió a él también?

Eran las preguntas que me rondaban en la cabeza cuando, hecha un manojo de nervios, me acerqué a su puerta.

No estoy segura de qué temía. ¿Que Yvette me cruzara la cara, que me gritase por haberla traicionado? Ambas reacciones me habrían dolido igual. Respiré hondo, esbocé una sonrisa falsa y llamé a la puerta con suavidad. Nadie contestó. Probé de nuevo, un poco más fuerte. Nada. Me pareció que oía hablar a alguien. Pero daba la sensación de que estaba lejos. Se entreveía una luz débil y parpadeante atravesaba la cortina de la ventana de la sala de estar. Era la tele. Un programa grabado. Debía de ser lo que estaba oyendo. Una sombra pasó por delante de ella, dirigiéndose hacia la puerta.

Tartamudeé:

—¿T-Tony? ¿Y-Yvette? S-soy Kate.

Pensé en llamar al timbre pero me acojoné en cuanto rocé el botón con el dedo. Vi cómo la sombra pasaba por delante de la fuente de luz de nuevo, en dirección contraria. Me dirigí al garaje de la casa. Pude oír el constante *zzzzzp-zzzzzp-zzzzzp* de la elíptica de Yvette y unas voces ahogadas que mascullaban algo. Debía de estar haciendo ejercicio, porque el *zzzzzp* se paró cuando las voces aumentaron de volumen. En realidad, la que aumentó era solo una voz. La suya. La de él seguía siendo un murmullo bajo. No pude entender lo que decía Yvette, pero sí capté el tono, agudo y entrecortado. Pensé en pegar la oreja al fino aluminio de la puerta del garaje, quizá hasta llamar. Pero en vez de eso, me limité a esperar como una idiota durante un minuto o así, hasta las voces cesaron y se reanudó el *zzzzzp-zzzzzp-zzzzzp*.

En el camino de vuelta a casa, me detuve al ver a Dan salir de la vivienda de los Boothe para limpiar el tejado. Me vio, me saludó con la mano e incluso me lanzó un beso, que le devolví. Por un momento me planteé quedarme, ayudarlo, o simplemente hacerle compañía. Había algo en el hecho de que se quedara ahí fuera solo que ya no me gustaba. Me sentí, me siento, intranquila.

Todo está demasiado en calma. No hay vida salvaje. No hay ni un ruido. Pero ahora el olor es constante, como si nos hubiera seguido desde el lugar de la matanza. Y alguien me vigila. Aunque esta mañana no me he sentido observada. Quizá porque estaba demasiado concentrada en el felino muerto. Pero ahora noto que me miran. Seguí caminando hacia casa mirando sin parar a mi alrededor, arriba y abajo, recorriendo con la mirada la cima y los árboles encima de las casas. No vi nada, pero ¿algo me miraba? Por eso me moría de ganas de entrar en casa. Es donde estoy ahora, sentada en el sofá, sin quitarle el ojo de encima a Dan a través de la ventana de la sala de estar. En su bendita ignorancia, sigue limpiando los paneles y esquivando de un salto la ceniza que cae, como si fuera un juego.

No tengo ninguna intención de seguir echando vistazos al bosque. Intento no memorizar cada árbol, piedra, descampado, para ver si algo cambia en ellos entre un vistazo y otro. Estoy haciendo un gran, grandísimo esfuerzo para no volver a casa de los Boothe y preguntarles si tienen prismáticos. Con todas las caminatas que hacen, seguro que tienen un par. Iré allí a por más abono, o me quedaré en casa para trabajar en el huerto, cualquier cosa con tal de no ver a Dan ahí fuera, solo. He pensado en meterme en el coche a escuchar las noticias. Pero el coche está aparcado en dirección a la casa.

Y no quiero darle la espalda.

Extracto de *La guía del Sasquatch* de Steve Morgan.
La historia oficial de los encuentros con homínidos crípticos ha tenido, digamos, una relación complicada con las evidencias de los rela-

tos orales indígenas. En palabras de J. Richard Greenwell, secretario y fundador de la Sociedad Internacional de Criptozoología: «Los pueblos nativos tienden a carecer de una línea muy clara que separe el mundo metafísico del mundo físico. Nosotros, en Occidente, separamos claramente ambos».* Obviamente, se trata de una opinión tremendamente sesgada y discutible, sobre todo cuando muchos testigos «occidentales» (es decir, caucásicos) afirman que en sus avistamientos del Sasquatch también se producían fenómenos sobrenaturales, incluso relacionados con los extraterrestres. No obstante, la aseveración de Greenwell se caracteriza por basarse en un registro de encuentros eurocéntrico, que hasta mediados del siglo XX era, lamentablemente, muy insuficiente.

Dada la naturaleza caótica y a menudo competitiva de la invasión de América por parte de Europa, y que muchos de los conquistadores carecían de curiosidad y de formación alguna, es un milagro que exista algún registro escrito de este período. Si bien hay, por supuesto, excepciones notables, como el Asedio del Cañón del Simio de Fred Beck, la historia del «duende» de Roosevelt y los escritos del explorador británico David Thompson, quien descubrió «el rastro de un animal de gran tamaño» el cual «no era un de un oso», es imposible saber cuántos tramperos, comerciantes y buscadores de oro se llevaron sus experiencias con el Sasquatch a la tumba. Por lo que sabemos, algún ruso de hoy en día podría tener clavado en la pared de su dacha un misterioso pelaje maloliente que un antepasado suyo trajo de la colonia americana del zar.

Así que ¿por qué han cambiado las cosas? ¿Por qué los contactos con el Sasquatch han pasado súbitamente de ser muy escasos a innumerables? La respuesta es sencilla: la Segunda Guerra Mundial. Antes de este evento catastrófico vivía menos gente (de todas las etnias) entre el norte de California y la frontera canadiense que en la ciudad de Nueva York. Con Pearl Harbor llegaron a esta zona la industria, las instalaciones militares, la expansión de las infraestructuras y mi-

---

* Palabras extraídas de una entrevista para el programa *In Search of History* de History Channel en 1997.

llones y millones de estadounidenses. No es de extrañar entonces que apenas trece años después de la victoria sobre Japón, en Bluff Creek, California,* un grupo de obreros que trabajaban en la construcción de una carretera descubriera lo que parecían ser las huellas un extraño humanoide gigantesco. Su descubrimiento provocó que un periódico local investigara el asunto, lo cual, a su vez, hizo que resurgieran ciertas historias que habían circulado por los alrededores.

A finales de ese año, las huellas copaban los titulares de todo el país, junto con el nombre de su dueño: Bigfoot.

---

* También se conoce Bluff Creek por ser el lugar donde Patterson supuestamente filmó a un Bigfoot en 1967.

Capítulo 10

En el caso del Bigfoot, los testimonios de testigos presenciales...
ahhh... no creo que sean muy fiables porque no se pueden demostrar.
La fiabilidad depende de... de la credibilidad de la persona... y esta
gente... quiere ver algo extraño... se lo han podido imaginar.

DOCTOR THOMAS DALE STEWART,
antiguo conservador jefe del
Departamento de Antropología
del Instituto Smithsoniano

Extracto de mi entrevista a la guarda forestal jefe Josephine Schell.
¿Por qué aún no se han descubierto? Esa es la pregunta del millón.
Y esta es mi respuesta, que no vale tanto. Mira, la gente que puede
demostrar su existencia, la que sabe cómo hallar y analizar las pruebas físicas, no quiere ni acercarse al tema por miedo a que arruine su
reputación. Y es un miedo que se remonta a la época que el Sasquatch salió a la luz por primera vez.

Si la avalancha de avistamientos se hubiera producido en, ponga-
mos, los años cuarenta y cincuenta, cuando todavía éramos una nación cohesionada que compartía las mismas creencias, quizá se hubiese presionado a la comunidad científica lo suficiente para
obligarla a actuar. Y si hubiera actuado, si se hubiera demostrado
que estas criaturas son tan reales como los gorilas o los chimpancés,
figuras de referencia como Dian Fossey o Jane Goodall quizá se
habrían labrado una carrera estudiando a los grandes simios de Norteamérica.

El problema radicaba en que los avistamientos alcanzaron su pico a finales de los sesenta y principios de los setenta, cuando comenzó la desconfianza de los ciudadanos en las instituciones. Estamos hablando de Vietnam, el Watergate, la contracultura del «ve a tu rollo». Ahora bien, no digo que fuera algo malo, y menos en democracia, donde es necesario y saludable que haya un cierto grado de pensamiento crítico. Se tiene que cuestionar a la autoridad. Pero el Bigfoot apareció justo cuando todo el mundo empezaba a cuestionarlo todo, incluso en el ámbito académico. Era una época en la que a los profes de universidad les daban por todos lados: la derecha, con su agenda creacionista; la izquierda, que de repente se daba cuenta del vínculo entre ciencia y guerra. La consecuencia fue que los doctorandos, ya muy cautos de por sí, comenzaron a inquietarse por sus becas y puestos de trabajo.

Lo que hizo que el Bigfoot acabara en los archivos de las «chifladuras». Y ahí ha permanecido… sí… hasta el día de hoy… a pesar de lo que ha ocurrido… aunque ya llegaremos a eso.

Existe una buena razón por la que el Tío Sam no haya publicado un informe completo sobre Greenloop. Pero…

Levanta las manos como un policía de tráfico.

«Las cosas, de una en una», como decía la señora Mostar.

La cuestión es que el escepticismo general respecto a este tema no anima a los expertos cualificados a buscar evidencias físicas, y la falta de evidencias físicas alimenta el escepticismo general.

Por esa razón, la carga de la prueba se ha atribuido principalmente a aventureros aficionados que o bien nunca han hallado nada o bien han quedado fatal, como sucedió aquella vez con el FBI.* Conoces la historia, ¿no? Salió a la luz hace un par de años, ¿verdad? En los años setenta, un grupo de tarados presionó a la Oficina Federal

---

* En junio de 2019, bajo el amparo de la Ley por la Libertad de la Información, la Oficina Federal de Investigación publicó un expediente de veintidós páginas donde se detallan los análisis de laboratorio de una muestra de pelo «adherida a un fragmento diminuto de piel». Se determinó que la muestra, que les había entregado el Centro de Investigación del Bigfoot en 1972, pertenecía «a la familia de los ciervos».

para que hiciera pruebas a una muestra de pelo que habían conseguido, y esta resultó ser de un ciervo. Y esta clase de fiascos públicos (tan decepcionantes como cuando se abrió la cámara acorazada de Al Capone en directo y por televisión) son los que disuaden a los testigos presenciales creíbles de dar la cara. Y yo he hablado con bastantes de ellos. En este trabajo te topas con mucha gente que está segura de haberse *encontrado* con algo. No se trata de timadores. Esos no acuden a nosotros, sino que van a los medios de comunicación. Ahí es donde están el dinero y la fama. En todas esas grabaciones temblorosas que aparecen de vez en cuando. La más famosa de todas, el «film de Patterson-Gimlin», que nos dio la imagen que la mayoría de la gente asocia con el Bigfoot... Roger Patterson afirmaba que estaba ahí, preparándose para rodar una película sobre el Bigfoot, cuando por «casualidad» se encontró con el de verdad. Sí, claro...

No, yo creo a las personas con las que hablo, o más bien, creo que se creen lo que cuentan. Pero como decía la señora Holland: «Una cosa es saber que viste algo y otra muy distinta es saber qué viste». Por esa razón, incluso ahora, cuando pienso en alguno de esos documentales de mierda que vi en mi infancia, sigo creyendo al tío que superó la prueba del detector de mentiras. No estaba actuando. Creía de verdad que lo vio. Como todos.

Recuerda que soy del sudoeste, donde no hay más que ovnis. Si me hubieran dado cinco centavos cada vez que alguien contaba que había visto unas luces en el cielo... y es cierto que las ven. Estoy segura de que había luces en el cielo, y estoy segura de que creían que esas luces venían a meterles una sonda por el culo. Si los sometiéramos a todos al polígrafo y les preguntásemos, bajo juramento, qué habían visto u oído...

También hay muchos de esos. De los que oyen cosas. Ruidos en la noche. Pisadas o ramas que crujen, o un gruñido. Un par de veces he hablado con gente que jura que ha oído u olido algo. He tenido a varios excursionistas o campistas que, sistemáticamente, han declarado que olía a basura y huevos podridos. Yo misma podría haber olido esa peste la vez que hallamos el ciervo muerto.

Señala con el pulgar al mapa que tiene detrás.

Quizá fuera eso, o quizá fuéramos nosotros después de tres días sin ducharnos. No sé qué olí pero sí sé que olí algo. Me fío de mi olfato, mi oído, mi vista. Pero de mi cerebro…

Creo que la mente humana no se siente nada a gusto con los misterios. Siempre estamos buscando respuestas a lo inexplicable. Y si los hechos no nos dan una respuesta, intentamos inventarnos una a partir de las historias que hemos oído. Si hemos oído hablar de ovnis cuando por casualidad vemos una luz en el cielo, o del monstruo de un lago escocés cuando por casualidad vemos una onda en el agua, o de una criatura similar a un simio cuando vemos una masa negra moviéndose entre las ramas…

Por eso nunca hice caso a los que alguna vez nos informaban de algo al respecto. Ni siquiera a los más creíbles. Y cuando digo creíble, me refiero a los que se avergonzaban. A los que no querían estar ahí. A los no querían quedar como pirados. A los que siempre pedían hablar conmigo en privado, mantener el anonimato, asegurarse de que no se les grababa. A los que estaban casi seguros de que su mente les estaba jugando una mala pasada. A los que no querían creérselo.

Suspira.

Debería haberles creído. Siempre estaba a punto, porque una vez se ponían a hablar, las dudas se disipaban. Debería haber investigado cada vez que alguien me miraba directamente a los ojos y decía con claridad y seguridad…

ENTRADA N.º 10 DEL DIARIO
9 DE OCTUBRE

¡Lo he visto!

No sé qué me despertó esta noche. Un ruido, o la luz de un porche exterior al encenderse. No era la nuestra; en un principio, no. Era la de la casa de las Perkins-Forster, reflejándose en el techo sobre mi cabeza. Me levanté, me froté los ojos, somnolienta, y me acerqué cautelosamente a la ventana de atrás. No quise despertar a Dan porque mañana tiene mucho que hacer. Es el manitas de la aldea. Por eso tampoco me arriesgué a abrir las puertas del balcón de la parte trasera.

Pero con solo mirar por la ventana, supe que algo no iba bien. Habían tirado por el suelo su cubo de compost, lo cual era raro porque se suponía que eran a prueba de animales. Tienen unas estacas largas que están clavadas profundamente en el suelo. Y la tapa se cierra con dos palancas gemelas que rotan. Ahora habían abierto la tapa, o la habían arrancado. La vi tirada cerca del cubo volcado, entre una alfombra de basura desperdigada.

Entonces vi algo que se movía. Era solo una sombra, creo, al otro lado de su casa. El crujido los arbustos en los lindes de los árboles. Pero cuando alcé la vista, ya no estaba. Seguramente era un mapache. Ese fue el pensamiento de la parte consciente de mi mente. Los mapaches son inteligentes, ¿no? Los he visto revolver los cubos de basura en el centro de Venice Beach. Aun así, me aseguré de que el balcón estuviera bien cerrado y luego bajé silenciosamente a la planta inferior para echar un vistazo a las demás puertas.

Comprobé primero la de la entrada; me pregunté si debía conectar la alarma, y entonces me di cuenta de que no tengo ni idea de cómo hacerlo. Fue entonces cuando se encendió la luz de nuestro porche trasero. Empecé a prender todas las luces de dentro. En realidad, pulsé el interruptor principal de la planta de abajo, y tuve que entrecerrar los ojos ante tanta luz.

Que toda la planta inferior pasara de la noche al día debió de asustarlo. Justo cuando entré en la cocina se estaba girando para echar a correr. Supongo que lo había sorprendido justo en la escalera de la puerta de atrás.

Era tan alto que la puerta le tapaba la parte superior de la cabeza. Y también muy ancho. Aún puedo ver esos hombros colosales y esos brazos largos y gruesos. Tenía la cintura estrecha, como un triángulo invertido. Y no tenía cuello, o quizá mantenía la cabeza gacha mientras huía. Lo mismo puede decirse de la cabeza. Era ligeramente cónica y tan grande como una sandía. Tampoco tengo nada claro si su pelo era negro o marrón oscuro, ni si tenía una raya larga, ancha y plateada que le recorría la espalda, que podía haber sido un efecto óptico por el reflejo de la luz.

No tenía miedo, estaba más bien sobresaltada, como cuando un coche gira bruscamente demasiado cerca. Ese momento de concentración total, cuando te sientes fuera de tu cuerpo. Así estaba yo, observando cómo la criatura atravesaba corriendo los arbustos que bordeaban nuestro jardín. Me acerqué lentamente a la puerta y apreté la cara contra el cristal. Ahí fue cuando vi, y de esto estoy segura, dos puntitos de luz a través de la maleza.

No era un reflejo de la luz de dentro. Ahuequé las manos sobre los ojos para ver mejor. No eran algo tan común como unas hojas relucientes, que también vi. Esto era distinto: estaban colocadas ligeramente detrás del follaje y debían de estar, tal vez, a unos dos metros o dos metros y medio del suelo. No estoy exagerando la altura. Conozco todas esas plantas y lo que yo mido en comparación.

Me quedé mirando las luces uno o dos segundos. Y me devolvieron la mirada. Parpadearon. ¡Dos veces! Y entonces desaparecieron, corriendo a toda velocidad, y se perdieron en la oscuridad, en cuanto una rama se partió delante de ellas. Debí de quedarme apoyada sobre la puerta durante medio minuto, echando vaho sobre el cristal mientras respiraba cada vez más profundamente.

Entonces una mano me agarró el hombro.

Vale, me he pasado un poco de melodramática al escribir esto, y ahora sí le veo la gracia a lo que ocurrió a continuación. Pero, mierda, cuando noté que me agarraban…

¿Quién iba a saber que Dan tenía tantos reflejos? Si no me hubiera agarrado de la muñeca a tiempo, podría haberle atizado en toda la nariz.

—¡Vaya, vaya, vaya! —Dan retrocedió, me soltó el brazo y levantó las manos—. Pero ¿qué co…?

Interrumpí sus balbuceos con los míos propios, intentando sin éxito darle una explicación coherente a todo lo que había visto.

Dan tenía la mirada clavada en algo situado detrás de mí, mientras repetía la pregunta: «¿Qué es?», y yo repetía la respuesta: «No lo sé». Recorrimos con la vista la maleza hasta llegar al suelo y, a partir de ahí, seguimos la hilera de grandes huellas que llegaba directamente hasta nuestra puerta.

Al abrir la puerta, entró con fuerza una oleada de aire frío y apestoso. Era «esa» peste, y era tan intensa que casi me dieron arcadas. Dan cogió el abridor de cocos de la encimera de la cocina y dio un paso hasta el porche. Yo fui a coger un cuchillo, pero entonces me di cuenta, mira que soy idiota, de que la jabalina de Mostar estaba apoyada en la pared que tenía delante. Tal vez debería haberla dejado ahí. Estuve a punto de clavármela en la cara cuando el palo largo y bamboleante se quedó enganchado en la puerta de la entrada. Pero tenía la sensación de que necesitaba protegerme con algo, sobre todo después de lo que habíamos visto.

Había huellas por todas partes. Claras. Definidas. Se podía distinguir cada dedo del pie y cómo dibujaban un rastro desde el cubo de las Perkins-Forster hasta el nuestro (que seguía intacto), y de ahí hasta los árboles, ¡que *no* íbamos a investigar!

El olor nos mantuvo en el porche, destrozándonos el olfato y empujándonos a al interior de la casa. En cuanto Dan cerró por dentro, mencioné la alarma antirrobos. Dan tampoco tenía claro cómo funcionaba. Al principio nos daba constantemente mensajes de error. Al final pensó que podría tener algo que ver con las ventanas agrietadas, las que había dañado la erupción. Ahora está sentado con su iPad a la mesa de la cocina, intentando averiguar cómo puentearlas, mientras espero a que se haga el café. Es nuestra nueva «mezcla reciclada», todos los posos de la semana bien apretaditos. Idea de Mostar. «Hay que hacer que dure.» Ya no lo pongo en duda. «Mejor tomar café aguado hoy que ninguno mañana.»

Quizá deberíamos guardarlo para otra ocasión. Ya estamos lo suficiente nerviosos. No hemos oído ni visto nada desde hace alrededor de una hora. Dan cree que deberíamos activar también las alarmas internas. Funcionan con sensores de movimiento, los mismos que usan las casas para activar la luz y la calefacción. Estoy en contra. ¿Y si las activo sin querer cuando me levante para usar el baño del pasillo? Dan cree que estoy loca por no querer compartir el baño principal. «¿Y qué más da que me despiertes?» Lo ha dicho dos veces. Supongo que ahora tenemos problemas más graves.

¿Los tenemos?

Nos hemos planteado un par de veces ir a casa de Mostar, pero, aparte de que no queremos despertarla, tampoco queremos volver a salir.

¿Demasiado paranoicos? «Siri, ¿deberíamos preocuparnos?»

Al menos estamos hablando del tema abiertamente. Y eso es bueno. Dan no duda de lo que he visto. Pero se siente mal porque no sabe más al respecto. Sí, es un friki, pero de la ciencia ficción, no del terror o la fantasía, como me ha explicado esta noche. Hay tantos subgéneros… Aunque a mí todo me suena a *Dragones y mazmorras*. Debo decir que no me puedo creer que no hayamos hablado de esto antes. Después de tantos años, ¿hacía falta esto para que habláramos de verdad, de tú a tú? Aunque solo sea para especular sobre qué hay ahí fuera.

¿De dónde ha salido? ¿Cómo ha llegado hasta aquí? ¿Hay más de uno? O sea, tiene que haberlos, al menos en general. No estamos hablando de magia. Esta criatura no es inmortal. Tiene que haber más como ella para poder engendrar más. Pero ¿cuántos son? ¿Y cómo es posible que hayan permanecido escondidos (no, hay que matizarlo más), lo suficientemente escondidos para que no se pudiera demostrar su existencia? ¿Cómo un animal tan grande ha podido permanecer «fuera del radar» tanto tiempo?

Dan ha averiguado cómo puentear las ventanas agrietadas. Es hora de irse a la cama. Voy a meter el café en la nevera. Nos tiene que durar.

Extracto de *La guía del Sasquatch* de Steve Morgan.
Algunas teorías sobre el origen del Sasquatch establecen que su linaje se remonta a un ancestro prehistórico llamado *Gigantopithecus*. Gracias a unos dientes y unas mandíbulas fosilizadas descubiertas en Asia (por el antropólogo G. H. R. Von Koenigswald en 1935), se puede plantear la hipótesis de que este supersimio medía hasta unos tres

metros, pesaba hasta unos quinientos kilos y existió hasta hace relativamente poco, hasta hace unos cien mil años.

La falta de un esqueleto completo, ni tan siquiera parcial, ha hecho que la forma de andar de esta criatura quede en el ámbito de la imaginación. En la mayoría de las recreaciones artísticas se muestra al *Gigantopithecus* como un ser encorvado de brazos largos que se apoyaba en los nudillos para caminar, mientras que ciertos científicos heterodoxos, como el doctor Grover Krantz, postulan que era un bípedo que caminaba erguido. En su libro *Evidencias sobre el Bigfoot y el Sasquatch*, Krantz describió cómo reconstruyó el cráneo de un *Gigantopithecus blacki* a partir de los restos fósiles de una mandíbula. Gracias a este trabajo determinó que, por la posición del cuello, «se deduce que caminaba totalmente erguido».

La hipótesis de Krantz no solo corrobora los relatos de testigos que indican que el Sasquatch tiene andares humanos, sino también la tesis de que el *Gigantopithecus* es una criatura terrestre en vez de arbórea, lo cual también explicaría las características físicas de los pies del Bigfoot. Casi ningún molde o fotografía de una huella de Sasquatch muestra el típico pulgar oponible que tienen los simios en el pie. El misterio de su ausencia puede explicarse si tenemos en cuenta que su ancestro, el *Gigantopithecus*, no podía vivir en los árboles debido a su tamaño y peso y, por tanto, no tenía una gran necesidad evolutiva de contar con este atributo.

Si ambas hipótesis son acertadas, es decir, si este megasimio prehistórico caminaba erguido y vivía en el suelo, lo habría tenido todo a su favor para sobrevivir a la catástrofe climática que supuestamente causó su extinción. Según el registro fósil, el último *Gigantopithecus blacki* (el más grande de su especie) murió hace aproximadamente cien mil años, cuando las junglas del sur de Asia dieron paso a praderas abiertas. Pero ¿y si, tal y como el propio Darwin lamentaba, el registro fósil es «imperfecto»? ¿Y si la razón por la que no se han descubierto recientemente restos de *Gigantopithecus* en el centro de China es porque el *Gigantopithecus* simplemente emigró?

Algunos tal vez habrían llegado hasta las montañas de Hubei, donde viven hoy sus descendientes, que reciben el nombre de Yeren.

Un segundo grupo podría haberse aventurado más lejos, al oeste, hasta llegar al Himalaya, convirtiéndose en lo que ahora llamamos Yetis. Y una tercera e intrépida rama podría perfectamente haber sido lo bastante valiente para adentrarse en los páramos del norte en busca de un mundo completamente nuevo.

Durante décadas se ha teorizado que, al igual que los primeros humanos, el *Gigantopithecus* emigró de Asia a América durante la última gran glaciación, cruzando Siberia por el puente de tierra de Beringia, ahora sumergido. Sin embargo, esta teoría ha sido recientemente objeto de controversia, ya que la hipótesis convencional del «corredor libre de hielo» ha sido refutada por ciertas pruebas que señalan la existencia de una ruta en la costa más antigua. No obstante, ya fuera por el corredor o por la costa, es lógico suponer que estas dos especies de homínidos llegaron al nuevo mundo al mismo tiempo.

Esta emigración en paralelo explicaría las muchas adaptaciones conductuales que diferencian al Sasquatch de otros grandes simios modernos. Debido a su comportamiento nocturno, por ejemplo, habría podido esquivar de un modo excelente la vista afilada y las lanzas aún más afiladas de ese cazador diurno llamado *Homo sapiens*. Del mismo modo, su capacidad para moverse sigilosamente en general, tanto de día como de noche, habría sido un elemento clave para garantizar su supervivencia en la tundra abierta y desprovista de árboles de Beringia. Si a eso añadimos que cuenta con unas patas* rápidas y muy eficientes energéticamente y una postura erguida que le permite evitar las amenazas, no solo podrían haber sobrevivido a la estepa de Beringia, sino también al «bliztkrieg» humano que aniquiló a muchos otros mamíferos del Pleistoceno.

El término «bliztkrieg» o «guerra relámpago» tiene su origen en los primeros días de la Segunda Guerra Mundial, cuando las fuerzas

---

* Un estudio de 2007 realizado por David Raichlen de la Universidad de Arizona, Michael Sokol de la Universidad de California y Herman Pontzer de la Universidad de Washington en St. Louis «indica que para los antiguos homínidos similares a los simios, caminar con una postura bípeda podría tener ciertamente un coste energético menor que andar con los nudillos en una postura cuadrúpeda».

mecanizadas de Adolf Hitler, extremadamente veloces, cogieron totalmente por sorpresa a una Europa desprevenida. Por eso la «teoría bliztkrieg» también se ha empleado para describir las extinciones masivas de los animales de gran tamaño masacrados por los primeros humanos. La vida salvaje de Europa, Eurasia y, por último, de las Américas, se vio tan sorprendida como la caballería polaca y la línea Maginot francesa en su día. Con independencia del papel que desempeñara el clima, es innegable que la caza humana contribuyó a que se produjera la mayor extinción en masa desde la muerte de los dinosaurios. Solo en Norteamérica, especies enteras se desvanecieron en los mil años siguientes a la llegada de la humanidad.

La capacidad de eludir a los humanos no habría sido exclusiva de los grandes simios de Norteamérica. Según la hipótesis de la paleobiogeografía humana, la África actual goza de una plétora de animales de gran tamaño porque sus ancestros evolucionaron junto a los nuestros. Como evolucionaron paso a paso, adaptándose a los humanos antes de convertirse del todo en humanos, África se libró de los horrores del bliztkrieg. Quizás incluso también sucediera lo mismo con parte de la megafauna del sur de Asia, entre la que se hallaría cierto simio gigante.

Sabemos que protohumanos como el *Homo erectus* salieron de África en algún momento hace entre unos 1,8 y 2,1 millones de años. Aunque quizá no fueran aún como nosotros, sí que se parecían lo bastante para que saltaran todas las alarmas del *Gigantopithecus*. Para cuando el *Homo sapiens* totalmente evolucionado llegó a Asia, los gigantes gentiles ya estarían sobre aviso y sabrían que debían evitarnos a toda costa.

Capítulo 11

Cuando ocurrió el suceso, Bauman aún era joven y estaba cazando con un socio entre las montañas que bifurcan el Salmon, en el nacimiento del río Wisdom. Como no habían tenido mucha suerte, su socio y él decidieron subir a un paso de la montaña particularmente agreste y solitario, por el que discurría un pequeño arroyo en el que, según se decía, había muchos castores. El paso tenía muy mala fama porque el año anterior, al parecer, una bestia salvaje había asesinado a un cazador solitario que se había adentrado en él; unos buscadores de minas que habían pasado por delante de su campamento la noche anterior encontraron los restos medio devorados.

El presidente THEODORE ROOSEVELT,
El cazador de las tierras salvajes

ENTRADA N.º 11 DEL DIARIO
9 DE OCTUBRE

Creemos que se trata de un oso. Es el consenso al que se ha llegado en la reunión de esta mañana de la Comunidad de Propietarios. Antes del desayuno fui casa por casa, llamando a la puerta. Volví a intentarlo en la de los Durant. Pero pasó lo mismo que la última vez. Vi dentro el leve brillo del televisor, y oí el *zzzzzp-zzzzzp* de la elíptica. Aunque esta vez no oí voces, y estoy orgullosa de mí misma por haber llamado al timbre. Como no respondió nadie, incluso me aventuré a probar en el patio trasero. Las cortinas estaban echadas en las ventanas y puertas de la cocina. Di unos golpecitos en el cristal. Grité sus nombres. Y, de nuevo, no hubo respuesta. Mostar me advirtió de que no me hiciese ilusiones. «No van a escapar de Elba.» Pero no me explicó por qué, y me aconsejó que no perdiera el tiempo haciéndome preguntas al respecto.

Pero ¿cómo no lo voy a hacer? ¿Acaso se sentían avergonzados por haber sido destronados? Quizá se escondían en un exilio autoimpuesto porque los habíamos calado. Supongo que tiene sentido. La modelo y el viajante. Pura fachada. Me pregunto si…

Aunque el resto sí se mostró más receptivo. Nos hemos reunido todos en la Casa Común para hablar sobre lo ocurrido anoche. Las Perkins-Forster también vieron algo desde la ventana de su dormitorio. Aunque no estaban seguras de qué era porque la luz no llegaba a iluminarla, sí parecía una masa oscura que merodeaba cerca de su porche. Y Bobbi cree que entrevió algo que se movía por los árboles. Reinhardt no vio nada. Estaba profundamente dormido. Igual que Mostar. Al menos hicimos bien en no despertarla.

Lo que dijo sobre el oso en la reunión me ha impresionado. Antes, cuando fuimos a llamarla para preguntarle si se apuntaba a la reunión, le conté lo que había visto. Usé esa palabra. Lo dejé muy claro. Y ella parecía admitirlo, al menos así lo había reflejado su lenguaje corporal. Por su forma de asentir y por su tono de voz, pensé que me creía. Así que te puedes imaginar cómo me sentí cuando le oigo decir al grupo:

—Bueno, parece que tenemos un oso olisqueando por ahí.

Antes de que nadie pudiera responder, añadió que solo podía ser eso, porque son los únicos animales lo bastante altos para alcanzar la parte superior de los manzanos. ¿No se había dado cuenta todo el mundo de que las manzanas que les quedaban (las que no se habían podido comer los ciervos) habían desaparecido? Yo sí, y vi que algunos de los demás también. Muchos de los árboles frutales parecían «arrasados». Sé que existe una palabra mejor para describirlo, pero muchas de las ramas superiores estaban destrozadas; no habían dejado ni un fruto. Las ardillas no podían haber hecho ese tipo de destrozos, y los ciervos, aunque se irguieran sobre las patas traseras, no podrían llegar tan alto. Ese era el razonamiento de Mostar.

También señaló que, si alguien estaba pensando en mapaches, estos podrían ser lo bastante listos para abrir los cubos de compost, pero no lo suficientemente fuertes para arrancarlos del suelo al que estaban anclados. Todo el mundo pareció satisfecho con la explicación. Y sí, solo por un segundo, me lo replanteé todo. O sea, los osos son grandes y peludos. Y no tienen cuello. Y cuando se ponen de pie sobre las patas traseras pueden llegar a ser bastante altos, ¿no? Todo tenía sentido, más o menos, y si Mostar lo decía, tal vez Dan y yo estábamos asustándonos por nada. En realidad yo era la única que había visto algo, así que suponía, sin duda, que Dan iba a estar de acuerdo con Mostar.

Pero entonces alzó la voz, y preguntó por las huellas. ¿Los osos no tienen garras o algo así? Me fijé en la cara que puso Vincent; había clavado la mirada en el suelo. ¿Él también se había planteado esa posibilidad?

Reinhardt descartó la idea, haciendo un gesto despectivo con la mano.

—¿Alguien sabe realmente qué aspecto tienen las huellas de un oso en plena naturaleza? Además, ¿las huellas de los animales no suelen cambiar de tamaño con el tiempo, crecen y se alteran cuando se derrite el rastro y luego se vuelven a enfriar con el paso de los días? Recuerdo un incidente que ocurrió en Connecticut, cuando vi unas huellas de ciervo que llevaban ahí una semana, y que parecía que unos elefantes habían cruzado el césped en estampida.

Esa respuesta convenció a los ahí reunidos; los Boothe y las Perkins-Forster asintieron. Me fijé en que Appaloosa estaba mirando a Mostar, quien, una vez más, para mi sorpresa, halagaba abiertamente a Reinhardt por su «inteligente explicación». Appaloosa parecía tan desconcertada como yo. Miré a Dan como diciéndole «pero ¿qué coño...?» y su reacción fue dirigirse a los demás:

—Sí, pero ahora no estamos hablando de unas huellas en la nieve. Las cenizas no se derriten y se vuelven a helar. Y por mucho que el paso del tiempo, o el azote del viento, o lo que sea pueda transformarlas en algo diferente, estas huellas son tan recientes que se puede distinguir cada...

Pronunció las últimas palabras con un hilo de voz. Al principio no entendí por qué. Levanté la vista hacia él. Entonces vi que miraba directamente a Mostar. Esta había abierto los ojos quizá un milímetro más de lo normal, y la forma en que negaba con la cabeza... no creo que nadie lo notase. Todos seguían mirando a Dan, que se limitó a suspirar, encogerse de hombros y decir:

—Pero... sí... ahora que lo, eh, digo en voz alta, tienes razón, no sé cómo son las huellas de oso. Perdonad, es que estoy realmente cansado.

—Claro, claro —dijo Reinhardt de forma condescendiente, mientras agachaba la cabeza con una magnanimidad burlona.

Al instante Mostar intervino, riéndose entre dientes:

—Así que tenemos un visitante peludo —y señalando a los árboles, añadió—: y quizá también hayamos resuelto el misterio de quién mató al puma herido.

Al oír eso, Vincent se encogió de hombros en silencio, en un gesto de «eureka». Oí a Carmen lanzar un *mmm* afirmativo, así como un gruñido de Reinhardt. Mostar, que sonreía ligeramente, continuó:

—Lo cual quiere decir que debemos tener un poco más de cuidado, ¿no creéis?

Más murmullos de aprobación, más lenguaje corporal de apoyo. Era de locos, lo que Dan habría llamado un momento propio del «Mundo Bizarro». Mostar llevando la voz cantante.

Entonces preguntó:

—Bueno, ¿alguien tiene un espray antiosos?

Ha sido como si tirara una bomba.

Durante un instante tenso nadie dijo nada, hasta que Bobbi exclamó:

—¡No! —Creo que incluso a ella le sorprendió la potencia con la que lo dijo. Pero cuando todos la miramos, añadió—: ¡Eso es muy cruel! Solo intentan comer, ¿y vosotros queréis gasearlos?

Mostar se mantuvo imperturbable. Siguió con su actitud serena, diplomática; solo me puedo imaginar lo que se estaba callando.

—Yo solo estoy pensando en el puma —dijo con calma, aunque seguramente le estaba provocando tal estrés que le temblaban hasta los huesos–, en que no queremos que vuelva a pasar nada parecido.

Bobbi replicó:

–Nos pilló por sorpresa. Y si a partir de ahora tenemos más cuidado, pensamos bien por dónde vamos, nos aseguramos de que los cubos de compost estén más separados…

Dio la impresión de que Effie estaba a punto de discrepar, pero justo cuando iba a hablar, intervino Carmen.

–O… si limpiamos los cubos y llevamos los desechos comestibles al bosque, lejos de las casas, entonces…

–Entonces no tendrán ningún motivo para acercarse.

Reinhardt completó el razonamiento con una cara de engreído que echaba para atrás. Sin lugar a dudas, de alguna manera se felicitaba a sí mismo por el plan.

Bobbi, que parecía contenta y aliviada, le agarró la mano a Vincent y se giró hacia Dan.

–Nadie espera que lo hagas, Danny, lo haremos nosotros mismos. Es lo más justo.

Una vez más, Mostar permaneció imperturbable. Vale, ¿igual hubo un poquito más de tensión en su tono de voz? A estas alturas, creo que la conozco bastante bien para saber cuándo está conteniendo su mala leche.

–¿No es… –dijo muy despacio, claramente midiendo cada palabra– peligroso dar de comer a los osos?

El silencio reinó en la sala. Bobbi miró a Vincent en busca de apoyo.

–Creo que eso solo se aplica en zonas donde hay muchos turistas –contestó él–. Ahí es un problema más a largo plazo y estacional, no como aquí, que es una situación puntual.

Y Bobbi añadió:

–Y si insinúas que puede ser «peligroso» para los osos, creo que solo lo será si pierden su instinto de caza al volverse dependientes de los humanos.

Vincent intentó persuadirnos al matizar:

–Lo cual, de nuevo, no será un problema, porque nuestros restos orgánicos solo les llegarán para una comida, en el mejor de los casos.

—Pero —Mostar intervino de nuevo con cautela— si les acercamos la comida... ¿no los estaremos animando?

—¿A qué? —Esa fue Carmen—. Los osos no son agresivos. Solo si los sorprendes cuando están con sus cachorros.

Y, como si quisiera reforzar su argumento, esquivó a Effie para acariciar a Appaloosa en la mejilla.

¿Es algo cierto? La explicación que dio Carmen sobre por qué los osos atacan, la que dieron los Boothe para justificar que hay que darles de comer solo por esta vez...

Mostar parecía a punto de estallar. Vi que su actitud cambiaba, que era una olla a presión. Se acabaron los intentos de que hubiera consenso, de mostrarse simpática. Recuerdo con claridad haber pensado: «Oh, mierda, allá vamos».

Pero entonces pasó algo demencial.

Su cara. Nunca había visto esa expresión. Estaba abatida, con la mirada gacha; miraba de reojo, como si estuviera atendiendo una llamada en su cabeza. Era algo nuevo, totalmente indescifrable. Cuando volvió a tener la atención en la sala, habló con un tono muy distante que nunca había oído.

—Bueno, vale, pongámonos a ello.

Y la forma de andar después. Con lentitud, arrastrando los pies. Como si Dios hubiese apretado un botón y le atenuase la vitalidad.

Pasó por nuestro lado e ignoró a Dan cuando le dijo: «¿Mostar?».

Salvo nosotros, nadie pareció notar el cambio en ella. ¿Cómo lo iban a notar? Se habían ido a todo correr para llevar a cabo ese nuevo plan, tan emocionante. Siempre ocupándose de sí mismos. Así es nuestra comunidad.

Salvo Pal. Nos miró preocupada tanto a Mostar como a mí mientras sus madres se la llevaban.

—¿Mostar? —La seguimos hasta su casa. Esta vez la llamé yo y volví a hacerlo cuando llegó a la puerta de entrada—. Mostar, ¿qué pasa?

Cuando iba a agarrar el pomo, puse mi mano sobre la suya. Eso pareció bajarla de las nubes. Volvió en sí, me miró y me acarició la mejilla.

—Perdóname, Katie. Y tú también, Danny.

Miró cómo se dispersaba la gente a su alrededor y luego nos condujo hacia el interior de su casa, hasta llegar al jardín de atrás.

—Siento no haberos avisado de que iba a empelar la táctica del «oso». —Ahora estábamos en las escaleras de atrás, contemplando las huellas que atravesaban su jardín—. Pensaba que era la mejor manera de que lo entendieran. Por eso he llevado la discusión a un terreno que les resultara más familiar.

Bajó hasta las cenizas, hacia la huella más cercana. El cielo había estado despejado durante todo el día y la noche, y las huellas estaban tan claras como cuando las habían dejado. Abrió las manos para señalar a la primera, mirándonos.

—Pues claro que os creo, pero ellos no lo habrían hecho. Tienen demasiadas trabas mentales que les impiden creer lo increíble. —Negó con la cabeza—. Es como cuando te advierten de que el país donde has crecido está a punto de colapsar, de que los amigos y vecinos que conoces de toda la vida van a intentar matarte… —Suspiró hondo, elevando las manos hacia el cielo, y por un instante se dejó llevar por la ira—. Se niegan a aceptarlo. A salir de su zona de confort. Se resisten con fuerza. Pero ¿quiénes somos nosotros para juzgarlos?

Desde luego, yo no iba a hacerlo. Habría dado cualquier cosa con tal de quedarme en mi zona de confort. Incluso ahora, cuando Mostar se refirió a su enigmático y traumático pasado. Aunque podría haberle preguntado al respecto, como otras veces que había sacado el tema, no lo hice. Me quedé ahí quieta, con la esperanza de que cambiara de tema, aunque un segundo más tarde deseé que no lo hubiera hecho.

—La gente solo ve el presente a través de las lentes de su propio pasado. —Apretó los labios—. Tal vez yo también tenga ese problema.

Se sentó en las escaleras, con la mirada clavada en las cenizas.

—La violencia. El peligro. Es mi zona de confort.

Levantó la vista para mirarnos de nuevo.

—Seguramente esa primera noche pensasteis que estaba loca. —Señaló con la cabeza hacia nuestra casa y, supongo, hacia nuestro huerto—. Pero sabía lo que hacía. Sé lo rápidamente que puede arder una sociedad. Lo he visto. Lo he vivido. Pero esto…

Volvió a mirar las huellas.

—Esto quizá sea real. —Levantó la cabeza hacia los árboles—. Puede que ellos estén ahí.

Decía «ellos» como si fueran personas, pero ¿no eran «criaturas»?

—Pero ¿cómo puedo saber si son peligrosos? —Negó con la cabeza—. No lo sé. Podrían ser pacíficos. Podrían estar solo de paso. Y la pelea con ese gran felino... ¿Cómo puedo saber si lo mataron en defensa propia, o si Vincent tiene razón sobre los carroñeros? No, no puedo saberlo.

Entonces, comprendí lo qué le pasaba. Y me dio escalofríos.

Dudaba.

—Espray antiosos... —Resopló—. Y eso fue solo el principio. No sabéis lo lejos que os habría llevado a todos hoy si los demás no me hubieran parado. Y quizá hicieron bien. —Nos miró a los ojos. ¿Como disculpándose?—. ¿Tengo alguna evidencia de que son una amenaza, alguna prueba de algo salvo —parpadeó con fuerza— lo que veo con las lentes de mi propio pasado?

No pude soportarlo más. Y sigo sin poder. Han pasado un par de horas desde que Mostar nos dijo que nos fuéramos a casa. No la hemos visto desde entonces. Dan se ha ido a trabajar, a limpiar el tejado de las Perkins-Forster. He quedado con él ahí cuando acabe de trabajar en el huerto. Aunque la verdad es que no hay mucho que hacer. Todas las semillas ya están plantadas, incluso el arroz, esparcidas por un terreno de unos diez decímetros cuadrados con algo de tierra encima. Como la línea de goteo funciona estupendamente, no hace falta regar a mano. Tampoco es que esté brotando nada. Básicamente, mi «trabajo en el huerto» consiste en echar un vistazo a una sala llena de barro.

Tal vez antes debería ir a ver cómo está Mostar. Me siento muy mal por ella y, sí, temo por el resto de nosotros. Dependemos de ella, tanto Dan y yo como la aldea entera, lo sepan o no. No podemos consentir que dude de sí misma, que acabe sintiéndose tan perdida como el resto de nosotros. Necesitamos que se mantenga fuerte. Necesitamos que tenga razón.

Pero si la tiene, con respecto a las criaturas de ahí fuera, ¿qué significará para todos nosotros?

Extracto de mi entrevista a Frank McCray, Jr.

Sí, he leído *La guía del Sasquatch* y estoy de acuerdo en gran parte con la versión oficial sobre sus orígenes. Creo que el libro acierta bastante cuando señala que desciende del *Gigantopithecus* y que emigró de Asia a las Américas. Pero eso de la emigración en paralelo... no lo tengo tan claro.

Ahora bien, no tengo ni la más mínima prueba que demuestre que estoy en lo cierto, así que si quiere criticarme, adelante. Pero si tenemos en cuenta lo que sucedió en Greenloop, ¿y si...? ¿Y si... no solamente emigraron junto a nosotros? ¿Y si nos estaban dando caza? ¿No fue por lo que vinimos aquí? ¿No vinimos siguiendo a los animales herbívoros a través del puente de tierra de Beringia? ¿Y si nosotros acechábamos a los caribúes mientras ellos nos acechaban a nosotros? Eso no descartaría ninguna de sus adaptaciones evolutivas, sino que, simplemente, les daría un propósito distinto. Si cazaban de noche, nos sorprenderían cuando éramos más vulnerables. Su capacidad para camuflarse sería ideal para tender emboscadas. Y unos pies anchos para correr les dotarían de la velocidad necesaria para perseguirnos.

Y cuando nos capturaran... si las estadísticas no mienten, estamos hablando de un ser cuya fuerza triplica a la de un gorila, que ya es seis veces más fuerte que nosotros. Y la cabeza tan grande, con la misma forma cónica que vemos en los gorilas, es una cresta sagital, una protuberancia ósea que ancla los músculos de sus mandíbulas. Esos músculos dotan al gorila de una de las mordeduras más potentes del mundo, noventa kilogramos por centímetro cuadrado. Ahora triplica eso en un Sasquatch e imagínate lo que les haría a nuestros huesos.

Tal vez usaban esa mordedura, fuerza y velocidad para competir con nosotros por comida, o tal vez fuéramos su comida. Tendrás que hablar con Josephine Schell al respecto. Sabe más que yo sobre simios carnívoros.

Pero fuera cual fuese la razón, éramos nosotros, y no ellos, los que nos moríamos de ganas de huir a ese vasto continente nuevo. ¿Y si pasado un tiempo, nosotros, esta débil y pequeña especie, crecimos tanto en número y ganamos tanta confianza que acabamos compitiendo con los grandes primates por el dominio de Norteamérica? ¿Y si es la razón por la que han sido tan huidizos, porque sabían lo que ocurriría si emergían de las sombras? Vieron lo que le hicimos al felino dientes de sable, al lobo gigante, al gigantesco oso de cara corta. Vieron lo que les hicimos a bastantes de ellos para darse cuenta de que en la carrera evolutiva tenían las de perder.

Al menos hasta lo del Rainier.

Josephine Schell cree que voy demasiado lejos. Ella se centra mucho más en los ecosistemas y las necesidades calóricas, y tal vez tenga razón. Pero quizá esas criaturas también posean un gen latente que se despertó cuando se toparon con Greenloop y se encontraron con un rebaño de *Homo sapiens* aislado y acorralado. Quizá algún instinto les indicó que era hora de que la evolución diera paso a la involución, de volver a ser quienes fueron y reclamar lo que era suyo.

Capítulo 12

La violencia, por muy desagradable que pueda parecer, cumple una
función social necesaria en los chimpancés.

ANDREW R. HALLORAN,
La canción del simio: cómo comprender
los idiomas de los chimpancés

ENTRADA N.º 12 DEL DIARIO
10 DE OCTUBRE

Han pasado tantas cosas. ¿Por dónde empiezo?

¿Por la estupidez de esparcir abono por la cima? Los estuve observando todo el día. A Vincent y Bobbi, que estuvieron charlando sin
parar sobre cubos de basura. A las Perkins-Forster, aunque fue Effie
quien hizo casi todo el trabajo pesado. A Carmen, que llevaba unos
guantes de goma y una mascarilla de papel blanco, de esas que se
usan para protegerse de la gripe, porque tiene fobia a los gérmenes.
Appaloosa no se apartaba de su lado, y miraba a su alrededor con
temor. Al menos solo se han llevado lo que había arriba, lo que todavía parecía comida. La parte del fondo, el abono recién hecho, la
necesitaremos para el huerto. A lo mejor estaban pensando en eso, o
simplemente son tan vagos que han pasado de sacar lo del fondo.
Apuesto a que era el caso de Reinhardt.

Le pillé llevando sus restos al cubo de la Casa Común. Sí, «pillado» es la palabra adecuada, por la cara de culpable que puso. Vi cómo
llevaba la papelera de su despacho (¿no tiene un cubo?) por el camino

de la entrada hasta llegar a la Casa Común. Creo que he sido un poco mala al hacer lo que hice, pero la forma en que miraba sospechosamente a su alrededor...

No me quedó más remedio que llamar a la ventana. La cara que puso cuando me vio... no tiene precio. Mereció la pena solo por la sonrisa falsa que mostró, y los gestos ridículos que hizo a continuación. Creo que intentó explicarme que la cuesta de la cima era muy pronunciada y le molestaba la cadera o algo así. Sí, lo he visto caminar con cierta incomodidad, pero ahora, al verlo arrastrar los pies hasta su casa, ese paso irregular se ha transformado en una cojera total.

Qué capullo.

Pensé que Mostar se iba a partir de risa cuando se lo contara. Tal vez necesitara que le levantase un poco el ánimo. Pero cuando llegué a su casa, me di cuenta de que las luces del taller estaban encendidas. Podría haber entrado y preguntarle qué hacía, pero después de lo ocurrido esa mañana, tenía la sensación de que no iba a querer compañía.

Y esto se confirmó durante la cena. Siempre cocinaba para nosotros, ya fuera en su casa o en la nuestra. Esa noche no dio señales de vida. Pensé en ir a su casa de nuevo e incluso le pregunté a Dan si debía hacerlo. Y él me respondió, simple y llanamente:

—Si quisiera vernos, lo haría.

Dan y yo tampoco habíamos comido juntos. Había estado demasiado atareado intentando que volvieran a funcionar las alarmas de las ventanas. Se había tirado la mitad del día tratando de sellar las grietas en los cristales con cinta de embalar. Pero resultó que el verdadero problema estaba en las pantallas. Por culpa del terremoto, se habían aflojado las conexiones. Lamentó no tener un soldador, o herramientas de verdad, ya puestos.

¿Te lo puedes creer? ¡No había herramientas por ninguna parte! He preguntado por ahí, a las Perkins-Forster, a los Boothe. Pero nadie tenía. A ver, supongo que tiene sentido cuando se supone que tienes a un manitas disponible las veinticuatro horas del día. Pero ahora... Sí que hablé con Mostar de que quizá podríamos usar su impresora 3D, y Dan también creyó que era muy buena idea. Pero

Mostar nos recordó que el único material del que disponía era la mezcla de polímero y silicio. ¿De qué nos iban a servir unas herramientas de cristal? Era un callejón sin salida. Así que Dan se las arregló con cinta adhesiva, clips y, quién lo iba a decir, un pegamento que tenía un simio a lo King Kong en la parte frontal.

Mientras contemplaba al simio y veía trabajar a Dan, fui consciente de lo vulnerable que era realmente nuestra casa; bueno, todas las casas. No estaban construidas para proporcionar una seguridad física. Para eso está la poli. Me acordé de Matt, el compañero de piso de Dan en el primer curso, el que estudiaba Historia. Recordé que había comentado que los romanos ricos podían permitirse el lujo de vivir en casas cómodas porque estaban protegidos por los fuertes del ejército que había en los caminos. Pero cuando el Imperio cayó, esos fuertes en ruinas se reconstruyeron y se transformaron en castillos. Con ventanas muy estrechas y pocas puertas. La seguridad lo era todo. Matt siempre hablaba de la peli francesa en la que un caballero medieval viaja al futuro, hasta la Edad Moderna, y se queda horrorizado al ver lo que le ha pasado a su castillo. «¿Quién ha puesto todas esas ventanas? ¡Estamos desprotegidos!» Pensaba en ello mientras Dan intentaba arreglar las alarmas de las ventanas.

Y me pregunté de qué nos iba a servir en realidad una alarma, aunque no se lo comenté. Solo es una señal, una llamada de alerta a la que no pueden responder aunque nos escuchen. Aunque puede que la sirena sí sirva para algo. Para espantarlos, con suerte.

Supongo que es lo que cree Dan, por la manera en que ha trabajado hoy. Le obligué a cenar algo, un cuenco de la quinoa inflada de Bobbi. Para entonces se sentía tan frustrado que casi se lía a puñetazos con la ventana del baño de invitados de la planta arriba. Como es muy pequeña y está muy pegada a una pared lisa, es imposible que trepen o se cuelen por ahí. A esas alturas ya no me escuchaba, porque se había obsesionado con «acabar el trabajo». Cuando empezó a maldecirlo, dejé mi cena en la mesa y le obligué a hacer un descanso. Después de «cenar» y darse una ducha caliente, admitió que yo tenía razón. También en que tenía que irse a la cama. Le prometí que le despertaría si veía algo.

Y, durante unas horas, no vi nada. El cielo se oscureció, las luces de las casas se encendieron y más tarde se apagaron en cuanto nuestros vecinos se acostaron. Me senté al escritorio de mi despacho para repasar la lista de la comida de toda la comunidad. Tanto los Boothe como las Perkins-Forster me habían pedido que les diseñase un plan de racionamiento. No tuvieron ningún reparo a la hora de decirme su edad o cuánto ejercicio físico hacían. Reinhardt fue el único que no ha colaborado en ese sentido. Quizá porque le da vergüenza dar esos datos tan íntimos, o quizá porque considera que tiene bastantes reservas de grasa para enterrarnos a todos. No estoy siendo mala, solo constato un hecho. En teoría sí que podría enterrarnos a todos, porque las despensas de los demás están tan vacías como la nuestra. Intento no pensar qué pintas tendremos todos en enero, cuando subsistamos a base de migajas y las últimas gotas de aceite de oliva. Dependo del huerto ahora más que nunca y espero, aunque es poco probable, que las nuevas semillas de arroz de Bobbi germinen. ¿El arroz necesita agua para crecer? En las fotos, los arrozales siempre están inundados. ¿Hice mal al enterrarlas sin más? La verdad es que no sé lo que hago.

También me sigo diciendo a mí misma que, a pesar de todo, está genial que todo el mundo coopere. Intercambiar comida por las chapuzas de Dan, que me dejen revisar todas sus cosas. La gente quiere ayudar, quiere colaborar. No se puede negar que es un avance, y ha hecho que me sienta mejor. Estaba ahí, sentada a mi escritorio, cuando vi que se encendía una de las luces que se activan por un sensor de movimiento.

Era de los Durant. La vi un segundo antes de que una sombra se moviera entre su casa y la de los Boothe. Entonces la sombra cogió forma; una criatura encorvada que subía por la pendiente, donde pude verla del todo.

Era igual que la que había visto la noche anterior y, definitivamente, ¡no era un oso!

Tenía unos hombros amplios y robustos; las extremidades largas y musculosas. Le vi los dedos. ¡Tenía cinco, y uno de ellos era un pulgar oponible! Aunque no me malinterpretes, con ese tamaño, ese pelaje, esa cabeza… ¡no podía ser humano! Desde atrás, la enorme cabeza sin cuello casi parecía un casco. Y cuando la ha girado hacia mí, le pude ver con claridad la cara. Tenía la piel brillante y oscura, y nada de vello. La mandíbula sin labios sobresalía bajo las fosas nasales chatas, que se ensanchaban al que respirar. El ceño pronunciado, cuya sombra ocultaba los ojos hundidos.

Había apagado la lámpara del escritorio al ver que se encendía la luz del porche de los Durant, por lo que no creo que llegara a verme. Ni siquiera miraba hacia nuestra casa, más bien observaba lentamente, de izquierda a derecha, el vecindario entero. Se movía con soltura, como Pedro por su casa. A diferencia de la noche anterior, la luz del sensor no lo había espantado.

—Dan —susurré. Luego, repetí un poco más alto—: ¡Dan!

Y recibí como respuesta un ronquido de protesta, como el de un cerdo. Me levanté despacio, porque temía que la criatura pudiera ver que algo se movía de repente, y fui deprisa pero sigilosamente al dormitorio. Dan estaba profundamente dormido cuando lo zarandeé:

—Dan, Dan, despierta. ¡Está aquí!

Gruñó ligeramente y musitó:

—¿Qu…?

Entonces, abrió los ojos como platos y prácticamente salió disparado de la cama.

Hablamos entre susurros:

—¿Dónde?

—En casa de los Durant.

—¡¿Dónde?!

—¡Mira!

Pero para entonces ya no estaba. Apunté hacia el lugar vacío en la pendiente.

—Estaba ahí mismo…

—¡Ahí!

Dan señaló un lugar mucho más arriba, en la cima, entre los árboles. Justo donde los Boothe habían tirado su compost. Algo se movía ahí arriba. Unas siluetas oscuras bajo la débil luz del porche. Y eran más de una. Vimos que se movían unas ramas y oímos cómo rozaban algún pelaje. Vislumbré una criatura de cuerpo entero, con un pelaje más claro que el resto, de color caoba. Entonces desapareció.

De repente, me acordé y exclamé: «¡El iPad!».

Dan cogió su tablet de la mesilla de noche. No se me ocurrió que la luz de la pantalla nos iba a iluminar la cara.

Ahí había unos ojos. Por lo menos tres pares; pequeños, redondos y brillantes. Se movían de aquí para allá, atraídos por las luces que se iban encendiendo en el porche. Pero cuando giramos la pantalla del iPad hacia nosotros, los tres pares se clavaron en nuestras caras. Quise agacharme, pero, en vez de eso, le dije a Dan que activara el zoom. La imagen estaba demasiado granulosa, especialmente en modo vídeo. ¡Aún no me creo que no tengamos una cámara de verdad! Se nos quedaron mirando fijamente por un segundo, y les devolvimos la mirada. Entonces, una serie de luces brillantes se encendieron entre nuestra casa y la de Mostar. ¡Teníamos otro detrás!

Fuimos hacia la ventana trasera, pero deberíamos haber salido al porche. Pero nos «acojonamos un huevo», como diría Frank. Llegamos a ver cómo cruzaba el jardín de Mostar para meterse en el nuestro. Esta tenía manchas grises en el pelaje. En el hocico. En los brazos bamboleantes. Su piel era más clara que la del primero que había visto, y moteada. ¿Por la edad? Sigo sin saberlo. Pero estoy casi segura de que esta, ella, era hembra. No lo mencioné antes principalmente porque no me di cuenta de que los estaba mirando, pero el otro que había visto tenía un escroto grande que le colgaba, y que se podía ver desde la otra punta de la aldea. Esta, sin embargo, no tenía nada entre las patas y vi con claridad que tenía unos pechos pequeños, aplastados y flácidos en el torso sin vello.

Como solo pudimos verla por un segundo, no nos dio tiempo a levantar el iPad. Se agachó bajo el balcón. Después, oímos unos arañazos y un «pum», y la tapa de nuestro cubo de compost voló por el jardín como un *frisbee*. Oímos gruñidos. Graves, acelerados.

Hm-mhmh-hm.

Estaba rebuscando en nuestro cubo y seguramente se frustraba porque, como no llevamos aquí mucho tiempo, no había muchos restos. Escuchamos unos cuantos segundos más. Dan me miró inquisitivamente e hizo el gesto de andar con dos dedos. ¿Deberíamos bajar a la planta de abajo? ¿Acercarnos lo suficiente para grabarla en vídeo? La luz del porche nos permitiría verla perfectamente, y la alarma antirrobos seguía activada. Estaba dándole vueltas cuando un gruñido intenso y agudo nos hizo volver a la ventana delantera.

Había dos de ellos en la Casa Común. Eran machos, y más pequeños que el primero que había visto; un poco más bajos y de hombros algo más estrechos. ¿Y más jóvenes? También eran idénticos. ¿El Gemelo Uno y el Gemelo Dos eran hermanos? ¿Los hermanos se pelean así?

¡Porque se estaban peleando! Uno tenía una mano sobre la tapa del cubo, y Dos intentaba apartarlo a codazos. Uno rugió, mostró sus dientes brillantes y luego apartó de un empujón a Dos, impulsándose con todo su cuerpo. Dos rugió también y arremetió contra él, mientras agarraba el cubo por el otro lado. Uno lanzó un grito gorjeante y le propinó una bofetada o un puñetazo de lado a Dos en la cara, haciéndole retroceder. Luego se volvió hacia él, lanzando un potente gruñido, y le clavó con fuerza los colmillos en el hombro, mientras encajaba los tres golpes rápidos que le dio Dos en la oreja.

La luz de la Casa Común dejaba ver la sangre, de un rojo intenso. Irónicamente, la luz casi nos impedía verlos a ellos, ya que se reflejaba en una espesa nube gris de cenizas que levantaban al pelear. Esta ráfaga de extremidades borrosas parecía sacada de los dibujos animados, si no fuese porque era absolutamente aterradora. Había visto unas cuantas luchas en Animal Planet y una vez, en nuestro barrio, un par de perros se habían peleado. Pero en la vida real, y con tanta violencia… entre dos bestias de ese tamaño, con esa rabia… No sé si me lo imaginé, ¡pero creo que tembló hasta la tierra!

Uno se apartó rodando de Dos, le dio una patada en la cara y luego se agazapó. Dos adoptó la misma postura. Se tantearon, dando una vuelta en círculo, durante unos segundos; enseñando los dientes y alzando los brazos. Lanzándose chillidos agudos y vibrantes. Se abalanzaron el uno sobre el otro, dando y esquivando golpes. Finalmente, Uno agarró a Dos y le mordió en el estómago. Dos lanzó un alarido y atizó a Uno en la espalda, martilleándole. Los impactos emitían un ruido sordo, como un bombo.

¡Entonces, de la oscuridad, surgió un RUGIDO que atravesó la aldea como una ola! Las ventanas *sí* que temblaron esta vez. Estoy segura. Y de la penumbra emergió una masa descomunal. Era tan alta como el primer macho que había visto. Más alta, seguro. ¡Y era una hembra! Tenía las caderas más anchas. Y pechos. ¡No, pecho! Le faltaba uno. Esto no me lo invento. Lo comprobé cuando más tarde revisé la grabación del iPad. Se lo habían arrancado o mordido, y el tejido había cicatrizado. Tenía todo el cuerpo cubierto de cicatrices. En el costado de un muslo tenía marcas de garras; cuatro líneas irregulares descendentes. En ambos antebrazos, rasguños. En el hombro izquierdo, la marca de un mordisco (de un oso, quizá, o de alguna otra criatura) como el que Uno le había dado a Dos.

Uno debió de arrepentirse de aquello cuando esta nueva criatura... (¿su madre? ¿la hembra alfa? ¿no es ese el término adecuado?) le dio un tortazo en la cara. Se tiró al suelo, por el golpe o por el miedo, y rodó hasta quedarse agachado a los pies de ella. Dos no necesitó que le atizara para imitarlo, y se amedrentó en cuanto ella se giró hacia él. La hembra rugió de nuevo, a ambos, y elevó los brazos para lanzar otro golpe. Se encogieron de miedo, con la cabeza gacha, y gimotearon débilmente, como perros.

Debí de hacer algo. El cuerpo, la cabeza, algún movimiento bajo la luz del iPad, porque de repente esa gigantesca pesadilla cubierta de cicatrices giró la cabeza bruscamente hacia mí. Clavó sus ojos en los míos. Y me vio. Sé que lo hizo porque reaccionó. Enseñó los dientes y gruñó.

Entonces sonó la alarma antirrobos.

Venía de la casa de los Boothe y, en cuanto Dan y yo miramos hacia allá, vimos a otra criatura subiendo a toda velocidad por la pendiente de detrás de la casa. Parecía tener unas piernas mucho más largas que las de los demás; ahora que lo pienso, me recuerda al que me persiguió aquel día. Porque ahora sé que me persiguieron. Y sé que fue uno de ellos. ¿Quizá este mismo tío? Porque era un tío, podía verlo. ¿Había sido el primero en llegar? ¿Un explorador? Todo eso me lo estoy planteando ahora. Entonces ni se me pasó por la cabeza.

En ese momento estaba sorprendida de lo rápido que habían huido los demás. Porque cuando Dan y yo nos volvimos para mirar hacia la Casa Común, vimos que los otros tres se habían ido. Todos. Ya no se movía nada por encima ni alrededor de la aldea, ni detrás de nosotros. También echamos un vistazo por la ventana de atrás. La más vieja, la que había estado revolviendo en nuestro cubo, también había desaparecido.

Esperamos. Observamos. Escuchamos. No nos movimos durante cinco minutos enteros, lo que se hizo *mucho* más largo de lo que puede parecer sobre el papel. Silencio. Quietud. Una a una, las luces externas del sensor se fueron apagando. Y justo cuando sopesaba la idea de salir a echar una ojeada al cubo de compost, Dan me agarró del brazo y dijo:

—¿Mostar?

Ahí estaba, con su metro cincuenta de pura determinación, recorriendo con cierta dificultad el camino en dirección a la Casa Común. Se detuvo ante los restos negros y grises de la pelea, y se agachó como si fuera a examinar algo. Miró el cubo de compost, dándole la espalda a la cima y con los brazos en jarra, como si nada.

Dan masculló:

—Pero ¿qué diablos…?

Pero yo sabía qué hacía. Vi que dentro de las casas todas las luces seguían encendidas, y que unas pocas personas (Reinhardt y los Boothe) la observaban desde las ventanas de las plantas superiores. Le dije a Dan:

—Nos está indicando que se puede salir. Está convocando una reunión.

Fuimos los primeros en alcanzarla, aunque no por mucho. Los Boothe, en bata y zapatillas, habían salido de casa y se acercaban corriendo hasta nosotros. Lo mismo hizo Reinhardt (¡en kimono!). Carmen fue la única en salir de su casa. Effie y Pal nos observaban desde la ventana de su sala de estar.

—¿Los habéis visto?

No estoy segura de quién lo preguntó primero, si Bobbi o Carmen, pero Dan contestó:

—¡Los hemos visto, y tanto! —Y antes de que nadie pudiera responder, añadió—: ¡Definitivamente, no eran osos!

No sé qué iba a decir Vincent, pero la frase de Dan le hizo callar. Carmen tampoco dijo esta boca es mía. Mostar permaneció en silencio, quizás esperando a ver cómo lo asimilábamos. Puede que se arrepintiese un segundo más tarde, cuando Reinhardt levantó el dedo para decir:

—Estoy seguro —dijo con un tono de profesor— de que todos *creemos* haber visto algo que no pertenece a la familia de los osos, pero... permitidme que os recuerde a todos que si tenemos en cuenta la escasa luz, el estrés al que estamos sometidos, la capacidad que tiene la mente humana de inventar...

—¡Venga ya! —le interrumpió Dan, furioso—. ¡Pero si tú también lo has visto, tío! ¡Los has visto!

Nos miró a todos y, mientras Mostar seguía callada, yo masculté:

—Yo los he visto con bastante claridad. Creo que sé...

Podía haber sido más contundente. Pero siempre evito la confrontación. Al menos intenté defender a Dan, aunque a Reinhardt le dio igual.

—*Crees*... —Con brillo en los ojos y el brazo extendido, Reinhardt tenía pinta de engreído— *crees* que has visto, y ese es, en efecto, el problema que se plantea cuando uno se enfrenta a una situación enigmática...

—Oh, por Dios. —Dan fue corriendo a casa—. ¡Esperad! —gritó, mirando atrás—. ¡Esperad!

Pero Reinhardt no esperó.

—Voy a ser muy claro, he de admitir que mis limitados conocimientos no abarcan el campo de antropología —Inclinó la cabeza ligeramente hacia Carmen—, pero ¿no hay casos registrados de alucinaciones en masa?

Carmen mordió el anzuelo y contó algo sobre un pueblo del Medio Oeste durante la Segunda Guerra Mundial, donde la gente culpó a un «merodeador horroroso» de un mal olor. Y también sobre una escuela en Irlanda en 1979 donde todos los críos creyeron que se estaban poniendo malos a la vez y se avisó a las ambulancias, pero al final todo resultó ser un caso de hipocondría en masa.

—Exacto —dijo Reinhardt, quitándose un sombrero imaginario

ante Carmen; luego, se le abrieron los ojos como platos al recordar otra epifanía–. ¿No apareció recientemente una noticia relacionada con este tema en la India? Los habitantes de un barrio pobre de Delhi se creyeron las denuncias sobre ataques de un misterioso «hombre simio» gigante. Pero cuando las autoridades declararon que se trataba de un caso de psicosis masiva, ya no se informó de ningún ataque nuevo.*

Miré a... hacia... Mostar. Vamos, ¡te necesitamos! Pero permaneció imperturbable y movió levemente de manos, como diciendo: «No, habla tú». Así es como lo he interpretado. No lo entendía. ¿Seguía dudando? Masculló:

–Bueno, eh... en esos casos... olieron y sintieron algo, ¿no? Pero todos los hemos visto... con nuestros ojos...

Pero qué cagada soy. Menos mal que Dan acudió a rescatarme.

–¡Mirad! –Volvió corriendo con el iPad–. ¡Mirad esto!

Y eso hicimos. Colocó la tablet en el alféizar y ahí estaba, claramente, la pelea. Nadie lo cuestionó. Ni siquiera Reinhardt, quien, callado y derrotado, parecía encogerse, y Carmen (quién lo iba a decir) cambiaba de bando:

–Existen de verdad.

–¡El Bigfoot existe de verdad! –exclamó Vincent, con una mezcla de shock y emoción.

Bobbi hasta sonrió, mientras le agarraba de la mano, y cuando Carmen indicó con un gesto a Effie y Pal que se unieran a nosotros, la sensación general era de alivio de que no estuviéramos todos locos.

Mostar debió de interpretarlo de la misma manera, ya que asintió y habló por primera vez:

–No se puede negar que estas criaturas existen.

Nos pusimos a parlotear; todo el mundo hablaba a la vez, compartiendo historias que habían oído. Ha sido catártico admitir lo que todos sospechábamos, y que tuviera el «visto bueno» por parte del

---

* En 2001, se informó de que un «kala bandar» («hombre mono» en hindi) estaba aterrorizando a los residentes del distrito de Delhi Oriental, en la India. La noticia fue desmentida más tarde y considerada un caso de «histeria en masa».

grupo. Admito que estaba absorta mientras veía el vídeo de nuevo con Effie y Pal.

—Miradlos —dijo Carmen—. ¡Mirad qué grandes son!

—¿Te acuerdas —le preguntó Effie a su esposa— de aquella vez, antes de casarnos, cuando acampamos al lado del lago Rimrock y olimos...?

—Ahora que sabemos que existen —la interrumpió Mostar—, ¿qué vamos a hacer al respecto?

Dejamos de charlar. Todo el mundo la miró inquisitivamente, Dan y yo también.

Carmen preguntó:

—¿Qué quieres decir?

Y Mostar, de forma un tanto teatral, sacó de su bata algo que parecía un palo afilado. Tenía unos treinta centímetros de largo, era de bambú y terminaba en punta en ambos extremos.

—Vamos a necesitar muchos de estos. —Y golpeó suavemente con un palo, con una estaca, el bambú que crecía detrás de ella—. Cientos quizá, pero si aunamos esfuerzos y los colocamos formando un gran círculo alrededor de la aldea...

—¿Para qué? —preguntó Vincent, aunque sospecho que sabía la respuesta, pero necesitaba oírla en voz alta.

—Para montar un perímetro defensivo —contestó Mostar, agitando la estaca como una batuta—. Si intentan cruzar por ahí y uno de ellos pisa de uno de estos...

—¿Quieres hacerles daño? —Bobbi lo dijo como si le acabaran de dar una bofetada.

—Solo quiero desalentarles —respondió Mostar con calma.

—¡Pero si es lo que ha hecho la alarma antirrobos! —contestó Bobbi.

—Esta vez sí —replicó Mostar—. Pero ahora saben que solo es un ruido inofensivo. ¿Y por qué crees que ha saltado la alarma, para empezar? —Y, dirigiéndose al grupo entero, añadió—: ¡Porque estaban intentando entrar!

Vincent se acercó a Bobbi, se colocó a su lado y dijo:

—A lo mejor solo tenían curiosidad.

Bobbi se agarró a su marido y defendió su postura.

—¡Y tú quieres hacerles daño!

—Para que no intenten hacérnoslo a nosotros —contestó Mostar con una confianza tremenda, todas sus dudas anteriores habían desaparecido—. Ya oísteis lo que le hicieron al gran felino. —Miró hacia nosotros y, entonces, añadió—: Ya acabáis de ver todos lo que se hacen unos a otros. —Y como si quisiera reforzar su argumento, se agachó para coger un montón de ceniza compacta. La sostuvo en alto ante nosotros, la aplastó entre el índice y el pulgar, y vimos una pasta roja—. Nos acaban de mostrar lo violentos que pueden llegar a ser.

Bobbi replicó:

—Pero no se han mostrado violentos con nosotros.

Y esta vez Carmen dijo:

—¿Por qué das por sentado que son malvados?

Mostar respiró hondo antes de hablar.

—Carmen, no son ni buenos ni malos. Solo tienen hambre. —Señaló con la cabeza hacia la oscuridad—. Ya no hay bayas, ni frutas en nuestros árboles, y seguramente por culpa de vuestro compost, se han quedado aquí en vez de seguir a los demás animales... suponiendo que no se los hayan comido ya.

Vincent se encogió de hombros de forma desafiante.

—Entonces, ya no les queda nada para comer.

Mostar nos miró.

—¿Ah, no?

Nadie habló. Me di cuenta de que Dan me agarraba aún más fuerte.

Estaba claro que Mostar esperaba que el grupo llegara a esta conclusión por sí solo. Y tal vez lo hubiera hecho si Reinhardt no hubiera intervenido.

—De hecho —dijo este, adentrándose en el círculo—, si los visitantes hubieran pertenecido a la familia de los osos, quizás nos hallaríamos en una situación aún peor. —Debía de haber estado esperando la oportunidad para soltarlo, preparándose la «lección» mientras el resto discutíamos—. Después de todo, los osos son omnívoros mientras que... y debo confesar que mi ignorancia en el campo de la primatología es incluso mayor que en el del psicoanálisis...

Entonces, se rio satisfecho con falsa humildad. ¿Alguien se ha merecido más alguna vez un buen puñetazo en la cara?

—Pero me parece recordar que en un entorno natural la mayoría de los homínidos son herbívoros —dijo Reinhardt. Entonces, Mostar carraspeó y él la dejó boquiabierta al añadir, sentando cátedra—: ¡Los grandes simios! Los gorilas y orangutanes subsisten solo con frutas y materia vegetal. De hecho —Casi vi cómo una bombilla se le encendía sobre la cabeza, como en los dibujos animados—, si no me equivoco, una especie antropoide, los bonobos del sur central de África, son matriarcales y pacifistas por naturaleza.

No me podía creer lo que salió por su boca a continuación. Sí, miró a las Perkins-Forster y dijo:

—Y corregidme si no estoy en lo cierto, pero ¿no dicen que los bonobos practican una suerte de diplomacia sexual entre hembras?

¿Effie y Carmen se quedaron calladas por el shock? ¿O, al igual que los Boothe y el propio Reinhardt, estaban dispuestas a agarrarse a cualquier cosa con tal de mantener el maldito miedo a raya? Ay, el mecanismo de defensa del ego… Reinhardt continuó con su lección magistral, diciendo:

—De hecho, como no sabemos nada sobre el esquema social de estos homínidos, o sobre cómo interactúan, si hiriéramos sin querer a uno de ellos, podríamos provocar el mismo incidente lamentable que pretendemos evitar.

Extracto de mi entrevista a Frank McCray, Jr.

¿Está de coña? ¿Por qué iba a tener alguno un arma? Piense en lo que acaba de preguntar. ¿Por qué se tienen armas? Aparte de en circunstancias excepcionales…

Señala con la cabeza a las armas que nos rodean.

… solo hay dos razones válidas. Si descartamos las réplicas de juguete y a los traidores, a los niñatos que quieren jugar al Call of Duty en la vida real y a los terroristas domésticos que están en alerta por si aparecen «helicópteros negros», solo quedan la caza y la defensa del hogar.

Perfectamente razonable, incluso práctico, pero totalmente incompatible con el estilo de vida de Greenloop.

Sobre el tema de la caza...bueno... no puedo juzgar cómo era yo antes. Como mis antiguos vecinos de ahí arriba, de alguna manera pensaba que era superior a los cazadores de ciervos porque prefería el pescado a la carne, Apple Pay a las balas.

Y sobre lo de proteger mi casa... nuestras casas, de intrusos... ¿quién lo va a hacer? ¿Y cómo? Greenloop está en una zona de difícil acceso, es el callejón sin salida definitivo. Además, tiene una carretera privada cerrada y alarmas conectadas tanto a un servicio de seguridad privada como a la poli del condado.

Así que, a menos que fueras allí en avión en plan *Misión Imposible*, o fueras un ermitaño ciego de anfetaminas con un golpe de suerte, Greenloop era probablemente el lugar más seguro de Estados Unidos. Era uno de los argumentos de venta que empleaba Tony. Por eso ninguna casa contaba con cámaras de vigilancia. Ni perros. ¿Te habías fijado? ¿En que no había perros? Lo prohibían las normas de la Comunidad de Propietarios. Recuerdo que, cuando me mudé ahí, pensé que era muy raro. O sea, ¿no sería lógico que la gente fuera amante de los perros? Pero había un problema: podían espantar a los animales salvajes, y ese era otro de los motivos por los que nos habíamos mudado ahí arriba: para disfrutar de la naturaleza.

Y esto nos lleva a la filosofía en la que se basaba Greenloop: las personas son el problema. La naturaleza es tu amiga.

Capítulo 13

A medianoche, un ruido despertó a Bauman, que se incorporó envuelto en una manta. Al hacerlo, un fuerte olor a bestia salvaje le asaltó el olfato y vislumbró una imponente y enorme figura en la oscuridad, en la entrada del cobertizo. Cogió su rifle y disparó a la sombra difusa y amenazadora, pero debió de fallar, ya que de inmediato oyó el crujir del sotobosque cuando la criatura, fuera lo que fuese, se perdió corriendo en la oscuridad impenetrable del bosque y la noche.

El presidente THEODORE ROOSEVELT,
El cazador de las tierras salvajes

Extracto de mi entrevista a la guarda forestal jefe Josephine Schell.
El doctor Reinhardt tenía razón. No tenía ni puñetera idea sobre primates. Todos los simios son faunívoros en mayor o menor grado, lo cual es una manera elegante de decir que comen otros animales. Todos los simios están programados biológicamente para ser depredadores. Tienen unos colmillos que les permiten agarrar a sus presas y desgarrar carne, unos ojos que miran hacia el frente para centrarse en un objetivo en movimiento y un cerebro diseñado para ser más astuto que la comida que intenta huir. En su día, oí una teoría que decía que si los alienígenas vinieran alguna vez de visita, podrían perfectamente ser hostiles, porque los mismos cerebros que dominaron el vuelo espacial aprendieron a pensar cazando.

Cada tipo de primate tiene preferencias distintas, por supuesto; los gorilas y los orangutanes tienen una marcada tendencia a comer fruta y vegetales. Por ese motivo poseen unas barrigas tan grandes.

Porque tienen las tripas repletas de materia vegetal, que tardan más tiempo en digerir. Pero los testigos presenciales no describen así al Sasquatch. Lo que describen, de manera unánime, es que tiene una dieta omnívora.

Parece que su fuente principal de proteínas es el pescado. Según se cuenta, en uno de estos encuentros robaron de una cabaña unos peces que se habían puesto a secar; en otro, estaban buscando almejas. Y el tío de esa peli, el que se sometió al detector de mentiras, contó que le cogió su red de pescar. Con todos los ríos que tenemos aquí, llenos de salmón y trucha, seguramente tendrían energía de sobra para sus cuerpos gigantescos. Hasta que la erupción del Rainier los expulsó de sus zonas de pesca tradicionales. Si a eso sumas la escasez de bayas, ya tienes el imperativo biológico que los obligó a adaptarse.

Vuelve a hacer referencia al mapa, en concreto, a los puntos donde se hallaron los ciervos muertos.

¿Conoces el viejo dicho: «Si no puedes estar con la persona que amas, ama a la persona con la que estás»? En el mundo animal, a eso se le llama «cambiar de presa»; si un depredador acaba prefiriendo cierta fuente de comida a otra, es simplemente porque abunda más que sus presas tradicionales.

Creo que fue lo que pasó con los ciervos que hallamos, y tuvo que suceder hace poco porque, si no, llevaríamos siglos encontrando estos fragmentos de huesos. Lo del Rainier debió de ser su punto de inflexión biológico, lo que te hace pensar en cuál fue el nuestro.

Sabes que fue así como empezamos, ¿no? Fuimos los primeros simios en romper huesos. Sucedió hace mucho tiempo, en África, cuando descendieron de los árboles los primeros carroñeros, pequeños y asustadizos. Usaban piedras para llegar al tuétano, porque se habían dado cuenta de que la carne era una bomba de calorías. Además, se requiere menos energía para convertir materia animal en animal que materia vegetal en animal. Nuestro cerebro fue el principal beneficiado. Gracias a ello inventamos las herramientas, los idiomas, las estrategias de cooperación. Como puedes ver, nos ayudó a realizar todos los avances que nos hacen humanos. A mayor cantidad de carne, cerebros más grandes. A cerebros más grandes, más carne. Me pregunto qué pudimos pensar, o sentir, cuando probamos por primera vez la sangre fresca. Me pregunto cómo fue ese momento en que todo cambió, cuando pasamos de carroñeros a depredadores, de ser cazados a cazadores.

ENTRADA N.º 12 DEL DIARIO [CONTINUACIÓN]

El golpeteo interrumpió a Reinhardt.

Era claro y consistente, tanto que creo que algunos hemos pensado que podía ser algo mecánico, una tubería suelta o quizá, solo por un segundo, un vehículo que se aproximaba. Pero mientras todos nos callábamos para escuchar, distinguí, sin ninguna duda, unos gruñidos de animal de fondo.

Carmen señaló lo obvio.

—¿Lo oís? Son ellos.

Toc-toc-toc.

No podía ver nada. Nadie podía. Debían de estar lejos. Entre los árboles o al otro lado de la cima.

Y Effie preguntó:

—¿Qué creéis que significa?

Al principio nadie respondió. Ni siquiera Reinhardt.

Cuanto más escuchábamos, más seguros estábamos de que el ruido procedía de una sola fuente. ¿Una rama contra el tronco? No estoy segura de si los gruñidos iban dirigidos a nosotros. Había algo en ellos… eran bajos, graves, caóticos, como si no quisieran que sus voces taparan los golpes. Eso es, al menos, lo que pienso ahora. En ese momento, no tenía ni repajolera idea.

Miré a Dan, que estaba igual de perplejo, y luego a Mostar, quien parecía esperar a que pasara algo. ¿A que el golpeteo terminara o cambiase? No se lo pregunté.

—¡Se están comunicando! —exclamó Vincent, lo que me sorprendió, ya que me esperaba que lo dijese Reinhardt y no él. Miré al profesor parlanchín que, para mi asombro, cedía la palabra a otro.

Vincent salió del círculo y estiró el cuello hacia los árboles.

—¡Intentan hablar con nosotros!

—Vienen en son de paz —dijo Reinhardt, quien, creo, intentaba llegar a la siguiente conclusión posible—. ¡Tienen que estarlo! La comunicación implica inteligencia, lo que implica un deseo innato de paz.

¿Es eso cierto?

Dio la sensación de que los Boothe se lo creían, o querían creérselo, al igual que Carmen y Effie. Pero Appaloosa mantuvo la mirada clavada en la cara dubitativa de Mostar.

—A lo mejor deberíamos… —empezó a decir.

Pero Vincent la interrumpió, al exclamar:

—¡Hola! ¡Eh, hola! ¡Amigos! ¡Somos amigos!

Bobbi le soltó la mano y le dio un golpecito en el hombro.

—¡No hablan nuestro idioma! —le regañó, bromeando.

Ante eso, Reinhardt gritó:

—*Bonsoir, mes amis!*

Los Boothe y las Perkins-Forster se rieron. Vincent, sonriendo de oreja a oreja, cogió la estaca de bambú de Mostar.

—Callaos, chist —susurró, y golpeó con ella la pared de la Casa Común. Dio tres golpes y paró.

El golpeteo se detuvo. Todos nos quedamos paralizados. Los gruñidos sonaron con más fuerza. Vincent sonrió satisfecho. Los golpeteos se reanudaron, más rápidos esta vez, más potentes.

TOCTOCTOCTOC.

—¡Vale, sí, sí! —nos susurró Vincent, y volvió a golpear con la vara aún más rápido.

Luego, le oí decir en voz baja: «Amigos, amigos, amigos», mientras martilleaba la pared de la Casa Común. Tras dar una docena de golpes rápidos, paró. Ellos respondieron del mismo modo.

En medio de la tensión, Vincent esperó y contó hasta tres. Luego dio unos cuantos golpetazos más. No hubo respuesta. Vi que se le acumulaba sudor en la frente y que se le empañaban las gafas. Bobbi también lo vio porque se las quitó, las limpió suavemente con la manga y rodeó con los brazos a su marido.

Esperamos, escuchamos. Silencio.

¿Cuánto tiempo pasó hasta que alguien habló? El tiempo suele arrastrarse en esos momentos. Pero no debió de ser mucho cuando Vincent nos miró con asombro.

–Lo hemos logrado.

¿Consiguió convencer él al grupo o el grupo a él? En cuanto lo dijo, se oyeron suspiros y Bobbi lanzó de repente un sollozo ahogado.

–¡Lo logramos! –susurró muy bajito, mientras agarraba a su marido de la cintura y cerraba los ojos, brillantes y llorosos–. ¡Sí, lo has logrado!

Carmen rodeó a su hija con un brazo y estiró el otro para tocar a su esposa. Y Reinhardt, asintiendo en señal de aprobación, hizo una reverencia ante Vincent.

Extracto de mi entrevista a la guarda forestal jefe Josephine Schell.
Por lo que cuentan los testigos presenciales, es bastante habitual que en esos encuentros se les oiga golpear madera, y nadie sabe a ciencia cierta qué significa. Tampoco se sabe cómo reaccionarán si se responde de igual manera, lo que no es de extrañar, ya que incluso a nosotros nos cuesta comunicarnos, a pesar de pertenecer a la misma especie.

Levanta la mano, formando un círculo con el pulgar y el índice.

En este país esto significa «de acuerdo», pero en Brasil significa «eres gilipollas». Y cuando le añades a eso la barrera de comunicación entre especies…

Alza la cabeza ligeramente, mostrando una cicatriz descolorida bajo la barbilla.

Cuando tenía seis años, un día que estaba en casa de mi primo, el viejo beagle se tomó mi juego de concurso de miradas fijas como un desafío. Y por lo que sabemos ahora, parece ser que golpear madera es una señal de desafío, que Vincent Boothe aceptó sin querer.

ENTRADA N.º 12 DEL DIARIO [CONTINUACIÓN]

El estado de ánimo cambió; de repente, parecía una fiesta. Todo el mundo se abrazaba y charlaba, y algunas (Bobbi y Effie) se secaban alguna que otra lagrimilla. Reinhardt fue el primero en marcharse. Sonriendo orgulloso y de oreja a oreja por algún motivo, le puso una mano a Vincent en el hombro y le dijo:

—Mañana creo que deberíamos ponernos a trabajar en un artículo conjunto donde se detalle este histórico descubrimiento antropológico.

Vincent, un poco abrumado por lo que había logrado, se limitó a asentir.

—Sí, sí, por supuesto, mañana… ¡Gracias!

Y tras hacer una reverencia de forma teatral, Reinhardt se largó renqueando.

—¡Mañana deberíamos cenar todos juntos! —exclamó Bobbi, que se corrigió a sí misma al añadir—: ¡No, esta noche! —Ya era más de medianoche para entonces—. Aquí, en la Casa Común, todos juntos. Necesitamos un momento de curación.

Carmen no lo dudó:

—¡Pues claro, me encanta idea! ¡Como cuando les dimos la bienvenida!

Y, sonriéndome, le dio a Bobbi un gran abrazo.

—Esta noche —sentenció Bobbi, y se despidió con la mano—, nos vemos esta noche.

—Gracias, Vincent —gritó Carmen, mientras este, con un brazo alrededor de Bobbi, se dirigía a casa.

Ella tenía apoyada la cabeza en el hombro de él y le acariciaba la espalda. Los observé un rato más hasta que la conversación de Carmen captó mi atención. Estaba diciéndole a Dan que fuera mañana a «quitarle la mugre» a uno de sus dos tanques biodigestores. Sabía que Dan, «el nuevo Dan», estaría más que dispuesto a hacerlo. Era un trabajo exigente y asqueroso que solo él, el manitas de la aldea, podía hacer. Adoptó la típica pose de Superman, con los brazos en jarra, y respondió:

–No te preocupes, yo me encargo.

Al girarme hacia ellos, Carmen se aseguró de invitarme a su casa para cobrar el favor. En ese momento, Effie, que claramente tenía algo que decir, le tocó el brazo a Carmen.

–Ah, y estábamos pensando –eso lo dijo Carmen– que, si te parece bien, quizá Appaloosa te podría ayudar en el huerto, ¿no?

–Claro –contesté.

Aunque luego añadí que en realidad por el momento no había mucho que hacer, porque no había brotado nada. Effie habló por sí misma esta vez:

–Igual podrías buscar gusanos. Tengo entendido que airean la tierra y sus excrementos son un gran fertilizante.

Me encogí de hombros, como diciendo «sí, por qué no», y Carmen añadió:

–A Appaloosa le encantaría. De hecho, ha sido idea suya.

Creo que, en otras circunstancias, Pal se habría mostrado tan entusiasmada como sus madres. Pero en ese momento, lo único que hacía la niña era mover la cabeza de aquí para allá a toda velocidad, como una ardilla nerviosa. Recorrió con la mirada los árboles y los huecos entre las casas hasta llegar a Mostar, en quien se detuvo solo el tiempo necesario para establecer contacto visual. Y Mostar tenía exactamente la misma cara que al final de nuestra primera reunión urgente, de «esto es lo que hay».

Pero no lo dijo en voz alta. Cuando íbamos caminando a casa, solo comentó:

–Espero que Vincent tenga razón. Espero que todos la tengan.
–Ahora le tocaba a ella escrutar la cima–. Vosotros dos deberíais dormir un poco. Os va a hacer falta. Os necesitaré mañana, cuando tú termines de trabajar en el huerto y –añadió dirigiéndose a Dan– tú de sacar mierda a paladas. –Debería señalar que nos apuntaba con la estaca de bambú–. Y si me necesitáis, estaré…

No hacía falta que se lo preguntáramos. Iba a estar en su taller, serrando más bambú. Al final tendríamos que echarle una mano y, si nadie más se sumaba al plan, el perímetro de estacas solo rodearía nuestras dos casas. No había nada más que decir.

Dan y yo no hablamos sobre lo que acababa de ocurrir ni sobre si creíamos que Vincent lo había logrado. No hablamos de nada de camino a casa, salvo del nuevo y peligroso encargo de Dan. Yo estaba convencida de que era peligroso. Vamos a ver, ¿arrastrarse por las heces de otra gente? ¡A saber de qué clase de gérmenes iba a estar rodeado! ¿No son peligrosas las aguas residuales humanas? ¿No hay que tratarlas? ¿Y muy a fondo? ¿Y si se hacía una heridita y se le infectaba? ¿Y si inhalaba algo?

No me puedo creer que lo haya hecho, acribillar a Dan con mis preocupaciones. Pero igual que con los paneles solares, no me importó quedar como una tocapelotas o herir sus sentimientos, solo quería que mi pareja estuviese a salvo. Y él aguantó el chaparrón durante todo el camino de vuelta a casa. No discutimos y, al parecer, tampoco herí su ego. Se limitó a reconocer que yo tenía razón, y a aceptar mis argumentos con sinceridad, o eso creo.

Hasta que, cuando estábamos a un par de pasos de la puerta de la entrada, se giró de repente hacia mí y levantó la mano en señal de silencio. Me dio un vuelco el corazón. Pensé que me había pasado. Me debatía entre la sorpresa, el miedo y, sí, un cabreo repentino, porque me había mandado callar. Entonces me di cuenta de que no me miraba a mí, sino hacia la oscuridad, y escuchaba atentamente.

Cerré la boca y abrí los oídos.

Tump.

Eso es lo que debió de oír. Un ruido suave y sordo, que no se parecía en nada a los golpeteos fuertes de antes.

Tump.

Ahí estaba de nuevo. Un poco más fuerte. ¿Más cerca?

Ahora yo también miraba. Por encima de los árboles y de los tejados.

Lo vi con el rabillo del ojo. Era pequeño y veloz. Descendía de algún sitio cerca de la casa de Reinhardt, envuelto en una nube gris de polvo. Cogí a Dan de la mano y lo llevé hasta donde había presenciado el impacto. Aunque no supe que era un impacto hasta que vi que se producía otro justo delante de nosotros. Ese algo que había aterrizado a medio camino entre la casa de Mostar y la Casa Común yacía en un «cráter»; sí, es la única manera de describirlo.

¿Te suenan esas fotos de la luna, en las que se ven agujeros rodeados de grietas concéntricas? Era lo que estábamos viendo, salvo que este agujero tenía un bulto medio enterrado en el centro del tamaño de un pomelo. Justo cuando nos arrodillamos para examinarlo se oyó otro *tump* al otro lado del camino de la entrada. Dan rebuscó entre el polvo y sacó una roca redonda y mellada.

Se oyeron dos *tumps* más, uno lejano y otro tan cerca que los dos nos sobresaltamos. Escuchamos un último *tump* más nítido cuando una tercera piedra impactó contra el tejado de la Casa Común y descendió rodando.

Entonces se oyó un fuerte *KSHHH* al hacerse añicos una ventana.

Y, de repente, la llovizna se convirtió en un diluvio.

Un *tumpzankzanktumptumptumpzank* de piedras a nuestro alrededor, cayendo a plomo entre aullidos cada vez más altos que surgían de la oscuridad.

—¡ADENTRO! —le grité a Dan por detrás, girándolo y empujándolo, mientras corríamos bajo la granizada de piedras.

No sé cómo hemos conseguido llegar a casa sin recibir una sola pedrada. ¿Apuntaban hacia nosotros? ¿Podían vernos? Sí, así debía de ser. Habían sido uno o dos como mínimo, y habían disparado a propósito.

Recuerdo el silbido. Esto no pude imaginármelo. Era como el ruido que dicen que hace una bala cuando pasa a gran velocidad cerca del oído. En este caso, más que un silbido agudo era un *uofff* grave. Algo hizo ese ruido al pasar junto a mí para luego rebotar en el marco de la puerta de la entrada, justo antes de que saltásemos dentro.

Capítulo 14

Por lo que cuenta la mayoría, lanzaron unos pedruscos gigantescos contra la cabaña, y algunos dicen que incluso atravesaron el techo…

FRED BECK,
Yo luché contra los hombres simios del monte Santa Helena

ENTRADA N.º 12 DEL DIARIO [CONTINUACIÓN]

Una piedra impactó contra la puerta justo cuando la cerré de golpe. Aún noto cómo me vibra la mano. Dan tiró de mí para que subiera a la planta de arriba. Grité:

—¡Las luces! ¡Enciende las luces!

Me refería a los interruptores generales que hay en la parte de arriba de las escaleras, no al control central que tiene en su iPad. Pero es que lo estaba manipulando en mitad de las escaleras. De repente, dejó de toquetear torpemente su tablet.

—No… no…

Pero ya se le había caído. La pantalla de cristal se rompió al impactar contra el escalón de madera desnuda.

—¡Sube! —le chillé mientras la casa temblaba y, cuando se agachó para coger el iPad, le metí un rodillazo en el culo—. ¡Sube! ¡SUBE!

Entramos corriendo al dormitorio justo cuando las puertas del balcón recibieron un impacto directo. Grité ante ese potente y hueco *BOP* y me giré para protegerme la cara de los cristales. Pero las puertas han aguantado. Al igual que el iPad, y quizá también que el parabrisas de nuestro coche, el cristal solo se llenó de grietas brillantes con forma de telaraña. Por un momento sentí sorpresa y gratitud, pero entonces exclamé:

—¡Las cortinas!

Tiramos cada uno de un lado para cerrarlas, después, hicimos lo mismo con las ventanas frontales.

Aún no me lo puedo creer, pero sí, por unos segundos dudé. Pero al ver cómo las piedras volaban en todas direcciones por la aldea entera, rebotando en los tejados y levantando géiseres de ceniza...

Si no me hubiera parado a mirar...

Si Dan no se hubiera dado cuenta...

—Cuida...

Oí su voz, noté su peso y la fuerza de su hombro sobre mi pecho. Caímos al suelo justo cuando la ventana que teníamos encima se hacía añicos. Noté cómo me acribillaban el cuello y la oreja unas esquirlas frías, y una piedra del tamaño de una pelota de béisbol rebotó en nuestra cama.

Dan jadeaba en el suelo y me quitó unos cuantos cristales del pelo.

—No te muevas. —Sentí la calidez de su aliento y la presión de sus dedos—. Aquí... ay... aquí... tienes uno.

Pasó un minuto, o tal vez más, hasta que nos pareció seguro movernos. Avanzamos agachados hasta el cuarto de baño, ya que era el único sitio donde no había cristales. En cuanto encendí la luz, Dan encontró el interruptor principal en su iPad. Me fijé en que algunas manchas de dedos en la pantalla eran de color rojo.

—Estoy bien. —Me enseñó una burbujita de sangre que tenía en la punta del dedo índice—. No me lo he hecho con la pantalla.

Por eso se había quejado al comprobar si yo tenía alguna esquirla clavada. Ahora me tocaba a mí hacer lo mismo; me agaché en la ducha, con las cortinas corridas, y utilicé la linterna de mi iPhone para buscarle algún fragmento de cristal.

Tumpzankscrtump.

Era nuestra banda sonora, una sinfonía de impactos en la que, tras unos minutos, fuimos capaces de distinguir los diferentes instrumentos como en una orquesta.

Tump. La ceniza.

Tank. Un tejado.

Tomp. Nuestro tejado.

Ksssh. Una ventana.

Y un gran y demencial *kssssh... uiiiiuiiiiiuiiiiiuiiiii.* Un coche, y la alarma aullando como un animal herido.

Entonces oímos unas pisadas. ¡Dentro de casa! Miré a Dan, que intentaba alcanzar el abridor de cocos, pero no estaba ahí. Se lo había dejado en la planta de abajo, sobre la mesa de la cocina. Yo también me había dejado la jabalina en el dormitorio.

¿Debía ir buscarla? Me lo pregunté durante un segundo, hasta que algo subió rápidamente por las escaleras, armando ruido y dando zancadas.

Después, ese algo llamó sin parar a la puerta del dormitorio.

–¿Chicos? –gritó Mostar. ¡Mostar!– ¡Chicos! ¿Estáis ahí?

Prácticamente volamos hasta la puerta del dormitorio; estaba tan oscuro que casi sentimos primero sus brazos antes de verla a ella. Temblando los tres, de rodillas y agachados, nos dimos un abrazo en grupo.

Un segundo, un sollozo, y Mostar tanteó en la oscuridad para tocar la cara de alguno de los dos.

–¡Danny, ve a la planta de abajo! –giró la cabeza hacia la sala de estar–. Trae un… dos… ¡dos cojines del sofá! ¡Corre!

Dan obedeció sin rechistar y se fue pitando.

–¡Katie! –exclamó, agarrándome de la mandíbula–. ¡Ven conmigo! ¡Ven, ven, ven!

Crucé corriendo el pasillo de la planta de arriba, dejé atrás el despacho de Dan, con la ventana recién rota y un pedrusco del tamaño de una pelota de baloncesto en el suelo, y entré en mi despacho. ¡Mostar se puso a abrir las ventanas como una loca! No lo entendía. Yo ya estaba medio escondida bajo el escritorio cuando una pequeña piedra con forma de mango entró por la ventana abierta. Casi se me escapó un «¿qué coño haces?». Pero las palabras se me quedaron atascadas en la garganta cuando el «mango» rebotó inofensivamente contra la pared y rodó hasta mis pies.

¡Sin ventana, no había esquirlas!

—¡Katie!

Mostar señaló la ventana a mi lado. Me puse en pie de un salto, la abrí y luego me pegué a la pared justo cuando una piedra atravesó zumbando el espacio abierto. Irónicamente, casi le da a Dan, que acababa de entrar, jadeando, con los cojines.

Mostar gritó:

—¡Dame!

Cogió uno de los cojines y lo encajó a la fuerza en la ventana abierta mientras Dan hacía lo mismo en mi lado.

Tump.

El cojín de Dan retrocedió ligeramente cuando una piedra rebotó con poca fuerza al otro lado.

Una idea sencilla y genial como la propia Mostar. Ella ya estaba colocando el monitor de mi ordenador de sobremesa detrás del cojín, mientras yo me acercaba arrastrándome hasta Dan. Entonces, exclamó:

—¡Detrás de mí!

Le quité la barrera suave y giré la cabeza hacia las dos pequeñas estanterías de acero en la pared más lejana. Dan me entendió, corrió hasta allá y tiró al suelo todo lo que había.

Mientras él recolocaba la primera estantería, noté que otra piedra golpeaba mi cojín. El impacto casi me tira al suelo.

—¿Estás…?

Sentí la mano de Dan en la espalda.

—¡Bien!

Lo aparté de un codazo. Al apoyarme mejor y separar más los pies, apenas noté los dos impactos siguientes.

Desde la otra punta de la habitación, Dan gruñó:

—¡Cuidado!

Y dejó caer la segunda estantería sobre el escritorio. Luego la volvió a llenar: archivos, papel de impresora, la impresora. El escritorio de Ikea gemía bajo el peso. ¡Pero aguantó! Se oyó un *tump* y algo centelleó entre el cojín y el alféizar. ¡Pero aguantó! Hice lo mismo y, cuando ya tenía las manos libres, retrocedí. Se oyó otro suave *tump* y el repiqueteo de algo duro y suelto en la estantería.

Apenas se oyó, por todo el bombardeo. Así lo llamó Mostar, que estaba descansando en el suelo, con la espalda apoyada en la pared.

—Nunca avisan —dijo en voz baja—, siempre empiezan antes de que suenen las sirenas. —La oí sorberse la nariz con fuerza y luego tosió—. Que nunca os pillen en campo abierto y manteneos siempre alejados de las puertas. Las calles antiguas son las mejores, porque son más estrechas y te protegen de la metralla.

Más mostarismos crípticos.

Bostezó, susurró una frase indescifrable en algún idioma extranjero y se echó a dormir ahí mismo. ¡En serio! ¡Roncaba! ¡Y más fuerte que Dan! Por cierto, él también está sobando ahora. Los dos, como personajes de una peli de Disney.

Al menos Dan ha esperado a que el «bombardeo» parara. Se ha detenido hace alrededor de una hora. A lo mejor solo ha durado diez minutos en total. ¡Pero qué diez minutos, madre mía! Mostar sigue durmiendo erguida, apoyada contra la pared. Dan está hecho un ovillo a los pies de la puerta cerrada del despacho. Aunque me preocupaba asfixiarnos aquí dentro, él insistió en que la dejáramos cerrada.

—La alarma se ha apagado. —Han sido sus últimas palabras antes de quedarse dormido—. Ya la arreglaré mañana…sí, la… la arreglaré.

Supongo que no debería preocuparme, la barrera no es hermética. Noto pequeñas ráfagas de aire frío que dan vueltas alrededor del escritorio. Es donde estoy ahora, junto a él, acurrucada en una esquina, mientras escribo todo esto.

Tengo calambres en los dedos. Necesito hacer pis. Quiero dormir pero al mismo tiempo no quiero. Me da miedo el mañana.

¿Por qué han dejado de tirarnos piedras? ¿Por qué han empezado a tirárnoslas? ¿Qué significa?

No se oye nada ahí fuera.

Necesito hacer pis, en serio.

Extracto de mi entrevista a la guarda forestal jefe Josephine Schell.
Igual que golpear madera, tirar piedras es un elemento muy arraigado en las leyendas populares. De nuevo, hay numerosas conjeturas al

respecto. Podría ser perfectamente una manera pacífica… bueno… no letal, de intimidar. También podría explicar los aullidos. Hay una teoría que dice que los usan para espantar a otros individuos o grupos. Eso tendría sentido, dado que los chimpancés a veces se tiran piedras unos a otros, o a las personas, como ocurrió en ese zoo sueco.* Es probable que Santino no quisiese matar a nadie, solo obligarlos a marcharse.

ENTRADA N.º 12 DEL DIARIO [CONTINUACIÓN]

Tengo muchas cosas que hacer esta mañana, muchas cosas que hacer hoy. Tengo que escribir todo esto rápidamente, ahora que todavía lo tengo fresco. Me ha despertado el dolor de cuello. He dormido en el suelo, de lado, con el brazo como almohada. No era la primera vez que me dolía el cuello, pero *oh, Dios mío.* ¡El hombro, las costillas, la cara! ¡Y hacía tanto frío! Anoche no se estaba mal del todo. Hacía tanto calor en la habitación que era sofocante. Pero ahora, con el frío que hacía fuera, la temperatura debía de haber bajado veinte grados. Puedo ver el vaho de mi aliento. *Esto* es a lo que se referiría Frank, al descenso en picado de la temperatura justo antes del invierno.

Aunque se me estaba helando el resto del cuerpo, la vejiga me ardía. No era solo una sensación muy molesta…cuando abrí los ojos casi me meo, pero de miedo. Dan y Mostar se habían ido, ¡y la puerta estaba abierta de par en par!

Los llamé a gritos, pero no hubo respuesta. Me puse en pie, tiritando, estornudé varias veces y luego asomé la cabeza fuera del despacho. La casa parecía estar vacía, y la puerta de la entrada estaba abierta. Las cortinas de la ventana de la sala de estar estaban descorridas. Eché un vistazo al móvil, eran las ocho y poco, pero la oscuridad… el día estaba de un gris plomizo que lo tapaba todo. No podía

---

* En 2009, «Santino», un chimpancé adulto, dejó estupefactos a los visitantes del zoo Furuvik de Suecia al bombardearlos con unas piedras que había colocado previamente con ese fin.

ver las luces de las otras casas, ni siquiera las casas. Parecían haberse teletransportado a otro mundo.

Me metí a toda prisa en el baño del pasillo; luego, salí de ahí y volví a llamar a Dan. Nada. Oía voces, lejanas pero claras. Bajé renqueando a la planta de abajo, frotándome las manchas de sangre de la pierna derecha, donde se me habían clavado varios cristales, y me dirigí medio cojeando a la puerta de la entrada.

¡Niebla!

Oscura y espesa. ¡Y fría! La notaba en la piel, calándome hasta los huesos. Aunque la aldea apenas era visible, pude distinguir a un pequeño grupo junto a la Casa Común.

Dan estaba allí, hablando con los Boothe, acompañado de Carmen y Reinhardt. Vincent iba hecho un pincel, con su equipo de excursionista, botas, bastones de montaña y mochila, que la tenía a reventar. No se había diseñado para acarrear todo lo que llevaba. Lo mismo con la bolsa para el portátil que llevaba a la cintura, que ahora tenía una forma abultada y estaba a rebosar. Llevaba la esterilla rosa de yoga de Bobbi al otro lado de la cintura, atada alrededor del hombro con una cuerda improvisada hecha con cordones de zapato. La esterilla estaba envuelta con una manta, de esas para los viajes de avión que se compran en el Hudson News. Estaba atada con más de los cordones de zapato que caracterizaban su conjunto.

—No me preocupa perderme. —Vincent apuntaba sin parar hacia la carretera—. Porque con solo seguir el camino de la entrada hasta el puente…

Dan replicó:

—¿Y después qué? Si el puente ya no está…

—Pues seguiré el lahar. —Vincent tragó saliva—. A estas alturas ya se habrá enfriado. O endurecido, no sé cuál es el término adecuado…

Dan insistió:

—Aun así, ¿es seguro cruzarlo?

Bobbi intervino.

—No tiene que cruzarlo. Como ya ha dicho, solo va a avanzar en paralelo a él, siguiéndolo hasta donde solía estar el arroyo.

—¿Hasta dónde? —Dan vio como me incorporaba al grupo, me agarró de la cintura y elevó la mano que le quedaba libre hacia el cielo—. ¡Pero si no se ve nada!

—Se disipará. —Vincent no nos miró, se limitó a asentir rápidamente con la cabeza gacha—. Sí. —Luego, le dijo a su esposa—: Acuérdate del otoño pasado, de aquel mediodía…

Ella asintió y le agarró con fuerza del brazo, intentando sonreír.

—No me pasará nada. —No estoy segura de si Vincent se dirigía a ella, a Dan, o sí mismo—. Iré despacio, con cuidado… —Elevó la vista—. No tengo que llegar hasta el final, solo avanzar hasta que tenga cobertura el móvil. —Se dio unas palmaditas en la chaqueta, que era de estas de excursionista experimentado con paneles solares entretejidos en el forro, y repitió—. Iré con cuidado.

—Pero vas a estar totalmente solo.

Tras esa advertencia, se hizo un silencio.

Dan me explicó después cómo había sido la discusión que me había perdido. Me contó que tanto Mostar como él se habían levantado temprano y habían decidido dejarme dormir. Luego, habían salido para ver cómo estaban todos los demás. Había sido entonces cuando vieron que Vincent ya había tomado la decisión y se preparaba para marcharse.

El razonamiento, la justificación. De alguna manera, Vincent y Bobbi se habían convencido a sí mismos de que si nos tiraban piedras era porque pretendían ahuyentarnos. Su objetivo era nuestra tierra y tal vez también nuestras casas, donde podrían cobijarse, y quedarse con la comida. Todavía no estaban preparados para cruzar esa línea mental, para admitir qué querían realmente las criaturas. Y cuando Reinhardt había aparecido…

Reinhardt.

Dan cree que los había estado escuchando a través de una de las ventanas rotas, y que se había acercado para ver qué ocurría. Cuando apoyó a Vincent entusiasmado, Dan me comentó que Mostar se había rendido. Nadie, ni siquiera Carmen, que había aparecido a la vez, estaba dispuesto a aceptar la verdad. Por eso Dan había cambiado de táctica y había centrado la discusión en los peligros de la caminata.

Pero, tal como pude presenciar en persona, este razonamiento tampoco ha servido de nada.

Alguien *tenía* que ir en busca de ayuda. Simplemente, no había otra opción.

¿Por qué? ¿Por qué siempre buscamos a alguien que nos salve en vez de intentar salvarnos a nosotros mismos?

—¡Aquí está!

Todos nos giramos para ver cómo Mostar volvía a sumarse al grupo, arrastrando los pies. Dan me contó que en cuanto él se había centrado en las dificultades del terreno, ella había ido corriendo a casa a por «algo». Y ese algo ha resultado ser una lanza de bambú. Y esta vez estaba bien hecha. No como la jabalina chapucera de antes. Un cuchillo de cocinero de veinte centímetros sobresalía del centro hueco de una vara gruesa y fuerte, atado a ella con lo que parecía una cuerda marrón. Luego me he enterado de que era un cable eléctrico de esos recubiertos de goma. Tenía un aspecto imponente y letal, y era gracioso verla al lado del diminuto Vincent. (También me enteré después de que Mostar la había fabricado para Dan.)

—Toma. —Mostar le ofreció el arma a Vincent—. A esto me refería.

—Gracias. —Vincent no hizo amago de cogerla—. Pero… creo que… es un poco…

Sus ojos recorrían el más de metro ochenta de la vara.

—Puedo recortarla. —Mostar se dio la vuelta—. Dame treinta segundos.

—No te molestes —insistió Vincent, sosteniendo en lo alto los dos bastones de montaña telescópicos que pendían de sus muñecas—. Son mejores para conservar el equilibrio, estoy acostumbrado a ellos y… —Se pasó la mano por su reluciente labio superior—. No…

Miró a Reinhardt, quien, sorprendentemente, había estado callado todo este rato.

—No… No quiero empeorar las cosas.

—¡Entonces no te vayas! — exclamó Mostar, clavando con fuerza el extremo de la lanza en el suelo.

Vincent se encogió de hombros.

—Tengo que hacerlo. —Acto seguido, le repitió en voz baja a su esposa—: Tengo que hacerlo.

Y eso ha sido todo. Toda la conversación dando rodeos. Insinuaciones, advertencias… incluso un arma, sin mencionar en voz alta para qué se iba a usar. Mostar se limitó a suspirar, apartó la lanza y le dio un gran abrazo. Los demás hemos hecho lo mismo. Noté que desprendía calor a través de la ropa, supongo que por los nervios, el sudor de su cuello en mi mejilla. Reinhardt le dio una palmadita en el brazo con mucha seguridad, como en una de esas pelis bélicas antiguas en blanco y negro donde alguien envía a un héroe a la gloria. Siempre he odiado esas películas. Cuando alguien decía «buena suerte» o «vaya con Dios», lo único que oía era «mejor tú que yo». Bobbi le besó intensamente y, por un segundo, creí que se iba a echar a llorar.

Lo seguimos hasta la Casa Común y luego nos detuvimos para que Bobbi lo acompañara hasta el final del camino de la entrada. Cuando estábamos ahí, esperando de espaldas para darles algo de intimidad, Mostar dijo, con la mirada clavada en sus zapatos:

—Nunca escuchan. Da igual lo que digas, tarde o temprano alguien siempre intenta saltarse el cerco.

Luego masculló algo en su lengua materna, algo que no entendí. Medio esperaba que se santiguara. ¿No lo hacían también las rechonchas ancianas extranjeras en las pelis de guerra?

Pero esta en concreto no lo hizo, sino que dio un par de palmadas y apremió:

—Vale, manos a la obra, hay que limpiar un montón de cristales rotos.

Mientras Reinhardt se llevaba a Dan aparte, mascullando algo sobre que tenía las rodillas fatal, yo miré atrás y vi que Bobbi estaba sola.

Tenía la cabeza ligeramente gacha, se abrazaba a sí misma y le temblaban los hombros.

—Vamos, Katie. —Mostar me agarró del brazo y bajamos juntas la colina en dirección hacia ella—. Llevémosla a casa.

Para entonces Vincent ya se había ido. Había desaparecido en la niebla.

Extracto de mi entrevista a la guarda forestal jefe Josephine Schell.
No todos los chimpancés tiran piedras para demostrar quién manda.
En África occidental, los primatólogos han observado recientemente que lanzan piedras a los árboles. Nadie sabe por qué. Hay una
teoría que señala que es una especie de «ritual sagrado» cuyo fin aún
no conocemos. Personalmente, me da exactamente igual por qué lo
hacen, solo me importa que lo hacen. Demuestra que utilizan las
piedras para múltiples fines, y que no podemos estar seguros de cuá-
les son. Si los chimpancés usan piedras en sus tácticas para cazar
monos y estas también las emplean algunos de sus primos norteame-
ricanos de mayor tamaño, entonces tanto el ataque al monte Santa
Helena como el bombardeo de Greenloop no pretendían ahuyentar
a los humanos, sino empujarlos a salir a campo abierto.

Capítulo 15

Cuando hay carne disponible, esta se considera un recurso muy valioso; se ha observado que los bonobos imploran que el que tenga la carne comparta una parte.

Texto extraído de *El Atlas mundial de los grandes simios
y su preservación*, editado por JULIAN CALDECOTT y LERA MILES

ENTRADA N.º 13 DEL DIARIO
12 DE OCTUBRE

Se acabaron las mentiras. Dejemos de mentirnos unos a otros, a nosotros mismos. Dejemos de negar qué son y qué quieren.

No he escrito desde hace dos días y han pasado muchísimas cosas. Intento poner en orden mis pensamientos. Es como si hubiera vivido un año entero.

Después de que Vincent se marchara nos pasamos el resto del día intentando reparar nuestras viviendas. Le pregunté a Mostar si nosotros, los tres, no deberíamos centrarnos únicamente en fabricar más estacas afiladas. Si eran hostiles, como claramente habían demostrado con las piedras, ¿no debería ser la seguridad nuestra prioridad principal?

Ella me respondió:

—Tienes razón. —Pero a continuación añadió—: los cristales rotos son un peligro para nuestra seguridad. Si no los limpiamos, si alguien se corta y necesita puntos… —También señaló que teníamos que sellar las ventanas rotas—. No podemos permitir que nadie se resfríe.

Cuando entren en razón, vamos a necesitar que estén sanos y fuertes.
–Y antes de que pudiera preguntar, contestó–: Sí, entrarán en razón,
Katie. Créeme. Están entre la espada y la pared… no… entre dos
aguas. Sí, esa es la expresión correcta en vuestro idioma. Ahora todos
están entre dos aguas; el gesto heroico de Vincent los ha hecho dudar.
Pero pronto nos van a necesitar. Y nosotros a ellos.

Ya estábamos otra vez.

Con lo de la necesidad.

No le pregunté qué iba a hacer para que entrasen en razón porque
supuse que pronto lo averiguaría.

Por lo que respecta a nuestra casa, tuvimos que dejar el dormitorio principal. La piedra que había impactado contra la puerta del
balcón había desencajado el cristal reforzado del marco. Incluso aunque lo intentásemos tapar con el colchón y el somier, no habría manera de sellar todos los huecos. Mejor llevarlos a mi despacho. También movimos los artículos de aseo personal al cuarto de baño de
invitados del pasillo, y dejamos la puerta del dormitorio principal
cerrada en todo momento.

Hicimos lo mismo con el despacho de Dan, lo que él considera
una ventaja.

–Así seremos más eficientes energéticamente. –Ese es su razonamiento–. Dos habitaciones menos que calentar. –Programó el sistema para cerrar los conductos de aire. Es alucinante que puedas hacer
eso. ¡Qué casa tan inteligente! Me enseñó cuántos amperios estábamos ahorrando–. Estos pueden redirigirse al huerto.

Fingí que compartía su optimismo y su entusiasmo. No le dije
que me parecía un retroceso. Otro paso atrás. Primero se habían
adueñado del bosque. Después, de la noche. Luego, de un par de
habitaciones de nuestra propia casa. ¿Cuántos pasos atrás nos quedaban?

La casa nos indicó que uno de los paneles solares estaba desconec-
tado. No agrietado, ya que están hechos de un compuesto flexible a
prueba de fisuras. Era solo un cable suelto, que se podía arreglar
desde el balcón. Aun así, la idea de que Dan estuviera ahí fuera, de
espaldas al bosque… Solo hacía falta una piedra y buena puntería.

Estuve con él todo el rato, sin apartar la vista de los árboles, por si veía algo moverse. Pero no pasó nada. No volaron piedras ni se oyó nada. Al menos la niebla pudo habernos proporcionado cierta protección. Eso esperaba, aunque ya se iba disipando. Vincent tenía razón. Me pregunté dónde estaría en ese momento, hasta dónde habría llegado. Me costaba mucho concentrarme en lo que estaba haciendo. Estaba cansada. Dolorida. ¡Pero había tanto que hacer!

La aldea había recibido muchos impactos. Las ventanas traseras estaban destrozadas. Unas cuantas puertas de los balcones estaban rotas. Lo mismo ocurría con las puertas de la cocina. Los cristales reforzados tenían fisuras, pero permanecían intactos. La de Reinhardt había recibido un impacto, pero a diferencia de la nuestra del balcón, el cristal no se había desprendido del marco. Aunque la puerta de nuestra cocina todavía se podía abrir y cerrar, Dan creyó que podría ser peligroso utilizarla. Así que se le ocurrió cerrar las cortinas y tapar el agujero con la mesa de la cocina, pero fue imposible sellarla. Reinhardt había tenido suerte. Esa posible pérdida de calor hace que agradezca que la pared acristalada de la sala de estar también esté hecha de vidrio reforzado. La nuestra parece ahora un tablero de ajedrez asimétrico, con unos cristales intactos y otros llenos de grietas.

Ninguna de las otras casas había recibido impactos en las ventanas que daban al interior. ¿Era porque las criaturas no habían visto a nadie a través de ellas? Las Perkins-Forster se habían escondido detrás de la puerta de entrada. Bobbi se había refugiado en el cuarto de baño de la planta de abajo. Quién sabe qué habían hecho los Durant. Mostar nos advirtió de que no perdiéramos el tiempo en ver cómo estaban. Ella se había refugiado en su taller y luego había venido corriendo a nuestra casa para ver cómo estábamos. Nosotros, yo, fui la única que estuvo justo delante de una ventana de la planta de arriba. Debieron de verme y pasé a ser su objetivo.

Ese momento durante la pelea por el compost, cuando la hembra enorme, la Alfa, había clavado sus ojos en los míos…

Para. Cíñete a dejar constancia de lo que ha pasado.

Mientras Dan ayudaba a Reinhardt, Mostar y yo fuimos a ver qué podíamos hacer por las Perkins-Forster. ¿La alarma de coche que habíamos oído la noche anterior? Era la de su Nissan Leaf. Había recibido un impacto directo el techo, y también la casa, por todas partes. ¿Cuánta fuerza se necesita para lanzar una piedra del tamaño de un balón medicinal?

Al menos las puertas del balcón principal estaban intactas, lo que les había permitido arrimar la cama contra ellas. A partir de ahora, todas dormirán en esa habitación. La habitación de Appaloosa era un desastre. Un montón de piedras. Añicos de cristal mezclados con fragmentos de espejo. Procuré no pensar en el enorme pedrusco que había en medio de la almohada.

No la habían limpiado, solo la habían abandonado. Otro retroceso.

Effie debió de ver la manera en la que Pal me miraba y cómo me agarró de la mano cuando entré.

—¿Quieres quedarte aquí un rato y ayudar a Pal a llevar algunas de sus cosas a nuestra habitación?

Iba a responder que sí, sobre todo al ver que le brillaban los ojos. Pero Mostar descartó la idea al decir:

—Aún no hemos pasado por casa de Bobbi.

Me acabo de dar cuenta ahora que dijo la casa «de Bobbi», no la de «los Boothe».

Effie respondió con resignación:

—Oh, claro.

Cuando me giré para marcharme, Pal se negó a soltarme.

—¿Te gustaría venir con nosotras? —le pregunté, y luego añadí, dirigiéndome a Effie—: ¿Te parece bien?

—Por supuesto. —Fue Carmen la que contestó—. Ya nos ocupamos nosotras de todo esto.

Había algo en su expresión, en las expresiones de todas… incluso en la de Bobbi, cuando llegamos a su casa.

Estaba en la cocina y se había puesto unas tiritas en el pulgar y el dedo índice de la mano derecha. Una piedra había atravesado la ventana de encima del fregadero, y ella se había cortado al intentar sacar los fragmentos del desagüe.

—Hay que evitar que atasquen el triturador de basura.

Me di cuenta de que la cocina olía a Chardonnay, y que algunos fragmentos en el suelo eran de color verde oliva. ¿Fue la piedra la que tiró la botella, o fue ella en un ataque de ira y frustración? Parecía apática y amodorrada, pero el olor que reinaba impedía asegurar si había bebido. Empezaba a arrepentirme de haber traído a Appaloosa, pero Bobbi pareció espabilarse al verla.

—¡Oh, hola, Pal!

Se abalanzó a la nevera.

—He estado reservando esto. —Sacó una bandeja de cubitos de hielo, de los que sobresalían palillos a través del celofán—. Los últimos polos de limonada con lavanda y bayas. —Appaloosa sonrió y cogió uno—. Por favor —insistió, sosteniendo con orgullo la bandeja—. Todo de nuestro jardín.

Sabía a verano; sí, a eso. Saboreé cada lametón. Mostar, por otro lado, se zampó el suyo de un bocado, le dio las gracias apresuradamente por la «ración extra de azúcar» y luego le pidió una escoba y un recogedor.

Mientras Mostar barría el suelo de la cocina, pregunté si podía hacer algo en la planta de arriba. Bobbi me contestó que no hacía falta y añadió:

—Dormiré en el sofá hasta que vuelva Vincent.

—¿Estás segura? —preguntó Mostar a gritos desde la cocina—. ¿No preferirías quedarte en mi casa?

—Es muy amable por tu parte. —Bobbi sonrió y echó un vistazo por la ventana de la sala de estar—. Pero no me gustaría que volviera a casa y se la encontrara vacía.

A mí tampoco me gustaba la idea, pero no por el mismo motivo que a Mostar. A ella le importaba sobre todo la seguridad. A mí, las emociones. La cara de Bobbi, la misma que Pal y sus madres. Ahora lo entiendo. De anhelo.

De necesidad.

—Bobbi, ¿sigue en pie lo de cenar en la Casa Común esta noche?

Tres personas me miraron como si estuviera loca. No me quedó más remedio que insistir.

—Solo para... ya sabéis... recordarnos que... bueno... que nos tenemos unos a otros.

No me podía creer que hubiera dicho esa frase. Nos tenemos unos a otros.

Cuando era niña, papá nos compró los DVD de los primeros programas de *Los Teleñecos*. En uno de los episodios, un tipo, creo que Dom DeLuise, intenta consolar a la cerdita Peggy por algo y le dice: «Aquí me tienes, aquí te tengo. Nos tenemos el uno al otro». Cuando ella repite «¿el uno al otro?», él se pone a cantar: «Nos tenemos unos a otros».* Esa era nuestra canción, nuestro himno familiar y, aunque había intentado olvidarla desde el divorcio, ahora sonaba a todo trapo en mi mente.

–Hemos… –dije nerviosa– hemos aunado esfuerzos, ¿no? Hemos compartido comida, hemos puesto nuestras habilidades al servicio de los demás… pero hay otra cosa… –me dirigí directamente a Mostar– y sé que la cagamos al principio porque teníamos que ocuparnos de cuestiones más prácticas… y todavía tenemos que hacerlo… Pero no podemos olvidar que… necesitamos…

–Consuelo. –Mostar dio un paso al frente, y su rostro reflejaba arrepentimiento–. Tienes razón, Katie, lo necesitamos tanto como los palos afilados. –Se acercó para abrazarnos a mí y a Bobbi. Pal se sumó a la pequeña piña, agarrándome de la mano y aferrándose a la cintura de una temblorosa y sollozante señora Boothe–. Necesitamos sentirnos unidos, sentir que pertenecemos a algo… –Entonces Mostar repitió, con un leve tono de fascinación juguetona–: Nos tenemos unos a otros.

Qué irónico era. ¿Yvette, la antigua Yvette, no habría matado por un momento como este? ¡Y mira que lo intentamos! Lo primero que hicimos después de dejar de abrazarnos fue ir, las cuatro, a la puerta de al lado para invitarlos. Como es lógico, no hubo respuesta. El timbre de la puerta sonó, pero nadie contestó. El metódico y eterno *zzzzzp* de la elíptica no cesaba nunca. Incluso logré convencer a Bobbi (que supuse que había tenido menos roces con ellos) de que gritara algo sobre el sentido de comunidad, la sanación y todo ese rollo que habían soltado en la primera reunión urgente.

* *El show de los Teleñecos,* episodio 211, «Con el señor Dom DeLuise como estrella invitada».

En fin…

Al menos el resto de la aldea decidió venir a la cena, y fue muy reconfortante. Comida, vino, amigos… y más vino. Todo el mundo trajo una botella y todos comentamos que «cada caloría cuenta». Hasta Pal le dio unos sorbos a su vasito, y Reinhardt dio su aprobación al exclamar: «¡Como los franceses!».

La comida, en cuanto a cantidad, estaba muy alejada de lo que habíamos cenado nuestra primera noche. En circunstancias normales, cualquiera habría considerado aperitivos a estos platos tan ridículos. Era muy gratificante que la gente no solo obedeciese las instrucciones de racionamiento, sino que lo hiciesen con entusiasmo. Como dijo la propia Carmen: *«El hambre es la mejor salsa»*.

Hambre aparte, su *frittata* de huevos estaba deliciosa. Muy buena idea mezclarlo con beicon vegano molido. Mucho mejor que la nuestra, que consistía básicamente en huevos revueltos con sal y pimienta.

Y el hambre no nos impidió disfrutar del plato de Mostar. Estaba riquísimo. Lo llama «fritos de asedio»: palitos de masa muy compacta freídos con mucho aceite. Me fijé en que Bobbi no comió mucho de su ración; o no le gustaban, o quizá fue el comentario de Mostar de que eran «el mejor sustituto de las patatas». ¿Todavía se siente mal? Parece que ocurrió hace cien años. Al final, le dio gran parte de sus fritos a Pal.

—Seguramente te gustarán más que lo que yo traje.

No tenía por qué haber traído nada. Era lo que habíamos acordado en su casa. Pero había acabado improvisando otra sopa de fideos. Era más espesa, oscura y fuerte que su *soba*. Nos explicó que había intentado hacer unos *naengmyeon*, y se disculpó por haber echado demasiada fécula de tapioca. Creo que a nadie le importó. A mí no. Por primera vez desde la erupción, ¡sentía la felicidad de tener el estómago lleno!

El plato también tuvo su gracia, porque cuando miré a Pal y exclamé:

—¡Mira, una sopa de gusanos!

Toda la conversación pasó a girar en torno a comer bichos. Effie preguntó si habíamos encontrado algún gusano en el huerto, lo que dio pie a Carmen a hablar de un artículo del *Washington Post* en el que se afirmaba que la dieta «paleo» real incluía insectos.

Dan mencionó la vez que había probado un plato de grillos fritos en un restaurante de Santa Monica. (Yo estaba ahí con él y había rechazado educadamente compartirlo.)

Effie preguntó si alguien había oído hablar de la harina de grillo, y Bobbi bromeó (o no) con que se había planteado dejar de ser vegana momentáneamente para probar un plato de larvas.

—Con un poco de curry, o salsa de soja…

—O Vegeta —añadí, y Mostar asintió.

Eso animó a Dan a seguir.

—¡Pues deberíamos probarlos! Solo hay que lavarlos bien y cocinarlos, ¡y es todo proteína! Tiene que haber, no sé, toneladas de larvas bajo todos los troncos que se están pudriendo ahí fuera.

Miró hacia la ventana oscura y, luego, hacia unos rostros que se habían helado de repente. Había ido demasiado lejos al mencionar el bosque. Me sentí mal por Dan. La había cagado, y lo sabía. Bajo la mesa, rocé con mi rodilla la suya en señal de apoyo.

Intentó salir del atolladero al añadir:

—Obviamente no ahora, mañana, cuando sea de día y…

Fue Reinhardt, sorprendentemente, el que volvió a animar el ambiente.

—Si bien está claro que todos estamos dispuestos a convertirnos en insectívoros ortodoxos —Le dio una palmadita a Dan en el hombro—, sugiero que nos las arreglemos con…

Como un mago, se aproximó teatralmente a la nevera de la Casa Común, agitando las manos en el aire, y abrió la puerta para enseñarnos seis tarrinas de (y no estoy de coña) ¡helado!

Todos nos quedamos mirando. Creo que Dan incluso dijo:

—Hala…

Yo tartamudeé:

—E-espera, ¿q-qué…? ¿De dónde…?

¡Pero si había revisado hasta el último rincón de su cocina!

—Disculpadme. —Reinhardt alzó las manos burlonamente, como

si se rindiera –. Espero que me perdonéis por haberos engañado, por haber escondido este alijo en mi santuario.

–¿Tienes una nevera en tu dormitorio? –preguntó Mostar, riéndose por lo bajo y negando con la cabeza.

–Es decadente, lo admito –contestó Reinhardt. Agarró las tarrinas con un brazo y las sacó–. Y ahora está vacía, os lo aseguro.

Las colocó ceremoniosamente, todas en fila, en el centro de la mesa. ¡Eran helados Halo Top!

Madre mía, ¡se me habían antojado tanto!

Durante un segundo comimos con los ojos, como buscadores de tesoros abriendo un cofre pirata. No creo que a nadie se le hayan agotado los helados a estas alturas. O sea, solo ha pasado semana y medida desde la erupción. Pero ahora entiendo la psicología del racionamiento. Entiendo lo que Mostar intentaba explicarme sobre nuestro país y por qué nos sentimos tan agradecidos ante el gesto de Reinhardt. Por un momento pudimos volver a la normalidad, comer tanto como quisiéramos, sentirnos americanos de nuevo.

No sé si alguien reflexionó sobre esto, pero cuando Carmen dijo:

–¡¿Qué?! ¡No hay de masa de galleta!

Todos estallamos en carcajadas. Qué bien nos sentó reír.

Tras repartir los cuencos y las cucharas, Reinhardt nos invitó a hincarle el diente. Con glotonería, Dan cogió una buena cucharada de helado de caramelo de sal marina y entonces, en vez de echarlo en el cuenco, se lo metió entero en la boca y gimió, creo, la palabra «sploosh» (una expresión sacada de su serie favorita, *Archer*). A nadie pareció importarle. Bobbi hasta bromeó:

–Te deben de gustar mucho las proteínas.

No sé si refería a los gramos extra de proteínas del helado Halo o… a otra cosa. Ay, Bobbi, cómo eres.

Pal, con los ojos casi ocupándole la mitad de la cara, miró a sus madres para pedirles permiso y, entonces, prácticamente se abalanzó sobre el de tortitas y gofre. Mi favorito. Yo, sin embargo, no me dejé llevar por la glotonería; unas pocas cucharadas de la parte del fondo fueron más que suficientes.

¡Oh, Dios mío! Se me había olvidado. Aunque había tomado raciones de dulce desde que todo esto había comenzado, una cucharada de agave o miel, o algo del azúcar moreno de Mostar, no era lo mismo. ¡Qué sorpresa! La mezcla fría de nata, hielo y cóctel de endulzantes: azúcar, estevia y ¿qué más...? ¿El cielo?

—¿No vas a comer nada?

Vi que lo había dicho Dan, y que le ofrecía la tarrina de virutas de menta a Reinhardt. Este estaba recostado en la silla, con las manos sobre la tripa, y negaba con la cabeza:

—Ya he comido bastante. —Y, por un segundo, parecía realmente apesadumbrado—. Los tenía guardados desde hacía mucho tiempo, y pretendía zampármelos yo solo.

—Y de una sentada —añadió Carmen, lo que nos hizo reír a todos otra vez. A Reinhardt también. Con las mejillas coloradas, aceptó la pulla con una reverencia teatrera.

Todavía riéndose, cogió su vaso de vino y, para mi asombro, me señaló.

—¡Por nuestra anfitriona!

—¡Nos tenemos unos a otros! —añadió Mostar, y todos comenzamos a cantar a coro «¡nos tenemos unos a otros!».

Cuando todos empezaron a aplaudir espontáneamente, sentí que se me saltaban las lágrimas y que se me hacía un nudo en la garganta.

Y cuando los aplausos se apagaron, en ese primer momento de silencio mientras bebíamos, oímos los gritos que venían de fuera.

Capítulo 16

Los chimpancés casi siempre comen la carne de forma lenta, masticando las hojas con cada bocado como si quisieran saborearlo el mayor tiempo posible… A menudo también los he visto lamer las ramas del árbol allá donde la presa las había tocado o donde habían caído presumiblemente gotas de sangre.

JANE GOODALL, *A la sombra del hombre*

ENTRADA N.º 13 DEL DIARIO [CONTINUACIÓN]

Nadie habló; probablemente todos nos preguntábamos si realmente lo habíamos oído. Pero entonces, un instante después, un llanto. Humano.

Lo dejamos todo y salimos corriendo en grupo para adentrarnos en la noche. Se oía con claridad, cerca de la aldea, quizá a medio camino de la cima, en una zona de bosques frondosos por encima de la casa de los Boothe.

Era una única voz. Desgarradora. Agónica. Como el sonido que oyes cuando, de niños, un amigo se cae y se da un golpe fuerte. Esa larga ráfaga de aire que sale del diafragma tras el shock inicial.

—¿Vincent? —preguntó Bobbi con un tono tembloroso y perplejo. Acto seguido, gritó, justo a mi lado—. ¡Vincent!

Effie le tapó los oídos a Appaloosa y la llevó de vuelta a la casa, mientras el siguiente chillido largo de Vincent se convertía en sollozos.

Bobbi me miró. ¿Por qué a mí?

–Está herido. –Luego, se dirigió a Dan–. ¡Tenemos que ir a por él!

Dan avanzó en dirección al sonido. Solo dio un paso, porque Mostar intentó agarrarle del brazo. No lo consiguió, pero sí pudo agarrarle de la camisa con firmeza.

–No.

Su rostro parecía inexpresivo, pragmático.

–No vayas.

Más sollozos lejanos, rápidos y débiles, que de repente se transformaron en otro largo grito.

–¡Está herido! –Bobbi miró con incredulidad a Mostar y luego a Dan–. ¡Necesita ayuda!

Vi que Dan movía ligeramente el brazo, y se intentaba librar de Mostar. ¿Estaba tanteando?

Pero ella no cedió.

–Es lo que quieren ellos.

Tardé un segundo en darme cuenta de qué quería decir. De repente, me entraron ganas de vomitar todo lo que acababa de comer.

Vi que a Dan se le hundían los hombros. Lo había entendido.

Carmen y Reinhardt también. Tras un primer momento de sorpresa, fueron conscientes de lo que implicaba. Carmen le dio la espalda a la cima, y Reinhardt clavaba la mirada en sus zapatos.

Pero Bobbi exclamó:

–¡Ellos! –Levantó las manos–. ¿Cómo que «ellos»? ¡Si no los oímos!

–¿No los hueles? –preguntó Mostar.

A pesar de que el viento soplaba desde nuestras espaldas, la peste era muy fuerte.

–Están guardando silencio a propósito. –Mostar siguió con su atención centrada en la cima–. Quieren que salgamos de nuestra guarida, para después despedazarnos. –La forma en que entrecerró los ojos, moviéndolos velozmente de un lado a otro…– Es un truco de francotirador.

–¿Qu…? –empezó a decir Bobbi y, entonces, como si acabara de escoger el cupón de la lotería premiado, se le dibujó una amplia sonrisa en la cara–. ¡Estás loca! –Negó con la cabeza, resoplando y riéndose entre dientes–. ¡Loca! Hija de puta traumatizada…

Entonces se giró hacia la oscuridad.

–¡Vincent! ¡Ya vamos, cariño! ¡Ya vamos!

Y luego le hizo un gesto brusco a Dan como diciendo «¡vamos!».

Pero él no se movió.

–¡Pero a ti qué te pasa!

Clavó los ojos en Dan y luego miró a todo el grupo.

Dan, que permanecía ahí quieto, se debatía entre la fe que tenía en Mostar y las ganas de ayudar a Bobbi. La forma en que frunció el ceño, cómo le temblaban los labios… Yo hubiese dicho algo. Sé que lo habría hecho, pero entonces me fijé en su cara. La luz que le iluminaba la piel se volvió un poquito más brillante. Y detrás de él, Carmen gritó:

–¡Ahí!

Señalaba al hueco entre las casas de los Boothe y los Durant. Ninguno de nosotros se había fijado hasta entonces. No nos habíamos dado cuenta de que algo bloqueaba parcialmente la mitad inferior del espacio. Y ese algo ahora corría pendiente arriba por detrás de las casas. Era el de las patas largas. El explorador. ¿Nos había estado observando todo este tiempo? ¿Estaba frustrado porque no habíamos mordido el anzuelo?

Lo observé desaparecer tras las zarzas, justo bajo un hueco en los árboles. Y en ese hueco, en la parte superior de la cima, iluminada por la luz de las casas…

No estoy segura de si era Alfa. A esa distancia no había manera de saberlo. Y no estoy segura de qué creí que agitaba ante nosotros. Tenía que ser una rama. Y debía de estar partida por la mitad. ¿Por qué si no iba a pender de esa forma? Y es imposible, totalmente imposible, que hubiese visto unos dedos, aunque mi cerebro sigue diciéndome que sí.

–No podemos –dijo Reinhardt, que estaba detrás de mí. Cuando me giré hacia el grupo, continuó–: Mostar tiene razón. No podemos ir ahí. –Y dirigiéndose a Bobbi, añadió–: Lo siento.

–¿Lo sientes? –replicó, y, bajo el brillo sutil de las luces del sensor, vi cómo sus labios empalidecían.

—Bobbi —Reinhardt se encogió de hombros con resignación—, por favor, mira la situación con…

Se oyó otro grito, y Bobbi apuntó hacia la oscuridad.

—¡Escuchad! —Tenía los ojos llorosos y daba saltitos como una niña. Al siguiente grito, se agarró el pelo con ambas manos—. OhDiosmío, OhDiosmío…

Dan intentó de nuevo zafarse de Mostar, y con la mano libre trató de coger el abridor de cocos que llevaba en la espalda, escondido bajo la camisa.

Mostar debió de ver el bulto. ¿O simplemente lo sospechaba?

—¡Dan! —exclamó a modo de advertencia, y con el otro brazo lo frenó.

Bobbi los miró a ambos, estiró los brazos y dijo con voz áspera:

—Por favor.

Carmen se acercó a ella lentamente. Yo la seguí. No sé qué creíamos que íbamos a hacer. ¿Consolarla? ¿Sujetarla?

Carmen apenas le había tocado el hombro cuando Bobbi se la quitó de encima con un movimiento violento y desesperado.

—¡Por favor! ¡Por favor! —Nos rogaba a todos—. ¡Por favor!

—Bobbi —dijo Reinhardt con un tono suave y tranquilizador—, tienes que entender que no podemos hacer na…

—¡TÚ! —gruñó, volviéndose hacia él—. ¡Tú tienes la culpa!

Entonces comenzaron los aullidos, y los gritos de dolor de Vincent se ahogaron en un coro de rugidos.

Fue como el pistoletazo de salida, así lo veo ahora, porque el sonido pareció provocar que Bobbi se abalanzara sobre Reinhardt.

Lo alcanzó cuando él se giraba. Vi cómo le arañaba la oreja con las uñas. Él se llevó la mano a la herida y Carmen y yo intentamos sujetarla.

—¡Le dijiste que no le pasaría nada! ¡Le dejaste marchar! —Se revolvía como un pez que ha mordido un anzuelo—. ¡Le estás dejando morir!

En ese instante, me acordé de cuando Vincent se había marchado. ¿Había hablado con Reinhardt antes de partir? ¿Le había pedido consejo? ¿Por eso Reinhardt había compartido tan generosamente sus helados? ¿Porque se sentía culpable?

—Bobbi, piensa… —Reinhardt tenía los brazos extendidos, los labios temblorosos y le salía vaho de la frente sudorosa—. Solo piensa…

—¡Tú! —chilló Bobbi, dando una patada que casi le alcanza la cara—. ¡TÚ!

—¡¿Qué quieres?! —exclamó Reinhardt. Me sobresalté al oírle hablar con ese tono tan grave y potente—. ¿Qué quieres de nosotros?

Se llevó las manos bruscamente a la cara y se la frotó desesperadamente, como si intentara hacer desaparecer la realidad.

—¡Nos van a MATAR, Bobbi! —Con los brazos extendidos, arañaba el aire delante de ella, enfatizando cada palabra—. NOS… VAN… A… MATAR… A ¡TOOODOSSS!

Instintivamente, tiré de Bobbi hacia atrás. Por la forma en que Reinhardt se acercó a ella, creí que le iba a pegar. Pero no iba a por ella. Su rostro, en shock… Hincó las rodillas en el suelo, con los brazos estirados y la boca abierta.

Carmen gritó:

—¡Agarradlo!

Reinhardt se desplomó hacia delante justo cuando Mostar y Dan lo agarraban por debajo de los brazos.

Solté a Bobbi y me lancé a ayudar a Mostar. Dios, cómo pesaba, y cómo sudaba…

—No podemos… —jadeé—. No podemos…

Mostar lo llamaba por su nombre de pila.

—¡Alex! ¡Alex, mírame! ¿Me oyes?

Tenía el rostro desencajado, los ojos vidriosos, y le caía la baba del labio inferior.

—¿Estás tomando algo? —Mostar le agarró de la mandíbula para girarle la cabeza hacia ella—. ¿Alguna medicación? ¿Tienes pastillas en tu casa? ¡Alex, escúchame! ¡Alex!

Tump.

La primera piedra aterrizó justo a nuestro lado, levantando una nube de polvo ante nosotros.

Tump-tump-tump.

—¡Entrad! —gruñó Mostar, e intentaba levantar como podía a Reinhardt—. ¡En la Casa Común!

En cuanto logramos cruzar la puerta con él, Effie y Pal la cerraron de golpe.

Mostar exclamó:

—¡Las luces!

La habitación se oscureció, y llevamos a Reinhardt al sofá. Lanzó un «uf» ronco al caer sobre los cojines, con las manos sobre el pecho.

Mostar fue corriendo hasta el fregadero, gritando:

—¡Agachaos! ¡Apartaos de las ventanas!

La vajilla de porcelana tintineó. Unas piedras se estrellaron contra el tejado. Bobbi sollozó débilmente. Reinhardt lanzó un desafiante ¡mmm! y apartó el agua que le había traído Mostar. Todo sucedió en la penumbra. Todo sucedió con aullidos distantes de banda sonora.

Mostar intentó de nuevo darle agua. Reinhardt la apartó tan violentamente que la derramó sobre mí. Luego se inclinó hacia un lado y le dieron arcadas. Mostar se arrastró hasta la papelera. Reinhardt sintió náuseas y escupió al suelo. Mostar colocó la papelera justo a tiempo. Aparté la vista y la habitación se iba llenando de la peste a vómito.

Reinhardt gimió, volvió a escupir y gruñó algo como:

—No puedo… no puedo.

—¡Sujétale la cabeza! —Mostar me cogió la mano y la puso sobre la frente resbaladiza.

Mientras él seguía con arcadas, ella volvió al fregadero para remojar un paño.

Para entonces Reinhardt ya balbuceaba. Encadenaba palabras y gemidos.

Sentí tanta lástima por él, tanta impotencia… Estaba sufriendo ahí mismo y yo no podía hacer nada. La sensación de impotencia… Vincent. Bobbi. Sentirse tan desamparado y acosado. No estoy segura de cuándo dejé de sentir compasión por él para irme al extremo contrario.

Quizá cuando se puso a suplicar, con un tono agudo y sumiso:

—Quiero… Quiero irme a casa. —Repetía esa frase una y otra vez—. Quiero irme a casa. —Acompañado de lloriqueos débiles como los de un niño. En un momento dado, dijo el nombre de alguien–. Hannah.

–Sí, creo que dijo eso justo antes de añadir–: Casa. Quiero. Quiero.

«Muérete.»

Intenté no pensarlo, pero era lo que sentía.

«¡Muérete! ¡Muérete de una vez!»

Me mordí el labio y le lancé una mirada asesina en la oscuridad.

«¡Por favor, solo cállate y muérete de una maldita vez!»

Eso fue hace seis horas, cinco desde que por fin cesaron las pedradas. Mostar nos ha hecho esperar una hora ahí. Hemos permanecido en silencio hasta que tuvimos claro que nos podíamos mover sin correr peligro. Para entonces, Reinhardt dormía. O estaba catatónico. No podemos estar seguros. Para poder llevarlo sano y salvo a casa hicieron falta cuatro personas. Ahora está en el sofá de su sala de estar. Respira con regularidad. Carmen lo está vigilando.

Seguimos sin saber si realmente ha sufrido un ataque al corazón. Effie cree que podría tratarse de algo llamado «miocardiopatía por estrés». Un ataque de pánico que se asemeja mucho a un paro cardíaco. Aunque no lo tiene claro. Nos ha recordado que Carmen y ella son psicólogas, no psiquiatras. Pero aunque hubieran hecho la carrera de Medicina, ¿habría servido de algo? ¡Si no teníamos la medicación ni el equipo adecuado!

«Siri, ¿cómo se trata un infarto en tu propia casa?»

Nos pusimos de acuerdo en, por lo menos, vigilarlo por turnos. Si no se despierta, tendremos que pensar cómo vamos a cuidarlo. Necesidades vitales como alimentarlo y, sí, ir al baño. Todos tendremos que echar una mano.

Y todo el mundo lo ha hecho. Ahora Mostar es nuestra líder. Y todo el que puede está trabajando en la construcción del perímetro defensivo, que fue idea suya.

Effie y Pal están en casa cortando tallos de bambú para hacer estacas. Mostar y Dan están afuera, recogiendo más. Los veo nítidamente, al otro lado del camino de la entrada, agachados bajo las luces y moviéndose rítmicamente al compás del centelleo de los cuchillos de cortar pan. Mostar no quiere que nadie salga fuera solo, no mientras todavía sea de noche.

–Por si acaso se arman de valor y lo intentan.

¿Intentan qué?

Mostar cree que estaremos a salvo de día, sobre todo dentro de los confines de la aldea. Así que debería darnos tiempo a terminar el perímetro. Quizá nos hagan falta un par de días. Una noche más. No cree que vayan a «tener la osadía» de invadir nuestro hogar. Es lo que me ha dicho una vez dejamos a Reinhardt en su casa:

–Además –¿por qué tuvo que añadirlo?–, ya tienen la tripa llena.

Vincent.

Bobbi ha llorado hasta quedarse dormida, justo ahora, acurrucada y con la cabeza sobre mi regazo. Entiendo por qué ha dicho:

–Lo… encontraremos… al amanecer… lo buscaremos… lo encontraremos… lo haremos…

Negación. Esperanza. Trankimazin.

Es obvio por qué quiere ir en su busca, pero ¿por qué he aceptado ayudarla?

Supongo que también es obvio.

Tengo que hacer algo, algo que compense lo que pensé sobre Reinhardt. No es típico de mí. No voy a comportarme así. Voy a echar una cabezadita rápida; pondré la alarma del móvil para que suene cuando salga el sol. Al menos todavía sirve para algo. Y yo también.

¿Cómo puedo pensar así?

¿Quién soy?

Extracto de mi entrevista a la guarda forestal jefe Josephine Schell.
¿Has visto alguna vez a chimpancés cazar monos? Forman un grupo muy unido, en el que cada miembro tiene una tarea. Están los «agitadores», que trepan a los árboles, agitan las ramas y gritan como locos para asustar a los primates más pequeños, que huyen para salvar el pellejo. El terror es un arma muy poderosa. El terror nubla la mente. Los agitadores cuentan con eso. La inteligencia se rinde ante el instinto de preservación. La clave es lograr que solo uno se separe del grupo. La unión hace la fuerza, incluso en el caso de las presas.

Las crías son las más vulnerables, las más fáciles de aislar. Pero hasta a un adulto hecho y derecho se le puede asustar lo suficiente para que meta la pata. Tendrá tanto miedo que será incapaz de pensar; correrá, trepará, saltará y, en el mejor de los casos, acabará en manos de los otros chimpancés que permanecen a la espera. Si el mono tiene suerte morirá de forma rápida; le retorcerán el cuello o le golpearán la cabeza contra un árbol. Si no... he visto a un colobo rojo chillando como loco e intentando soltarse, mientras el chimpancé con una mano lo sujetaba y con la otra le arrancaba las tripas.

Cuando los chimpancés destrozan a un mono, solo se me ocurre una manera de definir su comportamiento: se dejan llevar por la «sed de sangre». Sus matanzas no se parecen en nada a cualquier otra que hayas visto jamás, no es como cuando un leopardo caza a una gacela o incluso cuando los tiburones hacen trizas a una foca. Esto es algo frío, mecánico. Los simios se vuelven locos. Saltan y bailan. No me digas que no disfrutan con ello.

Y no me digas que solo cazan para comer. Se reparten la carne según el rango. El líder permanece ahí, con el cadáver a sus pies, mientras los demás esperan, literalmente, con los brazos extendidos. Para ellos, la carne es como dinero. El mismo orden social que permite ese ataque tan disciplinado y coordinado se mantiene a la hora de repartir el sangriento botín del ataque.

Capítulo 17

Al principio Bauman no vio a nadie, ni tampoco recibió respuesta a su grito. Avanzó y gritó de nuevo, y al hacerlo posó la mirada sobre el cuerpo de su amigo, que yacía junto al tronco de una gran pícea caída. El horrorizado trampero corrió hacia el árbol y descubrió que el cuerpo todavía estaba caliente, pero tenía el cuello roto; asimismo, tenía cuatro marcas de unos enormes colmillos en la garganta.

Las huellas de una bestia o criatura desconocida, marcadas muy profundamente en el suelo blando, contaban la historia entera.

El desdichado, habiendo acabado de recoger, se había sentado sobre el tronco de la pícea de cara al fuego, dando la espalda al bosque denso, a la espera de su compañero. Mientras esperaba, este asaltante monstruoso, que debía de haber estado acechando cerca, en el bosque, aguardando a que se presentara la oportunidad de sorprender desprevenido a uno de los aventureros, se le había acercado silenciosamente por detrás, dando unos pasos largos e inaudibles; al parecer, avanzó en posición bípeda. Sin ser oído, evidentemente, alcanzó al hombre y le partió el cuello [tirándole de la cabeza hacia atrás con sus patas delanteras] mientras le clavaba los dientes en la garganta. No se había comido el cuerpo, sino que, aparentemente, había retozado y brincado alrededor de él con un júbilo feroz y zafio, pasando por encima de él una y otra vez ocasionalmente; después, había huido para adentrarse en las silenciosas profundidades del bosque.

El presidente THEODORE ROOSEVELT,
El cazador de las tierras salvajes

ENTRADA N.º 14 DEL DIARIO
13 DE OCTUBRE

Lo que hice fue muy irresponsable. Egoísta. Y estúpido.

Sabía que estaba mal porque, si no, se lo habría contado a alguien. Bobbi dormía. Reinhardt seguramente también, mientras Effie lo vigilaba. Había visto cómo relevaba a Carmen, que había vuelto a cortar más estacas con Pal. Supuse que Dan y Mostar hacían lo mismo. Nadie me vio salir a hurtadillas de la casa de los Boothe y, cuando ya había logrado recorrer una cuarta parte del sendero, oí:

—¡Espera!

Dan estaba subiendo por detrás de mí, con una lanza en una mano y una jabalina en la otra. Las usaba como bastones de montaña, por lo que avanzaba al doble de velocidad que yo. Tenía la cara roja y la mandíbula apretada, lo que reflejaba su firme determinación. Me giré para encararme con él, dispuesta a discutir:

—¡No, Dan! ¡No, no puedes detenerme! ¡Voy a encontrar a Vincent y no puedes hacer nada al respecto! Nunca has podido. Estoy harta de que seas un lastre, de ser tu niñera. ¡No, no, no abras la boca! Esto es lo que va a pasar: yo voy a ir a buscar a Vincent y tú vas a volver por dónde has venido y vas a hacer algo útil hasta que vuelva, joder.

¿No habría sido un discurso genial? Lo tenía ya en mi cabeza, seguramente guardado ahí, de una forma u otra, desde hacía años. Pero nunca he tenido la oportunidad de soltarlo, porque justo cuando levantaba el brazo para indicarle que se detuviera, Dan me dio la jabalina y siguió caminando arduamente. Me quedé mirándole boquiabierta a sus espalda y, acto seguido, se giró y me tendió la mano que tenía libre. Y así es como subimos. De la mano, apoyándonos mutuamente. Ascendiendo por el sendero como había soñado desde el primer día.

Quién se lo iba a imaginar.

No oímos nada ni vimos ningún movimiento. No pude evitar aferrarme a la esperanza de que quizá fueran realmente criaturas nocturnas. Que estuvieran felizmente dormidas. Sí, profundamente dormidas.

Cuando llegamos a la mitad del camino nos topamos con las huellas, con los rastros de anoche. Las de Explorador trazaban una línea recta desde las casas hasta la parte superior de la cima. Ahí era donde quizá había estado la otra, Alfa. Había dejado un revoltijo de huellas… y sangre, que se había solidificado en la ceniza y salpicado los árboles. Siguiendo las salpicaduras rojas acabamos descendiendo por la pendiente opuesta. Había avanzado despacio. Ahí no había camino. No uno natural. Se había abierto camino violentamente a través del follaje, dejando un rastro de ramas rotas y ensangrentadas que se nos clavaban en los costados a cada traspiés.

El suelo ahí era blando, mullido. No había visibilidad. Y no se oía nada, salvo el latido de mi corazón. El rastro trazaba una curva alrededor de un gran pino, y nos dimos cuenta en ese instante de que tapaba un pequeño claro.

Ahí había huesos y fragmentos por todas partes. Mezclados con las cenizas y el barro. Eran muchos para ser de un único animal. También había restos de pelaje y de pezuñas amputadas. ¿Eran de los ciervos que habíamos visto? ¿O quizá de otros? Vi que había unas cuantas piedras cubiertas de sangre, de las que usan para matar violentamente. ¿Pero estas nuevas pilas? Cada una tenía alrededor de unos treinta centímetros de altura y eran el doble de anchas. Cada piedra tenía un aspecto inmaculado y eran casi tan grandes como las que nos habían lanzado. ¿Eran reservas para el próximo bombardeo? Si son tan inteligentes para planear por anticipado, ¿de qué más son capaces?

Mientras caminábamos lentamente entre piedras y huesos, fui distinguiendo distintas «islas»; hechas con hojas, musgo, helechos enteros arrancados de raíz, todo ello introducido a presión en la tierra y mezclado con las fibras largas y gruesas que ahora sabía que eran pelos. ¿Eran sus sacos de dormir? La peste era peor que nunca. Distinta. Dan me tiró de la mano para que centrara mi atención en varios pequeños montículos marrones que había junto al linde de los árboles. ¿Eran heces? ¿Cómo llamas a un sitio así? ¿Un nido? ¿Una guarida?

Dan bajó el brazo para apuntar hacia algo situado bajo el montículo más cercano; un objeto largo y fino que brillaba bajo la luz del día nublado. No hizo falta que nos acercásemos más. Era uno de los bastones de montaña de Vincent.

Fue entonces cuando algo se movió en los árboles que teníamos delante.

Era grande, quizá el primero que había visto aquella noche en la puerta de la cocina. Era ancho y musculoso, pero, a diferencia de Alfa, no tenía cicatrices.

Nos miraba alternativamente. Lanzó un gruñido bajo, lánguido.

Dan fue el primero en retroceder; incorporándose y, suavemente, tirando de mí hacia atrás.

El gran macho bajó la cabeza, gruñó de nuevo y dio un paso con cautela hacia nosotros, mientras el bosque a su alrededor de repente cobraba vida. ¡Habían estado ahí mismo todo el rato! ¡Sí, todos!

Ahora cierro los ojos e intento imaginármelos. Tal vez sea estúpido ponerles nombre, pero es inevitable.

Los dos más pequeños, los hermanos jóvenes que se pelearon por el cubo de abono, los Gemelos Uno y Dos, flanqueaban a su, ¿qué? ¿A su padre? Al primer macho. ¿La pareja de Alfa? ¿Cómo llaman a Felipe en *The Crown*? ¿«El príncipe consorte»? Luego estaba a su derecha el delgado y alto Explorador, y el macho viejo, «Gris» entre este y la hembra vieja, «la Condesa Viuda».

A la izquierda había una joven, una adolescente, creo. Era la que había visto correr por la maleza. La que tenía un pelaje de un rojizo más claro, que parecía ondular, suave y brillante. La «Princesa». Y a su izquierda, otra hembra, más mayor y grande, con el pelaje aún suave y rojo en algunas zonas, pero con el vientre hinchado sobre el que apoyaba un brazo. ¿Estaba embarazada? «Juno.»

Y a su izquierda un macho joven, aunque en un primer momento pensé que no lo era. No se habían desarrollado, apenas le pendían del pelaje de entre las piernas. Todo en él apuntaba a su juventud: su forma de saltar frenética, los chillidos agudos, el hecho de que continuamente miraba hacia atrás. ¿Esperaba a alguien? No, llamaba a las tres siluetas que se alzaban amenazadoras por detrás de Consorte.

Eran dos hembras, una vieja y otra joven; las dos sostenían bolas de pelo en los brazos. Bebés. Las dos madres, encorvadas y titubeantes, la seguían a *ella*.

A Alfa.

Todo el grupo pareció apartarse cuando se aproximó, incluso Consorte, que clavó la mirada en el suelo a su paso. Ella no gruñó. No gritó. Se acercó silenciosamente acompasándose a nuestra retirada por la pendiente, fuera del claro, de vuelta a la parte superior de la cima.

Monos. Es la imagen que no logro sacarme de la cabeza; a unos monitos en el zoo, con los ojos abiertos como platos mirando nerviosamente a todas partes. Es lo que éramos nosotros, intentando mirar a todas partes a la vez. Hacia delante, al grupo que avanzaba; hacia abajo, a las pilas de piedras que teníamos a los pies; a los lados, al círculo que poco a poco se iba cerrando; hacia atrás, a la vía de escape abierta que se iba estrechando más y más.

Intentaban rodearnos y cortarnos el paso. Eso debió de ser lo que llevó a Dan a apresurarse. Noté cómo me agarraba con más fuerza de la muñeca, cómo tiraba de mí mientras yo clavaba los ojos en Alfa. Nos mostró los dientes y abrió la boca del todo.

Noté el calor y la peste del rugido, que hizo que el grupo se volviera loco. Saltaron, danzaron, levantaron los brazos y lanzaron chillidos desgarradores. No pensé lo que hacía, simplemente levanté mi arma cuando ella dirigió su mano, del tamaño de mi cara, hacia nosotros. No sé si la hoja de la jabalina le hizo un corte profundo o si simplemente la dobló entre sus dedos al agarrarla. Tiró violentamente del arma. Aún noto la quemadura que me hizo en la piel cuando me la arrebató. Luego la lanzó y dio vueltas por el aire, por encima de nuestras cabezas.

Fue entonces cuando Dan se giró, blandiendo su lanza. Golpeaba el aire de manera inofensiva. A ella le dio igual. Esquivó los golpes con movimientos rápidos de cabeza, desprovista de cuello. Incluso bajó velozmente los brazos para intentar quitársela, obligando a Dan a retroceder. El nuevo sonido que hizo, ladridos cortos… ¿se estaba riendo?

Miré hacia atrás, vi cómo el círculo se cerraba y luego de nuevo a Alfa, quien por fin había agarrado la lanza de Dan. Ahora lo recuerdo a cámara lenta: alzó un puño mientras agarraba la lanza con la otra mano. Tenía la boca abierta y se acercaba a Dan con su gigantesco rostro.

Los ojos brillantes.

Como dos perlas centellantes.

No era una alucinación. Algo que ardía se reflejaba en ellos.

–¡ATRÁS!

Soltó la lanza y retrocedió bruscamente, justo cuando las llamas se abrían paso entre Dan y yo.

–¡ATRÁS!

Mostar se colocó entre nosotros y blandía una vara con la punta ardiendo.

–*Goniteseupichkumaterinu!** –exclamó en su idioma. Y en el de ellos. Palabras extranjeras mezcladas con ruidos guturales, propios de animales. Gruñó, ladró y les lanzó un rugido agudo y sibilante, mientras el grupo se retiraba entre aullidos entrecortados y temerosos.

Temerosos.

Hasta Alfa se mostraba reticente. Había bajado los brazos, pero elevado los hombros. Movía de arriba abajo la cabeza, chasqueaba la lengua suavemente y esperaba la oportunidad para atacar.

Mostar también chasqueó la lengua, y pronunció algo como:

–*Mrsh! Mrsh!*†

Después gritó:

–*Pichko jedna!*‡

Mientras arremetía contra Alfa, obligándola a retroceder, vi que la antorcha que agitaba era una toalla en llamas sujeta con un cable eléctrico. También vi que se estaba apagando, y que empezaba a echar humo.

–*J'ebemlitikrv!*§ –ladró Mostar, alzando la antorcha hacia Alfa, que se retiraba. Luego, a nosotros–: ¡Corred!

---

* *Gonite se pičku materinu!*: ¡Vuelve al coño de tu madre!

† *Mrš! Mrš!*: ¡Largo! ¡Largo!

‡ *Pičko jedna!*: ¡Tú, zorra!

§ *J'ebem li ti krv*: Me cago en tus muertos.

El círculo se había roto y la pendiente estaba despejada. Dan y yo corrimos, subiendo a trompicones por el terreno embarrado.

—¡Mostar! —gritó Dan.

Miré. Nos pisaba los talones y exclamaba:

—¡CORREEED!

Y ahí venían, caminando a grandes zancadas, de lado a lado. ¿Todavía con cierta cautela por si teníamos fuego? Alfa, que no había retrocedido lo más mínimo, se agachó para coger algo. Yo me volvía para ver adónde me dirigía, justo cuando la primera piedra se estrelló contra el árbol que tenía al lado.

El laberinto que tenía delante me impedía tener una vía de escape clara, y a ella, un tiro directo. Oí el ruido de las piedras al impactar contra las ramas y al golpear los troncos que bloqueaban el sendero. El chapoteo de una piedra del tamaño de un melón enterrada en el barro justo delante de mí.

—¡Zig! —gritó Mostar detrás de nosotros. En un primer momento, creí que era una palabra extranjera.—¡Zigzaguead! —exclamó y luego soltó un *uf* como consecuencia de un golpe.

Después me enteré de que solo fue una pedrada de refilón, como la que había recibido Dan. Esa sí la había visto; en un ángulo bajo, rozándole el hombro, pero con la fuerza suficiente para dar vueltas. Dan se giró y se tropezó. Lo agarré, le obligué a levantarse y lo arrastré los últimos metros.

Podíamos ver la parte superior de la cima. Solo había que subir hasta ahí e iniciar el descenso, solo nos quedaban unos pasos más. Recuerdo el subidón y el alivio que sentí en el momento que vi la aldea y la cuesta hacia abajo. Entonces, noté un impacto. Un golpe entre los omóplatos. Me quedé sin aire. Caí de bruces. Ahora le tocaba a Dan agarrarme, mientras Mostar nos empujaba a los dos.

—¡No paréis! ¡No paréis!

Bajamos corriendo la pendiente, procurando no resbalar, procurando no fijarnos en qué era el objeto que me había alcanzado. Todavía rodaba por la cuesta que teníamos delante. Era negro y marrón, negro y marrón. Tenía pelo y rostro. Era la cabeza de Vincent Boothe.

Bajamos hasta la casa más cercana, la de las Perkins-Forster, que tenía la puerta abierta y desde donde unos brazos nos apuraban. Eran los de Carmen y Pal.

—¡Vamos! ¡Vamos!

Entramos y nos agachamos en el suelo de la cocina, detrás de la encimera. Estaba mareada y me ardían los pulmones. Alguien me rodeó con sus bracitos y noté el calor de su cara a la altura del estómago. Abrí los ojos y vi una coronilla, era Pal; luego miré a Dan, que agarraba la lanza con fuerza, a la espera.

No vinieron. Ni se acercaron. Ni siquiera apedrearon la casa. Se limitaron a aullar desde lejos.

—El fuego —dijo Mostar con los ojos cerrados, entre jadeos—. Todavía... le... temen.

—¿Y si encendemos hogueras —preguntó Carmen, mientras echaba un vistazo a la encimera hacia la puerta— en círculo, alrededor la aldea?

—No tenemos nada... para encenderlas. —Mostar se levantó, agarrándose a la encimera en busca de apoyo—. Los árboles... están muy húmedos... —Respiró hondo de nuevo, intentando recobrar el aliento—. Quizá... nos dé tiempo a terminar las estacas antes de que se recuperen del susto. También podemos fabricar más antorchas si las necesitamos. Y más armas.

Para entonces, ya se me iba despejando la cabeza y la adrenalina bajaba.

Me moví un poco y le indiqué a Pal que diera un paso atrás. Tras agarrarme de la mano, nos pusimos en pie juntas y me miró directamente a los ojos.

—Estoy bien —le dije, acariciándole el pelo—, no pasa nada.

Luego miró a Mostar, que no apartaba la vista de la puerta.

Estiré el brazo para tocarle el hombro. Y la acaricié suavemente.

—Gracias.

Y cuando se volvió...

Me dio una sonora bofetada.

—¡¿En qué estabas pensando?!

Me llevé la mano a la mejilla y me enfrenté a su ira.

—¿Pensabais, a secas? —Antes de que pudiera responder, añadió—:

¿Alguno de los dos? –Y otro tortazo, que esta vez cayó sobre la barbilla de Dan–. ¡Niñatos!

Dan, pálido y tembloroso, dijo:

–N-nosotros….

Pero se calló al ver que Mostar se llevaba el dedo índice a la boca.

–¡Tú! Ayuda a terminar las estacas. –Luego, apuntó con el mismo dedo hacia Carmen y Pal–. Quédate con ellas. ¡No os separéis!

Me acojoné tanto cuando se encaró conmigo que me giré para protegerme la mejilla hinchada.

–Y tú… tú ven conmigo. ¡Ya!

Seguí a Mostar hasta la puerta de la cocina, donde nos paramos mientras ella echaba un vistazo a la cima, en la que reinaba la calma. Ahora estaba vacía. Se habían retirado al otro lado. Mostar movió la cabeza lentamente para recorrer con la vista el jardín de las Perkins-Forster, hasta llegar al de los Boothe. Tardé un segundo en darme cuenta de qué estaba buscando. La cabeza de Vincent estaba tirada al final de la cuesta, dentro del hoyo con forma de foso que había alrededor de uno de los manzanos. Nos miraba directamente. Con los ojos y la boca muy abiertos. ¿Parecía congelada en el tiempo? ¿Su último gesto? ¿De miedo? ¿De arrepentimiento? ¿Había pensado en Bobbi o en su infancia? ¿Se maldecía a sí mismo por haber tomado una decisión tan horrible, al igual yo me maldecía por la que había tomado yo? Ese rostro. ¿Lo olvidaré algún día? ¿Con el paso del tiempo y terapia? ¿Con hipnosis o medicación de la que nunca he oído hablar? ¿Hay algo que me ayude a «dejar de verlo»?

Pero a Mostar no parecía importarle lo más mínimo. Fue a por ella, como si fuese un balón de baloncesto que un crío hubiera tirado sin querer por encima de su valla. Se arrodilló para cogerla, se la colocó bajo el brazo y luego echó un vistazo rápido solo para asegurarse de que todavía la seguía.

Entramos sin prisa directamente en la cocina. Como si nada. Qué inhumano. Sacó una bolsa de basura de plástico blanca de debajo del fregadero, dejó caer la cabeza dentro y, luego, después de lavarse las manos (¡de lavarse las manos!), abrió el congelador y la metió dentro.

—No se lo digas a Bobbi. —Cubrió la cabeza con hielo—. Sabe que ha muerto. Pero no tiene por qué saber esto. Toma. —Sacó una bolsa de hielo y la presionó sobre la mejilla, a la espera de que la cogiese. Cuando lo hice, me miró a los ojos, a escasos centímetros de distancia—. ¿Estás aquí?

Su voz era más suave y su expresión se había relajado.

Aunque intenté no llorar, se me escapó un sollozo rápido, como si tosiera.

Su mirada se volvió más dura.

—Te necesito aquí. ¿Estás aquí?

Me enderecé y asentí.

—Tienes que centrarte en lo que te voy a enseñar —me dijo, con su mano aún posada en mi cara— porque lo que has hecho hoy ha sido egoísta e irresponsable. Y estúpido, porque has salido ahí fuera sin el arma adecuada.

Capítulo 18

A'oodhu bi kalimaat Allaah al-taammaati min sharri maa khalaq.
Busco refugio en las palabras perfectas de Alá del mal que Él ha creado.

SAHIH MUSLIM, hadiz 2708

ENTRADA N.º 14 DEL DIARIO [CONTINUACIÓN]

Mostar soltó mi mejilla, me cogió de la mano y me llevó hasta su taller. Su armería. Sí, es lo que parecía ahora. Había varas de bambú apoyadas contra la pared y cuchillos de cocina sobre la mesa de trabajo. Los experimentos fallidos y prototipos estaban apartados en una esquina lejana. Vi astas serradas hasta la mitad o rotas, y cuchillos doblados y mellados. Cordones de zapatos partidos, diferentes rollos de cinta adhesiva y una maraña de lazos de color rojo brillante como los que se usan en Navidad.

–Quédate aquí. –Mostar me dirigió al centro de la habitación–. Ponte recta.

Me miró de arriba abajo un segundo y, a continuación, agarró una de las varas de bambú.

–Quédate quieta. –Me la colocó contra la espalda–. Es casi perfecta. –Luego, la puso sobre la mesa de trabajo–. Observa, escucha. Recuerda cada paso con exactitud.

Por eso he escrito la siguiente sección como si fuese una especie de manual de instrucciones. Porque no confío en que recuerde nada mañana por la mañana. No paro de darle vueltas a algo que Mostar dijo mientras trabajábamos. Algo sobre «enseñar al resto de la aldea».

No le pregunté qué quería decir. No tuve la oportunidad. Se lanzó a darme la lección, y aquí está.

Cómo fabricar una lanza partiendo de cero:

Escoger la vara de bambú adecuada es algo fundamental. No puede terminar en punta, porque esto arruinará el equilibrio. Y tiene que ser la adecuada para tu altura. Si es muy larga, no la podrás manejar. Si es muy corta, correrás el riesgo de caer sobre la hoja. No tiene que ser exactamente de tu misma altura, es más importante que el mango del cuchillo encaje a la perfección en la parte superior. La vara tiene que tener la anchura adecuada, ha de ser lo bastante gruesa para ser fuerte pero no tan ancha para que te impida agarrarla con firmeza. (Vaya, qué guarro ha sonado eso. Lo siento, se me va la olla.)

Cuando se corta el tallo, se tiene que serrar justo por debajo de la juntura de abajo, o como se llamen esos anillos. Se tarda un rato, sobre todo si lo haces con un cuchillo fino de cortar pan. Y hay que hacerlo de un modo especial. Si lo sierras por un lado, como se suele hacer con la madera normal, y te dejas sin cortar el más mínimo fragmento de fibra conectiva, esta acabará arrancando toda una tira de madera a lo largo del tallo. Tal como advierte Mostar: «Eso menguará su integridad e incrementará el número de astillas». El truco consiste en trazar primero un círculo completo con la sierra, para arrancarle la capa superior, que es muy dura, y luego realizar el corte más profundo.

A continuación, se podan todas las ramas (con las que se pueden fabricar estacas) y se liman las protuberancias afiladas que queden con una lima de uñas. ¡Ay, lo que daría yo por un solo trozo de papel de lija!

La verdad es que me he saltado esos dos primeros pasos. Por eso me había medido Mostar. Me ha dado un tallo ya cortado para ahorrar tiempo. Esa fue la única parte de la lección que hizo ella. Del resto me he ocupado yo.

Al igual que con el asta, hay que pensárselo mucho antes de escoger el cuchillo. No se puede usar la hoja más larga sin más porque tienden a ser demasiado finas. La mejor opción es un cuchillo corto de unos veinte centímetros, de tipo «chef», que también debe tener el diseño correcto.

Ha de ser de una sola pieza sólida y el acero debe llegar hasta el mango. Si no, no vamos a poder fijarlo al asta. Fijarlo es lo más complicado de todo. Si el mango del cuchillo se mantiene en su sitio con unas clavijas de sujeción, perfecto, ya que tendrá hechos unos agujeros en el acero. Y, gracias a esos agujeros, podrás sujetarlo muy fácilmente al asta, pero eso lo voy a explicar en un minuto.

Con suerte, el mango estará hecho de resina, así que podrás romperlo con una piedra. (Sí, lo sé… ¡no hay ni un martillo en toda la aldea!) Protégete cuando lo rompas, ya que se te puede meter algún fragmento en el ojo. Aunque cuando hice esta parte llevaba puestas las gafas que usa Mostar para picar cebolla, noté cómo algunos pequeños fragmentos me acribillaban la cara.

En cuanto le has quitado el mango y las clavijas, el siguiente paso es fijar la hoja. Se introduce el mango en la parte hueca superior del asta. Si no cabe (si es un tallo de bambú bueno y robusto quizá no haya hueco suficiente por dentro), tendrás que abrir un pequeño surco con el cuchillo del pan. En cuanto la hoja desnuda encaje perfectamente, sácala de nuevo para medirla.

Aquí es donde los agujeros del mango entran en juego. Coloca la hoja sobre la parte exterior de la vara y, con un rotulador (si tienes uno indeleble, mejor) marca en ella donde quedan situados los agujeros; luego, haz lo mismo en el otro lado. ¿Ves adónde quiero llegar con esto? Abre los agujeros en la madera con un cuchillo de mondar. Tómate tu tiempo. No corras. Mostar me ha enseñado un par de cuchillos de mondar a los que había mellado el filo, estropeándolos para siempre. Se puede comprobar si están alineados si un haz de luz los atraviesa de lado a lado. A mí me salió bien a la primera, y Mostar se quedó impresionada. Según parece, ese paso, el de alinear los agujeros de ambos lados, es en el que es más fácil meter la pata, porque cuanto más agujeros abres, más debilitas el bambú.

Acto seguido, te toca atar el cuchillo, y para eso está el cable. Mostar ha usado un trozo de cable eléctrico de metro y medio, sacado de una lámpara de pie. Después de cortar el cable (con unas tijeras normales valdrá), separa las dos secciones del mismo (si es de esa clase). Deja la sección sobrante aparte para usarla contra otra lanza, e introduce el cable por el agujero superior. Aunque parece sencillo, los primeros intentos han sido muy frustrantes. La punta se atoraba porque me había saltado un paso por impaciente. Hay que afilar la punta de goma del cable hasta que sea casi tan estrecha como una aguja, ¡y ya verás como entra!

En cuanto el cable sale por el segundo agujero, se tira de él casi hasta el final y se atan los dos últimos centímetros, aproximadamente, con un nudo de seguridad. Luego se da vueltas al cable con fuerza alrededor del bambú hasta llegar a los dos agujeros inferiores. Lo ensartas, lo atas con un nudo… ¡y se acabó!

¡Ya tienes una lanza de verdad!

Mostar me quitó el arma, la sostuvo con ambas manos para comprobar su equilibrio, y, guiñándome un ojo, examinó a fondo el cable anudado y luego me la devolvió.

—Bien hecho, Katie.

Fue la primera vez que sonrió en todo el día.

Me sentí muy orgullosa. Durante un minuto, lo único que hice fue sostener mi creación… en vertical, en horizontal. Hasta realicé un leve movimiento de ataque con ambas manos y, sin querer, golpeé la puerta del garaje con el extremo de atrás.

—Perdón.

Al ver la abolladura, me sonrojé.

Mostar le quitó importancia.

—Olvídalo. —Y luego añadió—: Sabía que tendrías talento natural para esto. Piensas de una manera lógica, metódica. Mucho más que yo. —Señaló a los prototipos fallidos—. Así funciona esto. Se aprende a través de ensayo y error y, una vez logras tu objetivo, el siguiente paso consiste en perfeccionar el invento.

En cuanto oí eso, se me ocurrió una idea para mejorar el arma.

—¿Y si derretimos la goma? Así la hoja quedará sujeta con más firmeza aún, ¿no?

–Tal vez. –Mostar asintió, como haría un profesor de primaria animando a un alumno bien intencionado pero totalmente equivocado–. Pero estropearías el cable, que quizá nos haga falta para fabricar más lanzas.

Apuntó hacia un montón de astas más cortas y finas.

–Es lo que me preocupa de las jabalinas. Que se pierde un buen cuchillo cada vez que lanzamos una. Aunque supongo que se acabará cayendo si no encuentro la manera de dotar a la hoja de púas.

Se me ocurrió otra idea, pero esta era aún más vaga. Clavé la mirada en la impresora 3D, pero me costaba pensar con claridad. Acabé bostezando, y se lo contagié a Mostar.

–Necesitas dormir. –Levantó la vista hacia el reloj de pared–. Podrás hacerlo cuando te toque vigilar a Reinhardt. Creo que aún no se ha despertado. Entonces descansarás. Y comerás.

Comer.

De repente me dolió el estómago. Había estado tan ensimismada fabricando la lanza, tan absorta en cada paso del proceso… Pero ahora que ya podía centrar mi atención en otras cosas…

Debí de echar un vistazo hacia la puerta de la cocina. La cabeza de Vincent en el congelador.

–Lo enterraremos más adelante. –Mostar me leyó la mente–. Cuando estemos a salvo y tengamos tiempo.

Me dio un mareo y me agarré a la mesa.

–Respira. –Mostar cogió mi lanza y me condujo al pequeño taburete de la mesa de trabajo–. Intenta relajarte.

Lo hice, cerré los ojos con fuerza. Sentía como si una presa se desbordase en mi cerebro.

Ser la comida de otro ser.

Eres una persona. Piensas, sientes. Y entonces todo acaba, y lo que solías ser tú ahora no es más que un revoltijo en el estómago de otro ser.

Me imagino la carnicería, la sangre, los colmillos amarillos en una boca sonriente. La carne mordisqueada. Los huesos relamidos.

–Mírame.

Me agarró de la barbilla y me obligó a abrir los ojos.

–Lo sé. –Mostar sonrió con tristeza y suspiró–. La mente humana es una bendición y una maldición al mismo tiempo. Somos las únicas criaturas de la Tierra que se pueden imaginar su propia muerte. Pero... –Alzó mi lanza–. También podemos usar nuestra imaginación para evitarla.

Ahí fue cuando sonó el timbre de la puerta.

Appaloosa estaba en la entrada, con una esterilla de yoga enrollada.

–¿Qué haces aquí, muñequita? –Mostar la agarró y la metió en casa de un tirón–. Ya sabes que no debes estar ahí fuera sola. ¿Saben tus madres dónde estás?

Negó con la cabeza y, a continuación, señaló con la esterilla a algo fuera.

Entonces lo entendí. La esterilla era para que no se le mancharan las rodillas.

–Hola, Pal, perdona pero ahora mismo no tengo tiempo para atender el huerto contigo. Tengo que ir a casa del señor Reinhardt para...

Me equivocaba. Pal negó de nuevo con la cabeza y luego se volvió hacia Mostar para hacer otro gesto, señalando a... ¿qué?

Miré pero no vi nada. No señalaba a ninguna casa en concreto, ni al volcán, ni (¡gracias a *Dios*!) a ninguna silueta oscura que nos vigilara desde los árboles.

Miraba al sudeste, y, por lo que yo sabía, no había nada en esa dirección. Una vez más, Mostar parecía perpleja.

–Lo siento, no... Oh. –Echó un rápido vistazo al reloj de la pared–. ¡Ohhhhh!

Se le dibujó una enorme y amplia sonrisa en el rostro y estoy casi segura de que le brillaron un poquito los ojos.

–Oh, Lutko Moja, ha pasado *tanto* tiempo. –Mostar se llevó dos dedos al puente de la nariz, sacudió la cabeza y luego alzó la vista, encogiéndose de hombros–. Vamos, veamos si lo recuerdo.

Ignorando mi confusión, Mostar rodeó con un brazo a la niña y me preguntó:

–¿Te importaría correr arriba y traer una toalla limpia del armario del pasillo?

Nunca había estado en la planta de arriba y no pretendía fisgo-near.

Pero su casa tiene una distribución muy parecida a la nuestra. El armario del pasillo está justo al lado del dormitorio principal. No entré ahí, aunque la puerta estaba abierta. La fotografía que había frente a la cama era tan grande que se veía desde el lugar del pasillo donde yo estaba.

Mostar parecía mucho más joven, quizá tenía veintitantos o trein-ta y pocos. No estaba delgada, pero su figura en forma de reloj de arena destacaba bajo el abrigo abrochado. Tenía una melena relucien-te, de color negro azabache, que sobresalía de un gorro de lana. El hombre que la rodeaba con un brazo parecía tener la misma edad, más o menos. Tenía perilla. Gafas. El típico intelectual europeo que siempre ves en las pelis, el tipo de tío con el que pensé que me casaría cuando iba al instituto. Ambos rodeaban con los brazos a los niños que tenían delante.

Eran un niño y una niña. Él parecía tener alrededor de doce años; la niña, quizá diez. Los dos sonreían de oreja a oreja; la sonrisa del niño parecía sincera; la de ella, tonta y exagerada.

Se encontraban en la orilla rocosa de un río helado. Había un puente detrás de ellos. Era estrecho y no circulaban coches por él. Un viejo arco de piedra conectaba los dos lados de una ciudad de piedra igual de antigua. No reconocí el puente en un primer momen-to, ¡pero entonces me di cuenta de que contemplaba una versión real de su escultura de cristal!

No fui capaz de adivinar dónde era. Quizá en Rusia. Solo he visto fotos de la Plaza Roja. También tengo bastante claro que tampoco era el noroeste de Europa. Los edificios y la ropa parecían muy anodi-nos… Sí, esa es la palabra adecuada. ¿Era Europa del Este? ¿Polonia? O tal vez la República Checa… aunque si no recuerdo mal por las clases de la historia del instituto, por aquel entonces sería Checoslo-vaquia, ¿verdad? ¿Cómo se llama el sudeste? Esa zona que hay antes de llegar a Turquía. Es algo muy parecido a báltico. Sí, los Balcanes.

Yugoslavia, otro país del que había leído algo en el colegio. Esa guerra sucedió en los noventa, ¿no? En aquella época yo tenía la edad de esos niños, más o menos. Por aquel entonces no seguía mucho la actualidad. Para mí, los noventa eran O.J. y Britney.

Aunque fui a clase de introducción a ciencias políticas en Penn, lo único que recuerdo es el término «limpieza étnica». Y al profesor Tongun, de Sudán, diciendo: «Al igual que un árbol que cae en el bosque y nadie escucha, Estados Unidos no oye el sufrimiento que hay más allá de sus fronteras».

Metralla. Francotiradores. Fritos de asedio. Mostar.

—¡Katie! —me llamó desde abajo—. Estamos esperando.

Cogí la toalla de baño más grande que tenía, bajé corriendo y me las encontré en la cocina. Mostar me miró, con un sonrisilla. Debía de saber que había visto la foto. Pero lo único que dijo fue:

—Llegas justo a tiempo.

Debían de haber terminado de lavarse las manos y creo que también los pies, porque vi que tenían los dedos de los pies brillantes y húmedos. Pensaba que Mostar iba a secárselos con la toalla, pero entonces me la quitó y las dos se dirigieron a la sala de estar.

—Puedes quedarte a observar —me dijo, mirando atrás—. No creo que a Él le importe. O a Ella. ¡Yo qué sé!

Se encogió ligeramente de hombros, se rio entre dientes y entonces extendió la tolla en el suelo junto a la esterilla de yoga de Pal. Estaban colocadas en ángulo con la ventana de la sala de estar, mirando en la dirección que Pal había señalado antes.

Ambas estaban más rectas que una vara y levantaron las manos a la altura de los hombros o un poco más, con las palmas hacia fuera, mientras Mostar cantaba:

—*Allahuakbar*.

No voy a intentar describir con detalle lo que he presenciado porque sé que metería la pata. Quiero ser respetuosa, aunque estoy segura de que a Mostar y Pal no les importaría. La oración era tan bella, los movimientos de ballet tan fluidos… Han danzado con los brazos en alto y la cabeza girada. Han doblado las rodillas y las han estirado al compás de las frases que cantaba Mostar. Entonces he oído un nombre, con una voz entrecortada:

—Vincent Earnest Boothe.

Capítulo 19

Los hombres más valientes y los soldados más recios proceden de la
clase campesina…

MARCO PORCIO CATÓN

ENTRADA N.º 14 DEL DIARIO [CONTINUACIÓN]

Al salir de casa de Mostar, giré a la izquierda en vez de a la derecha.
Como faltaban aún unos minutos para ir a la de Reinhardt, quería
aprovechar ese rato muerto para estar en el huerto. Aunque tampoco
es que hubiera mucho que hacer. Pensé que podía conectar la línea de
goteo y dejar que fuera regándolo, y yo tal vez ducharme y cambiarme
de ropa.

Abrí la puerta de la entrada y luego la del garaje, y lancé un grito
ahogado.

¡BROTES!

Un diminuto arco sobresalía cerca de mis pies, ¡justo en el sitio
donde había plantado la primera alubia blanca grande!

—¡Pal! —grité y, acto seguido, saqué la cabeza por la puerta principal y chillé—: ¡Appaloosa! ¡Hay un brote en el huerto!

Me agaché para examinar esa pequeña «u» dada la vuelta. Era
blanquecina, de un centímetro y poco, y, al observarla más de cerca,
pude ver la punta de la alubia bajo uno de los extremos.

En el siguiente tramo junto a este arco parecía que algo sobresalía,
así que lo regué un poco con la tetera de Bobbi. Como cabía esperar,

a medida que el agua arrastraba la tierra, entreví también un arco. Probé a hacer lo mismo con el siguiente, y luego con el siguiente. Ahí había tantas «úes» luchando por liberarse del suelo…

¡Y no eran las únicas!

¡Pasaba lo mismo en el todo huerto! ¡En cada centímetro!

–¡OhDiosmío! –exclamó Carmen, que acababa de entrar con Pal–. ¿Tú plantaste todo esto?

–No, solo estas –contesté, señalando a las alubias. Irónicamente, no estaba saliendo nada donde había plantado los guisantes chinos y los boniatos. ¡O a lo mejor aún no les tocaba! Y la verdad es que tampoco importaba, ya que sus semilleros estaban rodeados de unos brotes pequeños y misteriosos, que estaban por todos lados, esparcidos al azar por el huerto entero.

–¿Qué es todo esto? –preguntó Carmen, mientras Pal los examinaba a cuatro patas.

–Ni idea –respondí–. Ni siquiera sé de dónde han salido.

–A lo mejor de la propia tierra que trajimos, ¿no? –comentó Mostar, que acababa de unirse a nosotras.

–A lo mejor –contesté un poco decepcionada. Si todo esto no eran más que hierbajos…

–¿Y del compost? –sugirió Dan. Esto se estaba convirtiendo en una auténtica fiesta–. Me refiero al que echamos aquí, a los desechos que llevaban más tiempo en el fondo de los cubos y que se habían transformado ya en abono… podía haber semillas de…

–Las rodajas de pepino –caviló Mostar, quien se agachó al lado de Pal. Juntas estaban examinando un pequeño brote silvestre que tenía unas hojas verdes y redondas–. ¿Y de los tomates? –Señaló a una ramita de unos siete centímetros con dos hojas minúsculas y estrechas–. Creo que este es un tomate. ¿Vosotros no les soléis cortar las partes mazadas?

–¡Yo lo hago siempre! –exclamó Carmen, con más energía y emoción de la que nunca le había visto–. Suelo tirar las rodajas sobrantes y quito las semillas. ¡Y la salsa! –Esto se lo dijo a Pal–. La noche que cenamos tacos, siempre nos sobra mucha salsa, ¡y la tiramos directamente al cubo!

¡Vamos a tener nuestros propios tomates! Incluso ahora, no dejo de pensar en lo ricos que podrían estar.

Mostar miró a Pal, que acariciaba con la punta de los dedos el tallo bamboleante del tomate.

—Todavía nos queda mucho compost antiguo, ¿sabéis? Debe de haber más semillas.

—También tenemos arroz —añadí, señalando al pequeño decímetro cuadrado donde había echado el arroz integral de Bobbi, donde ahora crecía hierba.

—¡Arroz! —Mostar me miró con una sonrisa de oreja a oreja. Le expliqué de dónde lo había sacado y cuánto creía que le quedaba a Bobbi. Mostar apretó tanto los labios que se le redujeron a una «o» muy pequeña—. Podemos vivir a base de eso, de arroz y alubias. —Miró a Carmen—. ¿Os queda alguna de esas pelotas antiestrés llenas de alubias?

—Tal vez. —Carmen miró a Pal—. Y quizá también algunas alubias sueltas que no hemos usado. ¿Puede ser que estén en el baúl donde tenemos las cosas de las manualidades?

Pal asintió con entusiasmo.

—Entonces, sí que merecería la pena… —Mostar también asintió—. Sí que merecería la pena gastar calorías para plantar más huertos.

—¡Más huertos! —Dan se volvió loco de emoción—. ¡Pues claro! ¡En otro garaje! O quizá dos. Necesitaremos líneas de goteo, abono… —miró a Appaloosa— ¡y más gusanos y mierda!

—¿Y mierda? —preguntó Mostar, arqueando una ceja.

Dan se echó a reír y se puso colorado.

—Sí, en serio… ¡de los tanques biodigestores! —Y, dirigiéndose a mí, con los brazos abiertos, añadió—: Vamos, no me voy a cortar ni a poner enfermo. ¡Lo prometo!

Antes de que pudiera responder, Carmen me preguntó:

—¿Podremos hacerlo?

No estaba segura de si me pedía permiso o consejo. No podía darle ni uno ni otro. Pero el modo en que me miraban todos: Dan, Carmen, Appaloosa… Y Mostar, ahí atrás, con los brazos cruzados… ¿Estaban esperando a que usara mi talento?

Ya había estado haciendo cálculos mentales a toda velocidad, para evaluar si salían las cuentas. Una taza de arroz integral tenía alrededor de doscientas calorías. Una taza de alubias, dependiendo del tipo, podía tener lo mismo o más. ¡Y también tenía grasa! La mayoría de alubias la tienen, alrededor de un gramo por taza. Pero ¿cuántas tazas de alubias y arroz podíamos esperar?

—Podremos —contesté, pero enseguida alcé las manos—, pero después…, después de terminar el perímetro. Lo primero es lo primero, ¿no? Primero, la seguridad; luego, la comida. En cuanto coloquemos las estacas, en cuanto sepamos que el invento funciona, nos centraremos en plantar más huertos.

—¡Sí! —exclamó Dan, cerrando un puño, mientras Carmen abrazaba a su hija.

Detrás de ellos, Mostar sonrió y asintió.

Estaba que no cabía en mí.

Entonces, señaló con la cabeza hacia la puerta y se dio unos golpecitos en la muñeca, como si llevara un antiguo reloj de pulsera.

¡Reinhardt! ¡Mi turno!

Fui corriendo hasta su casa y vi por la ventana a Effie, que estaba leyendo en una silla junto al sofá. Me vio, sonrió y se levantó para recibirme en el recibidor. Vi que Reinhardt estaba durmiendo, y me comentó que había estado fuera de combate casi toda la mañana.

Intenté disculparme por llegar tarde y le expliqué lo que había pasado en el huerto. Se ha animado, pero no por la razón que cabría pensar.

—Gracias —dijo—, gracias por todo lo que estás haciendo con Appaloosa. Ahora necesita tener un propósito, una rutina. —Cruzó con la mirada el círculo hasta llegar a su casa, donde su esposa e hija la estaban saludando con la mano desde la ventana—. Y ahora —examinó la cima— necesita centrarse en algo positivo. Como todos.

Su familia siguió saludándola y me dio las gracias por última vez antes de marcharse a casa.

En mi mente se cruzaban mil ideas a toda velocidad. ¿Cuántos huertos podríamos plantar? ¿Y qué pasaba con el que ya teníamos? ¿Y ahora qué? ¿Cuánto calor necesitaban esas plantitas? Dan había

acertado con lo de que había que limpiar el tejado. Necesitamos hasta el último kilovatio para mantener una temperatura veraniega en el
garaje. Pero ¿y la luz veraniega? ¿Podríamos usar para eso las lámparas
terapéuticas de «luz feliz»? Todo el mundo tiene una. ¿Serán suficientes? Al menos las paredes son blancas y reflejan la luz. ¿Y si usamos
papel de plata? Recuerdo que en una tienda de hidroponía de Venice
tenían una planta en una caja reflectante. También necesitamos fertilizante. ¿De verdad podemos usar nuestra propia caca? ¿Dan no
correrá ningún peligro? ¿Merecerá la pena? ¿No dejará un olor asqueroso en la casa?

Me hago tantas preguntas mientras escribo todo esto… No pienso con claridad. Debería echar una cabezada. Reinhardt sigue fuera
de juego. Pero tiene una amplia biblioteca. Seguro que ahí encuentro
algo útil.

ENTRADA N.º 14 DEL DIARIO [CONTINUACIÓN]

No. No he encontrado nada. Ni un solo texto de utilidad y, créeme,
¡he mirado! Aunque sí había muchas obras de filósofos: Descartes,
Voltaire, Sartre… y estanterías con historiadores como Gibbon, Kee-
gan y Tácito. También he visto unas novelas muy bonitas; primeras
ediciones con tapas de cuero con los nombres impresos en oro de
autores como Proust, Zola y Molière.

Y, por supuesto, también estaban *sus* libros: *A medio camino de
Marx*, *Paseando con Xu Xing* y el famoso *Los hijos de Rousseau*, en una
docena de idiomas al menos: francés, italiano, griego, chino. (O ja-
ponés, no sé. No puede ser coreano porque no vi que tuviera los
circulitos.) Me fijé en que muchas obras de Rousseau estaban inter-
caladas con varios tomos de su propia obra, como si fueran colegas y
les hubiesen publicado sus libros en la misma época.

En un momento dado creí que me había tocado la lotería cuando,
al ojear a los tomos de lujo ilustrados, me topé con *Culturas en desaparición en el sur de África*. Pensé que a lo mejor las fotografías podrían darme alguna pista útil. Pero no ha sido así. Resultó ser «porno

para hombres blancos»; muchas mujeres voluptuosas en topless o totalmente desnudas, bailando y contoneándose en varias ceremonias indígenas. Vale, quizá son imágenes que plasman con exactitud la cultura, y quizá estoy tirando demasiado de lo que recuerdo de mis clases de «Colonialismo y sexualidad masculina» en Penn, pero Reinhardt tenía la edad exacta para haber coleccionado el *National Geographic* del mismo modo que generaciones posteriores leyeron la *Playboy* por los «artículos». Además, debería de haberme imaginado por dónde iban los tiros por la fotografía del lomo, encima del título: un tanga hecho de cuentas entre las piernas de una mujer.

Sin embargo, había una sección que casi se me escapa. En ella, se veía a una joven durante una ceremonia de paso a la edad adulta que llevaba lo que parecía ser un híbrido entre una espada y una lanza. Digo que era un «híbrido» porque nunca había visto un asta tan corta (no llegaba a un metro), mientras que la hoja era muy larga (alrededor de medio metro). El pie de foto indicaba que el arma era un «Iklwa», lo cual me obligó a ir al índice para saber más.

Se trata de un arma zulú, inventada por un tipo llamado Shaka, que «revolucionó el arte de la guerra bantu». A diferencia de las lanzas diseñadas en el pasado, que el adversario podía esquivar usando su escudo, la Iklwa estaba pensada para el «combate cuerpo a cuerpo». El atacante podía enfrentarse cara a cara con su enemigo, derribar el escudo con el suyo propio y clavarle la larga hoja de la lanza corta por debajo de la axila. De ahí procede el nombre. Del ruido de succión que hace al sacarla del corazón y los pulmones del muerto. «Iklwa.»

Asqueroso, sí, y es horrible pensar en ejércitos enteros luchando de esta forma. Pero no pude evitar que me fascinase cómo el libro los comparaba con los legionarios romanos que luchaban de un modo similar. A pesar de tratarse de lugares distintos, épocas distintas y culturas completamente distintas, habían inventado armas y tácticas parecidas. ¿Se debe al modo en que está diseñado nuestro cerebro, a algo universalmente humano? Fue mi último pensamiento confuso antes de que finalmente cayese rendida.

La silla era tan cómoda, Reinhardt respiraba tan rítmicamente...

No sabía ni dónde estaba hasta que levanté la cabeza de repente y vi que era de noche, y que Reinhardt salía del cuarto de baño de la entrada. Supongo que me despertó el ruido de la cadena. Estuve desorientada un par de segundos, y después me di cuenta de que Reinhardt se mantenía en pie porque se apoyaba en la pared. Me puse en pie de un salto para ir a ayudarlo, pero hizo un gesto con la mano para detenerme:

—Estoy bien, estoy bien.

Pero estaba claro que no. Mientras le llevaba como podía al sofá, vi que tenía los labios muy pálidos. Le pregunté si tenía hambre y él asintió débilmente. Recuerdo haber pensado que tenía que ser bueno. ¿La gente que está enferma de verdad no pierde el apetito?

No había mucha cosa, al menos por lo que se refiere a comida congelada dietética. Pero sí que encontré un montón de «alijos», de paquetitos de dulces y gominolas escondidos. Debía de haberlo ocultado en la planta de arriba, como los helados, cuando vine a hacer una lista de toda su comida. Ahora estaban por todas partes, metidos en cajones y armarios por toda la cocina. Al ver todos los alijos, me compadecí un poco de él. En su día, yo había escondido unas cuantas barritas de chocolate para que no las viera mi madre.

Ay, qué vergüenza.

Pero no me dio tanta pena cuando le pregunté si había algo que pudiera comer o no en su estado, y recibí como respuesta un débil:

—Cualquier cosa estará bien, supongo.

¿Supones? ¿No se supone que sabes si tienes una enfermedad del corazón? Está más que claro que su biblioteca no es nada útil en ese aspecto.

Oye, Flaubert, ¿qué puede comer alguien que ha sufrido un ataque cardíaco?

Opté por darle de comer su penúltimo paquete de gofres instantáneos. De esos que se toman en una taza. Basta con añadir agua, revolver y, ¡bomba va! Procuré no revisar las ventanas una y otra vez por puro reflejo, ni fijarme en que no había ningún cuchillo de cocina a la vista. Seguramente no había cocinado nada en toda su vida, o había tenido gente que lo hacía por él.

Es asombroso lo rápido que puede cambiar la percepción del espacio. Si me hubieran invitado a entrar en la cocina de Reinhardt hace dos semanas, tal vez solo me hubiese fijado en la decoración (o en su falta). Sin embargo, cuando había entrado con Dan unos días antes, en lo único que pensé era qué se podía comer. Ahora solo podía pensar en qué podía utilizar para defenderme. La misma estancia, prioridades distintas.

El microondas pitó y metí una cuchara en esa cosa desparramada con pinta de magdalena. Reinhardt ya se había incorporado y lo engullía con un placer evidente.

—¿Y el azúcar?

Le contesté que me parecía que ya tenía suficiente, pero como se encogió de hombros como diciendo «venga ya», volví a la cocina.

—Y un poco de sal también… —Oí que me gritaba desde la sala de estar (y me parece que con la boca llena) y luego, seguramente después de darse cuenta del tono, añadió—: ¿Por favor?

Cogí el salero de la encimera y la caja de azúcar blanco de la despensa y regresé, para descubrir que prácticamente se lo había acabado.

El erudito mundialmente famoso me miró como un niño de diez años.

—No he podido esperar.

Algo repiqueteó. Di un respingo y me giré. Desvié la mirada hacia la fuente del ruido. Era la puerta de la cocina, el cristal agrietado que vibraba en el marco.

Reinhardt dijo:

—Lleva tiempo haciendo eso. Es por el viento.

Me disculpé, le dije que Dan estaría encantado de echarle un vistazo a la ventana, y noté que me relajaba. En ese momento bostecé, sin cortarme un pelo, pero luego me tapé la boca, avergonzada. Al abrir los ojos, vi que Reinhardt me miraba con una expresión desconocida hasta entonces para mí, con una sonrisa amable y casi paternal.

Me dijo:

—Soy yo quien debe disculparse. No debería haberte retenido aquí, vigilándome. Tienes que ir a casa a acostarte.

Le contesté que estaba bien, a lo que él respondió:

—Paparruchas.

Acto seguido, me preguntó cuántas horas había dormido los dos últimos días. Le confesé que solo había echado un par de cabezadas.

—¡Ajá!

Le brillaron un poco los ojos, movió un dedo de lado a lado y señaló con ambas manos de forma teatral hacia la puerta.

—¿Quieres que active la alarma? —Entonces me acordé de lo destrozada que estaba la ventana, y dije—: Al menos los sensores internos, ¿vale? Quizá solo los de la cocina.

—¿Y si necesito picar algo a medianoche? —Se dio unas ligeras palmaditas en el estómago—. ¿Crees que sé cómo desactivar ese aparato infernal?

—Pero no puedes ir a la cocina —protesté—, si te mareas, te caes y te golpeas la cabeza o algo así...

—Vete, vete. Creo que han sido los... —Dudó antes de decir—: Los nervios... Cuando era joven..., solía sufrir... estos ataques... Podía haber sido más sincero anoche. Clavó los ojos en el suelo, con el ceño fruncido—. Resulta irónicamente cruel que en tu infancia, durante los años que te vas formando, en los que tu cerebro aprende las reglas del universo, te alimenten, te protejan, te amen incondicionalmente y que más adelante, en tu vida adulta, tengas que buscar sustitutos para todo eso en vano. Una pareja, el Gobierno, Dios...

De repente, alzó la vista hacia mí, avergonzado y cabreado.

—Lo siento. —Hizo un gesto con la mano como si estuviera espantando un mal olor que hubieran desprendido esas palabras—. Soy un intelectual cobarde.

Al ver cómo toda esa fachada de engreimiento se venía abajo, me sentí mal por él. No era más que un viejo avergonzado que admitía su debilidad.

Lo único que pude decir fue:

—No pasa nada. A ver, ¿quién no quiere que cuiden de él cuando las cosas se ponen feas?

Repitió esas palabras, «que cuiden de él» y parpadeó con fuerza a la vez que se sorbía la nariz.

De repente, me vi a mí misma preguntándole:

—¿No preferirías quedarte en nuestra casa, ya sabes, por si no ha sido un ataque de pánico? ¿Por si necesitas algo en plena noche?

Se quedó callado y verdaderamente sorprendido. Luego, me dio un cachete cariñoso y contestó con una sonrisa:

—¿Quieres hacer el favor de largarte ya de aquí?

—Pero deja que recoja primero —respondí.

Llevé la taza y la cuchara a la cocina. Solo tenía que meter la cuchara en el lavavajillas y tirar la taza desechable a la basura, por lo que no tardé mucho. Pero cuando regresé, ya se las había arreglado para acercarse a la estantería. Tenía sobre el regazo tres tomos de tapa dura pequeños, voluminosos y rojos. Ya me había fijado en ellos, pero había sido incapaz de leer sus títulos en latín.

—Son amigos de la infancia —dijo—. Catón, Varrón, Columela… que escribieron sobre agricultura.

Al ver que le miraba perpleja, contestó:

—Te he oído contarle a Effie lo de los brotes. No estaba realmente dormido. —Abrió el primer libro, cogió las gafas de la mesa, y dijo—: Quizás aquí pueda encontrar algo útil.

Entonces, con un resoplido burlón, añadió:

—Quizá pueda ser útil por una vez. —Y son una sonrisa entre dientes realmente amarga, masculló—: El trabajo te hace libre.

¿Dónde había oído eso?

Le dije que no se quedara levantado hasta muy tarde. Y respondió:

—No lo haré, no lo haré.

Y me echó de ahí con una sonrisa y un gran bostezo.

Eso ha sido hace una hora. Ahora estoy en la cocina, escribiendo todo esto antes de volver al tajo. Dan está sentado en el suelo, con las piernas cruzadas, en medio de una pila de bambú. Bueno, son dos pilas en realidad: una pequeña, con las estacas ya terminadas, y otra más grande y basta que tiene sobre el regazo. Está sobado, por cierto, con la espalda apoyada en el frigorífico, roncando medio enterrado en su manta de bambú.

He pensado en despertarlo para que suba a la planta de arriba, pero sé que si lo despierto, querrá seguir trabajando. Creo que voy a dormir en el sofá un par de horas y a poner la alarma del móvil para que suene a medianoche. Entonces me despertaré, e igual también despierto a Dan, así los dos podremos serrar estacas hasta el amanecer. Mostar cree que mañana por la noche ya tendremos suficientes para rodear el vecindario entero.

¿Y después?

No paro de levantarme para comprobar cómo está el huerto, para ver cómo les va a todos mis brotecitos. Son tan hermosos, tan vulnerables… Tengo que dar con la mejor manera de criarlos.

¿Criarlos?

Bueno, lo que sea, estoy muy cansada.

Mañana, o más bien pasado mañana, después de dormir a pierna suelta una noche, después de que el perímetro esté terminado. Quizá Reinhardt ya haya encontrado alguna información útil en sus libros. Espero que esté bien. Cuando ya iba a irme, cuando ya me había dado la vuelta y tenía el pomo en la mano, me había dicho:

–Adiós, Hannah.

Capítulo 20

Concédenos que podamos acostarnos en Paz, Dios Eterno, y despiérta-
nos a la vida.

Sé nuestro refugio de paz y guíanos con Tu buen consejo.

Protégenos del odio, la plaga y la destrucción.

Guárdanos de la guerra, el hambre y la angustia.

Ayúdanos a resistir la tentación del mal.

Dios de la paz, que siempre nos sintamos protegidos porque velas por
nosotros y nos ayudas.

Cobíjanos bajo la sombra de Tus alas.

Ampara nuestras salidas y nuestras llegadas y bendícenos con vida y paz.

Bendito Tú eres, Dios Eterno, cuyo manto de paz se extiende sobre
nosotros, sobre todo Tu pueblo, Israel, y sobre Jerusalén.

La bendición *Hashkiveinu*, una plegaria de protección

**Extracto de *La hija de Golda*: *mi vida en las Fuerzas de Defensa de
Israel* de la teniente coronel (retirada) Hannah Reinhardt Roth.**
La única manera de comunicarse con ellos era a través del intelecto.
¿Y la emoción? ¿Y la pasión? Nunca. Eso era degradarse, el idioma de
los animales. Intenté conservar la calma y mantener la conversación
dentro de los límites del debate académico.

Debatí sobre la expulsión de los asesores soviéticos de Egipto
como castigo por la moratoria armamentística de Moscú. Describí en
qué consistían en concreto dichos armamentos, desde los cazabom-
barderos MiG-23 a los misiles balísticos Frog de alcance intermedio.
Valiéndome del artículo de Sheehan en el *New York Times* como mu-

nición, demostré que estas armas ofensivas no eran distintas a las columnas de tanques de batalla T-55 que Nasser había usado para atacar Israel en el 67.

Padre, de nuevo, insistió en que Sadat no era Nasser, lo que mantuve que corroboraba mi razonamiento. Sadat, para demostrar que no era un clon de su predecesor, tenía que demostrar a su pueblo, a la Liga Árabe y al mundo entero que podía lograr lo que Nasser no pudo: empujar a los *yehud* al mar. ¿Acaso esta estrategia, la de obtener una victoria para que se olvide otra derrota, no había sido la causa de muchas guerras en el pasado? De hecho, ¿no había sido Nasser quien había intentado aniquilar Israel para que se olvidara su debacle en Yemen?

No podía evitar estar orgullosa de mi campaña. Se apoyaba en hechos. En una lógica incontestable. Casi podía oír el aplauso desde ultratumba de Clausewitz, Mahan y Jomini. Únicamente Schlieffen se negó a elogiarme, y lamentó mi grave error de evitar una guerra en dos frentes.

—Es imposible que estallen las hostilidades. —Alex siempre sabía cuándo atacar, justo cuando padre más lo necesitaba—. Las Naciones Unidas lo evitarán.

Yo respondí con una pregunta.

—¿A qué Naciones «Unidas» te refieres? ¿A los británicos en declive? ¿A los franceses antisemitas? ¿Al bloque comunista que recibe órdenes del Kremlin, o a los denominados estados no alineados que son rehenes del petróleo árabe?

Como vi que se estaba preparando para arremeter, yo lancé un ataque preventivo:

—¿Las mismas Naciones Unidas que se quedaron a la espera y que no hicieron nada tras catorce ataques de tanteo de los sirios, y que sacaron a sus fuerzas de paz del Sinaí para dejarles el camino abierto a los egipcios?

Alex farfulló:

—Pero Estados Unidos...

Había ganado. Lo sabía. ¿Estados Unidos? Lo enterré a base de contraargumentos. Vietnam. El Watergate. Las distracciones internas por el conflicto civil en el campo cultural. Alex resopló y se retiró ante mi violento ataque. Ojalá hubiera sido magnánima en la victoria y no hubiera intentado darle la puntilla.

—Estados Unidos no puede ayudarnos.

Ay, esa última palabra...

—¿Ayudarnos? —Las llamas se avivaron en los ojos de padre—. ¿Ayudarnos? Hannah, ¿acaso no somos estadounidenses?

—Judíos estadounidenses —repliqué, reorganizando mi estrategia ante los semblantes petulantes y serenos—. ¿No hemos aprendido nada del pasado?

—Mmm —musitó padre, mientras fingía sopesar mi razonamiento—. En efecto, aprender es la clave, aprender a entendernos a nosotros mismos. —Señaló de forma teatral la estantería de libros que teníamos detrás—. Biología, psicología...

—Economía política —añadió Alex, ganándose así una sonrisa de aprobación de nuestro patriarca.

—Sin arrancar de raíz nuestro deseo de conflicto —me sermoneó padre—, no somos mejores que los médicos que precedieron a Pasteur, quienes, a pesar de conocer la existencia de los microbios, fueron incapaces de relacionar su existencia con la aparición de enfermedades.

Una réplica poética, dramática y sacada directamente de las páginas de su último libro. Incluso había dejado de mirarme a los ojos para contemplar el arco sagrado de su último tomo en la estantería. *El Hiroshima de Jung: Un examen de la psicosis de guerra.*

—No hay nada más noble que trabajar por un futuro donde reine la paz —dije, en un intento de apelar a su vanidad—, pero no habrá un futuro si no protegemos el presente. —Abrí la ventana y, como un genio liberado, los ruidos y olores del Upper East Side entraron a raudales—. Y en ese presente tenemos a los ejércitos de toda una región movilizándose para borrarnos del mapa.

Alex se rio por lo bajo.

—Así que estás diciendo que deberíamos quemar nuestros libros y avanzar abriéndonos paso a garrotazos como los trogloditas, ¿no?

—Lo que digo —repliqué— es que es suicida perder el tiempo deconstruyendo el Tratado de Versalles ¡la mañana DESPUÉS de la noche de los cristales rotos!

Padre, que seguía sentado, me miraba con esa insufrible sonrisa de victoria.

—Ah —dijo, agitando un dedo hacia el cielo, exasperado—, ya llegamos al último torreón de tu fortaleza que se desmorona. Al bastión del «¿deberíamos haber luchado?».

Era un argumento viejo, tan desgastado y cómodo como el viejo trono de cuero que ocupaba. ¿Deberíamos haber luchado? Lo había oído por primera vez cuando tenía seis años, cuando había preguntado sobre los rostros en blanco y negro que nos miraban desde la repisa de la chimenea. ¿Quiénes eran? ¿Dónde está Estrasburgo? ¿Por qué murieron? ¿Por qué no se marcharon contigo? Y con la pregunta final de «¿por qué no lucharon?», había llegado la inevitable respuesta:

—Porque no habría servido de nada.

Ahora esas mismas fotografías nos miraban fijamente; esas máscaras mortuorias inocentes que sonreían.

—Ojo por ojo —continuó mi padre— y el mundo acabará ciego.

Me defendí de la cita de Gandhi con otro dicho popular de la época en que el Imperio británico dominaba la India:

—Si los indios orinaran todos a la vez, arrastrarían a los británicos al mar.

—¿Estás rechazando la no violencia? —preguntó Alex, negando con la cabeza—. ¿De verdad vas a negar los avances que se han hecho en este país gracias al doctor King?

—¿Vas a negar que si King tuvo tanta influencia fue porque temían a Malcolm X? —Como intuí que se abría una vía de escape, intenté sortear el asedio—. Una mano tendida funciona cuando la alternativa es un puño.

Citando a Einstein, Alex dijo:

—No puedes intentar evitar una guerra y prepararte para ella al mismo tiempo.

—Dijo el hombre que huyó de un horno de Dachau.

—¡Cómo puedes ser tan intransigente! —se quejó mi padre, con un tono de voz teñido de decepción–. Afirmas defender nuestra patria tradicional, pero tu modo de defenderla es igual al que nos hizo perderla en un principio.

Sentí que me estaba acalorando y que alzaba la voz.

–¡No estoy diciendo que la guerra sea algo bueno! Y no digo que ir por el mundo atacando a los demás sea lo correcto. ¡No lo es! Es el último recurso, ¡siempre! Si hay alguna otra manera de resolver los problemas, *cualquier* manera de evitar el derramamiento de sangre…, pero cuando vienen a por ti, cuando sabes que es así, cuando no te van a escuchar y es demasiado tarde hasta para huir, tienes que defenderte. ¡Tienes que luchar!

Había hecho lo único que había jurado que nunca haría. Me había dejado llevar por el corazón.

–Oh, Hannah. –Alex, victorioso, soltó ruidosamente una risita ahogada por la nariz y abrió los brazos de forma compasiva–. Hannah, Hannah.

Solo mi hermano era capaz de hacer que odiara el sonido de mi nombre. «Hannah, no seas infantil. Hannah, no seas histérica. Hannah, si me dejaras ayudarte a ser como yo, quizá papá te querría tanto como a mí».

–¡Eres un intelectual cobarde! –dije entre dientes–. ¡Los dos lo sois! ¡Os escondéis tras libros y citas y la protección que otra gente os brinda! Pero ¿qué vais a hacer cuando la realidad tire abajo vuestra puerta a patadas?

Agité el puño ante padre y luego ante los fantasmas de la repisa de la chimenea; todas esas vidas que habían quedado reducidas a meros montones de zapatos, gafas, empastes de oro y cenizas.

–¿Qué hicisteis por ellos? –grité a mi audiencia, paralizada–. Cuando las cartas dejaron de llegar, cuando alistaron a toda vuestra clase, ¿dónde estabais?

Me incliné sobre mi padre, clavando la mirada en ese cerebro pasivo, frío y totalmente insensible. Porque en eso se había convertido, en nada más que materia gris desapasionada, sin corazón, sin alma.

–Te quedaste. Te escondiste. *Tú* sí que no serviste de nada. –No me di cuenta de que estaba llorando hasta que vi que una de mis lágrimas le manchaba la camisa–. Ni siquiera lo intentaste. –Con la vista borrosa, le espeté a Alex–: Y tú tampoco lo harás, cuando vengan a por ti, no te resistirás. –Mirando atrás, dije–: Te quedarás ahí tumbado y morirás.

Al pasar cerca de la cocina oí que madre estaba guardando los platos en su sitio. No podía echarle en cara que no me hubiera defendido. Nunca lo había hecho. Jamás supo que podía hacerlo. Entre el tintineo de la vajilla y el ruido sordo de las puertas del armario, oí que murmuraba algo para sí. Con una cadencia suave y regular, con la musicalidad repetitiva de una oración. Al cerrarse la puerta tras de mí, capté los últimos versos del *Hashkiveinu*.

ENTRADA N.º 15 DEL DIARIO
15 DE OCTUBRE

Acabo de releer todas mis entradas anteriores. No reconozco a la persona que las escribió. Es la vida de una desconocida. Alguien a la que apenas recuerdo.

Ojalá viajar en el tiempo fuera tan fácil como pasar una página. Ojalá pudiera retroceder un par de días, para advertir a la persona que fui.

Esa mañana del 13 de octubre, la alarma me despertó a las siete, varias horas más tarde de lo que había previsto. Dan me dijo que se había despertado alrededor de medianoche y me había cambiado la hora de la alarma del móvil. Pensó que sería mejor que durmiera a que lo ayudara con las estacas. Vi que todavía le quedaban unas cuantas por terminar, pero se limitó a sonreír y decir:

–¿Por qué no vas a ver cómo está el huerto?

Él ya lo había hecho, había visto lo que había pasado y sabía lo feliz que me haría.

Me sentí como la mañana del día de Navidad. Habían surgido más arcos pálidos del suelo. Los brotes que había visto más fuertes el día anterior habían logrado germinar. Podía ver cómo asomaban diminutas hojas verdes del tallo. Más brotes pequeños, más voluntarios surgidos el abono. En la zona del arroz, la hierba había crecido al menos un centímetro. ¡Y todo en una noche!

—Tendrás que sujetarlas de algún modo —comentó Dan a voz en grito desde la cocina—; o sea, cuando vayan creciendo. ¿No es lo que se hace con las plantas, se atan a algo, como esas jaulas para tomates? ¿O cestas? ¿Cómo se llaman? —Ahora lo tenía detrás, apoyado en el marco de la puerta con una mano, a la vez que me sonreía—. Tenemos, no sé, una tonelada de ramitas finas de bambú. En cuanto tengamos un rato, ya sabes, más adelante, te ayudaré a montar con ellas esas jaulas o lo que sean.

Me rodeó con los brazos y me besó para despedirse. Se fue a trabajar, con el abridor de cocos en la cintura, la lanza en una mano y el cuchillo del pan en la otra. Como en la Casa Común ya casi no quedaba bambú, solo una docena o así de tallos, no tardaría mucho. Cuando salió al camino de la entrada, aunque no llegamos a ver ni a oír nada en la cima, no pude evitar decirle:

—Ten cuidado.

Y recibí como respuesta un gruñido, mientras se golpeaba con la lanza el pecho como un cavernícola. Le devolví el saludo a mi manera, haciéndole el corte de manga y moviendo los labios para decirle: «Te quiero».

Me quedé en la puerta abierta, temblando por el aire frío, observando cómo se cruzaba con Effie y Appaloosa, que iban de camino a casa de Reinhardt. Le tocaba a Effie relevarme y, a pesar de que me saludó con la mano amistosamente, de repente me preocupó que pensara que lo había abandonado a su suerte. Por supuesto, no lo pensó, y por supuesto no hacía falta que corriera hacia ella para explicarle que me había echado. Aun así, lo hice, y acabé alegrándome de charlar con ella. Tenía buenas noticias. Por fin, la radio del coche de los Boothe nos informaba de algo positivo.

Me contó que habían detenido al francotirador loco de la I-90. La carretera ya estaba abierta, los suministros llegaban y los evacuados salían. Los canadienses, como cuando el Katrina, también venían de camino. El presidente por fin se había tragado su orgullo (eso es lo que pensaba Carmen) y había permitido que la ayuda extranjera entrara por el norte. Y como Seattle ya era una «zona segura» (supongo que significa que ya no hay disturbios), las autoridades podían centrarse en los pueblos afectados por el Rainier.

Effie me dijo:

—Lo que quiere decir que nos encontrarán pronto. —Le acarició enérgicamente la espalda a su hija—. Cuando se desplieguen de nuevo, en busca de supervivientes, ¡seguro que se topan con nosotros! —Nunca la había visto tan animada—. A lo mejor deberíamos colocar una señal de SOCORRO. ¿Sabes? ¿Como se hace después de una tormenta? ¿En los tejados y demás? ¡No me puedo creer que no se nos haya ocurrido hasta ahora! Quizá podríamos usar una sábana. —Apuntó hacia el «helipuerto» cubierto de hierba situado delante de la Casa Común—. O simplemente escribirlo en todas estas…

Señaló con la cabeza hacia las rocas que nos habían tirado y que ahora teníamos a nuestros pies.

—Buena idea —respondí, pero añadí un matiz—: En cuanto nos aseguremos de que terminamos…

—¡Oh, sí! —me interrumpió—. ¡El «perímetro», por supuesto! Sí, desde luego.

Cuando le recordé todo lo que todavía teníamos por delante, vi cómo la realidad iba minando su entusiasmo.

—A lo mejor mañana —dijo, tanteándome.

—A lo mejor —contesté y, bajando la mirada hacia Pal, pregunté—: Pero por ahora, ¿aún quieres trabajar en el huerto?

Emocionada, movió la cabeza arriba y abajo mientras su madre se dirigía a casa de Reinhardt.

—Es tan bonito… —comenté, acompañándola hasta el interior—. Cuando por fin tengamos algo de tiempo, pondremos papel de plata por toda la pared. —Volvió a asentir varias veces alegremente y se paró a echar un vistazo a cada plantita—. Y deberíamos pensar en cómo las vamos a sujetar —continué—. Dan ha tenido una buena idea sobre cómo usar el bambú sobrante para…

Un grito ahogado.

Y lejano, que procedía de la casa de Reinhardt.

Nos precipitamos afuera, justo a tiempo para ver cómo Effie tropezaba en la puerta de entrada. Le dije a Pal que fuera a casa a buscar a Carmen, y corrí para coger a Effie antes de que se desplomara.

Tenía los ojos como platos y le temblaba la voz y el cuerpo. Antes de que alcanzarla, pensé: «Le ha dado otro infarto. ¡El primero fue real y anoche le volvió a dar otro!». Effie no hablaba, no podía. Hiperventilaba, intentaba que saliesen las palabras, pero solo conseguía agitar las manos frenéticamente para señalar el interior. Pasé como un rayo por su lado y entré en la sala de estar. Ya me había imaginado qué aspecto tendría: tumbado en el sofá, frío y azul. «Por favor, que no tenga los ojos abiertos.»

Primero vi los rastros de sangre. Había dos, uno estrecho y otro ancho, y discurrían en paralelo desde el agujero de la puerta trasera hasta el sofá, vacío y empapado de sangre. Noté que Dan me rodeaba con el brazo los hombros. No podía apartar la vista. No podía dejar de interpretar la historia que tenía delante, de imaginarme qué debía de haber pasado mientras yo dormía tranquilamente en casa.

Había sido muy silencioso, empujando el cristal agrietado de la cocina, con cuidado, prestando atención por si oía algún ruido y tenía que huir. Con paciencia, usando la inteligencia. Tuvo que haber sacado el cristal resquebrajado del marco lo justo para meter dentro un largo brazo. Después de buscar a tientas la cerradura, había resuelto el rompecabezas sencillo del pequeño cierre metálico. Había abierto la puerta, apartado las cortinas y alejado la mesa. Lo había hecho con la habilidad y la concentración necesarias para no despertarlo. Solo había entrado uno; lo podía saber por las huellas ensangrentadas. ¿Uno pequeño, quizá? ¿Princesa, o el macho joven a punto de alcanzar la pubertad? ¿Podría formar parte de un ritual de mayoría de edad? ¿Una prueba de sigilo, inteligencia y fuerza en la que tenía que arrancarle la cabeza a Reinhardt?

Porque era lo que había hecho. Se la había retorcido, había tirado de ella. La mancha más oscura y profunda estaba en la base de la almohada. Y no se había resistido. No había nada fuera de su sitio. Ni siquiera los libros, que seguían colocados perfectamente sobre la mesa baja junto a sus gafas. Seguramente había estado leyendo un ratito y se había dado cuenta de que tenía demasiado sueño para concentrarse. Los había dejado a un lado, había apagado la lámpara y se había tapado con la manta hasta el cuello. Puede que no lo oyese entrar hasta que se lo encontró encima. ¿Se despertó? ¿Notó la caricia de su pelaje en la cara, el roce de una piel dura en la boca? Dios, espero que no. Por favor, Dios, que haya estado dormido en todo momento.

Aun así, ¿por qué sigue viniéndome a la cabeza justo lo contrario? Me lo imagino despertándose con una mole negra delante. Viendo esos ojos minúsculos, notando ese aliento caliente, sintiendo cómo le aplastaba la garganta. ¿Por qué sigo imaginándome que decidió no luchar, mientras le reventaba la tráquea con una mano y lo sujetaba con la otra mano? No dio patadas, no lo arañó. No intentó salvarse. ¿Por qué me imagino que esos escasos segundos en que estuvo despierto y consciente los vivió paralizado de miedo, aceptando su final?

Tiene que ser por las huellas ensangrentadas. Por el espacio entre los dos pies enormes. Estaban muy juntos. Los he visto correr; si hubiera dado zancadas, como hacían normalmente, solo habría dejado un par de huellas entre el sofá y la cocina. Estas estaban muy cerca, eran muy numerosas y estaban mezcladas con muchísima sangre. Los rastros paralelos: el más grueso era el que había dejado el cuerpo y el más fino, el de la cabeza. Era como si el asesino hubiera agarrado la cabeza de Reinhardt por la boca y la hubiera zarandeado, hacia adelante y hacia atrás, salpicando las paredes y el suelo. Sin prisa. Sin miedo.

¿Y por qué iba a tenerlo? ¿Por qué nos iban a temer si pueden invadir nuestras casas tan fácilmente, cuando ni siquiera vamos a intentar luchar?

Capítulo 21

Mucha gente se horroriza cuando oye que un chimpancé podría comerse a un bebé humano, pero al fin y al cabo, en lo que al chimpancé respecta, los hombres son solo otra clase de primates...

JANE GOODALL, *A la sombra del hombre*

Extracto de mi entrevista a la guarda forestal jefe Josephine Schell. Boulder, Colorado, 1991. El pueblo parecía un paraíso. Tenía una vegetación exuberante y los humanos aún no habían echado a perder su belleza natural. Pero si ese lugar se conservaba tan inmaculado era porque, para empezar, no debería de existir. El área que rodea Boulder es semiárida por naturaleza. Era la gente del pueblo la que traía toda esa agua hasta ahí para sus céspedes y árboles frutales. Y cuando llegaron los árboles frutales, también lo hicieron los ciervos. Eso encantó a los lugareños. «¡Eh, cariño, hay un ciervo en nuestro jardín!»

Y con los herbívoros llegaron inevitablemente los carnívoros. Por aquel entonces apenas había pumas, ya que habían estado al borde de la extinción por culpa de los pioneros europeos. Los que sobrevivieron se habían adentrado en las profundidades de las Montañas Rocosas, lo bastante lejos para evitar cualquier posible contacto con los humanos. Pero cuando abandonaron las montañas para seguir a los ciervos, descubrieron que esta nueva estirpe de seres humanos no se parecía en nada a sus ancestros, que «disparaban a todo lo que se moviera». Lo único que disparaban estos humanos eran los flashes de sus cámaras. «¡Oh, vaya, niños, mirad! ¡Un puma de verdad!»

Los más inteligentes intentaron avisarles: «No estáis en un zoo.

Son depredadores. Son peligrosos. Hay que seguirles la pista y reubicarlos antes de que alguien resulte herido».

Pero nadie les hizo caso. No se podían creer la suerte que tenían de ver a grandes felinos «en un entorno natural». ¿Quién necesita un zoo cuando tienes el bosque justo detrás de tu casa? Entonces los perros empezaron a desaparecer. Primero, los más pequeños, esas mascotitas de juguete que no podían defenderse. Por eso nadie hizo caso cuando unos tipos con placas intentaron, de nuevo, convencerlos de que corrían peligro. «Oh, venga ya, ¿qué esperas que pase si a alguien se le escapa su mezcla de bichón y caniche?» Creo que una de las víctimas fue una cockapoo llamada «Fifi»; sí, no es broma. Y no importó que el ataque no ocurriera en el bosque sino justo delante de la casa de Fifi. Los que negaban la realidad seguían pensando que había sido «una presa muy fácil» y que era imposible que un puma fuera a por un canino de tamaño normal que pudiera plantarle cara.

Hasta que ocurrió. Un dóberman logró escapar con vida por los pelos; un labrador negro y un pastor alemán no. «¿Qué es un perro con correa? Un cebo para pumas.» Era uno de los chistes que circulaban por ahí, como una tira cómica publicada en un periódico local, en el que se veía a la dueña de un perro entregando a su cachorro una carta de un gato que decía: «Bienvenido a la cadena alimentaria».

Niega con la cabeza.

La cadena alimentaria. Ya nadie recuerda qué lugar ocupamos supuestamente en ella. Pero las advertencias eran muy claras. El enemigo había avanzado hasta llegar a la puerta de sus hogares.

Al final reaccionaron, eso lo tengo que reconocer. Mataron al puma después de que atacara un rancho turístico, y se celebró una reunión municipal para decidir qué hacer. Pero como sucede con muchos otros problemas, ya era demasiado tarde. Los felinos estaban ahí, se estaban multiplicando y, tras tantear el terreno, cada día se envalentonaban más y más.

Una vez se volvió normal que aparecieran perros asesinados, fue cuestión de tiempo que subieran por la cadena hasta llegar a nosotros. Persiguieron a una chica que había salido a correr y tuvo que acabar subiéndose a un árbol; si sobrevivió fue únicamente porque había aprendido a pelear en un curso de «defensa personal para modelos». Persiguieron a un empleado de un hospital en el aparcamiento. Varias personas no pudieron salir de sus casas. La lista sería interminable.

Y entonces Scott Lancaster salió a correr y nunca volvió. Scott tenía dieciocho años, estaba sano, era fuerte, y hacía ejercicios de cardio en su hora libre en la parte de arriba del sendero detrás de su instituto. Dos días después hallaron lo que quedaba de él: su torso desgarrado, sus órganos devorados, su cara mordisqueada. Encontraron los restos en el estómago de un puma. La investigación demostró que el felino no tenía la rabia ni se moría de hambre. ¿Sabes lo que demostró también ese ataque, así como el resto de ataques letales que hemos tenido desde entonces?*

Que ya no nos temen.

ENTRADA N.º 15 DEL DIARIO [CONTINUACIÓN]

—No ha sido culpa tuya.

Mostar, que estaba detrás de nosotros, me había vuelto a leer la mente; sabía que inevitablemente me iban a torturar los remordimientos. No tenía por qué haberme ido a casa. Podía haber insistido. Si hubiéramos estado los dos con las luces encendidas, si yo hubiera pedido ayuda a gritos, tal vez lo habría salvado. ¡Ojalá me hubiera quedado!

—No ha sido culpa tuya —repitió. Y entonces añadió—: Sino mía.

Por un instante, vi algo en ella que no supe precisar. La forma en que tragó saliva, nerviosa; su reticencia a mirarme a los ojos.

¿Se sentía culpable?

—No creí que se fueran a envalentonar tanto tan pronto. —Hablaba en voz muy baja, lo justo para que pudiera oírla—. Pensaba que con

---

* En el momento en que se están redactando estas líneas, los pumas han asesinado a otros diez humanos más en Norteamérica desde la muerte de Scott Lancaster.

el fuego…, que con su primera presa se saciarían… Pensaba que tendríamos al menos un día más…

Negó con la cabeza y dijo con muy mala leche otra frase en un idioma extranjero, que sonó algo así como: «¡Majmoonehjedan!».*

—Ya no nos da tiempo a construir un perímetro entero. Tenemos que hacer uno más pequeño, ahora mismo, alrededor de la Casa Común. Carmen… —A la pobre mujer se le cayó el gel antiséptico de la impresión—. Ve a sacar a Bobbi de la cama. Haz lo que tengas que hacer, pero que se levante y se vista. Vete.

Carmen se fue corriendo y Mostar se giró hacia Effie y Pal.

—Id a casa y traed algunas mantas, las más pesadas que tengáis. Coged todas las que podáis y llevadlas a la Casa Común en un solo viaje.

Sin cuestionar nada ni dudar, se marcharon.

Entonces se volvió hacia mí y me dijo:

—Revisa la cocina de Reinhardt. Coge toda la comida congelada, enlatada o deshidratada que haya. Métela en una sola bolsa.

Asentí mientras ella agarraba a Dan de la manga.

—Vamos.

Y se fueron.

No había ni rastro de emoción en su voz. No había tiempo para ello.

Me precipité de vuelta a la cocina de Reinhardt, y se me pegó el zapato al suelo al pisar el rastro rojo. Cogí una bolsa de basura de plástico del rollo, metí en ella la comida congelada que quedaba y luego me fui corriendo a la Casa Común.

Olía peor que nunca, y no eran imaginaciones mías. Como tampoco lo era la figura que vi en la cima. Una silueta negra y alta entre dos árboles que simplemente estaba ahí, observándome. Miré de repente al suelo para esquivar una piedra que había caído ahí hace dos noches y, acto seguido, miré de nuevo hacia la pendiente, que ahora estaba vacía. Los aullidos empezaron un segundo más tarde; un canto solitario al que se fue sumando un coro. Me sentía desnu-

---

* *Majmune jedan*: Maldito simio.

da. Me había dejado mi nueva lanza en casa porque no se me había pasado por la cabeza que la necesitaría. Ya no me daba tiempo a ir a por ella.

Mantuve la cabeza gacha y di los últimos pasos hacia la Casa Común ya al trote. Metí la comida en la nevera, corrí afuera, y vi que Mostar y Dan salían de casa de ella. Ambos llevaban un montón de estacas en los brazos, que soltaron cuando Mostar apuntó hacia algo justo detrás de mi campo de visión. Dan fue a por su lanza, que estaba apoyada en el recibidor de Mostar, mientras esta llamaba a gritos a Effie y Pal.

—¡Los Durant! —exclamó, como si estuviera hablando por un megáfono, y agitaba los brazos sin parar para que la siguieran.

Todos nos reunimos en casa de la pareja: yo, Dan, Effie, Pal y Carmen, seguida de una Bobbi muy aturdida en pijama y bata.

No estoy segura de qué estaba pensando Mostar al reunirnos a todos ahí. ¿Hacer presión en grupo? ¿O quizá porque necesitaba contar con la fuerza física de todo el mundo para sacar a esos dos de su hogar?

—¡Yvette! ¡Tony! —Mostar no llamó al timbre ni a la puerta, sino que martilleó la madera elaborada con el canto de los puños y las palmas de las manos—. ¡Abrid! ¡Abrid la maldita puerta! ¡Ya!

La golpeó con tanta urgencia, con tanta violencia…

Bobbi, que ahora estaba totalmente despierta, retrocedió un paso. Carmen y Effie abrazaron a su hija. Yo le agarré del brazo a Dan y se me hizo un nudo en la garganta al pensar: «¿Y si la casa de Reinhardt no ha sido la primera asaltada?». No podía dejar de pensar en lo que podía estar esperándonos ahí dentro.

Entonces, cuando estaba a punto de ir con Dan a la parte de atrás de la casa, la puerta de la entrada se abrió lentamente. El súbito alivio que sentimos se esfumó en cuanto vimos al muerto viviente que apareció.

Los ojos rojos, húmedos y perdidos brillaron desde unas cavidades hundidas y oscuras. Las mejillas delgadas, sin afeitar, pendían sobre unos labios cortados y agrietados, bordeados por costras. Iba descalzo, vestía una camiseta blanca manchada y pantalones de chándal hechos un asco, que agarraba con una mano temblorosa con las uñas sucias. Un momento después me asaltó la peste, que salió flotando por la puerta como una nube invisible, húmeda. Era una mezcla de olor corporal, mal aliento y un leve tufo a heces.

—¿Tony?

Vi que a Mostar se le caía el alma a los pies y creo que la oí suspirar. ¿Estoy proyectando lo que sentí yo? ¿Llenando alguna laguna de memoria? Tengo la sensación de que no le sorprendió. Aunque el resto... todos nos acojonamos.

—¿Tony? —Esta vez lo repitió un poco más fuerte, pronunciando las palabras con el mismo ritmo lento con que movía la mano—. ¿Dónde está Yvette?

—Oh... —Tenía la boca abierta y torcida, de forma que mostraba una hilera de dientes manchados—. Síííííí.

Entrecerró un poco los ojos, como si fuera alguien que hubiera entrado en la habitación equivocada sin querer.

—Yvette. —Mostar intentó mirar detrás de él y a su alrededor. Entonces, dijo por tercera vez—: ¡Yvette!

Tony se relamió los labios y, mientras se daba la vuelta, dijo de nuevo:

—Sí.

—No, Tony... —empezó a decir Mostar, y luego lo siguió.

Los demás los seguimos de un modo caótico. Cuando Dan quiso entrar, golpeó el marco de la puerta con la lanza que llevaba. Poco faltó para que se la clavara a Effie. Le pidió enseguida perdón y dejó el arma fuera.

Para entonces ya lo había adelantado, y el olor que había ahí dentro me estaba dando arcadas. Apestaba a sudor, a pies y a la orina concentrada que estaba estancada en el baño de la planta de abajo. Y lo que vimos...

Si hubiese sido cualquier otra persona, en otras circunstancias, habría pensado que los dueños de la casa eran unos guarros.

Había toallas en el suelo, y unas cuantas prendas. Vasos de vino entre las estanterías y botellas vacías. La almohada y el edredón que había sobre el sofá tenían manchas marrones, debido a las secreciones corporales. Con todo, no era peor que el dormitorio de una residencia de estudiantes, o que los primeros pisos donde vivieron mis colegas con veintitantos años. Pero esta casa, esta gente...

Lo que más me impactó no fue que pareciera una leonera, ni el iPhone reventado justo debajo de un agujero en la pared del tamaño de un iPhone. Fueron las revistas. Ocupaban toda la mesa baja de cristal, por encima y por debajo, e incluso estaba metidas a presión entre tazas con posos de café solidificados. *Wired, Forbes, Eco-Structure*. Todas arrugadas y abombadas donde les había caído agua. Todas con la cara de Tony en la portada. EL AMANECER DEL ECOCAPITALISMO, EL REVOLUCIONARIO VERDE, LUCHANDO POR EL BIEN.

—¡Tony! —Mostar lo agarró del brazo y le obligó a girarse hacia ella—. ¿Dónde está Yvette? —Le habló con suavidad y firmeza—. Tenemos que hablar con vosotros dos.

—Sí, claro, Yvette... —Tenía la mirada (¿a eso no lo llamas tú la mirada de los mil metros?) perdida y el ceño arrugado, y no paraba de relamerse los labios, moviendo la lengua en círculo—. Yvette.

Cuando se calló, pudimos oírlo.

zzzzzp zzzzzp zzzzzp

Mostar negó con la cabeza, tal vez enfadada consigo misma por no haberlo pensado antes. (Así fue como yo me sentí, al menos, porque no se me había ocurrido ir a echar un vistazo al garaje.) Quizá habría llamado a la puerta si Mostar no me hubiera apartado de un empujón y la hubiera abierto sin miramientos.

Una luz brillante nos cegó, acompañada de una niebla invisible y punzante.

Yvette, o aquello en lo que se había convertido, casi se cayó de la elíptica.

—¿QuéQUÉ?

Su voz era aguda, rasposa. Entró dando saltos en la sala de estar, sudando, a lo loco. Así es como siempre recordaré sus ojos. Los movía de aquí para allá, frenética, para verlo todo y vernos a todos. Su cara, su cuerpo. Estábamos contemplando un esqueleto. Sí, era lo que había debajo de ese sujetador deportivo y esos pantalones de yoga empapados. No había más que huesos y tendones bajo esa piel tan tensa. ¿No había comido nada? ¿Cómo puedes hacerle algo así a tu cuerpo, y a tu mente, en tan poco tiempo?

No habían pasado ni dos semanas. ¿Tan rápido puede desmoronarse una persona? ¿Tan fácilmente?

Supongo que, para empezar, depende de quién seas, de cómo estés tratando de aferrarte.

La adversidad nos enseña quiénes somos.

Encantada de conocerlos, señores Durant.

—¡¿Quéquéquéqueréis?!

Aún podía oír la cháchara ininteligible que salía de los auriculares con anulación de ruido que llevaba al cuello. No era música, sino una especie de charla. ¿Una de esas charlas inspiradoras? ¿Una sesión imaginaria guiada? ¿Su propia voz?

Mostar apenas había logrado decir:

—Yvette…

Pero ella la interrumpió con un histérico:

—¡¿Quéquieres?!

Mostar evaluó la situación y se adaptó a ella; abandonó la actitud autoritaria que había mostrado con Tony para adoptar una actitud conciliadora y rebajar la tensión.

—Yvette, amor, tenemos que sacarte de aquí. —Hablaba con suavidad, con palabras sencillas, como si se dirigiera a un niño o a un suicida a punto de saltar—. ¿Sabes lo de los animales que hay ahí fuera? —Apuntó con lentitud, para no sobresaltarla, a las ventanas rotas que no habían reparado—. Sabes que nos están rodeando, ¿verdad? ¿Que se están volviendo más agresivos? ¿Has oído los…?

Yvette la interrumpió, como una metralleta:

—Nosénadasobreningúnanimal.

El vaho de su cuerpo se elevaba en el aire frío, le temblaba la cabeza con cada sílaba.

—Nosédequéestáshablando.

Aunque estaba a metro y medio, podía oler su aliento, su hambre.

Mostar se mostró cariñosa, preocupada.

—Has debido de oír los gritos. A Vincent lo oíste, ¿no?

En ese instante, Carmen rodeó con un brazo a Bobbi para consolarla.

Mostar continuó:

—Y ahora, anoche, Alex…

—¡Nosénadadenada! —exclamó Yvette atropelladamente. Ya no hablaba con un acento aristocrático inglés, sino con uno nuevo, más antiguo, con un profundo deje australiano—. ¡Tenéis que iros! —Señalaba sin parar a la puerta con la cabeza—. Largo… ¡largolargolargolargo!

—Todos tenemos que largarnos —dijo Mostar lentamente—. Tenemos que llevarnos lo necesario para sobrevivir a la Casa Común, adonde vamos a mudarnos todos y donde podremos protegernos unos a otros.

Yo ya estaba pensando, planeando por adelantado, qué íbamos a hacer con ellos. Primero había que darles una ducha con agua caliente para quitarles bien la mugre con una esponja. A ella podíamos sujetarla si hiciera falta. Al menos Tony no parecía que fuera a dar guerra. Eran dos bocas más que alimentar. Y la ropa, se la lavaría yo a mano, no me importaba. Limpio y seguro. Volverían a ser los que eran. Tenían que hacerlo. Porque íbamos a convivir todos juntos, en muy poco espacio, compartiéndolo todo. No quedaba otra.

—Tienes que darte prisa —continuó Mostar, pronunciando cada palabra con lentitud—. No cojas nada, ven solo con…

—¡Nonono! —Yvette retrocedió un paso y apretó los dientes con fuerza. Me recordaba a un animal arrinconado, a un mono en una jaula—. ¡Tenéisquelargaros! ¡Todossalidvamosyaya!

Para entonces Tony se había sentado, fusionándose con la mancha que había dejado al dormir sobre el sofá. No parecía ser consciente de lo que estaba pasando a su alrededor. No miraba ni se movía.

—¡Yvette, por favor! —Mostar, que estaba perdiendo la paciencia, prácticamente le suplicaba. Abrió los brazos con tanta desesperación que se me hizo un nudo en el estómago—. ¡No tenemos tiempo que perder! Ya no nos tienen mied…

No acabó la frase.

En ese momento, giró la cabeza por casualidad hacia la enorme ventana de la sala de estar que teníamos detrás.

Me volví a tiempo para ver la oscura silueta de pie ante la ventana con cortinas, justo antes de que esa ventana estallase.

Capítulo 22

Si el ataque hubiera sido un farol, habrían gritado para intimidarnos. Estos tipos estaban callados. Y eran enormes. Venían a matar.

La primatóloga SHELLY WILLIAMS, en *BBC News*, al referirse al «Simio Misterioso» de la República Democrática del Congo

ENTRADA N.º 15 DEL DIARIO [CONTINUACIÓN]

Se desató el caos.

Gritos, gente corriendo. Noté un codazo en el pecho, el roce del pelo de alguien en la cara, el impacto de una espinilla contra la mía. Como había echado a correr antes de girarme del todo, me tropecé, me caí, me intenté levantar y me resbalé de nuevo con un ejemplar de la revista *Eco-Structure*.

Me estampé contra la alfombra justo cuando un puño del tamaño de una cabeza atravesó zumbando la pared que tenía encima. Oí el crujido, noté la vibración y entonces elevé la vista. A través de la nube azul de las placas aislantes de algodón vi la cara de Dan, quien me agarró por debajo de los brazos.

¡Pal! Ese fue mi primer pensamiento consciente. ¿Dónde estaba Appaloosa? La habitación me dio vueltas. Lo único que pude distinguir con claridad fue a Tony pasando por encima del sofá a toda velocidad y, prácticamente, volando hacia la puerta que daba al gimnasio del garaje. Yvette, un paso y medio por detrás de él, lo llamaba a gritos por su nombre, intentando alcanzarlo a la vez que el coloso ululante intentaba alcanzarla a ella.

Entreví que una figura se movía fuera (¿Mostar?), y desaparecía enseguida de mi vista.

Oí el sonido de una estampida por encima de mí. Por las pisadas, supe que alguien que tenía los pies pequeños estaba en el segundo piso. ¿Eran pies humanos?

—¡Pal! —grité al techo mientras Dan tiraba de mí para que me pusiera en pie.

—¡Vamos! —me dijo al oído, y me tiró con fuerza del brazo.

Corrimos juntos hacia la puerta de la cocina. Tras rodear la mesa y las sillas, solo nos quedaban unos pocos pasos más. Ya estaba a punto de abrirla cuando surgió ante nosotros una silueta amenazante, que echaba un puño hacia atrás.

—¡Atrás!

Dan me apartó a la vez que el cristal de seguridad agrietado envolvía literalmente al atacante, quien, cegado por un instante, se revolvió bajo esa envoltura crujiente.

—¡Toma! —gritó Mostar a nuestras espaldas, haciéndonos señas desde fuera, desde el otro lado del agujero de la ventana de la sala de estar.

Nos había esperado. Aunque podía haber huido, nos había esperado.

Mostar.

Atravesamos a toda velocidad la sala de estar y pasamos al lado de la criatura que intentaba abrirse camino a golpes hacia el gimnasio. Gruñó al reconocernos. Mostar nos miró aterrada. Tuvo que haberse girado hacia nosotros y seguirnos mientras saltábamos a través de la abertura de la ventana, del tamaño de un coche.

Mostar gritó:

—¡Corred!

E hizo un gesto con la lanza de Dan. Entonces atacó, y me pasó muy cerca de la cara, a unos cuatro o cinco centímetros. Me giré justo a tiempo para ver que la hoja seguía clavada en la enorme mano ensangrentada.

El alarido, el largo chillido de dolor me retumbó en los oídos mientras Mostar tiraba de mí para que la adelantara. Luego, me dio una patada (sí, en serio) para que corriera en dirección hacia mi casa.

—¡Vete! ¡VETE!

Crucé corriendo el camino de la entrada como alma que lleva el diablo, esquivando piedras que habían dejado cráteres como los de la luna. Pensaba que los tenía justo detrás. A Mostar y a Dan. Incluso les aguanté la puerta. Pero habían girado a la izquierda en vez de a la derecha, por la otra esquina de la Casa Común. ¿Había sido idea de Mostar? ¿Quería que tuvieran varios objetivos que perseguir? ¿O su casa era la meta definitiva? ¿Su taller? ¿Sus armas? Al verlos llegar a la puerta me entró de repente el pánico, como cuando un crío ve que su familia se sube a otro vagón del metro.

Grité:

—¡Dan!

Y la verdad es que se detuvo un instante. Una mirada, como de entendimiento, y lo que iba a ser una palabra. Pero antes de que pudiera abrir la boca, Mostar le dio un fuerte empujón con el hombro y lo condujo la entrada. Oí un rugido a nuestras espaldas. Entré en casa de un salto.

Debería de haber subido a la planta de arriba. Al menos debería de haber cogido mi lanza. ¡Estaba ahí mismo! ¡Apoyada detrás de la puerta de entrada! ¡Qué estúpida fui! Cometí demasiados errores. Ojalá me hubiera armado, o atrincherado en el despacho, o escondido en el dormitorio, donde podría haber escapado por el balcón trasero. Tantas opciones, tantas posibilidades…

Cualquier cosa menos lo que hice. Me quedé en la planta de abajo, me arrastré hasta la ventana y observé el horror al otro lado.

Llegué a tiempo para ver que la puerta del garaje de los Durant se estaba levantando. El hueco que se abrió, aunque era solo de unos treinta centímetros, quizás incluso un poco menos, bastó para que Tony saliera reptando. Logró escabullirse hasta su Tesla, y agarraba algo con la mano derecha, supongo que las llaves del coche. Saltó al asiento del conductor e Yvette lo seguía, caminando como un cangrejo. Observé cómo corría hacia el asiento del copiloto e intentaba abrir la puerta sin manilla. Primero golpeó la ventanilla, luego, le dio puñetazos con las manos huesudas.

Al principio no podía ver a Tony porque el coche estaba aparcado de cara a su casa. Pero cuando se encendieron las luces de atrás, cuando los neumáticos levantaron cuatro nubes de ceniza, cuando Yvette saltó hacia atrás para evitar que la atropellase…

La cara de él. Una máscara de mundanidad photoshopeada. No huía para salvar el pellejo. No acababa de abandonar a su esposa. Estaba haciendo el cambio de sentido con tres maniobras rutinario para ir al súper. Incluso cuando Yvette saltó delante, golpeando el capó.

—¡Cabrón! —Pude oírla chillar con total claridad a través de la ventana de doble cristal—. ¡Putocabrónmecagoentuputamadre!

Tocó el claxon. ¡Sí, lo tocó! Detrás de los limpiaparabrisas en movimiento, parecía… ¿Qué? ¿Perturbado?¿Impaciente por una obra en la carretera o un peatón cruzando lentamente? Frunció un poco el ceño ante la histérica Yvette, cuya espalda mostraba cuatro largas heridas ensangrentadas.

—¡QuetedenporculoporculoporculoporculoPORCULOOOOOOO!

¿Y yo cómo estaba reaccionando? Seguramente igual, ¿no? Si Tony estaba en un atasco, yo estaba viendo una película. No me moví, no hablé, no intenté avisarles de que ese ogro marrón y peludo había atravesado de un salto el agujero de la ventana e iba a aterrizar sobre el techo del coche como una bola de demolición, reventando el parabrisas.

Era Alfa. Elevó los brazos. Aulló.

No pude apartar la mirada mientras agarraba a Yvette, que se revolvía y chillaba, de lo que parecía una larga y fibrosa cuerda de pelo. Pateó, gritó, y golpeó con fuerza arriba y atrás a esos dedos del tamaño de un antebrazo. El tirón terminó con todo eso. Tiró de su cabeza hacia atrás tan violentamente que le partió el cuello. Fue como apretar un interruptor. Yvette se desplomó.

Después trazó un círculo en el aire con ella. Su cuerpo se estampó contra el parabrisas del coche, de modo que la barrera opaca cedió. Llegué a entrever brevemente el trasero de Tony, que desapareció en el asiento de atrás. ¿Estaba intentando salir de ahí? No vi que ninguna de las puertas de atrás estuviera abierta. Tal vez solo se intentaba esconder en el hueco para los pies del asiento de atrás. Arrinconado, indefenso.

Alfa, todavía agarrando a la inmóvil Yvette, que colgaba como una muñeca de trapo, metió el otro brazo por el parabrisas agujereado y sacó a Tony por la pierna derecha. Vi que la pierna izquierda, que se le había quedado atrapada en el asiento, se retorcía en un ángulo imposible. Sé que no oí ningún grito. Por la forma en que movió los brazos y se agarró al metal liso mientras lo arrastraba hacia atrás por el capó, me recordó a un insecto, a una mariposa capturada que intentaba escapar aleteando.

Tony aún se movía cuando lo arrojó al suelo, y cayó de bruces con tal fuerza que rebotó. Después le dio una patada con su enorme pie entre los omóplatos. ¿Por qué tenía que estar mirando hacia mí? ¿Por qué tuve que ver cómo le salía una burbuja de espuma roja por la boca? Le dio otro pisotón y le crujieron las costillas. Un chorro más espeso y oscuro brotó de él, seguido de espasmos de los pulmones, que trataban de encontrar aire.

Se colocó sobre él y lo pisoteó, moviendo alternativamente los pies y haciéndole polvo el cuello y la espalda. Vi cómo le reventaba la cabeza. No se la rompió. Se la reventó. El líquido rojizo que le brotó de repente de la nariz y los ojos… ¿sería el fluido cerebral?

Sostuvo en lo alto al saco inerte de piel chorreante y ropa empapada. Y en la otra mano a Yvette, la marioneta todavía reconocible que aún miraba fijamente con los ojos abiertos como platos y la boca torcida. Alfa aulló; fue un alarido largo y triunfal que pareció hacer vibrar el cristal que tenía delante.

Un grito con el que llamó a los demás, que vinieron corriendo. Los Gemelos salieron de detrás de la casa. Explorador cruzó el círculo al galope, seguido por la vieja Gris, que intentaba avanzar al mismo ritmo que él. Por la pendiente bajaron Juno y las dos madres recientes. El pequeño joven macho se escurrió por el resquicio la puerta de la entrada mientras que la Viuda trepó por el agujero abierto en la ventana de la sala de estar. Detrás de ella se encontraba el alto y ancho Consorte, de cuya mano goteaba sangre. Mostar debió de haberle clavado la lanza de Dan a él. Se lamía la herida con la lengua llena de sangre.

Saltaron, lanzaron alaridos y se golpearon el pecho mientras rodeaban a su líder. Pero ninguno se atrevía a mirarla. Ni siquiera cuando se acercaban lo suficiente, con las manos tendidas. Rogando. Mostrando sumisión.

Alfa dejó caer a sus pies el amasijo de carne amorfa que era ahora Tony. Los demás se abalanzaron sobre él. Ella ladró, y el resto retrocedió. Metió la mano que ahora tenía libre en el estómago expuesto de Yvette. Con las uñas afiladas, rasgó el vientre plano y musculoso de forma que un torrente rojo descendió por la piel blanca. Con un tirón lento, casi delicado, sacó una especie de manguera empapada de sangre.

El círculo se cerró y los chillidos se elevaron. Alfa bajó la mano y le dio a probar un primer bocado al macho pequeño, al Niño Bonito, quien, acto seguido, se giró para darle la espalda al grupo, con un trozo de intestino unido aún al cadáver de Yvette.

Se volvieron locos; algunos corrieron en círculos pequeños, otros rodaron sobre las cenizas como si tuvieran espasmos. ¿Cómo se llama cuando lo hacen los tiburones? ¿Frenesí alimentario? Alfa bajó la vista para coger otro trozo dentro del torso de Yvette. Ahí fue cuando me vio.

Una espía. Una mirona. ¿Por qué me había quedado ahí? ¿Por qué tuve que mirar? Como la primera noche, cuando se habían peleado por el cubo de abono, cuando había clavado sus ojos en los míos, me estaba... ¿desafiando? Tenía ya otro puñado de entrañas en la mano y estaba elevando la enorme cabeza cuando se paró a medias. El brillo de esas dos canicas negras...

¡El rugido! Esa mole tiró el cuerpo de Yvette y arremetió contra mí.

Me aparté de las cortinas de un salto, corrí, me tropecé y me raspé las rodillas al subir las escaleras. Una vez más, se me olvidó la lanza. Una vez más, había escogido el escondite equivocado. El cuarto de baño de invitados estaba justo al final de las escaleras. La puerta estaba abierta, y también la ventana de atrás. ¿Por qué pensé que podría salir por ella? Cerré de golpe la puerta, eché el pestillo, subí de un salto al asiento cerrado del retrete e intenté salir por la ventana poco a poco, metiendo los hombros como podía.

Pero era demasiado estrecha.

Volví a empujar e intenté relajar el cuerpo para que mis músculos cedieran. Me raspé, me quemé la piel. Lo intenté de nuevo, más rápido esta vez. Otra vez. Me esforcé al máximo. Me dejé la piel en el alféizar de metal. Esa es la definición de la locura: repetir los mismos actos con la esperanza infundada de obtener un resultado distinto. Continuaba intentando pasar por ahí como fuera, una clavija con forma de Kate en un agujero rectangular. Me moví adelante y atrás, retorcí los brazos, me golpeé la parte posterior de la cabeza con el travesaño de la ventana. No sé cuántas veces lo hice hasta que el cuello se quedó trabado. Y cuando pasó, ese nudo que sentía en la base del cráneo estalló como una granada de mano en mi cerebro. El dolor me recorrió en oleadas el cuello, por todo el lado derecho de la cara. Por el oído, la mandíbula. Por la columna vertebral.

Me quedé lisiada. Paralizada.

Me caí sobre el retrete. Era incapaz de mover la cabeza, el cuello, el brazo derecho. Intenté levantarme, llegar hasta la puerta. Estiré el brazo hacia el pomo.

Vibró en mi mano mientras la casa entera temblaba.

Sentí cómo rompía la ventana de la sala de estar y oí cómo arrancaba las cortinas de su sitio. No me moví. No respiré. La adrenalina debía de haber anestesiado las ondas de dolor que me brotaban del cuello. Recuerdo que un hilo de sudor frío se deslizó por mi axila hasta llegar a la cadera.

No podía haberme visto. Tenía la esperanza. Las cortinas le habrían impedido ver cómo huía. Era imposible que supiera en qué dirección me había largado.

Otro rugido hizo vibrar el espejo que tenía delante. Oí cómo le daba un fuerte golpe a la mesa baja y otro golpe sordo al sofá. Tres estruendosos impactos rápidos me indicaron que estaba aporreando a puñetazos la puerta del cuarto de baño de la planta de abajo, y un largo crujido me señaló que la puerta estaba cediendo.

Se oyó un resoplido de frustración; luego, silencio. Se detuvo a escuchar, lo que me dio tiempo para pensar. No sé cómo se me ocurrió la idea. Pero en cuanto oí el primer crujido de la escalera, cogí el móvil que llevaba en el bolsillo. Aún estaba cargado, aún podía usarlo para comunicarme. Activé la aplicación de música, le di al botón de selección de habitación y oí cómo sonaba a todo trapo en la cocina.

Un gruñido, pies arrastrándose y, después, el estruendo de las cacerolas al caer y de los platos al romperse.

Gracias, «Black Hole Sun».

Tomé aire con cuidado, lo cual me dolió, e intenté pensar y planear mi huida. ¿Por la puerta? ¿Por otra ventana? ¿Sería capaz de llegar a la casa de Mostar? Recordé lo veloz que era Alfa, lo mucho que podía abarcar. En ese momento, el suelo tembló y la música se apagó. Eché un vistazo al móvil y vi que ya no tenía conexión. La criatura había cortado algo delicado. Pude oír cómo seguía destrozando cosas abajo, cómo rodaba la mesa de la cocina por el suelo mientras ella volvía a la sala de estar dando fuertes pisotones. Después, el fuerte estrépito de otra puerta que temblaba y cedía.

El huerto. ¡Mis brotes!

Unos gruñidos graves, largos, lentos. Unos fuertes cracs y golpes sordos.

Había otra fuente de ruido. Aguda y distante, al otro lado de la ventana. De la casa de al lado. ¡Pop-papop-pop!

Alfa también debió de oírlo. Se detuvo. Ambas escuchamos los ruidos, seguidos de gruñidos, rugidos y, de repente, un alarido.

El mismo que había lanzado Consorte cuando Mostar le atravesó la mano con la lanza.

Era de dolor.

¡Estaba herido!

Se oyó un estruendo; alguien volteaba muebles. Un lloriqueo como el de un niño dio paso a un aullido furioso.

Obtuvo una respuesta desde mi casa: el bramido que lanzó Alfa desde mi huerto.

De algún rincón de la casa de Mostar surgió un *BUUM,* un ruido grave y profundo. No de muebles, ni de madera, nada vivo. Era incapaz de imaginarme qué podía provocar ese alboroto estridente.

Pero los gritos… eran humanos…, de Mostar y Dan.

¡Dan! Probé con el móvil de nuevo. Quería poner más música

para disimular mi huida. No hubo respuesta. No había nada de cobertura. Me dio un ataque de ira y estuve a punto de tirarlo contra el espejo. Y, en el espejo, vi el detector de humo. Justo cuando oí el rugido, los recuerdos se materializaron de repente en una idea.

Ella debía de haberme oído. ¿Tal vez el leve crujido de mis pies?

Escuché unas pisadas atronadoras.

Cogí la toalla y me envolví con ella el brazo.

Eran cada vez más potentes; se acercaba.

Una cerilla en la mano libre, la caja de cerillas colocada entre el puño que tenía envuelto con la toalla y el lavabo.

La escalera tembló.

En el primer intento, la cerilla se rompió y me cagué en todo.

Algo se estrelló contra la puerta con la fuerza de un camión.

Al segundo intento, surgió una llama que mantuve viva bajo la toalla.

Con el segundo golpe, la madera se astilló.

Arde. Por favor. ¡Arde!

La puerta estalló y unos dedos gruesos me agarraron de la camisa.

¡ARDE! Vi unas llamas naranjas a través de una nube de humo. ¡La toalla con la que me había envuelto el puño estaba ardiendo!

Alfa me atrajo violentamente hacia ella. Hacia los dientes mellados, hacia el aliento húmedo y apestoso.

Le di un puñetazo.

¡En toda la boca!

Lanzó un grito ahogado. Intentó morderme justo cuando yo sacaba la mano de la toalla.

Volaron cenizas, me picaron los ojos. Olía a pelo chamuscado y carne quemada.

Toses.

Gruñidos.

Se tambaleó hacia atrás, arrastrándome con ella.

Me golpeé la cabeza con el marco de la puerta.

Caí de bruces.

Rodé.

Di varias volteretas.

Por las escaleras.

Noté el roce del pelaje en los ojos, en la boca.

De la piel tersa que cubría el hueso duro.

Me partí la nariz y vi manchas blancas sobre un fondo negro.

Capítulo 23

Desde el principio de sus investigaciones en Gombe, Goodall se percató de que, periódicamente, las cacerías causaban «furor» entre los chimpancés, y solían capturar a muchos colobos o babuinos.

CRAIG B. STANFORD,
El chimpancé y el colobo rojo:
la ecología del depredador y la presa

Extracto de mi entrevista a la guarda forestal jefe Josephine Schell.
¿Sabes que en Norteamérica los bisontes hieren a más personas que los tiburones en todo el mundo? ¿Sabes por qué? Porque intentan montarse en ellos. Los turistas que vienen de Nueva York o Tokio, o de la burbuja urbana que sea, intentan subirse de un salto a lomos de los búfalos, y no exagero. Les dan de comer, los abrazan, se sacan selfis con ellos. Se creen que están en un zoo de mascotas o en una peli de Disney. Nunca han sabido qué reglas rigen aquí de verdad, por lo que creen que pueden inventarse las suyas propias. A esto se llama antropomorfismo. Por eso hay familias que dejan jugar a sus críos cerca de coyotes; por eso el «el Hombre Oso» de Venice Beach intentó vivir entre osos en Alaska; por eso todo un pueblo de Colorado fue incapaz de imaginarse que los pumas llegarían a ser una amenaza para los seres humanos.

Y esa actitud no la tienen únicamente con los animales, también con mi pueblo. Me refiero a toda esa mierda del «noble salvaje». Desde Rousseau hasta ese racista, antisemita, alcohólico y maltratador de mujeres. ¿Has visto esa peli que rodó en Yucatán? Los nativos sencillos y dulces viven «en armonía con la naturaleza» hasta que, oh, no, ¡llegan los malvados y corruptos mayas, que se dedican a construir pirámides y plantar cosechas! Gracias a Dios, los españoles aparecen retratados como un castigo divino. La peli se debería haber llamado *Se lo merecían esos tiraflechas*. A lo largo de mi vida, he oído muchas versiones distintas de esa forma de pensar.

La naturaleza es pura. La naturaleza es real. Conectar con la naturaleza saca lo mejor de ti. Eso es lo que oyes decir a esos pobres gilipollas de mierda que vienen aquí todos los años con su ropa de senderismo recién estrenada, ansiando perderse en el jardín del Edén, cuando nunca han sentido el roce de la tierra en los pies. Y luego nos los encontramos unos cuantos días más tarde arrastrándose por el fango, medio muertos de hambre, deshidratados, con alguna herida gangrenada.

Todos quieren vivir «en armonía con la naturaleza» hasta que alguno se da cuenta, demasiado tarde, de que la naturaleza es cualquier cosa menos armoniosa.

ENTRADA N.º 15 DEL DIARIO [CONTINUACIÓN]

Algo me rozó la mano y me despertó. Salté hacia atrás, con las piernas en alto, dispuesta a lanzar patadas. Abrí los ojos y vi a Appaloosa brincando también para atrás.

—¡Oh, Dios, lo siento! —creo que dije, y me levanté para abrazarla. Tembló en mis brazos, o a lo mejor fui yo. Me dolían el cuello y la espalda. Al agachar la cabeza para apoyarla sobre la de Pal, noté que me escocía desde la oreja derecha hasta la base del hombro. Más tarde descubrí que me había levantado totalmente la capa superficial de la piel.

También descubrí luego cómo habían sobrevivido Pal y sus madres. Effie me comentó que, cuando la pared acristalada de los Durant se vino abajo, cuando el primer monstruo entró violentamente, Carmen había agarrado a Pal con una mano y a Bobbi con la otra y corrido hasta el dormitorio principal. Effie las había seguido, pisándoles los talones. Ella fue la que cerró la puerta de golpe, echó el pestillo y colocó una silla bajo el pomo mientras Carmen obligaba a Bobbi y Pal a esconderse bajo la cama.

Después se puso a recoger toda la ropa sucia que pudo, y había mucha. Según parece, la planta de arriba estaba peor que la sala de estar. La ropa estaba manchada, sucia, llena de zurraspas. Sí, en serio. A Effie casi le dieron arcadas al recordar la ropa interior de Tony, llena de manchas de mierda. Pero su esposa, a pesar de la fobia a los gérmenes, cogió las prendas sin dudar y las colocó alrededor de la cama. Carmen cree que las criaturas dependen del olfato tanto como de la vista y el oído, por lo que pensó que si tapaba el hueco entre el suelo y la cama crearía una barrera pestilente que disimularía el olor corporal de las cuatro.

Y debió de funcionar. Para cuando su perseguidora, que creo que era la Viuda, echó la puerta abajo, todas se habían escondido bajo la cama de los Durant, tras una barricada de porquería. No me imagino lo que tuvo que ser para Carmen estar ahí tumbada en esa oscuridad asfixiante y apestosa. Tal vez por eso pegó a Bobbi, aunque Effie insiste en que fue necesario.

Eso había sucedido justo antes de que la Viuda entrara por la fuerza, cuando la puerta empezó a ceder. Se acababan de meter debajo de la cama, y Carmen estaba tapando con una toalla mojada y mohosa el último hueco que quedaba. Bobbi estaba a punto de perder el control. Cada vez respiraba más fuerte, más rápido, más alto. Effie dijo que Carmen le susurró cabreada que se callara, pero Bobbi no paraba de decir: «¡No puedo, no puedo!».

Effie dijo que al tercer «no puedo» Carmen le atizó; no le dio una bofetada sino un puñetazo en el ojo. No sé cómo lo hizo si estaban todas tumbadas boca abajo. No sé cómo pudo golpearla justo en el ojo en medio de la oscuridad. Pero acertó, y Bobbi, aturdida, se calló. Pero Carmen no se conformó. Agarró a Bobbi del cuello y le susurró al oído:

—Cállate o te mato, joder.

Cuando dijo «mato», la puerta cayó. Effie dijo que pudo sentir cómo las fuertes pisadas de la Viuda hacían vibrar las tablas de suelo cuando pasó a su lado de camino al cuarto de baño. La vieja hembra debió de asomar la cabeza allí dentro, estiró el brazo para arrancar la cortina de la ducha y luego volvió a salir para reventar las puertas del vestidor de Yvette. Durante unos segundos oyeron cómo rompía la ropa, cómo abría los cajones. (¿Por qué? ¿Por curiosidad o porque creía que eran pequeñas entradas a otra habitación?)

La Viuda gruñó furiosamente, seguramente porque se sentía frustrada, y se volvió hacia la cama. Por la manera en que Effie describió cómo lanzó por la habitación las sábanas, las almohadas y, por último, el colchón, no podía estar buscando nada. Si la Viuda hubiera llegado hasta el somier, si los gritos de Alfa en la calle no hubieran puesto punto final a su rabieta…

Están en deuda con los Durant. Sí, así es como lo ve ahora Effie. Ellos les habían facilitado el escondite mugriento y habían distraído a las criaturas con sus asesinatos. Cuando Effie me lo explicó, no pudo evitar repetir:

—Les debemos la vida.

Sé que me estoy adelantando. Perdón. Voy a volver al momento en que Appaloosa me despertó. Estaba muy aturdida, como si estuviera en una montaña rusa de pensamientos y sentimientos.

¡Alfa! Fue lo primero que pensé mientras abrazaba aún más fuerte a Pal y, nerviosa, buscaba con la mirada alguna silueta oscura y peluda escondida detrás de una esquina. Me fijé en las marcas de quemaduras que había en la pared, al final de las escaleras, y seguí el rastro de cenizas que llegaba hasta el agujero de la ventana. A través de las cortinas ondulantes vi lo que tenía que ser la toalla negra y calcinada, tirada sobre las cenizas.

—Pal, ¿qué ha pa…? —le empecé a preguntar, pero entonces dejó de abrazarme, aunque no me soltó la mano, e intentó llevarme hasta la puerta.

—¿Qué…? ¿Adónde…? —pregunté, pero ella insistió, rogándome silenciosamente con la mirada. Di unos pasos, sentí que los tobillos me iban a estallar, y luego entreví que la puerta del garaje estaba destrozada.

El huerto.

Lo había destruido.

Alfa había arrancado la manguera de irrigación de la fuente del lavabo del garaje, que todavía derramaba agua a borbotones sobre el suelo. Las hileras de tierra a las que habíamos dado forma con mucho cuidado habían desaparecido, y ahora solo había agujeros y tierra revuelta, como el cajón de arena de un jardín de infancia. Entre los escombros vi tiradas unas cuantas de nuestras plantas de semillero; arrancadas de raíz o seguramente mezcladas con todo lo que había escarbado como una retroexcavadora.

Por los pequeños restos verdes cubiertos de babas que había dejado, supuse que había intentado comerse unas cuantas. Tras masticar los tomates, los pepinos, todas las valiosas y diminutas alubias de Pal, los había escupido como si fueran boñigas de caballo en miniatura. Y ya que hablamos de excrementos, señalar también que nos había dejado un «recuerdo».

Un gran montón de mierda pringosa en medio del garaje. ¿Había sido involuntario? ¿Simplemente un animal que había hecho sus necesidades? ¿O era un mensaje que había dejado adrede?

«Jódete, pequeña presa. Esto es lo que le puedo hacer a tu nido.»

Me alegro de no haber podido olerlo, porque tenía la nariz rota y muy hinchada. Pal sí que pudo, y se tapó la nariz con el suéter. No paraba de tirarme de la mano para sacarme de ahí.

Al principio, me resistí.

—¿No lo ves? ¡Ha echado a perder todo nuestro trabajo! ¡Todo lo que hemos intentado hacer!

Pero no me estaba escuchando, ni siquiera me miraba. Tenía la mirada clavada en el pasillo de la entrada, en la puerta abierta, en algo situado más allá que yo tenía que ver por narices. Cuando me volvió a mirar, vi que tenía los ojos llorosos.

—Vale, vale.

Dejé de resistirme y me sacó de ahí, para meterme en una llovizna de ceniza.

Al menos eso me pareció. Pero cuando el primer copo aterrizó justo debajo de mi ojo derecho, parpadeé con fuerza ante la sorpresa helada.

Era nieve.

Debía de haber llegado pronto. Creía que no nevaría hasta después de unas cuantas semanas. No era muy densa. Se evaporaba antes de llegar al suelo, antes de que pudiera tapar las huellas enormes que se alejaban de mi casa. O los rastros de sangre que llegaban hasta la casa de Mostar.

Entre las salpicaduras había un rastro de huellas rojas que salía de la puerta de su cocina hasta doblar la esquina de la fachada. Entonces, Pal me soltó la mano, fue corriendo a casa de Mostar y desapareció a través (¿a través?) de la pared del garaje. Pensé que la vista me estaba fallando o que quizá Mostar había abierto el garaje. Pero desde donde estaba no podía ver nada, ni tampoco cuando me paré delante de la puerta abierta de su casa.

Había más sangre en el recibidor, que llegaba hasta la cocina entre una alfombra centelleante de cristales rotos. Había tantos cristales... De tantos colores... A eso habían quedado reducidas las obras de arte de Mostar. Todas esas piezas tan intrincadas. Pude reconocer algunos trocitos; un pétalo rosa, la cabeza azul de un pájaro y una hoja limpiamente rota de la escultura de las llamas que tanto me había impresionado en su momento. Todo había desaparecido. Eso había sido el estallido que oí durante el ataque. Las habían tirado al suelo una a una. Pero aquí no lo había hecho la criatura, como en mi huerto. Como sospeché entonces, y confirmé luego, Mostar y Dan las habían destrozado en un último intento desesperado de defenderse.

Eso debió de ser el alarido de dolor que había oído desde mi escondite en el cuarto de baño, y también el rastro de sangre y el *BUM* sordo. Di unos pasos más y al fin vi de dónde había venido el ruido. Se habían cargado a golpes la pared corredera de aluminio del garaje. Por eso me había dado la sensación de que Pal atravesaba la pared. Me estaba esperando dentro, con todos los demás. Effie la abrazaba. Y Carmen abrazaba a Effie. Bobbi estaba apoyada en la pared de atrás con una mano en la mejilla, que tenía hinchada y morada. Los ojos enrojecidos de todas ellas me indicaron hacia dónde mirar.

El cuerpo estaba boca abajo. Tenía unos pies tremendos, suaves y planos, con tantas esquirlas clavadas que brillaban como un tesoro de rubíes escondido. La sangre que goteaba de esas heridas se mezclaba con el gran círculo rojo que se extendía desde el torso inerte, desde el bambú coronado con un cuchillo clavado en su espalda plateada. Era Consorte. Vi mi reflejo en su sangre, mientras seguía otro rastro que llevaba hasta la otra esquina del garaje.

Dan, sentado contra la pared, acunaba a una débil Mostar. Por un segundo, solo uno, pensé que podía estar durmiendo, ya que su cuerpo se elevaba impulsado por el pecho de Dan cuando este respiraba. Debería de haberme imaginado al instante que ningún cuello humano puede torcerse tanto a un lado. Pero con los labios cerrados, los ojos cerrados con delicadeza, parecía tan serena, viva…

Dan me contó más tarde lo que había pasado, cómo le había hecho entrar en casa a empujones y le había ordenado que destrozara sus obras de arte. Ella había desaparecido en el taller mientras él cogía todas las esculturas de las estanterías. Una tras otra, las había arrojado contra el suelo. No estaba seguro de cuántas había destrozado, media docena quizá, cuando la puerta corredera de la cocina se vino abajo. Mostar también debió de oírlo, ya que le gritó desde el garaje:

—¡Sigue destrozándolas!

Y eso hizo.

Me dijo que la bestia ya casi había saltado sobre él, pero aterrizó con todo su peso sobre el suelo, repleto de fragmentos de cristal rotos. La aldea entera debió de oír el rugido. Dan presenció cómo el gigante se tropezaba hacia atrás, pisaba más esquirlas y salía de casa hasta desaparecer de su vista. Me contó que le entraron ganas de gritar de alegría, incluso de llorar, pero Mostar le chilló:

—¡No pares! ¡Expande el campo de minas!

«Campo de minas», una expresión muy propia de ella. Siempre con sus metáforas bélicas.

Dan lo había tirado todo al suelo.

—¡Todo lo fuerte que puedas! —le había dicho Mostar—. ¡Por todas partes!

Cubrió la cocina, la sala de estar, el recibidor… en todas direcciones hasta llegar al garaje.

Mostar seguía dentro, trabajando en otra lanza. Esta iba a ser para ella. Se podía adivinar por el asta corta que ahora sobresalía de la espalda del simio muerto. Estaba atando el cable cuando la puerta del garaje se derrumbó justo delante de ella.

—Pero no me llamó.

Esto es lo que dijo Dan. No gritó pidiendo ayuda al girarse y apoyar el culo de la lanza en la pared. Debía de ser consciente de que era demasiado pequeña y débil para hacerle daño, pero si podía usar la fuerza y el tamaño del animal en su contra, si estaba tan furioso como para arremeter sin pensar…

Eso es lo que debía de esperar cuando Consorte se abalanzó sobre ella, empalándose en la hoja. Pero funcionó demasiado bien. Todo ese peso y esa velocidad… Dan no sabe si fue la inercia del ataque, o si el monstruo realmente pretendía, a pesar del dolor, dejar que le atravesara completamente el asta de la lanza para poder alcanzar a Mostar. Dan no había visto nada.

Antes de que llegase hasta ella ya había muerto. Lo único que pudo hacer fue apartar a rastras su cuerpo del asesino agonizante, que no murió inmediatamente. Estuvo ahí tumbado varios minutos, boca abajo, tosiendo sangre, estremeciéndose de vez en cuando mientras la lanza se bamboleaba como el mástil de una bandera al viento.

Mientras abrazaba a Mostar en la esquina, Dan había observado cómo Alfa salía dando traspiés de nuestra casa, agarrándose la boca achicharrada de la que salía humo. Había oído sus gritos de dolor y cree que fue la razón por la que los demás no acabaron con nosotros. Su líder estaba herida, era incapaz de darles órdenes. Seguramente ella solo estaba pensando en huir, en encontrar un lugar seguro donde lamerse las heridas. Seguramente la seguían sin cuestionarse nada. Su sentido de la obediencia era más fuerte que su sed de sangre.

Después, Dan no paró de disculparse, porque no se le había ocurrido ir a buscarme, y porque se había quedado acurrucado ahí, sollozando en silencio, abrazando el cadáver frío de Mostar. No lo juzgué. Sigo sin hacerlo. Cuando lo vi en un primer momento, casi no podía hablar por la pena y el dolor. Lo envidio. Yo no sentí nada en ese momento, cuando me incliné sobre él y le acaricié una mejilla húmeda por las lágrimas.

Recuerdo que su rostro se oscureció cuando las sombras de los demás se arremolinaron a nuestro alrededor. Recuerdo haberme dado la vuelta para mirarlos. Recuerdo el silencio. Nadie sabía qué decir.

Entonces:

—Tenemos que matarlos.

Esa fui yo. Y a la vez no.

Dije esas palabras sin pensar, y las siguientes también. Fue otra persona la que habló, una parte de mí que no conocía hasta entonces.

—Matarlos hasta que nos teman tanto que ya no nos cacen, o hasta que no quede ni uno.

Todos me miraron. Sin pausa, sin debate. Uno a uno fueron asintiendo en silencio.

Miré a Dan y luego a Mostar, a la cara.

—Tenemos que ahuyentarlos o aniquilarlos.

Noté que Pal me rodeaba la cintura con los brazos y asentía con la cabeza sobre mi estómago.

—Tenemos que matarlos.

Capítulo 24

Según *El origen de las especies* de Darwin, no es la especie más inteligente ni la más fuerte la que sobrevive, sino la que es capaz de adaptarse mejor al entorno cambiante en el que se encuentra.

LEON C. MEGGINSON, profesor de administración y marketing
de la Universidad Estatal de Luisiana, en 1963

Extracto del programa *Fresh Air* de la NPR con Terry Gross (2008).

GROSS: … Así que has adoptado el nombre de tu ciudad para rememorarla y homenajearla en público.

MOSTAR: Bueno, sé que suena un poco… ¿qué dijo Jerry Seinfeld sobre «Sting»? ¿Que era un nombre artístico para hacer el mono en un escenario?
[Se ríe por lo bajo.] En realidad me inspiré en Elie Wiesel, quien dijo: «Por los muertos y los vivos, debemos dar testimonio». En eso he centrado mi vida, la nueva vida que se me ha dado. Por eso me convertí en artista.

GROSS: ¿Para recordar al mundo la tragedia de Mostar?

MOSTAR: Sí, pero no de manera trágica. Me alegra que hayas utilizado la palabra «tragedia», porque es un buen ejemplo de lo que, en mi opinión, es el principal peligro de recordar las cosas con negatividad. La mayoría de los seres humanos no son masoquistas por naturaleza. El corazón humano solo puede soportar el dolor hasta cierto punto.

GROSS: ¿Tienes la sensación de que si se habla sobre acontecimientos trágicos de una forma descarnada, se corre el riesgo de ahuyentar a la gente?

MOSTAR: No siempre, pero sí muy a menudo. No podemos limitarnos a llorar a los muertos, también debemos celebrar la vida. Sí, necesitamos leer el diario de Ana Frank, pero también ver su sonrisa en la portada. Por eso decidí convertirme en artista, cuando tuve ese momento de inspiración.

GROSS: ¿Puedes hablarnos un poco sobre ese momento?

MOSTAR: No fue mucho después del asedio.

GROSS: Del segundo asedio.

MOSTAR: Sí, cuando los serbios se habían ido y los croatas se volvieron en nuestra contra. Eso fue en mayo, cuando no estábamos seguros de si el alto al fuego se mantendría. De camino al hospital, pasaba por delante de una casa todos los días. No era más que un montón de ruinas calcinadas. La verdad es que nunca me había fijado en ella, aunque debía de haber pasado por ahí cientos de veces. Pero ese día, en el momento en que las nubes se despejaron y el sol se reflejó con una tonalidad verde muy especial… me paré. No me lo podía creer. Había una reluciente cascada de hielo.

GROSS: Pero no era hielo…

MOSTAR: No, era cristal. Eran botellas de vino que se habían derretido en un botellero de hierro forjado.

GROSS: Oh…

MOSTAR: Era verdaderamente exquisito el modo en que estos riachuelos sólidos habían escapado de la jaula negra. Esa fluidez congelada, la manera de capturar los rayos del sol… No me podía creer que algo tan bello pudiera haber surgido del fuego.

ENTRADA N.º 16 DEL DIARIO
17 DE OCTUBRE

Seguramente tienen la tripa llena. ¿Por qué, si no, no han atacado? Se han puesto morados con los Durant y Reinhardt. Además, saben que no vamos a ninguna parte. Creen que podrán venir a comernos cuando les dé la gana. O quizá sea cosa de Alfa, que todavía se está recuperando de la herida. ¿Está asustada? ¿La disuasión que esperaba Mostar? Sería genial, ¿no? No quiero creer que tenga que ver con el cuerpo pudriéndose bajo la lona en el taller de Mostar. Dan no cree que lo viesen cuando se largaron. Con suerte, creerán que Consorte huyó, sin más. Quizá lo estén buscando. Espero que sea así. No puedo permitirme pensar en ellos llorando su muerte.

Aún no.

Tampoco puedo engañarme a mí misma e imaginar que se han ido a otra parte. Su olor todavía nos asfixia a todos. A pesar de que hace un frío intenso y gélido, el aire aún apesta. Sea por lo que sea, nos han dado una tregua de cuarenta y ocho horas, y hemos aprovechado hasta el último segundo para prepararnos.

Dan está «hackeando las casas», sí, así lo llama él. Manipulando las alarmas internas, los tanques de biogás, los fogones. Lo de hackear le está costando, pero no la parte técnica, sino la emocional. Tener que estar agachado sobre su iPad mientras el resto trabajamos con las manos le enfada. Trabajo físico. Orgullo masculino.

Intentó tres veces hacer una «pausa del estudio» y ayudarnos. En una de estas, incluso salió a ayudar a Effie y Pal a llevar una caja grande llena de cosas. Le grité. No era mi intención. Lo acababa de ver por el agujero de la puerta del garaje de Mostar y le ordené a gritos que volviera a trabajar.

Luego me pidió disculpas. Lo entiende. No podemos permitirnos egos heridos ni tampoco perder el tiempo. «Cada uno a lo suyo. Hay que dividirse el trabajo.»

Una de las muchas lecciones de Mostar.

La caja por la que le había gritado estaba llena de suministros. Effie y Appaloosa se encargaban de llevar todo lo necesario a la Casa Común. Mantas, medicinas, lo que quedaba de comida. Todo lo que necesitamos para sobrevivir ahí. Me alegro de que Effie no discutiese sobre el tema de los objetos personales. Aunque tampoco es que esperase que discutiera por nada. Pero tenía razón. ¿Qué íbamos a hacer con todas las fotos? ¿Con los recuerdos? No podemos abandonarlos sin más. No, pero tampoco podemos perder el tiempo con ellos. En cuanto todo esté en su sitio, iremos a recoger nuestros tesoros.

Effie parecía captar la lógica del argumento. Al igual que Carmen, que está a cargo de colocar las estacas. Ella y Bobbi han estado cortando y afilando nuevas estacas, así como «modificando» las que ya estaban hechas. Y con «modificar» quiero decir que las estaban untando con nuestra propia caca.

De nuevo ha sido idea Carmen, que espera que así podamos causarles una infección. Pero tengo mis dudas. A saber qué capacidad de resistencia tienen. Pero si funciona, aunque solo sea un poco, aunque solo uno de sus heridos se largue y enferme o muera días después… Por eso no he «ca-ca-alabado» públicamente la idea de Carmen (perdona, es un chiste cutre), aunque en privado debo reconocer que me tiene alucinada su capacidad de superar fobias para sobrevivir.

Aunque no sé cómo soporta el olor. No la he visto coger el gel antiséptico ni una sola vez. Hasta ha sacado en persona el cubo de porquería del tanque biodigestor, a pesar de que Bobbi se había ofrecido a hacerlo. Bobbi no volvió a decir nada sobre que Carmen la golpeó, a pesar de que su mejilla parece medio huevo cocido. Me fijé en que ninguna de ellas habla apenas de nada.

Estuvieron trabajando sin parar, colocando estacas entre las casas y en los jardines delanteros, en un semicírculo alrededor de la Casa Común. «Semi» porque no se pueden poner estacas en el camino de entrada que viene de la carretera. Lo mismo se puede decir del círculo que rodea ese edificio. Como ahí el asfalto es muy duro y la capa de cenizas muy superficial, vamos a utilizar cristales.

La idea me vino del «campo de minas» de Mostar. Recogimos todas las esquirlas y las mezclamos con todos los objetos de cristal de la aldea. Oí cómo Carmen y Bobbi se pasaron horas destrozándolos. Vasos, botellas, marcos de fotos. Los hicieron añicos en la bañera de la segunda planta, justo encima de mí, y luego se los llevaron en cubos a la planta de abajo para extenderlos por todo el círculo. Aunque los cristales puede que no sean tan eficaces como las estacas de bambú, quizá hagan que se lo piensen dos veces. Es lo que espero. Para eso he estado trabajando.

Soy la «armera» de la aldea. Así es como me llama Dan. Llevo dos días metida en el taller de Mostar, intentando no echar ni una cabezada, intentando ignorar el cuerpo de Consorte al lado y el de Mostar en el piso de arriba. La hemos tumbado en la cama. Ya la enterraremos más adelante. Sé que lo habría entendido. Me la puedo imaginar gritándome para que me ponga a trabajar. «¡Deja de perder el tiempo, Katie!» Seguramente nos habría echado la bronca por haberla llevado a la planta de arriba. «¡Dejadme tirada en el sofá o metedme en la nevera junto a la cabeza de Vincent!»

Conociendo a Mostar, seguramente nos habría pedido que le llenáramos el cuerpo de veneno y lo dejáramos ahí tirado para que las criaturas se lo comiesen. La verdad es que lo he pensado un par de veces. Pero no le he comentado nada a nadie. Aparte de ser una idea muy macabra, no creo que sea muy práctica. No puedo permitirme perder el tiempo intentando encontrar algo que pudiera ser tóxico

(¡aquí nadie tiene matarratas, por supuesto!) y ni siquiera sabría cómo introducírselo.

El hecho de que me lo haya llegado a plantear, de que no haya llorado ni una vez desde que murió... aunque piense en ella cada segundo que estoy despierta... Me la imagino detrás de mí, dando órdenes a voz en grito y corrigiendo cada error. Creo que estaría orgullosa del uso que le estoy dando a la impresora 3D. Espero que le diera el visto bueno a mi creación.

A estas puntas de lanza. Bueno, siendo más precisa, puntas de jabalina. Me sorprende que no se le ocurriera a ella. Cómo se lamentó por no haber podido dotar de púas a la hoja de la primera arma que le lanzó al puma. Bueno, pues estas tienen púas, hojas nuevas de cristal, afiladas como cuchillas, de quince centímetros de largo y centímetro y medio de ancho. Y, aunque está mal que yo lo diga, son muy bonitas y fáciles de acoplar. Solo tengo que meter las cintas de regalo por los agujeros preimpresos. Effie me ha dado todo un carrete. Son rosas y brillantes, y de la anchura adecuada para que quepan por los huecos. He intentado probar lo resistentes que son, ver si se desclavan o no. Para un solo ataque funcionarán, lo cual está bien para un arma de usar y tirar.

Sin embargo, las lanzas de verdad son harina de otro costal y me están llevando mucho tiempo. Entre una jabalina y otra no hay nada que hacer salvo esperar a que la impresora termine, por lo que he estado fabricando lanzas para cada miembro de la tribu.

¿Acabo de escribir «tribu»?

Es una palabra pegadiza.

Hay que fabricar muchas lanzas personalizadas. Y aunque estamos siguiendo el diseño de Mostar en general, le he hecho una leve modificación. Le he añadido una cruceta, o una guarda, o como quieras llamarlo. Tiene trece centímetros de largo y es un poco más delgada que una moneda de diez centavos. La he insertado horizontalmente por los agujeros perforados justo por encima de la penúltima juntura. Con un poco de pegamento parece que aguanta en su sitio, espero que lo suficiente para impedir que la lanza se clave muy profundamente. No quiero que ninguno de nosotros corra el riesgo de que le pase lo mismo que a Mostar. Quién sabe si funcionará. Al menos ya he probado las lanzas y, afortunadamente, contamos con material suficiente para fabricarlas. Conseguir bambú y cables eléctricos ha sido fácil, pero dar con cuchillos de chef compatibles y de alta calidad ha costado más. Dan y yo teníamos uno; Mostar, dos.

Los cuchillos de los Durant eran estupendos. Un par de hojas sólidas de veinte centímetros que he transformado en unas armas asesinas formidables. Los Boothe, irónicamente, tienen los cuchillos más inútiles. Aunque quizá no sea tan irónico si tenemos en cuenta que iban por la vida de amantes de la buena comida. Desde un punto de vista culinario, sus cuchillos japoneses de calidad superior son magníficos. Pero no para lo que los necesitamos nosotros: no tienen clavijas, ni agujeros, solo son trozos de acero fino que, según parece, están pegados con pegamento.

–Lo siento –me había dicho Bobbi, arrugando el ceño mientras yo levantaba la primera hoja tras arrancarla del mango de madera destrozado–. Igual esto otro te resulta más útil.

Vi que me había traído dos objetos más. El primero era una especie de cuchillo de carnicero con forma de U, cuya hoja se extendía hacia abajo y en paralelo al mango. ¡A un mango remachado!

«*Soba kiri*.» Sí, ese es su nombre oficial. En ese momento, Bobbi me recordó que aquella noche, en otra vida, nos había servido una sopa de *soba*. Era la herramienta que había utilizado para preparar sus fideos caseros.

Lo primero que pensé al verla fue que parecía un «hacha pequeña» y que ojalá hubiera sabido que existía antes, porque *podría* haber sido una herramienta alucinante para cortar el bambú sin perder tanto tiempo. Pero no había sido así, y si podía cortar plantas, seguro que podía cortar carne. No costaba mucho imaginarse cómo podía convertir esta hacha pequeña en un hacha en toda regla. Ya podía verla fijada a un mango corto y robusto de bambú.

Y si ese proyecto estimuló mi creatividad, el siguiente regalo de Bobbi prácticamente me dejó sin aliento. No solo tenía una hoja más gruesa y era al menos cinco centímetros más larga que cualquier otro cuchillo que tuviéramos, ¡sino un acabado maravilloso! No sabía que se pudiera hacer una obra arte así en acero. Bobbi lo llama una «hoja de Damasco» por los forjadores de espadas medievales árabes que la inventaron. El metal se parecía al agua, y no me estoy poniendo poética. Las líneas ondulantes de su superficie eran clavaditas al reflejo de la luz de la luna en el océano.

Acercándola a la luz, dije teatralmente:

–Nunca había visto nada igual.

–Eso es de *La princesa prometida*. –Bobbi se sonrió al captar la referencia y añadió–: En realidad te has acercado mucho a la verdad. No es un clon de un cuchillo Zwilling. Bob Kramer se la hizo a Vincent a medida. Se conocían desde hace muchísimo tiempo y, cuando Bob se enteró de que Vincent tenía cáncer y estábamos probando una dieta vegana… –Se calló, aspiró ligeramente y acarició el mango con la punta de un dedo–. Funcionó, ¿sabes? Lo del veganismo, o al menos no hizo daño. A Vincent le encantaba un buen bistec, pero cuando el cáncer remitió del todo…

De repente, le brillaron los ojos. Se le encendieron las mejillas. Iba a darle un abrazo cuando se giró y dijo:

–Lo siento. Tengo que volver al tajo.

Y salió a todo correr para ayudar a Carmen.

Intenté olvidarme de sus sentimientos, y de los míos, y centrarme en lo que estaba haciendo. Estaba a punto de empezar a medir la hoja para fabricar un asta para una lanza normal cuando me puse a pensar en el *soba kiri*. En un principio, me imaginé que la nueva hacha podía tener un mango de noventa centímetros o un metro veinte y, entonces, ¡me di cuenta de que no había fabricado ningún arma para usar en espacios cerrados! Las lanzas eran muy largas. Las jabalinas, muy débiles. Sí, podíamos usar los cuchillos de mondar normales, y Dan tenía su preciado abridor de cocos, pero al ser tan pequeños, te tenías que acercar demasiado.

Necesitábamos un arma de tamaño intermedio. El hacha no serviría (aunque iba a fabricarla) porque se necesita mucho espacio para manejarla. En cuanto se me ocurrió que podía fabricar una minilanza recortada, me fui corriendo a casa de Reinhardt a consultar el libro que seguía en el mismo sitio donde había caído.

Culturas en desaparición en el sur de África.

Y ahí estaba la foto del arma corta, del Iklwa zulú.

Me costó romperlo. Me refiero al mango. Como sucede con muchos cuchillos de alta calidad, los mangos no se pueden romper sin más a pedradas, así que tuve que picarlo, cortarlo y partirlo con los cuchillos de mondar. Incluso estropeé una hoja realmente buena de quince centímetros, de la que salieron volando trozos de acero al intentar cortar las clavijas de aluminio, y no estoy exagerando. Me sabe mal haber destrozado ese cuchillo de chef, pero ha merecido la pena, porque ahora tengo un hacha nueva y una Iklwa con un aspecto realmente letal.

Me pregunto si Shaka le daría el visto bueno. Sé que Dan lo hará. Se la daré mañana. Junto con el nuevo escudo. Es una idea de locos, lo admito, pero después de haber visto las fotos del libro y reflexionado sobre cómo luchan estas criaturas, me pregunté si no merecería la pena fabricar una. Y la verdad es que no me ha llevado mucho tiempo. He tardado media hora en quitarle las patas de apoyo a una de las estanterías de rejilla de acero, en colocarle un mango hecho de cable eléctrico y en envolver la parte delantera en papel de plata. Ese último paso es la razón por la que he confeccionado el escudo. No espero que detenga uno de sus puñetazos, ya que el impacto seguramente me partiría el brazo, pero si Dan se tiene que acercar con la Iklwa, a lo mejor la luz reflejada en el papel de plata los distraería el tiempo suficiente para clavarles el arma. He estado revisando lo la grabación del iPAd de Dan y me he fijado en que clavan los ojos en cada nueva fuente de luz que ven y en que casi todos sus ataques consisten en levantar los brazos para lanzar un golpe. Podría funcionar.

Además, la rejilla de acero también podría protegernos de las piedras que nos tiren. La verdad es que se me acaba de ocurrir ahora mismo, mientras escribo. También estoy pensando en qué uso puedo darle a las patas de apoyo de las estanterías de acero. Deben de ser tan fuertes como el bambú y quizá están huecas por dentro, pero ¿cómo voy a taladrar agujeros para insertar los cuchillos? Ojalá tuviera más tiempo para hacer experimentos.

Pero no lo tengo. Desde el taller de Mostar veo que todo el mundo está durmiendo en la Casa Común. Los veo dormir, acurrucados en los edredones y sacos de dormir. Bobbi, en el sofá. Effie, Carmen y Pal, sobre cojines. Dan, en una colchoneta inflable que encontramos en la casa de los Durant. Probablemente serán imaginaciones mías, pero me parece oírles roncar.

Y no es lo único que oigo.

Por eso ya no puedo fabricar ningún escudo más, ni Iklwas, ni nada más. Durante los últimos minutos, el bosque ha cobrado vida. He oído ramas romperse y algún gruñido de vez en cuando. Espero que no los haya atraído el ruido agudo de los golpes metálicos que doy mientras trabajo. Quizá simplemente ha llegado el momento. Ya han hecho la digestión del todo, y han descansado bien.

Ahí está, el primer aullido.

Han vuelto.

Ningún sensor de movimiento ha activado una luz. Los ruidos parecen lejanos. A lo mejor aún se están mentalizando. ¿Cuesta más cazar con la tripa llena?

Ahora se oyen unos aullidos profundos. Es Alfa. Los está reuniendo, arengando, para acabar con nosotros.

Ojalá tuviéramos más tiempo. Aunque solo fuera para practicar el lanzamiento de jabalina. Pero ya es imposible. Seguramente no debería haber perdido todo este tiempo escribiendo. Pero por si me pasa algo, quería que quedara constancia de esto por escrito. Quiero que cualquiera que lo lea sepa qué ha ocurrido.

Los alaridos son cada vez más potentes.

Es hora de despertar a todos y disculparme por no haberles traído sus recuerdos. Se me da bien disculparme. Cada uno a lo suyo.

Pensaba que tendría más miedo. Quizá lo tenga, pero no lo siento. Quizá estoy demasiado cansada para que me importe.

Miedo y ansiedad. Toda mi vida he convivido con lo segundo. Pero ya no lo siento. La amenaza está aquí. Y me siento extrañamente calmada, alerta, centrada.

Estoy lista.

Otro aullido. Más cerca.

Allá vamos.

Capítulo 25

Los colobos rojos contraatacan con gran éxito y agresividad en los hábitats donde pueden montar una defensa eficaz sin desperdigarse.

CRAIG B. STANFORD,
El chimpancé y el colobo rojo:
la ecología del depredador y la presa

ENTRADA N.º 17 DEL DIARIO
17 DE OCTUBRE

Mi amor ha muerto.

Me costó despertar a Dan. Dormía tan profundamente que tuve que zarandearlo un par de veces. Me miró, empezó a preguntarme algo y entonces obtuvo la respuesta en forma de gruñidos lejanos.

Despertamos a los demás. No hacía falta explicarles el plan. Todo el mundo sabía qué debía hacer. Appaloosa se escondió bajo unas mantas detrás del sofá mientras el resto nos dirigíamos al taller a por el «cebo», que pesaba tanto que nos hacía avanzar muy lento. Me preocupaba que oyeran el ruido de la lona al agitarse y que captaran nuestro olor antes de que estuviéramos listos. Si se hubieran abalanzado sobre nosotros en ese momento, desarmados y con las manos ocupadas, en ese camino estrecho donde no había ni estacas ni cristales…

Una vez colocado el «cebo» comenzamos a golpear unas varas cortas y anchas de bambú, que habíamos ahuecado para que sonasen aún más.

Toc-toc-toc.

Despacio y sincronizados, como niños de guardería en clase de música.

Toc-toc-toc-toc-toc-toc...

Estuvimos así un minuto entero, de pie y en fila frente a la puerta de la Casa Común. Eché una ojeada al interior, al reloj de pared, y levanté la mano para pedir silencio.

No respondieron.

Esperamos. Contuve la respiración y escuché con atención por si oía algún tipo de respuesta. Empecé a pensar, a esperar, que quizá no iban a venir. Quizá mi teoría sobre la tripa llena era correcta. Ya no les interesábamos y nos observaban desde una distancia prudencial antes de escabullirse para siempre.

Esperaba realmente que fuera verdad. Aun así, una pequeña parte de mí (ahora no tiene sentido negarlo) se sintió un poquito decepcionada.

—¿Has...? —empezó a preguntar Carmen.

Tk.

Casi se nos escapó el primero. Volví a levantar la mano.

Tktk.

Los golpes suaves y apagados procedían del otro lado de la cima.

Tktktktktk.

Miré al resto y respondimos al unísono.

¡Tktktk!

Más rápido. Más alto. Noté que me sudaban las palmas de las manos, que se me calentaban las orejas y, de repente, me entraron muchas ganas de hacer pis.

Más golpes seguidos de un aullido. Largo, potente. Familiar.

Conocía esa voz.

Respondí con la mía.

Seguro que ha sido ridículo. Intentar ponerme a la altura de sus pulmones fue como si una flauta se enfrentase a una tuba. Aun así, lo intenté. Dejé en el suelo los palos golpeadores, di un paso al frente y alcé la cabeza hacia la cima para lanzar el grito más profundo y brutal que me permitía el diafragma.

Se callaron. ¿Estaban desconcertados, quizá?

Pero entonces ella respondió, y el resto se sumó a coro.

Los aullidos estaban ahora mucho más cerca; ya no eran un eco sino directos.

Aparecieron en la pendiente. Seguro que habían estado vigilándonos.

Miré hacia atrás, a los demás, y dije:

—¡Ahora!

Dan apretó un botón en su iPad que activaba manualmente las luces exteriores de la casa. Ahora era imposible que no nos vieran, o que no vieran el «cebo» en cuanto le quitamos la lona al cadáver de Consorte.

Creía que ya había oído todos esos ruidos antes. Sus gritos para desafiar, sus aullidos para reunirse, sus rugidos para atacar, sus chillidos para comer. Pero esta cacofonía de gemidos... ¿Era su forma de expresar sorpresa? ¿No sabían que Consorte estaba muerto? ¿Era dolor? ¿Verlo así, de repente, sin tiempo para asimilar su fallecimiento o imaginar cómo había muerto? ¿O era esperanza? ¿Creían que podía seguir vivo y que, de alguna manera, lo teníamos prisionero? «¡Por favor, no le hagáis daño! ¡Por favor, dejadlo marchar!»

Fueran cuales fuesen los sentimientos que los impulsaban a chillar como una soprano, sus berridos alcanzaron su punto álgido cuando comenzamos a mutilarlo.

Me subí al pecho sin vida de Consorte, elevé la lanza y, con otro aullido desafiante, le clavé la hoja en la tripa al simio muerto.

Los demás hicieron lo mismo, imitaron mis aullidos mientras clavaban la punta de sus lanzas en la carne cubierta de pelaje. Como el resto del plan, este numerito estaba calculado al milímetro. Diez segundos, no más. Levantamos las lanzas y esperamos. Pero no vinieron. ¿Mantenían la cautela? ¿Aún pensaban con la claridad suficiente para urdir planes? Era lo que temía cuando le pisé la cara a Consorte, solté la lanza y luego me bajé los pantalones. Aunque soy incapaz de hacer de vientre cuando quiera, la vejiga es otra historia. Esperaba que las luces de la casa me hicieran visible para todos y que el mensaje de mi acción quedara muy claro: «Jodeos, exDepredadores. Esto es lo que le puedo hacer a vuestra familia».

Nos cayó una lluvia de bramidos.

Ya venían.

Y estaban cabreados.

La primera luz del sensor de movimiento se activó en algún lugar de nuestro jardín trasero, seguida de una enorme silueta encorvada que oscureció el espacio entre nuestra casa y la de Mostar.

La silueta creció, el rugido retumbó.

Entonces, avanzó y lanzó un ladrido agudo al toparse con las estacas. La bestia retrocedió de dolor. El plan había funcionado: el desafío, las burlas, haberles mostrado cómo vejábamos el cuerpo de su ser querido. Eran lo suficientemente parecidos a nosotros para dejarse llevar por una ira irracional y no ver las estacas que tenían justo a sus pies.

Otro leviatán avanzó a grandes zancadas entre la casa de Mostar y la de las Perkins-Forster. Se oyó otro grito desgarrador, y esa masa oscura se retiró hasta perderse de vista. Se encendieron otras luces del sensor, y se desplazaron velozmente más manchas entre nuestras casas.

Esperamos, vigilamos.

No volvieron a arremeter a ciegas.

Han aprendido de su error.

Solo tardamos unos segundos en oír el débil crujido de la puerta de la cocina al venirse abajo. Estaban probando una táctica distinta: atravesar las casas en vez de rodearlas. «Por favor, que no lo huelan», recé mentalmente. «¡O que sigan tan cabreados que les dé igual!»

El iPad de Dan pitó porque la aplicación de seguridad de la casa estaba parpadeando. Uno de ellos, con suerte más, estaba cruzando directamente nuestra cocina. El ángulo en el que Dan tenía la tablet daba a su rostro una expresión demoníaca. Una sonrisa que se ensanchaba, unas cejas que intentaban unirse. Incluso ahora no sé cómo lo hizo. Había hackeado los fogones para llenar nuestra casa de todo el metano generado. Había puenteado todos los dispositivos de seguridad para asegurarse de que podía activar la ignición a distancia. Dan me miró para pedirme permiso, con el dedo preparado sobre la pantalla.

Moví los labios para decirle: «Sí».

Dan respondió:

—Como desees.

Entrecerré los ojos, noté el calor en la cara y, cuando las llamas azules hicieron estallar las ventanas, se me taponaron los oídos. La criatura debía de haber huido (si lo había logrado) por la parte de atrás. A lo mejor solo le había conmocionado la explosión. Pero no había tiempo de ver lo que había pasado.

Más pitidos. Más allanamientos de morada. Habían invadido la casa de Mostar, la de Reinhardt, la de las Perkins-Forster. ¿Cómo era posible que la primera explosión no los hubiera desconcertado? ¿Era valientes o simplemente se morían de ganas de cazarnos? Dan no pidió permiso esta vez. Dio tres golpecitos rápidos. ¡Bum-bum-bum! Sentimos la presión y el calor, y confirmamos que nuestra primera presa había caído.

La criatura había llegado hasta la sala de estar de Reinhardt. Era el Niño Bonito. La fuerza de la explosión lo lanzó hasta el césped delantero, donde aterrizó a cuatro patas, aturdido y tembloroso. Unos hilillos de humo blanco se elevaban allí donde el pelaje le ardía. Intentó levantarse, se resbaló y cayó de bruces en una zona donde había bambú.

Oímos unos jadeos secos mientras intentaba incorporarse y mostrarnos su torso perforado. Aún tenía clavadas algunas estacas, otras se le habían caído y le habían dejado agujeros grandes en el abdomen y en el pecho. De los más altos brotaban unas nubecillas rojas. Intentó ponerse en pie, se resbaló hacia atrás, se golpeó contra la puerta de Reinhardt y se deslizó hasta el suelo, dejando un reguero de sangre.

Entonces, la casa entera tembló. Dio la impresión de que la vivienda de Reinhardt se levantaba de sus cimientos mientras más bolas de fuego salían furiosamente de todas las ventanas.

Dan gritó:

—¡Las baterías!

Y corrimos hasta la Casa Común, en busca de refugio.

Dan había preparado las baterías energéticas de la casa para que explotaran, hackeando el sistema antiincendios y colocando en sus bases toallas empapadas de aceite. Había intentado advertirme de que esta treta tal vez no funcionara o funcionara demasiado bien.

—¡No sabemos lo grande que puede ser la explosión! —me había dicho.

—Cuanto más grande, mejor —había respondido yo, salivando mentalmente al pensar en cuántos podría matar.

Pero cuando estábamos todos agachados bajo la mesa, escuchando y sintiendo cómo detonaban nuestras casas una a una, debo confesar que pensé: «Oh, mierda, ¿qué he hecho?». Seguro que Mostar no habría pensado así, probablemente habría comparado esto con algún bombardeo de artillería de su pasado. «Oh, no», habría bromeado, «esto no es nada». Y, acto seguido, habría recitado de un tirón los nombres de cañones del ejército capaces de lanzar proyectiles que habrían hecho que estas explosiones parecieran petardos. Ahora me habrían venido bien esas comparaciones, porque llovían escombros como si fuera la Tercera Guerra Mundial. Oí estallidos y golpes sordos y, en un momento dado, un crac, cuando la viga central del techo absorbió un trozo de algo donde solíamos vivir.

No podíamos ver nada de lo que ocurría fuera porque las cenizas de la explosión cubrían las ventanas. Una de ellas se agrietó de repente al recibir un pequeño impacto. Protegí con mi cuerpo a Pal, mientras me preparaba para otro golpe que provocaría que una lluvia de cristales nos cayera encima.

Oímos un último BUM sobre nuestras cabezas y cómo los últimos objetos sólidos se estrellaban contra el suelo.

Tras unos tensos segundos de silencio…

—¡Escuchad! —exclamó Dan, agarrándome la mano y acercando la oreja a la puerta.

Un sonido destacaba por encima de los chisporroteos y los chirridos de ese infierno de destrucción.

Un nuevo grito. Unos lamentos agudos mezclados con aullidos de dolor.

De miedo.

«¿Alfa?», fue lo único que pensé mientras aguzaba el oído para saber si era ella. «¿Está llamando a todos lo demás?»

Escuché con atención para ver si oía otro grito críptico, pero en vez de eso oí un aluvión de chillidos de júbilo.

—¡Sí! —exclamó Dan, que contemplaba agachado ante la puerta abierta los incendios y agitaba un puño en el aire—. ¡Sísísí!

Bobbi se sumó a los gritos de alegría, chillándome directamente al oído mientras Effie y Carmen le hacían los coros por detrás.

Grité:

—¡Silencio!

Y corrí hacia la puerta. Dan me agarró de la mano y murmuró algo como:

—Espera.

Pero no podía esperar. Tenía que asegurarme.

El polvo todavía se asentaba junto a algunos escombros ligeros. Tosí por culpa del humo y, aunque me picaban los ojos, intenté ver algo. Greenloop ya no existía. Lo único que quedaba era un círculo de hogueras.

¡Ahí!

Dos de ellos corrían por la pendiente, detrás de los restos ardientes de nuestra casa. Las llamas teñían de naranja sus espaldas. Una era más clara que la otra. El pelaje inmaculado de Princesa había quedado destrozado. Y Explorador, que iba por delante, estaba lejos. ¿Solo quedaban esos dos? Agarré mi lanza, mirando automáticamente a izquierda y derecha. Nada se movía, no había más cuerpos.

Entonces, oí un aullido a mis espaldas. Procedía del camino de la entrada, que aún estaba a oscuras.

Temía que sucediera, por lo que había tomado medidas. Saqué las dos llaves del coche del bolsillo. Habíamos aparcado nuestro Prius y el BMW de los Boothe en extremos distintos de la entrada de la carretera y nos habíamos asegurado de que los morros apuntaran colina abajo. Cuando apreté ambos botones, sus faros transformaron la noche en día. Un Gris sobresaltado se protegió los ojos, al igual que los Gemelos Uno y Dos. También les debieron de sorprender los cristales rotos, la única barrera que habíamos podido colocar sobre el asfalto cubierto de cenizas. Pero entre los cristales, y ahora la luz, habíamos arruinado cualquier posibilidad de lanzar un ataque sorpresa.

Grité:

—¡Las jabalinas!

Pero Dan ya estaba a mi lado, dándome uno de esos misiles largos y finos. Me la acerqué a la cara, con el brazo flexionado y las piernas dobladas para mantener el equilibrio. La punta de cristal centelleó bajo la luz.

Algo bello surgido del fuego.

La arrojé. Y fallé. Mi lanzamiento se quedó corto y cayó cerca de Gris. El viejo macho la apartó de una patada, dejándola pisoteada y olvidada.

Pero la segunda…

Tras coger carrerilla, Carmen lanzó la suya, ¡como una atleta olímpica! Cuando todavía estaba manteniendo el equilibrio a la pata coja, me giré para ver cómo las chispas naranjas reflejadas en la punta se desvanecían en el pecho del objetivo. Debía de haberle alcanzado justo entre las costillas, porque se le clavó casi hasta la empuñadura.

El Gemelo Uno rugió y patinó hasta detenerse bajo una tormenta de cenizas. Enfadado, agarró el asta y lo tiró, después, brincó hacia un lado y hacia atrás, llevándose la mano a la diminuta herida.

¡Funcionó!

Las púas habían mantenido la hoja en su sitio, permitiendo que el asta se partiera limpiamente. Mientras ladraba y bailaba, el Gemelo Uno se pellizcaba y metía el dedo en el agujero ensangrentado. Al final, estalló de ira y se golpeó el pecho con furia, con lo cual, debió de empujar la punta hasta el pulmón.

El ruido. Los jadeos potentes y líquidos, las burbujas crepitantes que le salían de la nariz y la boca… Podría haberlo contemplado eternamente, entonces…

—¡Lánzala!

Dan me lo había dicho al oído, apuntando a mi izquierda. El Gemelo Dos estaba a apenas tres metros y medio de distancia. Tenía los brazos extendidos, la boca abierta y los ojos entrecerrados.

Dos jabalinas volaron hacia él. La mía y la de Dan. La suya la paró de un golpe en pleno vuelo. La mía fue baja y se le clavó profundamente en la parte superior del muslo. Dos se detuvo de repente, como si se hubiera estampado contra una pared invisible. Cuando se agachó para romper el asta bamboleante, Dan lanzó otra que le alcanzó justo en el hombro. Dos se echó atrás violentamente, rugió e intentó arrancársela.

Esta vez sí lo oí, el silbido de la tercera jabalina que pasó zumbando entre Dan y yo. Carmen otra vez, que acertó directamente en la tripa lisa y musculosa. La criatura la agarró y tiró de ella hasta que salió toda la punta con púas, acompañada de un largo alarido y de intestinos tubulares y rosas.

Agitó una mano en el aire y se llevó la otra al estómago herido.

¿Había tenido suficiente? ¿Reaccionaba según su instinto de preservación o había calculado las probabilidades de forma inteligente?

«¡No merece la pena!», pareció gritar Dos al retroceder unos cuantos pasos por el camino de la entrada. Después, se giró y se fue corriendo. ¡Corriendo! Ni siquiera se paró a ayudar a su hermano que estaba tumbado de costado, jadeando y sangrando, mientras intentaba alejarse a rastras. Dos no miró atrás a pesar de que Uno lo llamó entre gemidos. Huía como el ratón del gato, el antílope del león. Se alejaba para estar a salvo, para sobrevivir.

—¡Effie!

Mi mirada se dirigió a Carmen, que corría, lanza en mano, hacia su esposa, que estaba de rodillas. Vi cómo Gris cogía la jabalina de Effie en pleno vuelo, se detenía para partirla en dos de un mordisco como si fuera un espagueti seco y, a continuación, recorría a saltos los últimos pasos que la separaban de ella. Con su gran velocidad, peso e impulso.

¿Qué se necesita para detener a un asteroide que se acerca a toda velocidad? A Carmen, Dan y a mí corriendo con las lanzas en ristre. Lo alcanzamos exactamente al mismo tiempo. La hoja de Dan se enterró en los tendones del antebrazo de Gris mientras que la de Carmen le atravesó la pantorrilla musculosa. Yo me caí hacia delante, aunque mantuve el equilibrio gracias a que no solté el asta. Le ensarté la lanza justo por debajo de la costilla inferior, ¡y se la clavé hasta la cruceta! Gris aulló, se giró, e intentó atizarme en la cabeza. Pero falló por quince centímetros. O igual solo por la mitad. Faltó tan poco que noté el azote del aire en la cara. La cruceta me salvó la vida al mantenerme fuera de su alcance, ¡y no exagero!

Ojalá hubiera sido lo bastante inteligente para soltarla y agacharme. Esta vez Gris giró la cadera, utilizando así mi propia arma para arrojarme hacia las cenizas. Me golpeé la cabeza con algo duro. En el centro de mi campo de visión apareció una estrella brillante. Di dos vueltas en el suelo y vi con qué me había golpeado.

Era una piedra que habían lanzado la primera noche de bombardeo. Aunque era basta, ovalada y pesada, la cogí con ambas manos y me puse en pie como pude. No sé quién reaccionó primero, si Dan o Carmen, pero cuando me volví hacia ellos, vi que los dos sostenían la lanza de Effie y se la estaban clavando al Goliat en el pecho. El ángulo era perfecto, justo por debajo de la caja torácica, justo en el corazón.

Un chorro espeso y pegajoso se escurrió por el asta hasta caernos en la cara, mientras Gris se desplomaba hacia atrás.

Y ahí fue cuando cometimos el error.

Deberíamos haberlo dejado ahí y recuperado las armas. Buscar a otros atacantes. Habría sido lo correcto, lo que habíamos planeado. Gris tenía que estar muriéndose, pero, muerto o no, ya no podía hacernos daño. Recuerdo cómo Carmen apoyó los pies sobre las costillas que aún subían y bajaban con gran esfuerzo y cómo manaba el líquido a raudales cuando extrajo la hoja. Recuerdo cómo volvió a clavársela, sonriendo de oreja a oreja, con los dientes manchados de rojo. Recuerdo que Dan le arrancó la lanza a Gris y le perforó con ella de nuevo el pecho, el estómago y la ingle. Recuerdo la cara del viejo simio, del revés, dañada por el sol y llena de manchas, mientras me arrodillaba sobre él, con la mirada clara, la boca abierta y la piedra en la mano.

Le golpeé con ella y rebotó contra el hueso recubierto de piel. Otra vez. Le rompí los dientes, le destrocé los labios. Otra vez. Le reventé la boca. Otra vez. El cráneo cedió. Otra vez. El hueso roto desgarró el pelaje empapado. Otra vez. Le vi los sesos. Otra vez. Otra. Y otra. Se le salieron los ojos, se le hundió el cráneo, se le derramaron los sesos, y el amasijo de pelos, líquido y carne brillante y humeante cayó sobre la ceniza, sobre mis vaqueros. Sí, lo recuerdo todo.

Recuerdo haberme reído.

No dije ni una palabra; las palabras son para los animales racionales, para los seres humanos. Solo reí, gruñí y gemí ligeramente de alegría.

Entonces, se oyó un grito.

Me espabilé. Me puse alerta. Volví a ser yo.

Todos reaccionamos. Recordamos dónde estábamos, quiénes éramos.

Un error. Fue todo lo que hizo falta.

Había otros ahí fuera, desafiando a las llamas casi extinguidas, atentos por si veían las sombras de las estacas y los destellos de los cristales rotos. Habíamos dejado de pensar justo cuando ellos habían empezado a hacerlo. Avanzaron por la oscuridad, en silencio, acercándose cautelosamente a la Casa Común por nuestra espalda.

Era Bobbi quien había gritado. La tenía agarrada del pelo. La arrastraba abriendo un surco en el suelo y levantando una nube polvo, mientras ella daba patadas con sus piernas larguiruchas y agitaba las manos pálidas y delicadas en el aire. Chillaba, sollozaba, imploraba.

No sé si lo que ocurrió a continuación fue un acto de autodefensa, pero la vieja, la Viuda, utilizó a Bobbi como escudo para protegerse de la arremetida de Dan. Solo vi cómo impulsaba hacia atrás a la señora Boothe, que todavía se retorcía, para luego elevarla en el aire. Al igual que con Yvette en su momento, trazó un círculo completo. Recé para que se rompiera el cuello. Se oyó un batacazo cuando su cuerpo se estrelló contra el borde del tejado de la Casa Común. Ya tenía que haber muerto para entonces, cuando seguí con la mirada cómo caía y capté la imagen de la lanza de Dan incrustada en el pecho de su asesina.

Fue entonces cuando todos oímos el segundo grito.

¡Pal!

Juno había pasado totalmente desapercibida, se había colado en la Casa Común sin hacer ruido y se había dirigido directamente a la pila de mantas bajo la que se escondía la cría.

—¡Appaloosa! —exclamó Carmen, corriendo hacia el titán que retrocedía.

Esta criatura también tenía a Pal agarrada por el pelo, como con Bobbi. Pero a diferencia de la Viuda, Juno no buscaba pelea. Cojeaba, y el pie derecho le sangraba. ¿Por una estaca? Por eso seguramente había ido a por Pal. Porque corría menos riesgo con una presa fácil. Su plan consistía en retirarse, escapar y refugiarse en algún lugar tranquilo y seguro donde podría comer a salvo. Sí, era lo que debía tener en mente esa puerca preñada.

Carmen y yo corrimos hacia ellas, mientras Effie (la única que todavía estaba armada) lideraba el ataque. Arrojó su lanza pesada y tosca, que trazó un arco alto. Por encima del hombro de Effie vi cómo impactaba con un *tunk* en la zona lumbar de Juno. Pero lo hizo con tan poca fuerza que creo que le rebotó en la pelvis. Pero bastó para atraer su atención, para obligarla a girarse y atacar a Carmen con su mano libre.

La agarró de la cabeza y la levantó. Vi cómo dejaba de tocar el suelo con los pies. Oí el *crac* que hizo su cráneo cuando Juno lo aplastó.

Luego, nos lanzó su cuerpo, obligándonos a detenernos y agacharnos. Con un gruñido, sostuvo en lo alto a Appaloosa y la zarandeó a modo de burla o de advertencia.

«No os acerquéis más o haré daño a vuestra niña. ¡Atrás, o la mataré!»

Estaba usando la inteligencia, razonando. *Sé* que era eso lo que quería decirnos y creo que la artimaña hubiese funcionado si no fuera por...

—¡Mamá!

Esa fue la única palabra que oí pronunciar a Pal y, antes de que pudiera reaccionar, fui testigo del poder esa palabra.

Effie salió corriendo como un rayo y saltó directamente sobre la captora de su hija.

Le agarró la cabeza con forma de sandía con ambas manos y le arañó las sienes, metiéndole los pulgares en los ojos diminutos.

El gruñido. El gruñido que emitió Effie. No sabía que los seres humanos pudieran producir esa clase de ruido. Se fue volviendo cada vez más agudo a medida que su nuca desaparecía bajo el mentón del monstruo.

Juno se tambaleó hacia atrás, soltó a Pal y levantó los brazos por encima de la cabeza. Entonces, los bajó como si fueran martillos, destrozando los hombros de Effie.

Cayó a los pies de Juno, con los ojos abiertos, como una muñeca rota.

Effie.

Mamá.

Tenía la boca llena de pelaje, piel y sangre. Le había arrancado la garganta a Juno con los dientes, literalmente. La gigante cayó hacia atrás, con las manos en los agujeros que habían sido sus ojos y en la tráquea. Me acerqué corriendo a Pal, que ya se arrastraba hacia mí. Intentando levantarse, me alcanzó cuando caí de rodillas a su lado. Creo que dije algo como «vamos…» y me dirigí con ella a la Casa Común. La puerta estaba ahí mismo, a solo unas decenas de pasos. Pero algo iba mal. Su forma había cambiado. La puerta rectangular parecía ser ahora triangular, como si estuviera enmarcada en una especie de arco. Y ese arco parecía borroso, difuminaba la luz y la oscuridad.

Era el pelaje. Unas patas.

Fui alzando la vista al abdomen arañado, por encima de las cicatrices y el pecho desgarrado, subí más allá de la boca purulenta, chamuscada, en carne viva, hasta llegar a los dos puntos relucientes que me miraban fijamente.

¿La reacción de Effie la había sorprendido? ¿O saboreaba la caza inminente?

Aunque seguíamos arrodilladas, intenté colocar a Pal detrás de mí.

—Prepárate para correr.

Alfa rugió.

—¡VETE!

Empujé a Pal de lado, y yo me arrastré en dirección contraria. Sabía que el golpe iba a llegar. Solo quería dar unos pasos más. Ganar unos cuantos segundos para que Pal pudiera alejarse. No me esperaba que me agarrase del tobillo tan fuerte con su zarpa.

Con un fuerte tirón, me arrastró hacia atrás, con la cara en la tierra, e inhalé ceniza.

Tosí, me asfixiaba. De repente, estaba del revés. Esperaba que fuera rápido, como con Bobbi. Se me despejó la vista justo a tiempo para ver una sonrisa grotesca. El resultado de mi puño de fuego. Unos labios llenos de desgarros, despellejados, que dejaban entrever unos dientes llenos de manchas.

Lanzó un gruñido que hizo que me vibraran los dientes, y el olor me asaltó las fosas nasales.

Abrió la boca y yo cerré los ojos.

Entonces, inesperadamente, oí un desgarrador chillido que me taponó los oídos mientras caía.

Caí sobre las manos, rodé hacia un lado y, al alzar la mirada, vi a Dan preparado para arremeter otra vez.

Tenía el hacha *soba-kiri* en las manos, pintada de rojo, como el tajo que tenía Alfa en la cadera derecha. Se tambaleó y giró torpemente para encararse con él.

—¡Vetedeaquí!

Me levanté y corrí como un rayo hacia la Casa Común.

No vi lo que pasó luego. Pal me lo explicó todo más tarde.

Ella había corrido en dirección contraria, hacia la oscuridad, y se había escondido bajo los restos destrozados del coche de los Durant. Tumbada boca abajo, pudo ver todo lo que le ocurría a Dan.

Él alzó el arma para propinar otro hachazo más alto, probablemente dirigido a un ojo. Pero la hoja rebotó en el hueso protuberante de la cuenca ocular. Tuvo que dolerle. Debió de ser el rugido que oí. Pal vio cómo Alfa se abofeteaba con una mano ensangrentada la ceja partida, al mismo tiempo que le quitaba el hacha y la tiraba lejos. Dan intentaba retirarse; retrocedía y se agachaba cuando ella le atacaba.

Debía de creer que, por su velocidad y tamaño pequeño, podría esquivar esa tormenta de golpes. Ella también era rápida, pero estaba herida y cabreada. Se mantuvo a la distancia justa para que no lo cazara y logró esquivar media docena de puñetazos. Podría haber huido, quizá. Quizá podría haber escapado sorteando a saltos las estacas mientras ella se empalaba en unas cuantas. Sí, así habría tenido la oportunidad de que ella se desangrara, se hartara, se diera por vencida. Había tenido esa opción.

Joder, Dan.

Acabó cogiendo el abridor de cocos que llevaba en el cinturón. Tras dar un paso a un lado para evitar otro golpe, se abalanzó sobre ella para clavárselo con rapidez. Supongo que su objetivo era el corazón, justo bajo la caja torácica, como había hecho antes.

Falló por muy poco.

Alfa arremetió justo en ese mismo instante, de manera que el abridor entró en un ángulo distinto, por el esternón, y se quedó atrapado entre la piel y el hueso. Alfa rugió y se tambaleó hacia atrás, llevándose a Dan consigo. Le alcanzó con el puño justo cuando él había conseguido soltarse.

Le golpeó justo en el hombro, haciéndole girar de lado hasta que cayó al suelo, boca abajo. Entonces, le pisó la espalda. Pal oyó el crac. Yo también.

No estoy segura de qué dije en ese momento, mientras corría hacia ella al ver que elevaba un pie para aplastarle la cabeza. ¿Algo profundo o, simplemente, soez? Debí de hacer algún tipo de ruido, porque se giró en mi dirección y vio la luz que se reflejaba en mi escudo.

Como la luz la iluminó, pude verle la expresión. ¿Estaba enfadada porque la había distraído o solo se alegraba porque iba a acabar conmigo? Recuerdo que levantó los brazos por encima de la cabeza, con la intención de golpear mi escudo con los puños, exponiendo así la zona oscura y blanda de la axila.

Le atravesé con la hoja de Damasco la piel y los músculos, el corazón y los pulmones.

El mundo me dio vueltas. Alfa se apartó violentamente, arrojándome a un lado. Aunque había perdido mi escudo, no había soltado la lanza zulú. El sonido que hizo al salir de la herida fue:

IKLWA.

Caí de espaldas; me pitaban los oídos, tenía la boca y los ojos llenos de su sangre. Logré retroceder a rastras hasta la Casa Común y me senté, con la espalda apoyada en la pared. Al estrecharse mi campo de visión, vi que Alfa daba un paso largo y atronador hacia mí.

Aunque intentó rugir, lo único que salió de su boca fue espuma rosa. Trató de moverse, pero le fallaron las rodillas. Se arrodilló y levantó un brazo para intentar agarrarme. Se cayó y se quedó a cuatro patas, sin dejar de mirarme a los ojos. Hizo un último esfuerzo y me rozó el zapato con los dedos. Se desplomó sin hacer ni un ruido.

Tras dejarla atrás, me arrastré hasta Dan. Le acaricié la cara y grité su nombre. Sentí que Pal me tocaba el hombro.

Mi amor ha muerto.

Epílogo

He encontrado una manera, he encontrado una manera de sobrevivir con ellos. ¿Soy una gran persona? No lo sé. No lo sé. Todos somos grandes personas. Todo el mundo tiene algo maravilloso en él. Yo solo soy distinto y quiero a estos osos lo suficiente para hacer las cosas bien. Soy lo bastante inquieto y lo bastante duro. Pero sobre todo, amo a estos osos lo suficiente como para sobrevivir y hacerlo bien.

Extracto del vídeo diario de Timothy Treadwell, el autodenominado
«Hombre Oso», grabado justo antes de que un oso lo devorara

Extracto de mi entrevista a la guarda forestal jefe Josephine Schell.
La entrevista se interrumpe cuando alguien llama a la puerta. Entran dos guardas forestales, que se muestran respetuosos y titubeantes. Entonces, ella asiente y se llevan algunas cajas pesadas de la habitación. Son las doce menos cuarto de la mañana. El contrato de alquiler del gobierno expira oficialmente a mediodía. Schell se levanta del escritorio, se estira ligeramente, hace una mueca de dolor y se frota la zona lumbar.
Llegamos allí a la semana siguiente. Aunque deberíamos haberlo hecho al día siguiente. Pero eso es lo que tardó la firma de calor de-

tectada por un pájaro del NOAA,* un POES,† en abrirse camino por el laberinto burocrático de Lewis-McChord hasta llegar al equipo más cercano, que resultó ser el nuestro… Si las casas no hubieran ardido, es probable que no los hubiéramos encontrado hasta la primavera, hasta que algún familiar hubiera logrado al fin que atendieran su llamada o, siendo sinceros, hasta que quizá algún inspector de Hacienda se hubiera puesto a investigar por qué no pagaban sus impuestos.

Cuando llegamos allí la señora Holland y la niña ya no estaban, pero todo lo que hallamos coincide con lo que cuenta en el diario que dejó.

Encontramos lo que tenía que haber sido el huerto, que para entonces no era más que un trozo de tierra levantada y calcinada. No puedo evitar preguntarme si habría servido de algo, si habrían sido capaces de plantar más cosas en los otros garajes… Sé un poco sobre horticultura. Mi madre siempre tuvo un huerto en la parte trasera de nuestra casa. Si te soy sincera, no creo que hubieran podido alimentarse de eso indefinidamente, pero con las condiciones adecuadas y con un poco de suerte, podrían haber subsistido a duras penas hasta la primavera. Pero dejémonos de hipótesis, ¿quién no se compadece por todo ese esfuerzo que hicieron en balde?

Es lo que tienen las guerras, supongo, y este lugar parecía una zona de guerra. Todos esos escombros ennegrecidos, todos esos restos esparcidos por todas partes. Encontramos el «campo de minas» de cristal y las estacas de bambú. Tuvimos que tener mucho cuidado con eso; uno de nuestros chicos casi pierde un pie. Eso me recordó a las historias que solían contar mis tíos sobre las trampas Punji en Vietnam; unos hoyos con estacas cubiertos de heces humanas. Resulta asombroso que a gente distinta en épocas distintas se le ocurran las mismas ideas.

Hallamos ocho tumbas cubiertas de piedras en el helipuerto de la Casa Común; cuatro grandes y cuatro pequeñas. No las exhumamos.

* NOAA: La Administración Nacional Oceánica y Atmosférica.
† POES: Satélite ambiental de órbita polar.

Se lo dejamos al equipo forense que llegó después. Por lo que me han contado, en las tumbas largas estaban los restos mortales de su marido, junto con los de Roberta Boothe, Carmen Perkins y Euphemia Forster. Las pequeñas...

Hace una mueca de disgusto.

No eran más que... unos cuantos restos mortales. Los huesos destrozados y algunos trozos de tejidos de los señores Durant, la cabeza de Vincent Boothe y un esqueleto ennegrecido y quemado que, gracias a la prueba de ADN, se identificó más tarde como el de la señora Mostar.

Cuando pienso en el tiempo que le llevó, que les llevó a las dos, construir ese cementerio en miniatura, cavar esa tierra helada, recoger los cuerpos, cubrirlos con piedras... y, además, dedicarle luego tiempo a los «demás» cadáveres...

Hallamos un montón de carne en el frigorífico de la Casa Común. Eran filetes cortados recientemente (muy bien partidos, debo añadir) y guisos guardados en cacerolas. Y en los armarios había una infinidad de bolsas herméticas llenas de cecina. Supongo que tuvieron el deshidratador conectado noche y día. Algunos de los chicos de mi grupo se..., sí, yo también..., nos arrepentimos de no habernos llevado a escondidas alguna de esas pequeñas tiras de carne deshidratada. A ver, venga ya, ¿quién no quiere saber a qué sabe un Sasquatch?

Pero todo eso ya no está allí. Ha sido confiscado, junto con las pilas de huesos rotos y raspados que encontramos detrás de la Casa Común, y las pieles pesadas y apestosas que hallamos clavadas en las paredes. Los investigadores también se llevaron hasta el último fragmento de la otra pila de huesos. La que estaba arriba, detrás de la cima, en eso que llamaba la «guarida» en su diario. Incluso se llevaron la pila helada de heces del huerto. Todo está bajo llave ahora, así como los teléfonos móviles, los ordenadores portátiles y las tablets que encontramos colocados con esmero al lado del diario de la señora Holland. Ojalá se me hubiera ocurrido cargar el iPad de Dan Holland antes de entregarlo. El vídeo de la pelea por el abono tiene que estar ahí. Habría tenido la oportunidad de ver realmente cómo son. Bueno, supongo que todos lo acabaremos viendo.

Schell coge una de las dos cajas que todavía quedan. Yo agarro la otra. Juntos, las llevamos al aparcamiento y las dejamos en el parte posterior de una camioneta machacada del Servicio de Parques Nacionales de Estados Unidos. Cuando salimos, le hago mi última pregunta.

No tengo ni repajolera idea. Al menos no creo que vayan a hacer como que aquí no ha pasado nada. Creo que si quisieran tapar este asunto directamente, podrían explicar todo con la excusa de los incendios. Una comunidad se queda aislada y empieza a toquetear sus sistemas modernos de biogás para calentarse. Se produce una explosión accidental y bla, bla, bla. Pero no lo han hecho. La investigación sigue estando muy abierta. Si preguntas a cualquiera directamente relacionado con el caso, te contestará que lo indagarán en cuanto se quiten el muerto de encima, o más bien los muertos, de todas las demás investigaciones que están en marcha ahora mismo.

Y aquí no hay mentiras que valgan. Hay mucho trabajo atrasado. Seguimos encontrando cuerpos en el bosque, de personas que murieron a la intemperie después de abandonar sus coches. ¿Y qué pasa con los cuerpos que siguen enterrados en esos coches? ¡Cuando los lahares se secan son como hormigón! Incluso usando radares capaces de penetrar en la tierra, les está costando horrores localizarlos.

Entre los cadáveres sepultados, los congelados que hemos encontrado y todos los demás restos que siguen sacando de debajo de los pueblos arrasados... Cuando lo del Katrina, ¿cuánto tiempo tardó la gente en identificar a sus seres queridos en las bolsas para cadáveres? ¿Cuánto tiempo crees que llevará vaciar la morgue gigantesca que tenemos ahora en lo que antes era Tacoma?

Oficialmente es una mera cuestión burocrática. Pero extraoficialmente... Mira, nos han «incentivado» a no hablar sobre esto y, si creyera que corro el riesgo de perder mi trabajo, no tengo claro si lo haría, pero no has tenido ningún problema en contactar conmigo y ahora mismo no ves que nadie intente impedir que hablemos. No lo van a enterrar, no van a meter las pruebas en una caja para luego guardarla en un almacén, como en *En busca del arca perdida*. Creo que la verdad saldrá a la luz por la sencilla razón de que quieren que se sepa.

¡Piénsalo! ¡La de dinero que se puede ganar con el turismo! ¡Con las entradas del zoo! ¿Sabes cuánto ganan los chinos con sus pandas? ¿Sabes cuánto partido le han sacado en el lago Ness a unas cuantas fotos falsas? Por favor. Seremos capaces de reparar los daños que ha hecho el Rainier e incluso nos sobrará pasta para hacer más cosas cuando el mundo entero venga aquí en masa para tener la oportunidad de contemplar a unos seres legendarios vivitos y coleando.

Quieren hacerlo público, la única cuestión por resolver es cuándo. El Rainier nos ha demostrado qué puede pasar cuando la gente pierde la fe en el sistema. Tenemos que lograr que recuperen esa fe, reconstruirla junto a las carreteras y los puentes y las demás estructuras que conforman una civilización. Si el gobierno anunciara sin más que ha descubierto al Bigfoot, es probable que minara aún más la confianza de la gente en la institución.

Por eso tienen que esperar un poco más, hasta que se restablezca la electricidad y el suministro de agua y todos los muertos por fin descansen en paz. A lo mejor ya tienen definida una estrategia de relaciones públicas para cuando llegue ese día. A lo mejor tu libro forma parte de eso. No, en serio. A lo mejor por eso te han dejado que hables conmigo.

No es ningún disparate. Se publica el libro para tantear el terreno. Si la gente pasa de él como de la mierda, tendrán más tiempo para decidir cómo van a contarlo. Pero si echa más leña al fuego, podrán corroborar tu historia con sus hallazgos y echarle la culpa a su propia burocracia por el retraso. Sea como sea, supongo que pronto lo sabremos.

Extracto de mi entrevista a Frank McCray, Jr.
McCray ha terminado de limpiar su hornillo de camping Bio Lite. Lo mete en su mochila, echa un vistazo a su reloj y, acto seguido, me acompaña fuera. El viento se ha vuelto más frío desde que hemos hablado, a pesar de que el sol se va elevando. McCray saca de un bolsillo de su anorak una radio portátil de color naranja brillante y aprieta el botón del micrófono tres veces. Me giro hacia las montañas y observo que uno de los

arbustos se mueve, una figura humana que desciende hacia nosotros, si-
guiendo el rastro de una presa.

¿Que qué pasó? ¿Que cuál es el capítulo siguiente de esta historia?
Hay muchos escenarios posibles y depende de a quién preguntes.

El Escenario Uno es que las criaturas que sobrevivieron se rea-
gruparon para lanzar un contraataque. Eso es lo que creen esos
asquerosos de [nombre del sitio web censurado]. Piensan que Kate
y Appaloosa intentaron refugiarse durante el invierno en la Casa
Común hasta que un día, o una noche, hicieron una emboscada y
se las llevaron. Admito que es posible. Kate dejó por escrito que
varias criaturas escaparon. Explorador y Princesa huyeron corriendo
pendiente arriba después de las explosiones. También se escapó uno
de los gemelos, el que recibió todos esos impactos de jabalina, aunque apuesto que más tarde se desangró hasta morir. Y las otras dos
hembras, las que habían sido madres hacía poco… No escribió sobre ellas durante la lucha.

Sí, es posible que se reorganizaran y luego volvieran rugiendo a por
la revancha. Es posible, pero no probable. Kate no habría permitido
que pasara. No la Kate sobre la que he leído. Incluso cuando enterra-
ron los cuerpos, habría estado armada y alerta. Cavaron las tumbas
justo al lado de la Casa Común, lo cual quiere decir que, al aproximar-
se, cualquiera de esos cabrones habría tenido que recorrer un amplio
espacio abierto para poder atacar. Además, Kate probablemente tendría muchas jabalinas preparadas y a mano, y su nueva lanza.

Sí, creo que se fabricó una con la hoja Iklwa, que nadie encontró.
Schell me ha hecho el favor de indagar discretamente al respecto.
Entre todos los restos, entre todos los suministros almacenados y las
armas caseras, no encontraron ningún cuchillo con una hoja de Damasco.

Esa es la prueba clave que demuestra que se marchó. Esa y el hacha *soba-kiri*. Tampoco encontraron el arma, y habría sido un elemento vital para poder realizar una caminata larga. No tengo nada
claro qué pudo pasar con otras cosas. Con las mochilas, los sacos de
dormir, los utensilios de cocina. No sé con qué más contaban. No
dejó ninguna lista. Tampoco dejó una nota, por eso algunas personas

sospechan que la raptaron. Aunque yo no pienso así, creo que simplemente no estaba segura de adónde iba.

Ese es el Escenario Dos, y lo corrobora el hecho de que no tenían un mapa de la zona. Escribió, en más de una ocasión, que no sabían cuál era el mejor camino para salir de ahí. Es posible que intentaran realizar una serie de caminatas diarias para explorar el terreno y que no dejara una nota cuando salieron por la puerta esa mañana porque no pensaban que fuera a ser la última vez. Tal vez se perdieran, o acabaran heridas, o les sorprendiera la primera tormenta invernal.

¿Te acuerdas de lo brutal que fue? ¡O sea, venga ya, Dios, danos un respiro! Un contacto que tengo en el USGS me comentó que ese tipo de desgracias a veces no vienen solas, como cuando el Pinatubo entró en erupción y el mismo día golpeó la isla un tifón. Si terminaron atrapadas en ese vórtice polar, con esa ventisca y ese frío de mil demonios…, sus cuerpos podrían seguir aún ahí arriba, medio enterrados en la nieve y el hielo, deshelándose y pudriéndose mientras los carroñeros picotean los restos expuestos. Así terminaría el Escenario Dos y es mucho menos atractivo que el Escenario Tres.

¡En este, logran sobrevivir! Hallaron alguna cueva en las montañas, donde lograron encender un fuego y sobrevivieron bebiendo nieve derretida y comiendo cecina de Sasquatch. Después, cuando el tiempo mejoró lo suficiente para poder irse de ahí, emprendieron la marcha de nuevo y ahora mismo están a punto de salir del bosque junto a una carretera muy concurrida. A lo mejor incluso ya lo han hecho. Y las dos están en algún hospital, muy débiles, y demasiado traumatizadas para hablar. Algún día, pronto, Kate abrirá los ojos y le susurrará su nombre al celador más cercano. Me encanta el Escenario Tres.

Pero mi intuición me dice que lo que ha ocurrido es el Escenario Cuatro.

«Tenemos que matarlos a todos.» Eso fue lo que escribió. Eso es lo que está haciendo.

No estoy hablando de que quiera vengarse. Es un impulso más profundo, más primitivo. ¿Y si esas pobres bestias idiotas despertaron en Kate algo que está aletargado en todos nosotros, en nuestro ADN?

¿Y si no se conformó con ahuyentar a las criaturas? ¿Y si fue a por ellas?

Sabía cómo eran sus huellas, su olor. Kate contaba con la ropa, los suministros y el equipo necesario para pasar el invierno, y apuesto a que la pequeña Appaloosa también. Y también apuesto a que la cecina que encontramos la hizo con ese propósito. Es ligera, fácil de transportar y, si a eso añades que, aunque los guardas forestales encontraron mucha carne, faltaba una parte (si tenemos en cuenta lo que pesaban esos animales), seguramente tendrían comida suficiente para alimentarse hasta que dieran con su primera víctima.

La cual les proporcionaría más comida. El hacha *soba-kiri* era perfecta para despedazar cuerpos, para asar luego una buena pata jugosa al espetón. Ojalá no me la imaginara así, sentada en la oscuridad con Appaloosa, rugiéndoles el estómago y calentándose las manos junto a un buen fuego en el que humea una extremidad.

También me cuesta no sentir pena por las criaturas que sobrevivieron. Heridas, asustadas, encogiéndose de miedo ante cualquier ruido que indicase que esos primates pequeños y hambrientos iban a por ellos. Como puedes ver, Kate no es la única que tiene una gran imaginación en nuestra familia.

Me la imagino acechándolos, quizás utilizando a Appaloosa como agitadora. La niña chillaría, agitaría la maleza y armaría el jaleo necesario para que se desperdigaran aterrados. Kate, mientras, esperaría pacientemente a que alguno cometiera la estupidez de quedarse rezagado y le clavaría su lanza. Incluso me puedo imaginar a uno de ellos, a Princesa, la más joven y vulnerable, chillando de agonía mientras Kate le clava la hoja de Damasco entre las costillas. También puedo imaginarme a mi hermana «jugando» con su víctima, torturándola. No por diversión, eso sería perder el tiempo, sino para probar la misma táctica que emplearon ellos con Vincent Boothe, con la esperanza de que una de las criaturas se embarcara en una misión de rescate en solitario. Tal vez funcionara. Explorador correría a ayudarla y acabaría girándose, sorprendido, al ver que Pal le había cortado con su hacha el tendón de Aquiles.

Y las otras, las dos mamás jóvenes, se abrazarían mientras oían cómo se apagaban los gritos, y luego olerían el humo y la carne asada. Espero que sus cerebros no estén tan evolucionados para poder imaginarse qué destino les espera, para saber que sus bebés no llegarán a adultos. También espero que no sean tan inteligentes para sentir remordimientos. «¡¿Qué hemos despertado?!» Si hay algo peor que visualizar tu propia muerte es saber que es culpa tuya.

Ta vez me esté agarrando por completo a un clavado ardiendo. Tal vez la tormenta las sorprendió. Por lo que sé, ahora sus cuerpos podrían yacer sobre una mesa de autopsias de Tacoma. Aunque lo compruebo todas las semanas, por el momento ningún cadáver coincide con su descripción.

Pero ¿y si, por algún milagro, todavía están acechando a las criaturas? ¿Y si las están matando una a una...? ¿Y si están obteniendo alimento suficiente hasta... dar con las siguientes? Hasta ahora no habíamos hablado de esto. No puede haber un solo grupo ahí fuera. Con eso no habría bastado para que la especie sobreviviera. ¿Y si Kate y Pal dejaron vivir a las madres jóvenes para que las llevaran hasta otro grupo? Resulta difícil de creer, lo sé, pero todo es así en esta historia.

En este momento, la figura que sigue el rastro de la presa ha descendido hasta alcanzarnos. Se trata de Gary Nelson, el marido de McCray, del que se había separado. Se dan un largo abrazo. Gary le enseña a McCray el mapa que sostiene con una mano enguantada, la derecha en concreto, así como las marcas que ha dibujado en él con una cera roja. McCray lanza un suspiro de resignación y desenfunda el rifle.

Cuesta aceptar por qué dejó el diario ahí. Aunque nunca lo explicó, yo sé por qué lo hizo. Porque cuando un viaje termina, otro comienza. Cuesta conciliar los recuerdos que tengo de mi delicada y sensible hermanita con la depredadora que podría estar ahora ahí fuera. Con esa madre de una tribu de dos. Las matasimios.

El viento aúlla en la distancia. Al menos, creo que es el viento.

¿Has oído eso?

Agradecimientos

Ante todo, quiero darle unas gracias enormes, del tamaño de un Sasquatch, a Thomas Tull, quien tuvo la generosidad de devolverme los derechos de una novela que le vendí en su día para hacer una película.

También a mi equipo de edición, Julian Pavia y Sarah Peed, por su implacable diligencia y objetividad.

A Carolyn Driedger (del USGS), Leslie C. Gordon (miembro retirado del USGS) y el profesor Barry Voight de la Universidad Estatal de Penn por su ayuda técnica en todo lo relacionado con la erupción del Rainier.

A mis amigos Kevin y Jo, por presentarme el pueblo que fue la inspiración para Greenloop, y a John, el hermano de Jo, por sus consejos en materia tecnológica que me permitieron transformar esa inspiración en una realidad.

A Rachel y Adam Teller, por su asesoramiento en todo lo relativo a la técnica del soplado a vidrio.

A Diana Harlin y Jonny Small, por sus referencias culinarias y de cultura popular.

A Nate Pugh, por sus conocimientos sobre cómo se construyen las casas, a mi primo Robert Wu, por los cuchillos de cocina y a Arigon Starr, por orientarme en el mundo Sasquatch de las culturas nativas americanas.

A Rosemary Clarkson, del Darwin Correspondence Project, por aclararme quién fue el verdadero autor de esa cita que se atribuye a Darwin.

Al comandante John Spencer (miembro retirado del Ejército de los Estados Unidos), por el lenguaje militar.

Al profesor Lionel Beehner (de la Academia Militar de West Point de los Estados Unidos) y al comandante Michael Jackson (del ejército de los Estados Unidos), por presentarme a expertos bosnios.

Y a esos expertos, Jasmin Mujanovic y Leila Disdarevic, quienes sabiamente dotaron de vida a Mostar.

A mi agente, Jonny Geller, que ha cumplido con su labor a pesar de que el listón estaba muy alto.

A mi amigo de la infancia Richard Cade, por haber afirmado, cuando estábamos en segundo de primaria, que «¡el Bigfoot es indestructible!», algo que nunca olvidaré.

Y, como siempre, a Michelle, mi brillante y comprensiva esposa, que tiene una paciencia sobrehumana.